밤 은
아침을
꿈꾼다

밤은 아침을 꿈꾼다 2

2015년 11월 25일 초판 1쇄 인쇄
2015년 11월 30일 초판 1쇄 발행

**지은이** 김도경
**발행인** 이종주

**기획 편집** 권영은 정시연
**경영 지원** 배진경 김슬기
**마케팅** 김정수 차보현 신은경

**발행처** (주)로크미디어
**출판등록** 2003년 3월 24일
**주소** 서울시 용산구 원효로97길 46 5층
Tel (02)3273-5135  Fax (02)3273-5134
**홈페이지** rokmedia.com  rokmedia.blog.me
E-mail romance@rokmedia.com

ⓒ 김도경, 2015

값 9,000원

ISBN 979-11-255-2899-9 (2권)
ISBN 979-11-255-2835-7 04810 (세트)

# 밤 은 아침을 꿈꾼다

## 2

김도경 장편소설

ROCODO

# contents

# 확정廓正

'소름 끼치도록 냉철하고 무서운 사람'이 소희가 생부라는 사람을 보고 받은 첫인상이었다. 세 살 때 버린 딸을 23년 만에 찾아와 놓고도 그는 당당하기만 했다. 그녀를 바라보는 표정에서는 동요하는 기색조차 찾아볼 수 없었다.

되레 당황해서 동요하고 있는 것은 소희였다. 원망하고 부정해 온, 아니 그럴 가치조차 없는 사람이라고 생각해 왔건만 막상 생부라는 사람과 대면하고 보니 만감이 교차하며 머릿속이 하얗게 비어 버렸다.

또한 그의 얼굴을 본 순간 부지불식간에 깨달았다. 아, 이 사람이 내 생부로구나! 이런 것이 바로 핏줄이라는 거구나!

그녀 안의 무언가가 섬광처럼 반응하며 무섭게 울어 댔다. 엄마만 붕어빵처럼 닮았다고 생각했는데 아니었다. 커다랗고

동글동글하기만 하던 엄마와 달리 끝이 살짝 말려 올라간 긴 눈매가 누구를 닮았는지 이제야 알겠다. 날카로운 턱 선도, 나이가 들어 감에 따라 점점 완고해져 가는 입술까지, 나이가 들어 웃음을 잃어 그렇게 된 줄로만 알았는데 이제 보니 자신이 누구를 닮아 가고 있었는지 알 것 같았다.

하나 그는 그녀의 아빠가 아니었다. 생물학적 친부일지는 몰라도 그녀에게 아빠는 돌아가신 아빠뿐이었다. 이전에도 그러했고 앞으로도 영원히……

그런데 왜 저 사람을 집에 들인 걸까. 모르는 사람이니 돌아가라고 하면 그만이었는데 저도 모르게 문을 열고 저 사람을 집 안에 들이고 말았다.

바보, 멍청이!

소희는 이를 악물고 낡은 의자에 앉아 있는 동우를 노려보았다. 삐쩍 말랐지만 커다란 키에 신경질적인 듯하면서도 완고하게 생긴 지적인 얼굴, 비범함이 느껴지는 매서운 눈빛. 괌에서는 보기 힘든 고급 양복을 완벽하게 걸치고 있는 동우 때문에 좁고 남루한 집이 더욱 초라하게 느껴졌다.

"대단한 분이 이 먼 곳까지, 거기다 이 늦은 시간에 어쩐 일입니까? 대체 무슨 용건으로 나를 찾아온 거죠?"

투명한 안경 너머 동우의 긴 눈이 더욱 가늘게 떠졌다.

"내가 누군지 알고 있는 것 같으니, 굳이 길게 설명할 필요는 없겠구나. 잘 있었니……. 22년 만이구나."

소희가 작게 코웃음 쳤다.

"입에 발린 인사 따위는 집어치우시죠. 그쪽과 나, 그런 인사나 주고받을 사이는 아니잖아요? 고작 그따위 인사나 하자고 이 먼 곳까지 날아온 것도 아닐 테고요. 찾아온 용건이나 말하고 빨리 꺼져요. 그쪽을 내쫓지 않고 집에 들인 걸 엄청 후회하고 있는 중이니까. 5분 드리죠. 5분 안에 빨리 끝내고 꺼져요."

"입이 거친 편이로구나."

"상대에 따라선 이보다 더 거칠어질 수도 있어요. 최대한 참고 있다는 것만 알아 둬요."

동우가 새삼스레 좁은 방 안을 천천히 둘러보았다.

"이런 곳에서 살고 있었구나."

"5분이에요."

동우가 속내를 알 수 없는 깊은 눈빛으로 차갑게 얼어붙은 소희를 가만히 바라보았다. 그동안 간간이 사진으로 봐서 알고는 있었지만, 실제로 보니 소희는 놀랍도록 소영과 똑같이 생겼다. 일란성 쌍둥이이니 당연한 일이겠지만 말이다.

그러나 얼굴만 똑같이 생겼을 뿐 풍기는 분위기나 눈빛은 두 아이가 완전히 달랐다.

비단 길고 짧은 헤어스타일과 까무잡잡하고 하얀 피부색 때문만은 아니었다. 소영이 밝음이라면 소희는 어둠이었고, 소영이 온실 속의 화초라면 소희는 거칠고 질긴 잡초였다. 그만큼이나 두 아이는 너무도 달랐다.

그 사실이 동우의 가슴을 더욱 무겁게 짓눌러 왔다. 어른들의 잘못으로 각기 다른 고통 속에 놓여 버린 아이들. 22년 동안 가슴 깊숙이 묻어 났던 죄책감이 예리한 송곳이 되어 심장을 쿡쿡 찔러 왔다.

그는 비정하고 못난 아버지였다. 잘못은 최희수와 안규식뿐만 아니라 그에게도 있었다. 최희수가 아무리 치졸하고 악랄하게 그를 몰아붙였어도 끝까지 두 아이 모두를 지켰어야만 했다. 그런데 그러지 못했다. 그 여자를 그의 인생에서 완벽하게 몰아내기 위해서, 그 자신만 살고자 그 여자가 바라는 대로 소희를 그 여자 손에 쥐어 줘 버렸다.

당시 이혼을 요구하는 그에게 최희수는 적반하장 격으로 되레 소송을 걸어왔다. 외간 남자와의 동침은 인정하지만 그 전에 결혼 파탄의 책임은 전적으로 그에게 있다고 주장한 것이다.

따지고 보면 최희수의 주장이 헛소리는 아니었다. 결혼 후 3년 내내 단 한 번도 그 여자와 잠자리를 가지지 않았으니 말이다. 변호사는 아내와의 동침을 거부하고 경제권과 갓난아이들의 양육권까지 박탈한 그에게 우선적으로 결혼 파탄의 책임이 있다고 했다.

몸매 망가진다고 모유 수유 한 번을 하지 않던 여자가 판사 앞에서는 가련하게 눈물을 뚝뚝 흘리며 그가 아이들이 태어나자마자 전문 보모와 유모를 고용해서 자신에게서 아이들을 뺏어갔다고 하소연을 했다. 그래서 매일 밤 흐르는 모유를 버리며 피눈물을 흘렸다나?

심지어 그가 먼저 외도를 했다고 주장하기도 했다. 그의 뒤를 밟아 언제 사진까지 찍어 놨는지, 나츠미와 함께 있는 사진을 법원에 제시하고 죽은 요코까지 더러운 진흙탕 싸움에 개입시키려고 했다.

다른 것은 용인해도 그것만은 결코 용인할 수 없었다. 그가 먼저 외도를 했다니, 그 더러운 입으로 감히 요코의 이름을 입에 올리다니!

요코와 너무나 닮은 나츠미를 보고 한순간 마음이 흔들렸던 것은 인정한다. 하지만 나츠미와 외도한 적은 결단코 없었다. 어쨌든 그는 유부남이었고 갓 태어난 두 아이의 아버지였다. 그런 그가 아버지로서의 본분을 망각하고 스물한 살밖에 안 된 어린 여자애와 바람을 피웠다고? 젖먹이들을 집에 두고서?

당치도 않은 음해였다.

놀랍도록 요코와 닮은 어린 그녀가 학비를 벌겠다고 바Bar에 나와 남자들의 말동무가 되어 주는 것이 안타까워서 이것저것 도와주기는 했다. 나츠미가 그런 그에게 흠모하는 마음을 품었던 것도 사실이기는 했고 말이다. 자전거를 타다가 넘어져서 다쳤다는 그녀의 손을 살펴 주다가 나츠미가 충동적으로 그에게 입을 맞춘 적도 한 번은 있었다.

그러나 그는 어린 그녀가 상처받지 않도록 다정하게 달래주며 거절했다. 그녀가 그에게 느끼는 감정은 사랑이 아니라고, 막연한 동경일 뿐이라고 말이다. 또한 자신은 그녀에게 어떠한 이성적 감정도 없다고 분명히 밝혔다. 그녀가 자신의 이루어지지 못했던 첫사랑 요코를 닮아서, 어려운 상황에서도 혼자 힘으로 씩씩하고 밝게 살아가는 그녀가 대견해서 도와주고 싶었을 뿐이라고 말이다.

나츠미 또한 처음에는 상처받은 듯 낙심했지만 이내 곧 그의 말에 수긍하고 고개를 끄덕였다. 어리지만 생각이 깊고 현명한 아이였다. 그 때문에 후일 그녀한테 소영의 보모 역할을 맡길 수 있었던 것이다. 나츠미는 지금 좋은 남자를 만나 결혼해서 행복하게 잘 살고 있었다.

그러나 당시에는 상황이 그에게 불리하게 돌아갔다. 남들이 보기에 그는 죽은 첫사랑에 대한 병적인 집착으로 아내를 방치하고 가정을 등한시한 채 병원 일에만 매달려 사는 의사 나부랭이였고, 최희수는 남편의 감정적 폭행에 시달려 온 가엾고 가련한 여자일 뿐이었다.

최희수는 위자료 따위는 필요 없다고 법원에 호소했다. 자신이 원하는 것은 엄마로서 제 배 아파 낳은 아이들에 대한 양육권뿐이라며 온갖 가증스러운 연기를 해댔다. 그쯤 되자 그의 변호사는 최희수한테 두 아이에 대한 양육권을 모두 빼앗기기 전에 그녀와 합의를 하는 것이 좋겠다고 했다.

최희수는 둘 중에 하나를 선택하라고 했다. 이혼 의사를 철회하고 자신까지 다시 다 함께 살든가, 아니면 깨끗하게 갈라서는 조건으로 아이들을 한 명씩 나눠 데리고 가자고 했다. 그리고 서로 그 아이에 대한 양육권과 친권을 모두 포기하자고, 죽을 때까지 평생 찾지도 말고 남남으로 모른 척 살자고 했다.

최희수는 의도는 명백했다. 어떤 식으로든 그를 최악으로 끌어내려 괴롭히겠다는 심산이었다. 동우는 그때 처음으로 날 것 그대로의 생생한 살의를 느꼈더랬다. 그가 조금만 더 감정적인 인간이었다면 진작 그 여자의 목을 졸라 숨통을 끊어 버렸을 것이다.

그래서 동우는 최희수와 합의했다. 그 지긋지긋한 망할 여자를 그의 인생에서 깨끗이 치워 버리는 대가로 소희를…… 버려 버렸다.

그리고 그 죄책감을 평생 가슴속에 묻고 살았다. 그 때문에 소영의 얼굴도 마음 편히 바라볼 수가 없었다. 한 살, 두 살 나이가 먹어 감에 따라 점점 그 여자를 닮아 가는 아이의 얼굴이 끔찍했고, 소영의 얼굴을 볼 때마다 치밀어 오르는 죄책감에 숨이 막혔다. 소영이 얼굴뿐 아니라 성격까지 그 여자를 닮아 갈까 두렵기도 했다.

해서 그러지 말자 하면서도 소영을 따뜻하게 안아 줄 수 없었고, 사랑한다고 말할 수 없었다. 중학생이 된 소영을 부모님이 계신 일본으로 보내 버린 이유도 그런 자신 곁에 있으면 소영이 더욱 상처받을까 두려워서였다.

그는 소희는 물론 소영에게도 결코 좋은 아버지가 아니었다. 비정하고 못난 아버지였다. 그것이 세계적인 석학으로, 천재 뇌신경외과의로 추앙받는 타카하시 카즈마 박사, 차동우의 실체였다.

그러나 이젠 더 늦기 전에 자신의 지난 잘못을, 어리석음을 바로잡아야 하지 않을까 싶었다. 이기적이고 못난 아버지 때문에 아무 잘못도 없는 두 아이가 더 이상 고통 속에 허덕거리게 할 수는 없었다. 이제라도 두 아이한테 진심으로 용서를 구해야 하지 않을까. 더 늦기 전에……

동우는 괴로운 듯 두 눈을 질끈 감았다가 천천히 떴다.

"그래, 알았다. 용건만 간단히 얘기하마."

동우는 아픈 시선으로 소희를 바라보았다. 그러나 그 눈빛 역시 소희에게는 감정이 없는 냉혈한처럼 차갑고 시리게만 보일 뿐이었다.

"그 여자가…… 죽었다고 하더구나."

하! 소희의 입에서 다시 한 번 기가 막힌다는 코웃음이 터져 나왔다.

"그건 어떻게 알았어요? 혹시…… 우리한테 사람이라도 붙여 놨나요?"

"그동안 네가 어떻게 자라는지 멀리서나마 계속 지켜보고 있었다."

소희의 눈이 흠칫 커졌다. 사람이라도 붙여 놓았느냐는 말은 그냥 한번 해 본 말이었다. 그런데 정말 그랬다고? 생각지도 못한 동우의 대답에 소희의 심장이 이상스레 쿵쿵 뛰기 시작했다.

"너희가 열 살쯤 됐을 무렵이었을 게다. 끝까지 잊고 살려고 했는데, 뜻대로 안 되더구나. 그래서 네 근황을 수소문해서 은밀히 한번 알아봤지. 다행히 잘 크고 있더구나. 네 아버지도 자리를 잡았고 그 여자도 정신을 차린 것 같아서 천만다행이다 싶었지. 무엇보다 네 아버지가 널 진심으로 사랑하고 온 마음을 다해 키우는 것 같아서 무척 고마웠다."

그래서 마음을 놓고 미국으로 건너갈 수 있었다. 그 후로 2, 3년에 한 번씩 소희의 근황을 알아봤다.

그런데 그렇게 몇 년에 한 번씩 알아볼 때마다 다행이다 싶었던 마음은 점점 크나큰 실망으로 바뀌어 갔다. 혹시나 하던 우려대로 십 대 때의 소희는 그 여자의 전철을 밟으며 저속하고 방만하게 커 가고 있었으니까. 소희를 그렇게밖에 키우지 못하는 규식이 원망스럽기도 했다.

그래서 한동안 소희를 외면한 채 살았다. 어찌할 수 없는 죄책감에 겁쟁이처럼 고개를 돌리고 눈을 감아 버렸다.

그러던 어느 날 그 여자한테 느닷없이 편지 한 통이 날아왔다. 규식이…… 죽었다고 했다. 규식이 남긴 빚에 허덕이며 힘들게 살고 있다고, 소희를 위해서 한 번만 도와 달라고 말이다.

믿기지 않아서 사람을 사서 자초지종을 알아보라고 괌으로 보냈다. 그리고 돌아온 대답은…….

결국 그 여자가 규식의 인생마저 망치고 죽음으로 몰고 갔구나 싶어서 분노가 치밀었다. 소희의 인생마저 망칠까 두렵기도 했다.

마음 같아서는 당장이라도 괌으로 날아가 소희를 데려오고 싶었다. 그러나 연구 때문에 마음대로 자리를 비울 수 없었다. 아무것도 모르는 소영이 걱정스럽기도 했다. 소희가 어떻게 나올지도 몰랐고 말이다.

그래서 일단 변호사를 보냈다. 소희의 심중을 알아보고 우선 경제적 곤경에서나마 벗어나게 해 주고 싶은 마음에 돈까지 챙겨서 말이다.

그런데 소희는 그의 존재를 부정하고 변호사의 눈앞에서 돈을 찢어 버렸다고 했다. 돈 따위 필요 없다고, 자신의 아빠는 안규식 단 한 명뿐이라면서 말이다. 두 번 다시는 찾아오지도 말고 연락도 하지 말라고 했다고도 했다.

그리고 얼마 후 소희는 스스로의 힘으로 절망에서 벗어났다. 대견하고 고맙고 또 고마웠다. 점점 더 구제불능 망나니가 되어 가는 그 여자에게서 마침내 벗어나 독립을 했다고도 들었다. 그 후로 동우는 가끔 사람을 보내 소희의 안부를 확인해 왔다.

그 여자가 어떻게 되든 말든, 어떻게 살든 최희수한테는 일체 신경 쓰지 않았다. 그 때문에 그 여자가 소영한테까지 마수를 뻗쳤다는 것을, 그 여자의 편지를 들고 소영이 미국으로 득달같이 찾아왔을 때야 뒤늦게 알게 됐다.

엄청난 충격을 받은 소영이 걱정되고 혹여 소영을 잃게 될까 미친 듯이 두렵고 겁이 났지만, 오히려 냉정하게 호통을 쳐서 일본으로 돌려보냈다. 소영을 이해시키고 용서를 구하기에는 이미 너무 늦어 버렸다고 생각했다. 20여 년간 해 오던 대로 엄하게 다스릴 생각뿐이었다.

흔들리던 소영은, 그 여자한테 돈을 쥐어 주는 대신 다시는 연락을 하지 않겠다는 다짐을 받아 냈다는 말에 천만다행으로 다시 중심을 잡았다. 그래서 소영의 일은 그것으로 일단락되었다고 생각했다.

최희수한테 엄중하게 경고하고 수차례 다짐을 받아 내기도 했다. 돈만 쥐여 주면 만사 오케이라던 그 여자가 몰래 소영과 계속 연락을 주고받고 있다는 것도 모른 채 말이다. 그 여자는 몰라도 소영마저 자신을 감쪽같이 속이며 그 여자와 계속 연락을 주고받고 돈까지 보냈을지는 꿈에도 생각하지 못했다. 아무리 미국 정부와 비밀리에 추진 중인 연구에 매달려 다른 일에 눈 돌릴 경황이 없었다고 해도 그는 너무도 무심하고 멍청하고 안일한 아버지였다.

그 모든 일을 알았을 때는 이미 소영이 로스쿨을 자퇴하고 일본을 떠난 뒤였다. 한국으로 숨어들었다는 것까지는 확인됐으나 행방을 찾을 수 없었다. 대영과 정훈이 아니었다면 아마 지금까지도 소영을 찾지 못하고 있지 않았을까 싶다.

소영은 아직도 아버지를 만나고 싶어 하지 않지만, 정훈 덕분에 안정을 많이 되찾은 것 같았다. 지금껏 힘들게 공부해 온 것이 아깝기는 하지만 소영 스스로 하고 싶고, 의미 있는 일을 찾았다는 것이 그 아이의 남은 미래를 위해서 더 나은 일이 아닌가 싶기도 했다.

저 스스로 함께할 사랑을 찾고 제 인생을 찾은 아이. 고맙고 또 고마웠다. 남은 건 시간이 흘러 소영의 마음속에 맺혀 있는 아비에 대한 원망이 조금이나마 무뎌지기를 기다리는 것뿐이라고 생각했다.

그런데 아닌 밤중에 홍두깨라고, 며칠 전 그 여자가 죽었다는 연락을 받았다. 그것도 수치스러운 치정 강도 사건으로! 그 여자가 어떻게 죽었든 상관없었다. 하지만 그 여자의 치욕스러운 죽음으로 또다시 나락으로 떨어질지도 모르는 소희가 걱정스러웠다. 그 좁은 한인 사회에서 그 여자의 딸이라는 이유만으로 얼마나 손가락질을 받으며 구설수에 오르내릴까. 대단한 집안의 아들과 결혼까지 앞두고 있다는데 혹시 그 일로 결혼마저 무산되어 버리는 것은 아닐까.

걱정되는 마음에 무리하게 일정을 변경하면서 억지로 이곳까지 날아온 동우였다. 이젠 정말 아무도 없이 혼자가 되어 버린 아이. 어리석은 이기심 때문에 내 손으로 버렸던 아이.

아아, 이 아이한테 어떻게 용서를 구해야 할지 모르겠다.

"그래서…….."

소희가 시니컬한 음성으로 그의 말을 잘랐다.

"그래서, 뭐요? 그동안 멀리서나마 나를 지켜보고 있었다고 하면 내가 감동이라도 할 줄 알았나요? 천만에. 감동은커녕 불쾌해서 소름이 다 끼치네요. 그런데 엄마가 죽은 것과 그쪽이 무슨 상관이죠? 무슨 상관이라고 얼씨구나 하고 여기까지 찾아온 거예요? 보아하니 조의를 표하러 온 것 같지는 않은데."

"네가 걱정돼서 온 거다."

"그쪽이 나를 왜 걱정해요? 이제껏 남남으로 서로 모른 체 잘 살아왔잖아요. 난 그쪽 걱정, 하나도 달갑지 않은데. 아, 혹시 예전처럼 돈이나 몇 푼 쥐여 줄 생각으로 온 건가? 그렇다면 그냥 돌아가시죠. 난 그쪽 돈 따위, 필요 없으니까."

차가운 소희의 말 한 마디 한 마디가 동우의 가슴에 비수처럼 날아와 박혔다. 그러나 그는 차마 아프다는 말 한마디 할 수가 없었다. 그를 향한 적대감을 굳이 감추려 하지 않는 소희의 행동은 지극히 당연한 것이었다. 오롯이 그 혼자 감당해야 할 죄과였다.

뒤늦게 생각났다는 듯 소희가 불현듯 아! 하고 낮은 탄성을 질렀다.

"아, 혹시 이것 때문에 오신 건가?"

자리에서 벌떡 일어난 소희가 옷장에서 커다란 가방을 하나 꺼내 그의 발치 앞에 툭 던졌다.

"엄마가 그쪽 딸하고 그동안 주고받은 편지들이에요. 그 안에 그쪽 딸이 엄마한테 보내 줬던 송금 내역하고 남은 돈 있으니까 다 가져가요. 안됐지만 얼마 남지는 않았어요. 엄마 유품 정리하면서 그것도 다 같이 태워 버릴까 하다가, 그쪽 딸한테 돌려줘야 하는 거 아닌가 싶어서 혹시나 하고 챙겨 뒀던 거예요. 마침 잘됐네요. 온 김에 그쪽이 다 가져가요."

동우는 시선을 내려 발치에 덩그러니 놓여 있는 커다란 가방을 한동안 조용히 내려다보았다. 마른 가슴 앞으로 팔짱을 낀 소희가 시간을 확인했다.

"5분 거의 다 됐네요. 용건 끝났으면 이제 그만 가 주시죠."

"소희야……."

비소를 머금고 있던 그녀의 입매가 싸늘하게 얼어붙었다.

"내 이름 함부로 부르지 마요. 그쪽이 함부로 부르라고 있는 이름 아니야.”

“미안하구나. 네 마음속에 나란 인간이 어떻게 맺혀 있을지 잘
안다. 그래서 용서해 달라는 말은 차마 못 한다. 하지만…….”

천천히 시선을 들어 올린 동우가 자못 날카로워진 눈빛으로
소희를 똑바로 바라보았다.

“하지만 네가 내 딸이라는 사실은 변하지 않는다.”

소희의 길어진 눈가가 파르르 떨렸다.

“웃기지 마. 난 당신 딸 아니야. 당신이 내 생물학적 생부일
지는 몰라도 내 아빠는 오직 한 분밖에 없어. 당신과 엄마가
자식을 서로 나눠 가진 순간, 그쪽과 내 관계는 이미 끝난 거
라고. 엄마는 돈이 궁해서 제 손으로 잘라 낸 그쪽 딸하고의
관계를 다시 엮었는지 몰라도 난 아니야. 난 그쪽 사람들 도움
따위 전혀 필요 없거든. 난 내가 알아서 살아. 그러니까 헛소
리 집어치우고 그만 꺼져.”

“안다. 네가 혼자서도 충분히 잘 살아갈 수 있는 강한 아이
라는 것을. 하지만 난 너를 이대로 혼자 내버려 둘 수가 없구
나. 너 혼자 힘들게 살아가도록 모른 척 내버려 둘 수가 없어.
누가 뭐라고 해도 난 네 아비이고 넌 내 딸이니까.”

소희의 음성이 히스테릭하게 한 톤쯤 높아져 터져 나왔다.

“분명히 그딴 헛소리 집어치우라고 말…….”

“흥분하지 말고 끝까지 들어라. 이제 와서 네 아비라고 무조
건 내 뜻을 따르라고 강요할 생각은 없으니까. 내가 무슨 염치
로 너한테 그런 소리를 하겠니. 다만…….”

동우가 잠시 말을 멈추고 무거운 숨을 몰아쉬었다.

　"다만 이제라도 더 늦기 전에 잘못된 일을 바로잡고 싶을 뿐이다. 너나 소영이…… 너의 쌍둥이 동생 말이다. 너나 소영이 모두에게 말이야. 그땐 어쩔 수 없었다는 변명은 하지 않으마. 너희들에게는 미안하지만 그 여자와 이혼한 것을 후회하지는 않으니까. 아니, 애초에 그 여자와는 결혼하는 것이 아니었다. 비정하고 무책임하다고 욕해도 할 수 없다. 그것이 내 솔직한 심정이고 사실이니까."

　소희는 가쁜 숨을 몰아쉬었다.

　그녀도 부모의 이혼을 탓하는 것은 결코 아니었다. 아무리 사랑했던 사람들도 시간이 지나 정이 식으면 이혼하는데, 그게 무에 대수겠는가. 그 정도도 이해하지 못할 그녀는 아니었다. 더구나 아빠의 일기를 봐서 엄마가 저 친부라는 사람과 어떻게 결혼했는지 그녀도 잘 알고 있었다. 사랑으로 결혼한 사람들이 아니었다. 엄마의 집착과 야망으로 시작된 관계였을 뿐이다.

　그래서 애초에 엄마와 결혼하는 것이 아니었다는 동우의 말을 소희는 십분 이해했다. 원치 않던 단 하룻밤의 실수로 임신이 된 엄마의 배 속에 있는 자신의 핏줄 때문에 어쩔 수 없이 경멸하는 여자와 결혼을 결심했다는 저 사람이 딱하게 여겨지기도 했다.

　그리고 엄마가 어떤 사람인지는 누구보다 그녀 자신이 잘 알고 있었다. 어찌 보면 그런 여자를 3년이나 참고 살았다는 것이 되레 용하다고 할 수도 있을 터였다. 돌아가신 아빠도 어찌할 수 없는 사랑 때문에 참고 살았지, 다른 남자였다면 어림도 없었을 것이다.

그래서 엄마와 이혼했다는 것 자체도 뭐라고 탓할 마음은 전혀 없었다.

저 사람의 죽마고우인 아빠를 일부러 유혹하고, 정사를 벌이는 현장에 저 사람을 불러들여 직접 보게까지 만들었다니, 이혼이 아니라 그 자리에서 엄마를 때려죽였다고 해도 뭐라 할 말은 없었을 터였다. 아빠도 그 사실을 두고두고 후회하며 저 사람에 대한 죄책감으로 스스로를 부단히 괴롭히며 사셨으니까 말이다.

어쨌든 그런 여자와 이혼을 하면서 자식을 나눠 양육한 거? 안 그랬다면 좋았겠지만, 뭐 그것도 얼마든지 이해할 수 있었다. 큰애, 작은애 이혼하면서 나눠 키우는 건 얼마든지 있을 수 있는 일이니까.

그래서 솔직히 말한다면, 소희는 동우에 대한 적대감이나 원망 따위는 크게 없었다. 까놓고 말하면 동우 역시 피해자였다. 그런데 같은 피해자끼리 누가 누구를 원망한단 말인가.

그러나 그럼에도 불구하고 소희가 이처럼 동우에 대한 적대감을 불태우며 터부시하는 이유는…… 그가 아닌 자신 때문이었고 죽은 규식에 대한 죄책감 때문이었다.

그 날 엄마가 아빠한테 친부 얘기만 꺼내지 않았다면…… 자신이 아빠를 부정하고 밀어내지만 않았다면, 아빠는 결코 그렇게 돌아가시지 않았을 테니까. 결과적으로 보자면 그녀가 아빠를 죽음으로 내몬 것이었다. 아빠의 은혜도 모르고, 그 큰 사랑도 모르고 배은망덕하게 아빠를 죽음으로 내몰고 말았다.

때문에 소희는 친부의 존재를 인정하고 받아들일 수 없었다. 돌아가신 아빠가 너무 가엾어서, 너무 미안하고 죄스러워서, 그 큰 사랑을 이제야 깨달았는데, 되돌리기에는 이미 너무 늦어 버려서……

그래서 소희는 동우한테 더 악을 쓰고 표독하게 힐난하며 원망의 말을 내뱉었다.

"잘했어요. 그렇게 떳떳하게 잘했으면 됐지, 여기까지 왜 찾아와서 난리실까. 누가 뭐라고 그랬다고. 엄마도 죽었으니 이젠 정말 그 일로 왈가왈부할 사람도 없어진 거잖아요. 앞으로도 계속 그렇게 살아요. 그럼 되잖아. 그런데 이제 와서 왜 갑자기 잘못을 바로잡겠다고 이 난리를 피우는 걸까? 진짜 이상한 사람이네요."

"하지만 그와는 별개로 너와 소영이한테 그러면 안 되는 거였다. 어떻게든 같이 자라게 해야 했어. 그게 불가능했다면 적어도 너희끼리만이라도 서로 연락하고 만나게 해 줬어야 했어. 그랬다면 일이 이 지경까지 엉망이 되지는 않았을 게다. 모두 내 불찰이고 내 알량한 이기심 때문이었다."

"그래서 지금 나보고 그 아이하고 연락하고 지내 달라고요? 그 부탁하러 온 건가요? 왜요? 그 아이가 엄마만 가지고는 성이 안 찬대요? 기어코 나까지 제 곁에 두고 봐야 성이 차겠다고 그쪽한테 애원이라도 하던가요? 후후후. 세계적 석학인 부친 밑에서 떵떵거리며 고생 모르고 살아서 그런가? 꽤 응석받이인 모양이네요. 하긴 저 버리고 도망간 엄마가 뭐가 좋다고 그 많은 돈을 속없이 척척 보내 준 걸 보고 순진하고 세상 물정 하나도 모르는 철부지일 거라고는 생각했어요. 그런데 이걸 어쩌나. 난 그쪽은 물론 그 아이한테도 손톱만 한 관심이 없는데. 철딱서니 없는 딸 응석은 그쪽이 알아서 풀어 주든가 말든가 하고요. 두 번 다시는 나 찾아와서 귀찮게 하지 말아요. 그쪽과 그 아이 모두 나하고는 아무 상관 없는 사람들이니까."

동우는 제 쌍둥이 동생마저 부정하는 소희를 안타깝게 바라보았다.

"소영이 때문만이 아니다. 너 때문이야."

"왜요, 고등학교도 제대로 졸업 못한 게 이젠 정말 부모 형제 아무도 없이 혼자 살 거 생각하니까 불쌍해서 새삼 눈물이 앞을 가려요? 웃기지 마. 감히 누가 누구를 동정해. 난 그따위 싸구려 동정 필요 없으니까 당장 꺼져!"

"제발!"

동우가 자리에서 벌떡 일어나 소리쳤다. 일그러진 눈가가 바르르 떨렸다.

"제발…… 한 번만 기회를 다오. 너한테 못다 한 아비 노릇을 할 기회를 제발 한 번만…… 부탁한다."

"누가 내 아버지야! 당신은 내 아빠가 아니라고!"

"그래, 네 아빠는 죽을 때까지 안규식, 그 사람 한 명뿐이겠

밤 은
아침을
꿈꾼다

지! 안다. 규식에게서 네 아빠 자리를 빼앗겠다는 것이 아니야. 이제 와서 나를 아빠라고 인정해 달라는 것도 아니다. 다만 내가 어리석어서 하지 못했던 도리를 이제라도 조금만 할 수 있게 해 달라고 부탁하는 것뿐이다. 네가 아는지 모르겠지만…… 규식은 나에게도 소중한 친구였다. 혈육만큼 소중하고 각별했던 친구. 하지만 한낱 여자 때문에 우정을 배신하고 내게서 너를 빼앗아 간 규식을 용서할 수 없었다."

동우는 소희를 똑바로 바라보며 말을 이었다.

"그럼에도 규식이라서, 그 여자한테 너를 보낼 수 있었던 거다. 규식이라면 너를 제 자식처럼 온 마음을 다해 사랑으로 바르게 키워 줄 거라는 믿음이 있었으니까. 물론 한때는 그 믿음마저도 저버리는가 싶어서 그를 원망한 적도 있었다. 하지만 이제는 아니다. 널 이만큼 강하고 바르게, 훌륭하게 키워 준 건 다름 아닌 규식이니까."

규식은 동우에게 밉지만 온전히 미워할 수도 없는 애증에 가까운 존재였다. 우정을 배신하고 소희를 앗아 갔지만, 소희를 사랑으로 이만큼 키워 준 고마운 은인이기도 했다.

"그 때문에 너한테서 규식의 자리를 빼앗고 싶은 마음은 조금도 없다. 너한테 아빠는 안규식, 그 친구 하나다. 나한테는 그저…… 그래, 다시 부탁하마. 네 아버지가 못다 한 일을, 네 아버지의 친구로서 내가 대신할 수 있게만 해 다오. 네 아버지라면, 규식이라면 너 혼자 이렇게 힘들고 외롭게 살아가기를 결코 바라지 않을 게다. 네가 그토록 사랑하는 아버지를 위해서, 네 아버지라면 네게 진정 바라는 것이 무엇일지 진지하게 다시 한 번 생각해 주기를 바란다."

아빠를…… 위해서? 아빠가 진정 바라던 것?

순간 소희는 뒤통수를 세게 걷어차인 듯 벼락같은 충격에 휩싸여 꼼짝도 할 수가 없었다.

아빠는…… 마지막 순간까지 오직 그녀가 행복해지기만을 바라셨다. 그리고 언젠가 때가 되면 그녀한테 친부가 누구인지와 쌍둥이 동생이 있다는 사실을 얘기해 주려고 했다. 그녀에게 친부와 쌍둥이 동생을 만나게 해 주려고 했다.

그 날을 위해서 소희를 남부럽지 않게 키우고자 하셨다. 그렇게라도 해서 친구의 우정을 배신하고 그에게서 딸을 뺏은 죄과를 갚고자 했다. 당신 스스로 거세하면서까지 소희를 온 마음을 다해 사랑으로 키운 것 역시 따지고 보면 그 때문이었다. 엄마의 잘못까지 당신이 짊어지고 속죄하는 마음으로 소희를 사랑으로 보듬어 키우셨다.

그런 아빠가 진정으로 바라던 오직 한 가지는…….

'아빠…….'

제발 기회를 한 번만 달라고 부탁하면서도 정나미 떨어질 정도로 지나치게 이성적이고 냉담해 보이는 동우의 등 너머로 안타까움에 어쩔 줄 몰라 하며 애원하는 아빠의 모습이 겹쳐 보였다. 아빠는 기도하듯 양손을 꼭 잡고 간청하며 일그러진 얼굴 위로 눈물을 뚝뚝 흘리고 있었다.

밤 은
아침을
꿈꾼다

소희야, 제발 네 아버지의 손을 잡으렴. 이 아비가 이렇게 간청하마. 너 혼자는 안 돼. 너 혼자 어디로 가려고 하니. 내가 바라는 건 네가 행복해지는 것뿐이다. 넌 혼자가 아니야. 너한테는 자랑스럽고 훌륭한 아버지도 있고 동생도 있어. 제발 그들의 손을 잡아. 그들이 너의 진짜 가족들이야. 그들과 새 삶을 살아. 네가 당연히 누려야 했던 것들을 이제부터는 마음껏 누리고 살아. 내 딸아, 제발 이 아비가 이렇게 부탁하마.

하지만 아빠, 어떻게 나 혼자…… 그럴 수는 없어. 어떻게 이제 와서 나 혼자 잘 살아. 아빠를 고통스럽게 죽게 만들어 놓고 어떻게…….

바보구나, 우리 딸. 말했잖아. 아빠가 바라는 오직 한 가지는 네가 행복해지는 것뿐이라고. 넌 잘못한 거 없어. 네 잘못도 아닌 일로 그만 괴로워하렴. 네가 그렇게 계속 아파하면 아빠가 더 아파. 아빠가 더 괴로워. 아빠도 이제 그만 쉬고 싶구나. 우리 딸이 환하게 웃는 모습을 보면 아빠가 이젠 정말 마음 놓고 저세상으로 갈 수 있을 것 같은데, 도와주지 않으련? 이 못난 아빠를 위해서라도…….

아빠…….

극심한 혼란에 휩싸인 듯 소희의 안색이 삽시간에 창백해졌다. 부릅뜬 눈동자가 허공을 응시한 채 부들부들 떨리고 있었다. 동우는 소희의 안쓰럽도록 마른 어깨를 끌어안고 괜찮으냐고, 미안하다고 진심으로 용서를 구하며 빌고 싶었다. 그러나 차마 손이 나가지 않았다.

동우는 더 이상 혼란에 힘겨워하는 딸의 모습을 지켜볼 수가 없어서 몸을 돌렸다.

"급하게 오는 바람에 시간을 많이 비울 수가 없었다. 늦어도 내일 밤 비행기를 타고 미국으로 돌아가야 해. 그 전에 다시 한 번 생각해 보고 답을 줬으면 좋겠구나. 정 안 되면 조만간 다시 시간을 내서 찾아오마."

동우는 떨어지지 않으려는 발걸음을 가까스로 떼며 힘겹게 움직였다. 문에 다다라 손잡이로 손을 뻗었다. 문고리를 돌리는데 등 뒤에서 잔뜩 억눌린 채 바르르 떨리는 목소리가 들려왔다.

"……갈게요."

우뚝 걸음을 멈춘 동우가 믿기지 않는다는 듯 스르륵 고개를 돌려 소희를 쳐다보았다. 처음으로 감정이 비치는 동우의 떨리는 눈동자와 점차 진정되어 가는 소희 까만 눈동자가 허공에서 첨예하게 부딪쳤다. 턱을 들어 올린 소희가 선언하듯이 말했다.

"나도 내일 미국으로 데려가 줘요. 그럼 당신이 부탁한 그 마지막 기회라는 것을 드리죠."

할당받았던 과거 일본 군부의 공문서들과 주요 일본 역사서들의 번역을 무사히 마친 소영은 사무실에 얘기해서 보름간의 말미를 얻었다. 그녀는 집으로 돌아오자마자 괌 비행기 편을 알아보았다.

가급적 빨리, 내일이라도 당장 엄마와 쌍둥이 언니를 만나러 갈 생각이었다. 하지만 정훈은 내일 당장은 무리라고 했다. 3일 뒤 주말을 끼고 함께 가자고 했다. 그동안 무수히 망설이고 뒤로 밀어 왔던 일이라서 결심이 선 김에 빨리 괌에 가서 그들을 만나보고 싶었지만, 소영 혼자서는 절대로 보낼 수 없다는 정훈의 뜻이 하도 완강해서 일단은 그러마 하고 고개를 끄덕거렸다.

그래서 인터넷으로 금요일 저녁에 괌으로 출발하는 비행기 표를 알아보고 있는데, 휴대전화 벨이 울렸다. 소영은 당연히 정훈일거라고 생각하고 액정 화면도 제대로 보지 않은 채 전화를 받았다.

"응, 오빠. 회의 끝났어요? 난 지금……."

인터넷으로 비행기 표를 알아보고 있다고 말하려고 하는데, 정훈이 아닌 다른 사람의 음성이 들려 왔다.

-소영아.

순간, 소영의 모든 동작이 멈췄다. 심장박동마저 일순 멈춰 버린 것 같았다. 아빠였다.

잠시간이 침묵이 정적과 함께 흘렀다. 멈췄던 뇌 회로가 삐걱거리며 다시 움직이기 시작했다. 소영은 마른침을 삼키고 입술을 달싹거렸다.

"아빠…… 어쩐 일이세요. 이 번호는 어떻게 아시고……."

　아니, 괜한 걸 물어봤다. 대영 아저씨한테 물어보면 쉽게 알아낼 수 있는 번호가 아닌가. 대영 아저씨 가족들과 만난 지가 언젠데. 아빠가 이제야 전화를 걸어온 것이 어쩌면 되레 늦은 것이 아닌가 싶기는 하다.

"오랜만이네요, 잘 계셨어요?"

　놀란 마음을 추스르고 소영은 금세 차분함을 되찾았다.

　─너는…… 어디 아픈 곳 없고?

"네."

　─그래, 잘 지내고 있다는 얘기는 대영 아저씨를 통해 전해 들었다. 다행이구나. 소영아…….

　아빠답지 않은 조심스러운 부름에 소영은 미간을 슬쩍 찌푸렸다.

"네."

　─미안하다. 아빠가 네게 너무 큰 상처를 준 것 같구나. 너를 너무 내 뜻대로만 키우려고 했어. 엄하게만 키우는 것이 다가 아닌데, 내가 미숙하고 안일했다. 그때 네가 찾아왔을 때라도 사실대로 차분하게 얘기해 줬어야 했는데 나 스스로 그 소중한 기회를 날려 버렸구나. 이제 와서 이런 말 한다는 것도 다 부질없는 일이지만, 오랫동안 너 혼자 맘고생 하게 해서 미안하다.

"……."

−그래서 이제부터라도 지난 잘못을 바로잡아 볼 생각이다. 후우, 소영아…….

수화기에서 동우의 무거운 한숨 소리가 흘러나왔다. 그와 함께 소영의 마음도 무겁게 내려앉았다.

"네."

−어디서부터 어떻게 얘기를 해야 할지 모르겠구나. 전화로 하기에는 너무 긴 이야기이기도 하고. 생각 같아서는 지금 당장 서울로 가서 네 얼굴을 보고 얘기하고 싶다만 형편이 영 그렇게 되어 주지를 않는구나. 미안하다만 네가 미국으로 좀 와 줄 수 있겠니? 아니, 꼭 와 줘야만 한다. 그것도 되도록 빨리 와 주면 좋겠구나.

역시 아빠답다는 생각이 들었다. 평소와 달리 부탁 조의 말이었지만 내용은 여느 때와 다름없는 강압 조의 명령이었다. 요는 즉, 당장 미국으로 날아오라는 엄명이었으니까. 소영은 쓸쓸히 미소 지으며 지그시 두 눈을 감았다가 떴다.

"죄송해요. 그럴 수 없습니다. 저도 제 생활이 있고 해야 할 일이 있어요. 아빠의 말 한마디에 제 일을 다 제쳐 두고 미국으로 날아가는 일은 앞으로 절대 없을 겁니다. 전화로 하실 말씀이 아니라고 하셨죠. 그럼 나중에 연구보다 제가, 그 이야기가 더 중요해졌을 때, 그때 와서 하세요. 전 지금 이 자리에 계속 있을 거니까요. 제가 또 어딘가로 숨거나 사라지지 않을까 걱정하시는 거라면, 그런 걱정은 하지 않으셔도 돼요. 더 이상 그럴 일은 없으니까요."

내가 누구인지, 어떻게 살아가야 할지 고민하고 방황하며 혼란스러워했던 시간은 이제 끝났다. 더 이상 혼자 주저앉아 괴로워하지 않을 터였다. 헤매던 바닥을 박차고 뛰어올랐으니 이제 남은 것은 내가 정한 방향으로 꿋꿋하게 헤쳐 나아가는 것뿐이리라.

　─……무슨 말인지 알겠다. 하지만 소영아.

"더 하실 말씀 없으시면 전화 이만 끊겠습니다. 다시 뵐 때까지 건강하세요."

　─잠깐만 소영아! 지금 네 언니와 함께 있다.

전화를 끊으려던 소영의 동작이 다시 한 번 정지화면처럼 뻣뻣하게 굳어 버렸다. 커다래진 눈동자만 좌우로 세차게 흔들렸다. 소영은 아빠가 무슨 말을 하는 건지 선뜻 알아들을 수가 없었다.

　─지금 괌 공항이다. 곧 비행기를 탈 게다. 네 언니와 함께.

"그, 그게 무슨…… 아빠가 어떻게……."

　─얘기하자면 길다. 전화로 할 얘기가 아니라는 것도 그 때문이었고. 그래서 가급적 빨리 네가 미국으로 와 줬으면 좋겠다고 한 게다. 너희 둘…… 이젠 서로 만나 봐야 하지 않겠니.

소영은 한동안 정신을 차릴 수 없었다. 아빠한테 무어라 대답하고 전화를 끊었는지도 기억이 나지 않았다. 녹턴의 멜로디가 수없이 울리다가 꺼지는데도 아무 소리도 들리지 않았다.

전화를 받지 않는 소영이 걱정되어 정훈이 허겁지겁 달려왔을 때, 소영은 무릎을 끌어안고 소파에 오도카니 앉아 있었다.

밤　은
아침을
꿈꾼다

귀신에게 홀렸다가 깨어난 사람처럼 소영이 정훈을 올려다
보며 말했다.
　"오빠, 나 내일 당장 미국에 가야겠어."

기구崎嶇

컬럼비아 공항에 내린 소영은 싸늘하게 불어오는 바람에 옷
깃을 여미며 서둘러 택시에 올랐다. 택시 기사에게 컬럼비아
시 중심부에 위치한 아빠의 집 주소를 불러 주었다.

아빠 말에 의하면 쌍둥이 언니는 아빠의 집에 잠시 머물고
있다고 했다.

안 그래도 혼자 힘들게 돈을 벌며 살아온 터라 건강이 많이
약해져 있었는데 거기다 엎친 데 덮친 격으로 엄마의 갑작스
럽고 비극적인 죽음으로 심신이 모두 허약해진 상태라고 했다.
그 때문에 당분간 요양 겸 괌을 떠나 아빠의 집에 머물기로 했
다고 했다.

어차피 아빠는 일 때문에 연구실에서 밤을 새울 때도 허다
하고 일을 마치고 들어가 봐야 밤늦게 귀가해서 아침 일찍 집

을 나서니, 굳이 따로 숙소를 잡을 필요 없이 집에서 편히 지내라고 언니를 억지로 잡았노라고 했다.

소영도 엄마라는 사람이 끔찍한 죽음으로 생을 마감했다는 사실에 적지 않은 충격을 받았다. 그러나 25년을 엄마와 함께 산 쌍둥이 언니가 받은 충격만큼은 결코 아니리라.

본인의 욕망만을 좇아 파란만장한 생을 살다 비명에 마친 여자. 엄마라는 여자는 왜 그렇게밖에 살지 못했을까. 안타까우면서도 아프고 원망스러우면서도 서글펐다.

진작 용기를 내어 엄마를 보러 가지 못한 것이 한스럽기도 했다. 어쨌든 그녀를 낳아 준 생모가 아닌가. 적어도 한 번은 직접 만나 낳아 주셔서 감사하다는 말씀을 드렸어야 했는데 더 큰 상처와 실망할 것이 두려워 몸을 사렸던 것이 두고두고 후회스러울 것 같았다.

언니에게도 사랑하는 남자가 있다고 했다. 2개월 후에 결혼하기로 약속한 약혼자라고 했다. 그런데 아무래도 그녀가 미국에 터를 잡고 살 생각인 것 같아서 우려가 된다는 뜻도 언뜻 비치셨다. 그 남자가 생업까지 때려치우고 미국으로 날아와 언니와 함께 있겠다고 하는 것도 당분간 편히 쉬고 싶다며 한사코 말리는 눈치라고.

요 근래 아빠와 가장 많은 대화를 한 것 같았다. 그것도 일방적인 지시나 학업 성과에 대한 이야기가 아닌 동일한 누군가를 걱정하는 평범한 부녀다운 대화를. 25년 만에 처음이라고 해도 과언이 아닐 터였다.

밤 은
아침을
꿈꾼다

쌍둥이 언니 덕에 부녀간에 쌓여 있던 두꺼운 벽과 지난 1년 가까이 연락을 끊고 지냈던 냉각 기류가 부지불식간에 스르르 사라져 버렸다. 여전히 여느 부녀 사이와는 다르게 어려운 상하관계처럼 데면데면하고 딱딱하기는 하지만 생각해 보면 놀라운 진일보가 아닐 수 없었다. 참으로 아이러니한 일이었다.

정훈은 연말에 휴가를 몰아서 오기로 합의를 보았다. 꽘이라면 몰라도 미국까지는 주말을 이용해서 간단히 오갈 수 있는 곳이 아니니까 말이다. 그녀가 일하는 사회단체에는 양해를 구하고 당분간 쉬겠다고 말해 놓았다. 오래 함께 일을 하겠다고 해 놓고 갑자기 무기한 일을 쉬겠다고 해서 면목 없고 미안했지만, 사안이 사안인지라 어쩔 도리가 없었다.

당분간은 어떠한 일에도 구애받지 않고 쌍둥이 언니와 함께 시간을 보낼 생각이었다. 두세 살까지는 함께 컸다고 하지만 그때 기억은 하나도 나지 않는다. 하나밖에 없는 언니, 그것도 쌍둥이 언니를 태어나 처음으로 아니, 22년 만에 만나는 것이었다. 그보다 가슴 설레고 중요한 일은 없었다.

물론 두렵기도 했다.

어떤 사람일까. 정말 나와 똑같이 생겼을까. 쌍둥이들은 텔레파시처럼 통하는 것이 있다는데 언니와 나도 그럴까. 언니도 내 존재를 알게 된 그 순간부터 나를 그리워했을까. 과연 나를 반겨 줄 것인가.

고등학교를 제대로 졸업하지 못할 만큼 형편이 어려워져 힘든 시간을 보냈다고 했다. 사랑으로 키워 주신 양부의 사고사에 이어 엄마라는 사람의 참혹하다고밖에 달리 표현할 길 없는 죽음까지 홀로 겪으며 견뎌 내야 했다고 했다.

쌍둥이 언니가 겪은 고초에 비하면 소영 자신이 겪은 혼란과 고통 따위는 어린아이의 투정에 불과할 정도이리라. 한데 고작 그 정도 가지고 엄살을 부린 것 같아서 소영은 스스로가 무척이나 부끄러웠다.

그동안 아무도 모르게 쌍둥이 언니를 지켜보고 있었다는 아빠에게도 깜짝 놀랐다. 아빠에게 그런 면이 있을 줄은 상상도 하지 못했다. 아빠와의 관계가 조금이나마 개선되고 감정이 누그러진 것도 어쩌면 그 때문인지 모르겠다.

택시에서 내린 소영은 초록 잔디가 깔린 아담한 정원 너머 고즈넉한 바로크풍의 2층 주택을 올려다보았다.

지금 저곳에 쌍둥이 언니가 있다!

가슴이 미친 듯이 뛰기 시작했다.

소영은 아담한 마당을 가로질러 현관으로 걸어갔다. 코트와 치맛자락이 스산한 바람에 나부꼈다. 크게 심호흡을 하고 벨을 눌렀다. 응답하는 말이 돌아오지 않았다. 현관으로 다가오는 발걸음 소리도 들리지 않았다.

집에 없는 걸까?

아빠를 통해 오늘 그녀가 도착한다는 것을 언니도 알고 있을 터였다. 그러니 외출은 하지 않았을 텐데. 잠시 나가기라도 한 걸까?

공항에 내려 미리 전화를 할까 하다가 언니가 전화로 동생과 처음 대면하게 되는 걸 원치 않는다고 들었기에 그냥 바로 왔는데, 잘못한 게 아닌가 싶기도 했다. 그동안 아빠와 그 많은 통화를 했는데도 언니는 단 한 번도 그녀의 전화를 넘겨받지 않았다.

다시 한 번 벨을 눌렀으나 마찬가지였다. 소영은 망설이다가 백에서 현관 열쇠를 꺼내 들어 문을 열고 집 안으로 들어갔다. 캐리어의 바퀴가 마룻바닥을 긁는 소리가 고요한 공간에 울려 퍼졌다. 마른침을 삼킨 소영이 입술을 달싹거렸다.

"저기요."

입안이 바싹 말라 왔다. 조금 더 목소리를 높였다.

"누구 안 계신가요? 차소영이라고 합니다."

소영은 귀를 쫑긋 세우고 양옆의 거실과 주방 쪽을 두리번거리다가 2층 계단을 올려다보았다. 그러나 어떠한 인기척도 들려오지 않았다.

그녀는 캐리어를 현관 입구에 놓아두고 조금씩 걸음을 옮겼다. 2층으로 올라가 볼까 망설이는데, 뒷마당으로 향하는 유리문에서 희미한 음악 소리가 들리는 것 같았다. 소영은 걸음을 돌려 계단 아래의 복도를 걸어갔다. 유리문이 가까워질수록 희미한 음악 소리가 조금씩 분명하게 들려왔다.

심장이 벌 떼처럼 세차게 뛰어 댔다. 둥근 손잡이에 손을 뻗어 조심스럽게 돌렸다. 앞마당보다 넓은 뒷마당은 빙 둘러싼, 성인 어깨높이의 나무 목책 안에 고즈넉하게 자리하고 있었다. 빛바랜 잔디와 찬바람에 생기를 잃은 나무들이 바람에 흔들리며 술렁거리고 있었다.

　뒷마당으로 나온 소영은 좌우를 두리번거렸다.

　아!

　좌측에 놓아두는 2인용 테이블 의자에 누군가 앉아 있었다. 새하얀 의자 등받이 너머로 긴 갈색 머리카락이 찰랑거리는 나무 잎사귀들과 함께 흩날리고 있었다. 붉은색 체크무늬의 담요를 두르고 있는 어깨가 무척이나 가녀렸다. 어느 여가수가 부르는 〈over the rainbow〉가 바람에 흩날리며 사위를 에워쌌다.

　And the dreams that you dare to dream.
　(마음으로 꿈꾸면)

　Really do come true.
　(정말로 이루어지는 곳)

　That's where you'll find me Somewhere over the rainbow.
　(무지개 저 너머 어딘가 그곳에서 나를 찾을 수 있을 거예요)

　소희는 무지개 너머의 어딘가를 꿈꾸듯 깊어 가는 회색빛 겨울 하늘만 한없이 바라보고 있었다. 그러다 불현듯 인기척이라도 느낀 걸까. 흠칫 놀란 소희가 뒤를 돌아보았다.

　경악하듯 부릅떠진 두 사람의 시선이 허공에서 마주쳤다.

순간, 바람도 음악 소리도 모두 멈춰 버렸다.

서로의 존재조차 몰랐던 쌍둥이 자매, 소희와 소영은 그렇게 다시 만났다. 22년이라는 긴 세월을 돌고 돌아서 마침내…….

◉

"신기하다. 정말…… 똑같이 생겼네."

뜨거운 찻잔을 마주하고 거실에 앉은 지 한참이 지나서야 소희가 먼저 입을 열었다. 그제야 소영도 간신히 목소리를 낼 수 있었다.

"그러게."

"기분이 이상해. 나랑 똑같이 생긴 사람을 보고 있는 기분……. SF 영화를 보고 있는 것 같기도 하고, 어쨌든 뭐라고 말할 수 없을 만큼 너무 이상하다."

"……쌍둥이잖아."

두 사람은 서로에게서 시선을 떼지 못한 채 어색하게 미소 지었다. 그 어색한 미소마저 너무 똑같아서 놀랍고 신기하기만 한 두 사람이었다.

일란성 쌍둥이라니 똑같이 생긴 건 당연한 일일 터였다. 그래도 소희는 소영이 이 정도로 자신과 똑같이 생겼을 거라고는 생각하지 못했다. 헤어스타일과 피부색만 다를 뿐, 소영은 마치 거울 속의 자신을 보고 있는 것처럼 놀랍도록 똑같이 생겼다.

물론 친부가 보여 준 사진으로 이미 한 번 크게 놀라기는 했다. 그래서 소영을 직접 봐도 그다지 놀라지 않을 것 같았다. 한데 막상 이렇게 실제로 보고 나니, 그 충격은 더하면 더했지, 결코 덜하지는 않았다.

소영도 마찬가지였다. 엄마가 자신이 생모라는 것을 입증하기 위해서 보내 줬던 사진을 통해 그녀와 똑같이 생긴 소희를 몇 차례나 보고 또 보았더랬다. 그런데 사진으로만 보던 것과 실제로 보는 것의 간격은 천지 차이만큼 컸다.

심지어 두 사람은 얼굴만 똑같이 생긴 게 아니라 키나 체격까지도 거의 똑같았다. 164센티미터의 신장에 45킬로그램이 될까 말까 한 마른 체격. 물론 소영에 비해서 소희가 훨씬 더 마르기는 했다. 소영은 최근 정훈 덕분에 안정을 되찾으면서 정훈이 하도 거둬 먹이는 통에 조금씩 살이 올랐기 때문이다.

하나 서로를 살피는 시간이 길어질수록 처음의 충격이 가시면서 두 사람은 확연히 구별되는 서로의 다른 점을 하나둘 발견하기 시작했다. 누구나 한눈에 알 수 있는 머리 길이나, 단순히 잡티 하나 없이 백옥처럼 새하얀 소영과 다르게 까무잡잡하게 볕에 그을려 자잘한 주근깨들이 소복하게 박혀 있는 소희의 피부색 얘기가 아니었다.

두 사람을 아우르는 분위기나 눈빛부터가 확연하게 달랐다. 무겁지만 결코 어둡지 않은 소영과 다르게 소희는 암울하고 어두웠다. 차분하고 냉철하지만 지적이고 깊고 따스한 소영의 눈빛과 다르게 소희의 눈동자는 응축된 격정을 품은 차가운 얼음덩어리처럼 시리고 음산하고 날카로웠다.

소희는 그런 소영의 고아한 분위기와 지적이고 따스한 눈빛이 부러우면서도 은근히 비위가 상하고 속이 뒤틀렸다. 반면에 소영은 지독한 내상을 입고 결정적인 때를 기다리는 상처 입은 맹수와도 같은 소희의 모습이 안타깝고 가슴 아팠다.

같지만 너무 다른 두 사람. 다르지만 또한 너무 똑같은 두 사람이었다.

소영이 조심스럽게 말을 이었다.

"그분…… 엄마…… 얘기는 들었어. 미안해……."

"'엄마'라는 말, 하기 힘들면 굳이 할 필요 없어. 너한테 해 준 게 뭐가 있다고. 널 버렸던 사람이잖아. 그래 놓고 뻔뻔하게 너한테 돈까지 뜯어낸 사람이지. 낳아 줬다고 다 부모는 아니야. 세상에는 남보다도 못한 부모가 있기 마련이고, 냉정하게 말하면 엄마가 바로 그런 사람 중 하나였어. 평생 동안 자신만을 위해 살았던 사람. 자신만 행복하다면 자식이든 누구든 다른 사람의 고통 따위는 안중에도 없던 사람이 바로 우리 엄마라는 사람이었어. 엄마라는 존재에 그리움과 환상을 품고 있었다면, 너한테는 미안한 얘기지만 말이야."

소희는 눈빛 하나 흔들리지 않고 매몰찰 정도로 냉정하게 말했다. 소영은 순간적으로 흠칫했다. 소희의 말이 사실일지도 모른다. 아니, 그녀의 말이 100퍼센트 사실일 터였다. 25년을 살 부대끼며 함께 살아온 사람이 하는 말이니.

하나 그렇다고 해도 비참한 말로로 세상을 떠난 엄마를 두고 그 딸이 하는 말이라고 하기에는 너무 가혹하고 심한 것이 아닌가 싶었다. 물론 소영 자신에게는 그런 소희를 탓할 자격 조차 없긴 하지만.

"언……니가 많이 힘들었겠다. 미안해. 언니가 있다는 것을, 힘들게 살고 있다는 것을 알면서도 진작 찾아가지 못해서."

"괜찮아. 나라도 당연히 그랬을 거야. 아니, 나 같으면 너처럼 날 버린 엄마와 계속 연락을 주고받으며 돈까지 보내 주는 일은 절대 하지 않았을 거야. 뻔뻔하고 구질구질하잖아. 저 좋다고 떠날 땐 언제고, 연락 한 번 없다가 힘 빠지고 돈 떨어지니까 내가 널 낳아 준 생모다 하고 갑자기 나타나서는 돈이나 요구하고. 죽었다고 알고 있었을 때가 백만 배 낫지, 솔직히 그런 엄마는 차라리 없는 게 더 나은 거 아니니?"

소희는 아릿한 비소를 머금었다.

"그런데 넌 바보처럼 그걸 다 받아 줬더라. 착하기도 하지. 나중에서야 알았어. 엄마가 너한테 돈 뜯어내고 있었다는 거. 엄마 유품 정리하면서 너한테 받은 편지나 통장들을 발견했거든. 그건 통째로 모두 박사님한테 전해 드렸어. 찾아가고 싶으면 네 마음대로 해. 난 필요 없으니까."

"그랬구나. 그런데 나 그 돈, 엄마한테 보내 드렸던 거 아니야. 언니 거라서, 언니한테 보내 줬던 거지."

소희의 한쪽 눈썹이 실쭉 치켜 올라갔다.

"내 거라고?"

"할아버지, 할머니한테 물려받은 유산이었거든. 그러니까 당연히 반은 언니 거잖아. 언니도 그분들 손녀고 아빠 딸이니까."

밤  은
아침을
꿈꾼다

놀란 듯 소희의 눈이 일순 부릅떠졌다. 소희는 커다래진 눈으로 소영을 빤히 바라보았다.

"넌 참…… 이상한 애구나. 어떻게 그런 생각을 할 수 있니? 나 같으면 절대……."

하긴, 일생을 돈 걱정 없이 온실 속의 화초처럼 자란 아이니 그럴 수도 있겠다는 생각이 들었다. 절로 키득거리는 웃음이 흘러나왔다.

"넌 정말 나와는 다른 삶을 살았구나. 부럽네. 아직까지 아이처럼 선하고 순수한 마음을 간직할 수 있다는 게. 넌 공부도 많이 했다며? 박사님한테 들었어. 수재들만 간다는 도쿄 대학교 법학과를 나와서 로스쿨까지 다녔다고 말이야. 그런데 지금은 그렇게 힘들게 공부했던 거 다 때려치우고 서울에서 과거 진상 규명인가 뭔가 하는 사회단체에서 일하고 있다던데, 참 대단한 애로구나 싶었지. 고생을 모르고 자라서 너무 순진한 거 아닌가 싶기도 했고."

소영이 씁쓸하게 미소 지었다.

"그런가? 그래, 언니 말이 맞을 수도 있겠다."

경제적으로는 풍족했을지 몰라도 자신도 남들 모르게 외롭고 힘든 시간을 보냈노라고 항변하고 싶었지만 소영은 아무 말도 하지 않았다. 비범하고 엄한 아빠 밑에서 주눅 든 채 사랑에 굶주려 살았던 그녀의 아픔들은 소희가 겪었던 고난에 비하면 철부지 어린애의 투정 수준에 불과할 테니 말이다.

"그런데 나는 고등학교도 제대로 졸업하지 못했어. 혹시 그건 알고 있니?"

"아빠한테 들었어."

"그래서 말인데, 우리가 말이 잘 통할지 모르겠다. 살아온 환경도 너무 다르고 너나 박사님하고의 지적 수준 차이도 너무 많이 나서 말이야."

왜 굳이 저런 말을 하는 걸까. 부러 스스로를 격하시키면서까지 자신과 거리를 벌리려는 소희가 소영은 너무도 안타까웠다. 이제 겨우 만났는데, 얼마나 먼 길을 돌아서 왔는데.

"언니."

그러지 마. 그럼 내가 더 미안해지잖아. 날 미워하지 말아 줘. 우리가 이토록 다른 모습으로 마주하게 된 것은 언니 탓도, 내 탓도 아니잖아. 나는…… 언니를 이렇게 만날 수 있어서 너무 좋아. 감사해. 언니하고 함께 살고 싶어. 우리, 이제 함께 살자. 잃어버렸던 시간만큼 더 소중하게, 더 행복하게, 더 감사하게 생각하면서……. 날 밀어내지 말아 줘.

소영은 차마 소리 내어 말할 수 없는 간절한 바람을 마음속으로 절절하게 되뇌었다. 소희를 바라보며 눈으로, 온 마음으로 애원하듯 속삭였다.

순간, 차가운 막이 서려 있던 소희의 눈동자가 부릅떠지며 파르르 흔들렸다. 소영의 마음속 소리가 귀가 아닌 마음으로 들려오는 것만 같았다.

자신을 미워하지 말라고, 밀어내지 말아 달라고 애원하며 그녀의 손을 잡으려는 소영의 마음, 함께 살자고 행복해지자고 외치는 그 마음이 이미지처럼 머릿속에 새겨지듯 불현듯 들려왔다.

'이건 대체…… 뭐지?'

저 아이는 입도 벙긋 안 했는데 저 아이의 마음속 외침이 들려올 리가 없잖아. 그건 현실적으로 불가능해. 그럼, 불가능하고말고. 이건 단지…… 그래, 내가 불러낸 환청일 뿐이야. 인정하고 싶지 않지만 내 마음속 저 깊은 곳 어딘가에서 저 아이가 그렇게 말해 주길 간절히 바라고 있었던 건지도 몰라. 그래서, 그래서…….

순간 소영도 무언가를 느꼈다. 미세하게 느껴지던 파장이 점점 강해지면서 심장을, 머릿속을 세차게 두드리는 무언가가 있었다. 그것은 분명 외부에서 들려오는 소리도, 스스로 만들어낸 환청도 아니었다. 부지불식간에 본능적으로 느껴지는 그 무언가일 뿐!

그리고 그 순간, 자기장처럼 서로를 강하게 끌어들이는 그 무언가가 두 사람 사이에 전류처럼 휘돌았다. 그 경이롭도록 기이한 감각을 소희도, 소영도 함께 느끼고 있었다.

생전 처음 경험해 보는 기이한 감각에 두 사람은 경악하도록 부릅떠진 시선을 서로에게서 좀체 떼지 못했다.

◉

쌍둥이끼리의 텔레파시가 정말로 존재하는 걸까?

글쎄, 잘 모르겠다. 하지만 두 사람을 강하게 연결해 주는 무언가가 있다는 것만은 틀림없는 것 같았다.

소희와 소영은 이런저런 이야기를 나누면서 놀라운 사실들을 몇 가지 알게 되었다.

소영이 네 살 때 심한 수족구병을 앓았을 때, 소희도 심한 열병을 앓아 병원에 입원했다고 했다. 소희는 다른 건 잘 기억이 나지 않아도 어느 날 갑자기 원인 모를 열병에 걸려 고통스러웠던 기억만은 똑똑히 난다고 했다.

또한 소영이 열여섯 살 때 갑자기 심장이 미친 듯이 뛰며 온몸에 열이 올라 약에 취한 듯 의식까지 몽롱해진 적이 있었다. 그 갑작스러운 이상 증세는 1시간 가까이 계속되다가 이내 거짓말처럼 사라져 버렸다. 혹시 심장에 문제가 있는 건 아닌가 싶어서 겁이 왈칵 났지만, 왠지 부끄럽고 쑥스러워서 조부모님한테는 말 한마디 꺼내지 못했다. 그 때문에 혼자 걱정하며 끙끙 앓았던 기억이 있었다.

그런데 그때 소희가 첫 경험을 했단다. 물론 공교로운 우연의 일치일지도 모르겠다. 하지만 단순히 우연이라고 치부하며 웃어넘기기에는 그동안 두 사람이 살아오면서 경험했던 기이한 순간들 중 일치하는 점들이 너무도 많았다.

다치지도 않았는데 손끝이 아려 오던 경험, 괜스레 억장이 무너지듯 심장이 조여 오던 경험 등등. 공교롭게도 그때마다 둘 중 누군가 다치거나 규식의 죽음으로 괴로워하던 순간이었다.

심지어 두 사람은 좋아하는 색깔도, 무언가를 집중하고 볼 때 고개를 왼쪽으로 15도 각도로 기울이는 것도, 어렸을 때부터 알던 남자와 사랑에 빠진 것도 같았다.

물론 두 사람이 극과 극으로 다른 점도 있기는 했다. 예를 들면 처음 본 순간부터 알아봤던 전혀 다른 성향이나 외적이고 내적인 성격, 고기와 채소, 생선 종류로 나뉘는 입맛 같은 건 또 놀라운 정도로 정반대였다.

두 사람은 시간이 지나면 지날수록 서로에게 강한 유대감을 느끼며 한 몸처럼 가까워졌다. 소희도 더 이상 자신의 지난 삶과 운명을 비관하며 소영을 밀어내려고 하지 않았다. 소영은 그런 소희가 마냥 고마울 뿐이었다.

─그래서 오늘은 또 어디를 다녀왔는데?

소영은 침대에 누워 휴대전화를 고쳐 잡았다. 미국으로 온 날부터 지난 보름간 매일 밤, 잠자리에 들며 정훈과 그 날 있었던 일에 대해서 서로 이야기를 주고받으며 잠드는 것이 어느새 당연한 일과처럼 되어 버린 소영이었다.

"머틀 비치에 다녀왔어요."

─비도 오고 추워서 볼 것도 별로 없었을 텐데, 괜찮았어?

"응, 나도 겨울에는 처음 가 보는 거라서 걱정했는데 생각보다 괜찮았어요. 비 오는 바닷가도 나름 운치 있고 괜찮던데요? 언니가 워낙 추위에 약해서 감기에 걸리면 어쩌나 했는데, 간만에 바다를 보니까 추운지도 모르겠다고 하더라고요. 아무래도 언니는 매일 바다를 보고 살았던 사람이니까. 그래도 비가 너무 많이 와서 아쉽기는 했어요. 뭐라고 그럴까. 크리스마스 분위기도 안 나고, 너무 으스스했다고나 할까? 그런데도 언니는 가슴이 뻥 뚫리는 것 같다고 하더라고요. 그런데 진짜 웃긴 게 뭔지 알아요?"

　-뭔데?

　소영은 키득거리며 조잘거렸다.

"평생 바닷가에서 산 사람이 왜 그렇게 해산물을 안 좋아하는지 몰라. 내가 머틀 비치에 왔으면 해산물 뷔페 레스토랑에는 꼭 가 봐야 한다고 억지로 끌고 갔거든요?"

　-이런, 소희 씨는 해산물 별로 안 좋아한다며.

"그러니까. 생선 종류에는 손도 안 대고 가재나 게 같은 것만 먹더라고요. 그것도 잔뜩 심통 난 애처럼 볼을 빵빵하게 부풀리고서. 그래도 내가 열심히 까 주니까 다 먹기는 했어요. 아무리 먹어도 배 안 부르고 맛도 없는 걸 왜 먹는지 모르겠다고 투덜거리면서. 그러고는 나오자마자 바로 다른 레스토랑으로 나를 끌고 가는 거 있죠. 자기는 반드시 고기를 먹어야 한다고. 그래서 할 수 없이 스테이크 또 먹었잖아. 배불러 죽는 줄 알았다니까요?"

　정훈도 키득거리며 웃었다.

　-큭큭, 차소영 임자 제대로 만났네. 소희 씨가 뭘 좀 아는데? 그럼, 사람은 모름지기 고기를 먹어야 힘을 쓰지.

"치, 생선도 고기거든요?"

　-그래도 물에서 나는 고기가 육류와 같나. 어쨌든 소희 씨 덕분에 우리 소영이 살 좀 붙었겠다.

"말도 마요. 보름 새 1, 2킬로그램은 찐 것 같아."

―오. 정말? 그러다 보름 뒤에 만났을 때 못 알아보는 거 아니야?

소영은 휴대전화에 대고 눈을 흘겼다.

"그 정도는 아니거든요?"

부쩍 살이 오른 건 그녀보다 소희가 더했다. 보름 전만 해도 자신보다 더욱 안쓰럽게 말랐던 소희였건만, 지금은 볼살도 소담스럽게 오르고 심지어 뱃살까지 조금 나온 것 같았다. 하긴 그렇게 많이 먹으며 고기만 찾으니 살이 찌지 않는 것이 오히려 이상한 일이긴 할 터였다.

배불리 먹고 나서도 돌아서면 또 무언가를 먹고 있는 소희. 웬만한 남자보다도 더 많이 먹는 것 같았다. 그렇게 잘 먹는 사람이 이전에는 어떻게 그토록 삐쩍 마를 수 있었는지 모르겠다.

하긴, 소희 말로는 이전에는 그렇게 많이 먹지를 못했단다. 소영처럼 입이 짧아서 고기를 엄청 좋아하는데도 스테이크 하나를 혼자서 다 못 먹고 남길 정도였단다. 글쎄, 지금 모습만 보면 가히 믿기지는 않는 얘기였다. 소희 스스로도 열심히 먹으면서 '내가 왜 이러지?' 하며 고개를 갸웃거리고는 한다.

아빠와 자신을 만나 언니의 마음이 편해져서 그런 거라면, 정말 다행이 아닐 수 없었다.

"그런데 정말 보름 뒤에는 올 수 있는 거예요? 크리스마스에, 연말 연초에, 한창 바쁠 때잖아요."

―괜찮아. 크리스마스만 지나면 숨 돌릴 수 있어. 내년 초까지 예약이

나 스케줄은 이미 다 꽉 차 있고, 나 하나 보름 정도 자리를 비운다고 해서 호텔이 어떻게 되는 건 아니니까.

'그래도…….' 하면서 소영은 말끝을 얼버무렸다. 실은 그가 하루라도 빨리 와 줬으면 좋겠다. 그와 언니를 빨리 만나게 해 주고 싶기도 하고 무엇보다 그가 너무도 보고 싶고 그리웠다.

하지만 다른 직종도 아니고 1년 중 연말에 가장 바쁜 호텔 일을 하는 사람에게 보고 싶다고 만사 제치고 와 달라고 조를 수는 없었다. 자신 때문에 정훈의 일에 지장을 주고 싶지는 않았다. 그가 알아서 달려와 준다고는 했지만 그게 기쁘면서도 마음이 무거운 소영이었다.

그런 소영의 마음을 이심전심으로 알아챈 정훈이 은근한 목소리로 속삭였다.

─무엇보다 네가 너무 보고 싶어서 더 이상은 버티지 못할 것 같다. 1개월이 최고 한계야. 더 이상은 무리야. 보고 싶다. 보고 싶다, 차소영.

한층 깊고 그윽해진 그의 음성에 소영의 심장이 팔딱거리며 찌르르 울어 댔다. 그를 향한 그리움이 한달음에 치달아 올랐다.

"나도 보고 싶어."

─사랑해.

"사랑해요."

✿

그 시각, 소희 역시 대니와 통화를 하고 있었다. 그러나 한 마음으로 사랑을 속삭이는 소영, 정훈과 달리 두 사람의 분위기는 사뭇 달랐다.

달래고 애원하다 못해 흥분한 대니가 버럭 소리를 질렀다.

－대체 언제까지 기다리라는 거야! 내가 괜찮다잖아, 내가!

소희는 창밖의 어둑한 밤거리를 내려다보며 낮은 목소리로 말했다.

"애처럼 보채지 마. 1개월 뒤에 간다고 했잖아. 아직은 네가 올 타이밍이 아니야. 나도 아직 이 사람들한테 적응하지 못하고 있는데 너까지 끼면 어쩌겠다는 거야. 마음 편히 널 소개하려면 시간이 더 필요해. 기다려 줘."

－알아, 안다고! 하지만……. 후우, 내가 어린애처럼 보챈다는 거 알아. 지금 네 상황이 어쩔 수 없는 상황이라는 것도 알고. 하지만 소희야, 나 불안하다.

"뭐가."

－모르겠어. 이유는 딱히 모르겠는데, 그냥 불안해. 그럴 리 없다는 거 아는데, 그런데도 이대로 네가 나를 떠날지도 모른다는 생각이 자꾸만 들어. 그래서 미친 듯이 무섭고 불안하다. 그런 거 아니지, 소희야? 내가 괜한 생각을 하고 있는 거 맞지?

소희는 두 눈을 질끈 감았다. 바르르 떨리는 입술을 꼭 깨물고 터져 나올 것 같은 가쁜 숨을 가까스로 집어삼켰다.

"또 시작했네. 그런 거 아니라고 몇 번을 말해야 믿을래? 내가 널 두고 가기는 어딜 가. 여기서 너보다 더 근사하고 멋진 남자를 만나서 한순간에 스파크가 이는 불가항력적인 사랑에 빠지지 않는 다음에야."

─야, 너 그걸 말이라고!

"그래, 그러니까 그 말도 안 되는 일이 벌어질 리 없으니 괜한 걱정하지 말고 기다리라는 얘기야. 난 지금 갑자기 생긴 친부와 쌍둥이 동생만으로도 머리가 터질 것 같은 사람이니까. 너까지 자꾸 보채며 피곤하게 하지 마. 쓸데없는 걱정하고 있을 시간에 아줌마 마음이나 다시 돌려놔. 미안하지만 난 지금 내 발등에 떨어진 불똥이 뜨거워서 아줌마한테까지 신경 쓸 여유 없어."

리디아 이야기에 대니가 움찔하며 순간적으로 할 말을 잃은 듯 말을 멈췄다.

바보. 저가 얘기하지 않는다고 해서 내가 정말 모르고 있을 줄 알았나 보다. 수치스러운 엄마의 죽음에 이어 갑자기 나타난 친부까지. 그리고 그 친부를 따라나선 자신의 이야기로 그녀를 아는 사람들이 모두 술렁거렸다는 것은 보나 마나 빤한 이야기였다. 그중에 단연 대경실색해서 뒷목을 잡고 쓰러진 이는 리디아였을 것이다.

욕심을 접고 이제 그만 소희를 받아들이려고 해도 연이어 터지는 사건과 숨겨져 있던 복잡한 가족사까지는 도저히 참을 수 없을 거라고 했을 터였다.

─엄마가 무슨 상관이야. 어차피 당신 입으로 이미 허락하신 결혼이야. 결혼이 애들 장난도 아니고, 이제 와서 뭘 어쩌시겠어. 막말로 이제 와서 말을 바꾸신다고 해도 들어 먹을 나도 아니고, 부모님의 허락이 필요한

나이도 아니야. 그동안 기다렸던 것도 너 때문이었지, 부모님 때문은 아니었어. 그리고 걱정 마. 솔직히 한동안 시끄럽기는 했지만 많이 진정되셨어. 훗, 너도 우리 엄마 성격 알잖아. 네 친부라는 분이 그 유명한 타카하시 카즈마 박사라고 하니까 생각이 많이 달라지신 모양이더라.

대니가 그답지 않게 빈정거리는 말투로 말을 이었다.

-한국 사람 중에 타카하시 카즈마 박사를 모르는 사람은 거의 없으니까. 일본 국적의 사람이지만 엄연한 한국 사람으로 한국인이라면 누구나 자랑스러워하는 분이잖아. 이런저런 말씀은 하시는데, 네가 그분 딸이라는 사실이 싫지는 않으신 눈치야. 속으로는 그런 분과 사돈을 맺게 된다는 사실이 감격스러우실지도 모르지. 그러니까 너야말로 괜한 걱정은 하지 마. 쓸데없는 생각도 하지 말고.

그런가? 일이 그렇게 되는 건가? 하긴 세계적인 의학박사로 추앙받는 사람과 사돈이 될 영광을 마다할 리디아가 아니기는 했다.

그 사람이 얼마나 인간적인 감정이 결여된 괴팍한 천재인지, 하나밖에 없는 제 딸에게조차 엄격한 잣대를 들이대며 정 한 번 온전하게 주지 못하고 키울 만큼 차갑고 인간관계에 서툰 위인이라는 것은 리디아에게 아무 문제가 되지 않을 터였다.

그나마 소영 덕분에 자신의 잘못을 깨닫고 제대로 된 아버지 역할을 하겠다며 기회를 달라고 마음을 고쳐먹은 것이 다행이라면 다행이랄까.

그 차갑고 괴팍할 정도로 냉혹한 아버지 밑에서 소영이 어긋나지 않고 바르게 큰 것이 신기할 정도였다.

동우, 소영과 함께 지낸 지난 보름 동안 소희는 소영 또한 지난 세월이 결코 편하지 않았다는 것을 깨달았다. 그나마 소영에게, 자신한테 무조건적인 사랑을 베풀어 주신 아빠가 있었던 것처럼 조부모님이 계셨던 것이 천만다행이었다는 생각이 들었다.

　소희는 눈치 빠른 대니의 불안감을 간신히 달래 주고 전화를 끊었다. 동우의 등장으로 아무도 모르게 괌을 떠나 제주도로 가 살겠다는 계획은 틀어졌지만 이제 그만 대니를 놓아주겠다는 결심만은 결코 변하지 않았다.

　자신이 주변 사람을 불행에 빠트리는 저주받은 운명을 가지고 태어났다는 생각은 이미 소희의 마음속에 뿌리 깊이 박혀 버렸다. 회의나 의심이 아닌 확신으로 굳어 버린 생각이었다. 때문에 소희는 지금 이 순간에도 모두를 멀리하고 혼자 살아갈 계획을 하나둘 세워 가고 있었다.

　동우는 어떻게 되든 상관없었다. 하지만 소영은…… 달랐다. 자신과는 또 다른 의미로 외롭고 힘들게 살아온 내 쌍둥이 동생. 자신으로 말미암아 소영을 불행에 빠트리고 싶지 않았다.

　대니를 사랑하기에 그를 자신으로부터 멀리 떨어트리려고 하는 것처럼 소희는 소영 역시 자신에게서 멀리 떨어트리고 싶었다. 시간이 지날수록 소희는 소영이 자신에게서 분할되어 떨어져 나간 또 다른 자아라는 것을 느꼈다. 한 세포에서 분할되어 각기 다른 개체로 떨어져 나가면서 어둠과 불행, 밝음과 행운 역시 양분되어 나누어지지 않았을까 싶었다.

밤　은
아침을
꿈꾼다

어둠과 불행은 당연히 자신의 몫이었고, 밝음과 행운은 오롯이 소영의 몫이기를 바랐다.

　그래서 소희는 비로소 만난 또 다른 자아인 소영과의 시간이 더없이 소중하고 행복하면서도 소영과의 이별을 준비하고 있었다.

　"1개월, 제발 마지막으로 1개월만 더……."

　소희는 어둠을 응시하며 나지막이 중얼거렸다.

◉

　크리스마스를 일주일 앞두고 소희와 소영은 다운타운으로 쇼핑을 나왔다. 크리스마스 선물을 사기 위해서였다. 쇼핑센터로 가기 전에 동우와 점심을 함께하기 위해서 잠시 연구실에 들르기로 했다.

　맥시 그레그 공원을 지나 사우스캐롤라이나 주립 대학으로 들어섰다. 사우스캐롤라이나 주 도시지만 면적이 좁은 컬럼비아는 대학 건물들이 곳곳이 포진하고 있어서 도시 전체가 캠퍼스라고 해도 과언이 아니었다. 동우가 소장으로 있는 뇌 연구소도 그중의 한 건물을 통째로 사용하고 있었다.

　뇌 연구소와 가까운 거리에 차를 세우고 소희가 먼저 내렸다. 소영은 시동을 끄고 차에서 내리려다가 휴대전화와 소지품 몇 개가 백에서 떨어져 상체를 숙이고 그것들을 줍느라 잠시 지체했다.

차에서 먼저 내린 소희는 한산한 캠퍼스와 고풍스러운 석조 건물을 바라보며 옷깃을 여몄다. 그때였다.

"이봐, 너 여기 학생이야?"

불현듯 바로 옆에서 들려온 낯선 남자의 음성에 소희는 고개를 돌렸다. 이십 대 중반쯤으로 보이는 젊은 백인 남학생이 그녀를 노려보듯 쳐다보고 있었다. 그 남학생의 뒤에는 자전거 한 대가 아무렇게나 널브러져 있었다. 기괴하게 번들거리는 남학생의 눈동자가 어쩐지 섬뜩하게 느껴졌다. 본능적인 경계심으로 뒤로 한 발짝 물러나며 소희가 대답했다.

"아니."

"그런데 왜 여기 있어?"

소희가 '뭐야?' 하며 인상을 찌푸리는데 남학생이 비릿한 비소를 머금었다.

"하긴 어떻든 상관없지. 곧 죽을 목숨인데."

뭐?

"날 원망하지 마. 널 이 자리에 갖다 놓은 운명을 원망하라고."

미, 미친놈 아니야! 소희는 두려우면서도 고개를 바짝 치켜들고 그를 똑바로 노려보았다.

"미친놈, 꺼……."

꺼지라는 말을 하려는 순간, 남학생의 기괴한 눈동자가 희번덕거리며 얇은 입술이 비틀리는 것이 보였다. 그리고 그와 동시에 점퍼 주머니에서 꺼내는 그의 손에 검은 물체가 들려 있는 것도 보였다.

무언가 잘못됐다!

순간적으로 소희의 본능이 위기를 감지했다. 도망치려고 했다. 그러나 그녀가 몸을 돌리기도 전에 그녀를 향해 검은 물체를 들이댄 남자의 손에서 섬광 같은 불꽃이 터지며 굉음이 터져 나왔다.

탕!

1초도 되지 않는, 삽시간에 벌어진 일이었다. 소희의 눈동자가 공포와 경악에 물들어 부릅떠졌다. 그녀는 자신에게 어떤 일이 벌어진 것인지, 순간적으로 알아차리지 못했다. '언니!' 하는 소영의 비명이 들리기 전까지는.

간신히 돌린 시선 끝자락에 하얗게 질린 소영이 비명을 내지르며 자신에게 달려오는 것이 보였다. 동시에 다른 시선 끝으로 소영을 발견한 미친놈의 눈동자가 다시금 희번덕거리며 번쩍이는 것이 보였다. 미친놈의 뒤틀린 입술이 헤벌쭉 벌어졌다. 자신을 향하고 있던 검은 총신이 소영을 향해 스르르 움직였다.

"안 돼!"

자신을 향해 달려오는 소영을 향해 소희도 몸을 날렸다.

아, 이 저주받은 운명이여! 이건 아니야! 제발! 1개월만, 1개월만 기다려 달라고 했잖아! 데려가려면 나만 데려가! 저 아이는 안 돼! 저 아이는 내버려 둬! 제발, 제발!

소영을 끌어안는 소희의 등 뒤로 두 발의 총성이 더 울렸다.

탕! 탕!

한 몸으로 서로를 끌어안은 두 사람의 몸이 목석처럼 바닥으로 쿵! 떨어졌다. 경악과 공포로 부릅뜨진 두 사람의 눈동자는 서로를 담은 채였다. 잿빛 시멘트 바닥이 두 사람에게서 흘러나오는 피로 검붉게 짙어져 갔다.

"꺅!"

탕탕!

한가롭던 대학 교정이 삽시간에 아수라장으로 변해 버렸다. 비명이 끊임없이 울려 퍼졌다.

다음 날, 그 날의 총기 난사 사건은 외신을 타고 한국에까지 대대적으로 보도되었다.


12월 19일 12시 20분경에 미국 사우스캐롤라이나 컬럼비아 대학에서 또 한 건의 총기 난사 사건이 발생했다. 이 사건으로 5명 사망, 3명의 부상자가 발생했다.

범인은 이십 대 백인 남성으로 신고를 받고 출동한 경찰과 대치하다가 총격으로 끝내 사망했다. 공범의 유무나 동기는 아직 정확하게 밝혀지지 않았다. 다만, 범인이 지난달까지 이 학교 학생이었던 점을 미루어 볼 때 학업 성적 부진으로 재적당한 데 대한 보복 범죄일 가능성을 두고 현재 수사 중인 것으로 알려졌다.

일명 조승희 사건이라 불리는 버지니아 공대 총기 난사 사건과 오리건 주에서 발생한 총기 난사 사건에 이어 사우스캐롤라이나에서는 지난 5월에도 백인 우월주의에 빠진 백인 청년이 찰스톤에 위치한 흑인 교회에 총기를 난사해 9명을 사망케 한 사건이 벌어진 바 있다.

밤 은
아침을
꿈꾼다

지난 10월 1일 미국 버락 오바마 대통령은 미 오리건 주 남서부 로스버그 소재 커뮤니티 칼리지에서 발생한 총기 난사 사건으로 12명이 사망하고 20명 이상의 부상자가 발생한 데 대하여, 빈번하게 발생하는 총기 난사 사건을 막기 위하여 어떤 일이라도 해야 한다며 주장한 바 있다.

그 날 오바마 대통령은 그동안 총기 난사 사건이 발생한 지역인 오로라, 콜로라도, 애리조나, 사우스캐롤라이나 등을 방문해 희생자 가족들을 위로했다.

한편, 이번 사우스캐롤라이나 컬럼비아 대학 총기 난사 사건으로 발생한 부상자와 사망자 중 한국인 여성 두 명도 포함되어 있는 것으로 알려져 한국 사회에서도 큰 우려와 파문을 일으키고 있다.

한국인 여성 두 명의 신원과 부상의 정도는 아직 정확하게 밝혀지지 않았다.

# 소생蘇生

누군가 자신의 이름을 부르고 있었다. 그러나 그 이름이 무엇인지, 누구의 목소리인지는 분명하지 않았다. 그 사이로 희미하게 음악 소리가 들려오는 듯도 싶었다. 익숙한 멜로디……. 그러나 그 역시 무엇인지 알 수 없었다.

그저 점점 희미해져 가는 선율이 안타까울 뿐이었다. 절박하기도 했다. 잡아야겠다! 저 선율, 저 음악 소리…….

가지 마, 가지 마, 가지 마!

누군가 다급하게 소리친다.

시끄러워, 저리 가! 너 때문에 음악 소리가 사라지잖아. 안 돼! 가지 마, 가지 마!

푸드덕 경련하며 간신히 눈꺼풀을 들어 올렸다. 지독한 안개에 갇힌 듯 시야가 온통 뿌옇고 흐릿하기만 했다. 그 뿌연 시야 사이로 검은 그림자가 얼비쳤다.

검은 그림자!

무서웠다. 도망쳐야겠다!

도망쳐! 안 돼! 쏘지 마!

탕!

"컥!"

지진이라도 난 듯 온 세상이 미친 듯이 흔들렸다. 그 미친 듯이 흔들리고, 뿌옇고, 새하얀 시야 사이로 검은 그림자의 얼굴이 언뜻 보였다.

아는 얼굴이었다.

그런데 누구지?

아…….

어렴풋이 생각났다. 무섭지만 안심해도 좋을 사람이었다.

그녀는 다시 까무룩 의식을 잃었다.

그녀가 다시 눈을 떴을 때 여전히 사방은 새하얀 안개 속에 갇혀 있었다. 뿌연 안개 속으로 검은 그림자 여러 개가 두둥실 떠올랐다. 수십 개로 나누어졌다가 합쳐지기를 반복하던 그것들은 한참 만에야 어떤 형상을 그리며 하나로 합쳐졌다.

하나로 합쳐진 검은 그림자는 세 개, 아니 네 개였다. 어떤 형상을 그리며 또렷해지는 검은 그림자 네 개가 그녀를 내려다보고 있었다. 그중의 하나만이 아는 얼굴이었다.

"아……."

아빠.

몇 십 년은 훌쩍 늙어 버린 것 같은 초췌한 몰골의 아빠가 울음을 삼키는 떨리는 목소리로 말했다.

"내가…… 흠. 내가 보이니?"

힘겹게 눈동자를 굴린 그녀는 아빠를 바라보며 말했다.

네…….

그러나 아빠에게는 전혀 들리지 않는 모양이었다. 누군가가 말했다.

"역시, 아직 음성을 내는 것은 무리인 모양입니다."

누구지? 시선을 돌리려는 그녀의 시선을 아빠의 침중하고 굳은 목소리가 잡아챘다.

"괜찮아. 힘들게 말할 것 없다. 내가 보이면 눈꺼풀만 움직여라. 내가 보이면 한 번, 보이지 않으면 두 번. 그 정도는 할 수 있겠니?"

그녀는 힘겹게 눈꺼풀을 한 번 깜박거렸다.

"그래, 잘했다. 그럼 이번에는 다른 걸 물어보마. 내가 누군지 알겠니?"

네.

그녀는 다시 눈꺼풀을 한 번 깜박거렸다. 주름진 아빠의 눈가와 꽉 다문 입가가 경련하듯 파르르 떨렸다.

"네가 누군지는…… 알겠니? 네 이름이 뭔지, 기억이 나?"

내…… 이름? 순간 그녀의 동공이 부푼 풍선처럼 크게 부풀어 올랐다. 내가…… 누구지? 누구였더라? 이름이, 이름이…….
무언가 떠오를 듯 말 듯 하면서도 누군가 득달같이 채가듯 떠오르질 않았다.

"박사님! 바이탈 사인이 크게 흔들립니다. 뇌파도……."

그때였다! 그녀의 마른 입술이 미세하게 달싹거렸다.

"소, 소……."

귀를 입술 가까이 대지 않으면 들리지도 않을 만큼의 옅고 흐릿한 음성이었다. 사포로 문지른 듯 탁하고 거친 음성이기도 했다.

아빠의 두 눈이 부릅떠졌다. 그녀는 이내 다시 의식을 잃고 검은 장막으로 끌려갔다. 하지만 의식이 검은 장막으로 끌려가기 직전, 그녀는 간신히 입술을 달싹거려 자신의 이름을 웅얼거렸다.

"소……영……."

◎

소영은 혼수상태에 빠진 지 5일 만에 다시 의식을 차렸다. 24일 전 처음 눈을 떴을 때에 비하면 상당히 이른 시간에 다시 의식을 차린 것이었다.

세 번째 눈을 떴을 때 역시 사방은 새하얀 안개에 휩싸여 있었다. 그러나 이번에는 꽤 오랜 시간이 걸리긴 했지만 그것이 지독한 안개가 아니라 너른 방 안의 천장, 벽, 바닥 전부가 어디 할 것 없이 모두 새하얗기 때문이라는 것을 깨달을 만큼 시각에 대한 분별력이 조금씩 되살아나고 있었다.

병실…… 아니 병실이라고 하기에는 지나치게 크고 하얗고, 알 수 없는 기계들로 둘러싸여 있는 침대 주변을 제외한 나머지는 공간은 텅 비어 있었다.

여기가 어딜까.

초점을 맞추고 주변을 두리번거리는데 아빠의 얼굴이 시야 가득 나타났다.

"하아, 다시 의식을 차렸구나. 닥터 말러."

"네, 박사님. 준비 완료했습니다."

"애야…….."

동우는 다시 한 번 일전과 동일한 과정을 반복하며 소영에게 자신이 누구인지, 그녀가 누구인지를 묻고 확인했다. 소영은 동우의 질문에 맞춰 천천히 대답했다. 그런데 무언가 말을 한 마디 할 때마다 화상이라도 입은 듯 목이 아프고 까끌까끌했다. 아빠의 눈짓에 누군가 그녀의 입술에 젖은 물수건 같은 것을 대어 주었다.

"마시지는 말거라. 천천히 입술만 적시고 조금씩 삼켜야 해."

삼킬 거라도 있어야 삼키지. 소영은 목이 타는 듯한 갈증에 물 한 모금 안 주는 아빠가 원망스러웠지만, 그나마 입술이 적셔지자 조금 살 것 같기는 했다.

소영은 힘들게 시선을 돌려 입술을 적셔 준 사람을 올려다보았다. 삼십 대 중후반으로 보이는 흑인 남자였다. 그 사람이 닥터 말러라는 사람인 모양이었다. 소영은 고맙다는 의미로 눈꺼풀을 느리게 깜박거렸다. 재빨리 아빠와 시선을 교환한 닥터 말러가 다행이라는 듯 희미하게 미소 지었다.

소영이 스르르 시선을 돌려 아빠를 올려다보았다.

"아빠……."

"그래."

"여기가…… 어디예요?"

"연구소 내부에 있는 병실이다."

연……구소? 무슨 연구소? 아, 사우스캐롤라이나에 있는 아빠의 연구소. 그런데 내가 왜 여기 있지? 내가 왜 아빠 연구소의 병실에 누워 있는 거야?

"내가 왜……."

"기억, 안 나니?"

"무슨?"

"괜찮다. 억지로 기억해 내려고 할 것 없다."

아빠가 닥터 말러와 그 옆으로 다가선 누군가를 바라보며 지시를 내렸다.

**"검사 시작하지."**

"아빠, 무슨……."

"괜찮아. 겁먹을 것 없다. 간단한 검사만 할 거야. 닥터 말러와 여기 있는 닥터들은 모두 나와 함께 오래 연구해 온 실력 있는 박사들이다. 힘들겠지만 이 사람들이 지시하는 대로 잠깐만 눈과 손을 움직여 주기만 하면 돼. 금방 끝날 게다. 아빠가 옆에 있으니까 아무 걱정하지 말거라."

아빠 말대로 검사라는 것은 금방 끝났다. 크게 힘들거나 어려울 것도 없었다. 닥터 말러의 지시대로 동공에 쏟아지는 불빛을 따라 눈동자만 움직이고 손가락과 발가락만 몇 번 까닥거리면 그만이었으니까.

그러나 그 단순한 검사만으로도 소영은 마라톤 완주를 한 사람처럼 금세 지치고 말았다. 소영은 젖은 이마를 어루만져 주는 아빠의 손길을 느끼며 다시 깊은 잠에 빠져들었다.

그 후로 소영은 2, 3일에 한 번씩 의식을 차렸다가 다시 깊은 수면에 빠지는 과정을 반복했다. 그때마다 아빠와 닥터 말러 등이 여전히 그녀의 침상을 지키고 있었다.

그녀가 눈을 뜰 때마다 이전과 동일한 과정들이 반복되었다. 달라진 것이 있다면 그녀의 의식이 돌아오는 기간이 점차 짧아지고 있으며 그 시간 역시 점진적으로 길어지고 있다는 점이었다.

그중에 가장 괄목할 만한 점은 소영의 기억이 점차 돌아오고 있다는 사실이었다.

자신이 누구인지 깨닫고 이름을 기억해 낸 뒤로 소영은 유년 시절의 일들을 몇 가지 기억해 냈고 마침내 자신에게 어떤 끔찍한 일이 벌어졌는지를 기억해 냈다.

유별나다 싶을 만큼 며칠 내리 계속 비가 내리다가 모처럼 맑게 갠 날이었다. 날씨는 더욱 추워졌지만 덕분에 맑게 갠 하늘을 볼 수 있어서 좋았다. 뺨을 때리는 차가운 겨울바람까지도 상쾌하게 느껴질 정도였다.

그래서 언니와 기분 좋게 외출을 했다. 일주일 뒤에 있을 크리스마스 선물을 사기 위해서. 언니한테 근사한 크리스마스 선물을 사 주고 싶었다. 22년 만에 만난 언니였다. 게다가 언니는 결혼을 앞두고 있었다. 언니가 원하는 건 뭐든 다 사 주고 싶었다. 아빠 선물도 사고, 아직 얼굴 한 번 본 적 없는 예비 형부한테 줄 선물도 살 생각이었다.

그리고 2주 뒤에 올 정훈에게도 근사한 선물을 사 줄 생각이었다. 애석하게도 둘이 처음으로 함께 맞이하는 크리스마스를 함께 보낼 수는 없게 되었지만, 밝아오는 새해는 그와 함께 보낼 수 있다는 생각에 마음이 부풀어 있었다.

언니한테도 예비 형부 될 분을 초대하는 것이 어떻겠느냐고 제안했다. 먼 길을 돌아 마침내 함께하게 된 가족. 새 출발을 알리는 새해에 서로 사랑하는 사람들까지 모두 모여 새날을 맞이하는 것이 어떻겠느냐고.

언니는 빙긋이 미소만 지었더랬다. 그러나 생각해 보겠노라고, 그분한테 올 수 있는지 얘기해 보겠다고 했다.

쇼핑을 가기 전에 사우스캐롤라이나 대학을 먼저 찾았더랬다. 아빠와 점심을 함께하기로 했었다. 약속 시간에 맞춰 대학에 도착했다. 아빠의 연구소와 가까운 교정에 차를 세우고 언니가 먼저 차에서 내렸다. 그녀는 뒷좌석에서 가방을 꺼내다가 안의 내용물을 그만 바닥에 쏟고 말았다. 그래서 상체를 숙이고 그것들을 주웠다.

　그런데…… 그런데…….

　탕!

　고막을 찢는 소름 끼치는 굉음이 들려왔다. 순간 숨이 턱 막히며 왼쪽 가슴이 타는 듯이 아파 왔다. 그리고 들려오는 언니의 비명…….

　뭔가 잘못됐다! 피해야 해. 도망쳐야 해!

　귀가 아닌 마음으로 들리는 언니의 경악한 외침에 가방을 던져 버리고 밖으로 튀어나갔다.

　꺅! 언니!

　튕기듯 차에 기대선 언니의 왼쪽 가슴에서 시뻘건 피가 터져 나오고 있었다. 언니와 눈이 마주쳤다. 경악과 공포로 얼어붙은 눈동자! 그 순간에는 무슨 일이 벌어진 것인지 알 수 없었다. 언니 외에는 아무것도 보이지 않았고, 어떤 소리도 들리지 않았다.

　안 돼! 오지 마! 하고 소리치는 언니한테 달려가야 한다는 생각밖에는, 언니를 살려야 한다는 생각밖에는 나지 않았다.

　아, 이 저주받은 운명이여! 이건 아니야! 제발! 1개월만, 1개월만 기다려 달라고 했잖아! 데려가려면 나만 데려가! 저 아이는 안 돼! 저 아이는 내버려 둬! 제발, 제발!

언니가 절규하며 몸을 날리듯 그녀를 끌어안았다.

그리고 또다시 울리던 두 발의 총성!

그제야 언니의 등 뒤에 서 있는 한 남자가 시야에 들어왔다. 언니와 자신에게 총을 겨눈 채 악마처럼 희열에 차 히죽 웃고 있는 남자의 얼굴이……

그리고 마지막으로 본 것은 공포와 절망에 물든 언니의 얼굴이었다.

그다음은…… 암흑이었다.

정신이상자의 총기 난사 사건이었다고 했다. 그녀는 머리에 총을 맞았다고 했다.

머리에…… 총을 맞았다? 그런데 어떻게 살아 있는 거지? 머리에 총을 맞으면 죽는 거 아닌가?

약속 장소로 오던 아빠가 멀리서 그 현장을 목격했다고 했다. 비명을 지르며 미친 듯이 달려왔다고 했다. 아빠가 달려왔을 때 범인은 이미 건물 안으로 들어가 새로운 목표를 향해 총을 쏘고 있었다고 했다.

총소리와 비명이 난무하며 삽시간에 아비규환이 되어 버린 현장에서 아빠는 죽어 가는 두 딸을 안고 짐승처럼 울부짖었다고 했다.

마침 주변을 순찰 중이던 경찰 덕분에 불행 중 다행으로 많은 사상자가 발생하지는 않았다고 했다. 건물 뒤쪽으로 도망친 범인은 결국 경찰에 의해 사살되었다고 했다.

그럼 언니는?

아빠는 언니와 그녀를 연구소로 데려왔다고 했다. 촌각을 다투는 위급 상황이었기에 가장 가까운 곳에 위치한 연구소로 두 딸을 데려와 바로 수술에 들어갔다고…….

그럼 언니는, 언니는 어디 있는 거지?

"언니는 어디 있어요? 무사해요?"

언니는 총을 두 발이나 맞았다. 하지만 머리에 총을 맞았다는 자신도 살아났는데 언니가 잘못됐을 리가 없었다. 머리에 총을 맞은 자신까지 살려 낸 아빠가 언니를 살려 내지 못했을 리가 없었다.

그런데 아빠는 그녀의 물음에 선뜻 대답하지 못하고 시선을 피해 버렸다.

"차차 말해 주마. 네가 좀 더 회복된 다음에…… 경과를 좀 더 지켜본 다음에 얘기하자꾸나. 지금은 일단 너 자신에게만 집중해."

"아빠!"

소영은 침대 곁을 떠나려는 아빠의 가운 소맷자락을 와락 움켜잡았다. 아빠가 움찔 떨며 멈춰 섰다. 소영이 두려움에 떨며 물었다.

"마, 말해 주세요. 언니는요?"

"……."

"마, 많이 안 좋아요? 혹시 언니는 아직 깨어나지 못한 거예요? 그래요?"

"……."

"아빠……."

동우가 차갑게 굳은 목소리로 말했다.

"쉬어라."

소영이 두려움에 몸부림치며 비명처럼 소리 질렀다.

"왜요! 왜 나중에 얘기해야 하는데요! 지금 말해요. 언니는 어떤지, 어떻게 됐는지 지금 당장 말하란 말이야!"

삐삐삐삐.

기다란 줄로 그녀 몸과 연결되어 있는 기계들이 날카로운 음을 내기 시작했다. 누군가 달려와 요동치며 경련하는 그녀의 어깨를 잡아 내리눌렀다.

"진정해요, 타카하시 양. 흥분하면 안 돼요. 위험해요!"

"이거 놔, 비켜! 아빠! 빨리 말해, 언니는, 소희 언니는 어떻게 됐는지 빨리 말하란 말이야!"

"타카하시 양! 박사님."

아빠가 뒤도 돌아보지 않은 채 고개를 살짝 끄덕거렸다. 닥터 말러가 뒤에 있는 누군가한테 빠르게 무어라고 지시했다. 누군가 뛰어오는 소리가 들려왔다. 차갑게 굳은 어깨를 한 채 돌아보려 하지 않는 아빠를 포기하고 소영은 자신을 붙잡고 있는 닥터 말러한테 매달렸다.

"당신도 알지? 우리 언니가 어떻게 됐는지 당신도 알지? 당신이 말해 봐! 우리 언니, 지금 어디 있어. 어디 있느냐고!"

"괜찮아요, 타카하시 양. 곧 괜찮아질 겁니다. 조금만 참아요."

"이거 놔! 우리 언니, 우리 언……."

밤 은
아침을
꿈꾼다

다음 순간, 소영은 다시 스르르 의식을 잃고 말았다.

◉

언니는…… 심장에 두 발을 맞고 그 자리에서 즉사했다고 했다. 연구소 응급실로 데려왔을 때는 이미 때가 늦어 버린 후였다고…….

신이 아닌 이상, 아빠도 언니를 살릴 수 없었다고 했다.

소영은…… 뇌 이식 수술을 받았다고 했다.

그 말을 처음 들었을 때 소영은 소희가 죽었다는 사실을 들었을 때만큼이나 놀랐다. 아니, 단순히 놀랐다는 말로는 부족했다. 경악할 만큼 충격을 받았고, 무어라 형언할 수 없을 만큼의 막연한 두려움에 휩싸였다.

다른 사람의 뇌가 내 머릿속에 들어 있다는 말인가?

그게 과연 가능해?

물론 아빠가 세계 최고의 뇌신경외과 권위자이고 일찍이 오래전에 원숭이 뇌 이식에 성공한 전례가 있다는 것 또한 알고 있기는 했다.

그 때문에 노벨 생리의학상 후보로 수시로 노미네이트 된다는 것 또한 알고 있었다. 종교계와 수많은 세계적 석학들, 심지어 같은 의학계에서도 윤리적 문제와 위험성을 거론하며 뇌 이식 자체에 강한 반발을 해 온 터라 수상까지는 할 수 없었지만 말이다.

하지만 뇌 이식 분야는 이미 1800년대부터 꾸준히 시도되며 발전하고 있는 분야라고 했다. 1857년에 벌써 프랑스의 브라운 세퀴아르라는 박사가 개의 머리를 잘라 산소를 주입하며 뇌 기능이 살아 있는지를 실험했고, 급기야 1884년에는 라보르드라는 박사가 사형수의 머리를 큰 개의 몸통에 연결하는 실험까지 했단다.

그 후 소련, 미국, 이탈리아 등 세계 각국의 당대 최고라고 불리던 천재 의사들이 개나 쥐, 원숭이의 머리를 다른 개체에 연결해 이식하는 수술을 꾸준히 실험했고 성공도 했다고 한다.

그러한 실험들을 바탕으로 꾸준히 발전되어 온 뇌 이식 분야는 뇌 이식을 통해 불치병이라고 알려진 알츠하이머나 루게릭병을 고치기 위한 시도와 실험으로 지금도 세계 곳곳에서 활발하게 진행되고 있었다.

그러나 뇌 그 자체를 통째로 이식하거나 일부만을 이식해서 성공한 사례는 동우가 최초이자 유일했다. 물론 그 성공 대상은 원숭이와 쥐가 전부였지만.

하나 동우가 일찍이 이 미국 정부의 지원 아래 운영되는 뇌 연구소 소장으로 추대되어 부임할 수 있었던 것도 바로 그 실험에 세계 최초로 성공한 박사였기 때문이었다.

동우 역시 그동안 인간의 노화 현상이나 알츠하이머, 루게릭병 등을 치료하기 위한 뇌 이식 연구를 꾸준히 진행해 왔다. 하나 그건 표면적인 연구였을 뿐, 그와 몇몇 연구진들의 근본적인 목표는 뇌 이식 그 자체였다. 이 연구소에 막대한 지원금을 쏟아붓는 그들의 목적 또한 동일했고 말이다.

그동안 원숭이나, 쥐, 개 등의 동물이 아닌 인간을 대상으로 한 뇌 이식 실험도 극비리에 두 차례 진행한 적이 있었다. 두 차례의 실험 모두 고무적인 성과를 내며 나름대로 성공을 하기는 했다.

그러나 호스트가 모두 죽음을 앞둔 병든 노약자였으며 적합성이 일치하는 도너를 찾는 것이 불가능에 가까울 만큼 어려운 일이었기에 수술을 마치고 생존한 호스트들은 처음에는 72시간, 두 번째는 3개월을 못 버티고 결국 죽고 말았다.

그러나 그것은 호스트 자체의 육체가 노화되어 다른 질병들을 앓고 있었기 때문이기도 했으며, 뇌 이식에 가장 적합한 26가지의 특성이 일치하는 뇌 신경 세포의 유형, 아니, 그중 최소 13가지의 특성이 일치하는 도너의 싱싱한 뇌를 구하기가 너무도 힘들었기 때문이었다.

뇌 이식에 필요한 26가지의 특성이 일치하는 뇌를 구한다는 것은 10만 분의 1의 기적을 요하는 일이었고, 최소 13가지의 특성이 일치하는 뇌를 구할 가능성은 2백 명 중의 1명꼴로 그 가능성은 비약적으로 확대될지언정, 마침 그에 맞는 싱싱한 뇌가 나타나 준다는 보장이 없기 때문에 그 또한 엄청난 행운과 기적을 요하는 일이었다.

그런데 그 불가능한 기적이 일어나 버렸다.

소희는 그 자리에서 즉사했지만, 소영의 경우에는 총알이 우측 전두부를 관통했을 뿐, 숨이 아직 붙어 있었기에 살릴 가능성이 있었다.

그때 나타난 10만 분의 1의 기적!

동우는 다른 생각을 할 겨를이 없었다. 소영이라도 반드시 살려야 한다는 일념으로 딸의 머리를 열었다. 성공을 의심하지는 않았다. 다만, 딸의 뇌가 다른 이의 뇌에 거부반응을 일으키지 않고 얼마나 오랫동안 생존해 줄지, 그것만이 미지수였을 뿐이다.

천만다행으로 수술 후 86일이 지나는 동안, 소영의 상태는 빠르게 호전되었다. 더 이상 호스로 영양분을 주입해 줄 필요가 없었고 생체 활동과 교감, 부교감 신경도 점차 정상 수치를 찾아가고 있었으며, 기억력도 정상이었다. CT, MRI로 확인한 전두엽의 이식 부위도 이상 없이 안착했으며 거부반응 또한 일어나지 않았다.

다만 소희의 죽음으로 받은 충격과 슬픔을 감당하지 못하고 있는 심리 상태가 문제일 뿐.

이젠 정훈과 만나게 해 줄 때가 되지 않았나 싶었다.

동우는 병실 밖 의자에 망부석처럼 앉아 있는 정훈에게 다가갔다. 그의 기척을 느낀 정훈이 천천히 시선을 들어 동우를 바라보았다. 천천히 일어나 묵례를 취했다.

"박사님."

"그래."

동우는 정훈의 어깨를 툭툭 두드렸다.

사고 직후 정훈은 득달같이 미국으로 날아왔다. 그리고 소

영의 의식이 깨어날 때까지 24일간 이 앞을 한시도 떠나지 않
았었다. 소영이 깨어나면 바로 연락해 줄 테니 돌아가 있으라
고 해도 막무가내였다. 딱 한 번 병실 앞을 떠난 적이 있기는
했다.

소희의 장례식 때.

소영 대신 자신이 소희의 장례식을 지켜야 한다고 했다. 소
희의 시신을 끌어안고 울부짖다가 결국 넋이 나가 버린 대니
를 챙긴 것도 정훈이었다. 생사의 갈림길에서 운명이 뒤바뀌
었을지도 모르는 두 사람은 그렇게 만나 아픔과 고통을 함께
나누었다.

대니는 한동안 제정신이 아니었다. 25년간 오직 한마음으로
사랑해 온 소희였다. 1개월 후면 드디어 그 오랜 사랑의 결실
을 맺을 참이었다.

친부를 만났다고, 당분간 친부와 쌍둥이 동생과 함께 있어
야겠다는 편지 한 통만 달랑 남긴 채, 미국으로 가 버린 소희
를 이해하면서도 계속 불안했다. 그대로 소희가 어딘가로 홀
연히 사라져 버릴지도 모른다는 불안감이 계속 그를 짓눌렀다.

그러나 결코 이런 식으로 소희를 잃게 될 거라고는 상상조차
해 본 적이 없었다. 심지어…… 그녀의 배 속에는 두 사람의 아
이가 자라고 있었다고 했다. 아이만이라도 살려 보려고 했지만,
5개월밖에 안 된 아기는 엄마의 심장이 멈추는 순간 함께 숨을
멈췄다고 했다.

동우는 대니의 얼굴을 차마 바라볼 수가 없었다. 미안하다

는 말밖에는 어떤 말도 할 수가 없었다.

　고맙게도 대니는 소희를 살리지 못한 동우나 극적으로 살아난 소영을 원망하지 않았다. 그저 소희를 괌으로 데려가 아버지 곁에 묻어 주고 싶다고만 했다. 그때에도 동우는 아무 말도 하지 못한 채 고개만 끄덕일 수밖에 없었다.

　그렇게 소희는 유골이 되어 사랑하는 남자의 품에 안겨 괌으로 돌아갔다. 그리고 유일하게 인정하고 사랑하던 아빠, 규식의 곁에 나란히 묻혔다.

　이제 남은 건 살아남은 소영과 정훈이었다.

　소영이 의식을 차린 후 정훈은 잠시 한국으로 돌아갔다. 그리고 1개월 만에 다시 돌아왔다. 호텔 일을 모두 정리하고 돌아왔다고 했다. 소영의 상태가 안정화에 접어들기 전에는 의료진 외엔 누구도 만날 수 없다고, 그러니 자신을 믿고 한국에 돌아가 있으라고 했으나 정훈은 완강했다. 그 누구도 정훈의 결심을 꺾을 수 없었다.

　동우는 소영도 정훈이 모든 것을 포기한 채 망부석처럼 이곳을 지키고 있는 것을 원하지 않을 거라고, 돌아가라고는 말했지만 속으로는 그런 정훈이 한없이 고맙고 든든했다. 그리고 이제 그만 두 사람을 만나게 해 줄 때가 되었다는 판단이 섰다.

　"기다리게."

　정훈의 고개가 번쩍 들렸다. 기다……리게? 새삼스러운 그 말 한마디가 정훈의 가슴을 뛰게 만들었다. 돌아서 몇 겹으로 보안이 된 병실로 들어가는 동우의 뒷모습을 바라보는 정훈의 부릅떠진 눈가가 파르르 흔들렸다.

  이틀 전부터 침대를 벗어나 천천히 걸을 수 있게 된 소영이
징, 하고 열리는 문소리에 뒤를 돌아보았다. 하얀 가운을 입은
아빠가 닥터 말러의 관찰 아래 천천히 걸음을 떼고 있던 소영
을 유심히 살피며 다가왔다.

  "또 운동하고 있구나. 좋은 현상이기는 하지만 무리는 하지
않는 것이 좋아."

  파리한 안색의 소영이 희미하게 미소 지었다.

  "괜찮아요. 이제 이 정도는 충분히 걸을 수 있어요."

  동우가 재빨리 닥터 말러와 시선을 교환했다. 닥터 말러가
미소를 지으며 고개를 끄덕거렸다. 안심한 동우도 작게 고개
를 끄덕거렸다.

  "그래도 이리 와 잠시 앉지 않겠니? 긴히 할 말이 있구나."

  소영은 할 수 없이 침대로 돌아가 앉았다. 한동안 잠자코 소
영을 바라만 보던 동우가 가운 주머니에서 무언가를 꺼내 그녀
앞에 내려놓았다. 4등분으로 접혀 있는 하얀색 손뜨개였다.

  "이게 뭐예요?"

  "모자다."

  소영은 반사적으로 머리카락이 조금 자라 있지만 아직까지
는 민머리와 다름없는 제 머리로 손을 올렸다. 아, 작은 탄성
을 흘렸다.

  그런데 왜 갑자기 민머리나 다름없는 머리를 감출 수 있는

모자를 주는 것일까. 그래 봐야 수시로 검사할 때마다 벗어야 하고 이곳에는 까맣게 죽어 버린 피부에 커다랗게 남은 흉측한 수술 자국과 상처를 새삼 감춰야 할 사람도 없는데 말이다.

정훈……이라도 보게 된다면 모를까.

하지만 아빠는 한동안 그를 볼 수 없을 거라고 했다. 완벽하게 살균된 이 실험실과도 같은 병실을 나갈 수 있을 만큼 그녀가 정상적인 기능을 되찾았다는 확신이 서기 전까지는 그와 만나게 해 주고 싶어도 그럴 수가 없다고 했다. 그래서 최첨단 기기들을 동원한 온갖 검사부터 지루하게 반복되는 심리 검사까지 모두 이곳에서 이루어지는 것이 아닌가.

그래도 내심 모자가 반갑기는 했다. 끝내 언니를 살리지 못하고 혼자만 살아났다는 죄책감과 슬픔을 끌어안고 남은 일생을 살아 내야만 하는 비루한 몸뚱이이긴 했지만, 아빠 덕분에, 누군지도 모르는 어떤 사람의 목숨 대신 그가 기증해 준 뇌로 기적적으로 죽다 살아난 목숨이어도 그녀는 감정이 살아 숨 쉬는 여자였다. 수치심과 부끄러움을 느낄 수 있는 인간, 여자.

24시간, 그녀의 일거수일투족을 관찰하고 기록하는 사람들과 카메라 앞에서 자신의 흉한 몰골을 잠시라도 가릴 수 있게 되었다는 사실이 조금쯤 다행이라는 생각이 들었다. 소영은 쓸쓸히 미소 지으며 손수건처럼 작게 접혀 있는 모자로 손을 뻗었다.

"감사합니다."

"소영아."

밤　은
아침을
꿈꾼다

"네."

"그걸 네게 준 이유는 지금 너한테 가장 필요한 건 그것이 아닐까 싶어서 가져온 게다."

지금 나한테 가장 필요한 게 이 모자일 거라고? 무슨 말인가 싶어서 소영은 의아한 표정으로 아빠를 올려다보았다.

"무슨 말씀이세요?"

"지금부터 네가 그토록 그리워하고 만나고 싶어 했던 사람을 만나게 해 줄 생각이거든."

살이 빠져 퀭하고 더욱 커다래진 그녀의 눈이 놀라움으로 더욱 크게 부릅떠졌다.

"그, 그게 무슨……."

"네가 혼수상태에서도 애타게 이름을 부르며 그리워했던 사람 말이다."

놀라 숨을 들이켠 그녀가 크게 벌어지는 입을 손으로 가렸다.

"그…… 그 사람이 여기 왔어요?"

동우가 두 눈을 지그시 감았다 뜨며 고개를 끄덕거렸다.

"아주 오래전부터 와 있었단다. 널 보기 위해서."

"오, 오래전부터라고요? 언제부터요?"

"그때 그 일이 일어난 직후부터 와 있었단다. 네가 처음으로 의식을 차렸을 때도 저 밖에서 네가 깨어나기만을 기다리고 있었지. 고집이 대단한 놈이야. 아무리 그렇게 버티고 있어도 네 상태가 호전되기 전까지는 만나게 해 줄 수가 없다고, 돌아가 있으라고 했는데도 통 말을 들어 먹지 않더구나. 널 볼 수 없어도 자신이 네 옆에 있어야만 한다고, 그래야 네가 빨리 깨어날 수 있을 거라고 말이다. 잠깐 한국에 돌아가서 일을 정리하고 와서는 1개월 넘게 네 병실 밖을 지켰단다."

아, 오빠!

부릅떠진 소영의 커다란 눈망울에 금세 눈물이 찰랑찰랑 차올랐다. 손바닥으로 틀어막은 입에서 신음과도 같은 흐느낌이 쉴 새 없이 터져 나왔다.

"만나 보겠니? 만나 볼 수 있겠어?"

소영은 떨리는 근육을 움직여 간신히 고개를 끄덕거렸다. 부들부들 떨리는 손으로 움켜쥔 모자를 머리로 가져갔다.

떨리는 손으로 정신없이 허우적거릴 뿐 제대로 씌워지지 않았다. 아빠의 도움이 있고서야 고운 손뜨개로 짠 새하얀 비니를 동그란 머리통에 간신히 뒤집어쓰는 데 성공했다.

이제 됐니? 하고 물어보는 아빠를 향해 고개를 끄덕거렸다. 그러다 '잠깐만요!' 하고 소리쳤다. 돌아서려던 아빠가 다시 그녀를 돌아보았다. 소영은 아빠와 닥터 말러, 그밖에 다른 사람들을 번갈아 쳐다보며 다급하게 말했다.

"거, 거울 좀 주세요."

그러다 황급히 영어로 다시 말했다.

**"거울 좀 주세요."**

아빠가 고개를 끄덕이자 누군가 황급히 밖으로 달려 나갔다. 잠시 후 돌아온 그 사람의 손에는 어깨까지 볼 수 있는 긴 거울이 들려 있었다. 그 사람이 대어 준 거울을 통해 소영은 3개월 반 만에 제 얼굴을 처음으로 보았다.

핏기 하나 없이 석회를 뒤집어쓴 것 같은 새하얀 얼굴, 움푹 들어가 퀭한 눈, 거기다 우스꽝스러운 하얀색 비니까지. 형편없는 몰골이었다. 제 얼굴임이 분명한데도 너무도 낯설게 느껴지는 얼굴이기도 했다.

내가…… 이렇게 생겼나?

무엇보다 이런 흉한 몰골을 그에게만은 보이고 싶지 않다는 생각도 들었다. 눈물이 왈칵 쏟아질 것만 같았다. 하지만 그를 더 이상 저 밖에 세워 둘 수는 없었다. 미치도록 그가 보고 싶었다. 더 이상은 참을 수 없을 것 같았다.

소영은 아랫입술을 질끈 깨물고 제 뺨을 툭 쳤다. 그리고 다시 한 번 툭, 툭. 점차 세게 제 뺨을 때렸다. 화들짝 놀란 동우가 그녀의 양 손목을 와락 낚아채듯 움켜잡았다.

"뭐하는 짓이냐!"

그녀의 커다란 눈에서 굵은 눈물이 주르륵 흘러내렸다. 거울 속의 낯선 제 얼굴을 바라보며 소영이 멍하니 중얼거렸다.

"이러면 조금 나아질지도 모르잖아요. 적어도 시체처럼 보이지는 않을 것 아니야……."

딸의 고통스러운 흐느낌에 공명하듯 일그러진 동우의 주름진 눈가가 파르르 떨렸다.


동우의 부름에 정훈은 자리에서 벌떡 일어났다.

드디어 그녀를 만난다!

떨리는 마음을 주체할 수 없었다. 손끝까지 눈에 띄게 부르르 떨리고 있었다. 정훈은 떨리는 손으로 새삼 옷매무새를 바로 했다.

오늘일 줄 알았다면 호텔로 돌아가서 옷이라도 제대로 갈아입고 올 걸 하는 생각이 들었다. 이틀 밤낮을 꼼짝하지 않고 의자에 앉아 밤을 지새운 옷이라서 여기저기 주름이 가고 형편없었다. 아니, 그보다 더욱 형편없는 것은 자신의 몰골일 터였다.

오늘일지도 모른다. 오늘 그녀를 보게 될지도 모른다는 생각에 매일 잠시라도 짬을 내어 호텔로 돌아가 면도를 하고 새 옷으로 갈아입은 뒤 부리나케 돌아오고는 했다.

그런데 어제오늘은 왠지 한시도 자리를 비워서는 안 될 것만 같았다. 이럴 줄 알았다면 오전에라도 잠시 호텔에 다녀오는 건데. 정훈은 부질없는 짓인 줄 알면서도 연신 성마른 손길로 얼굴을 쓸어내리고 헝클어진 머리를 쓸어 올리며 동우를 따라 결코 열릴 것 같지 않았던 병실로 들어갔다.

동우가 보안 패널에 엄지손가락을 갖다 대자 육중한 은색 문이 스르르 옆으로 밀리며 열렸다. 남자 세 명이 앞뒤로 서면 꽉 차는 공간 앞에는 또 다른 은색 문이 가로막고 있었다. 동우가 버튼을 누르자 사방에서 시리도록 찬바람이 불어왔다. 살균 소독을 하는 모양이었다.

동우는 이번에는 보안 패널에 오른쪽 눈을 갖다 대었다. 잠시 후, 보안이 해제되는 소리와 함께 은색 문이 스르륵 열렸다. 좀 전과 동일한 공간이 또다시 나타났다. 이번에는 온몸의 세포가 빨려 나가는 것 같은 강한 압력을 느꼈다. 압력이 멈춰서야 동우가 다시 보안을 해제하고 문을 열었다.

그제야 실험실과도 같은 새하얀 벽에 둘러싸인 40여 평의 커다란 방이 나타났다. 어떤 용도로 쓰이는 것인지 짐작도 가지 않는 최첨단 기기들이 곳곳에 놓여 있었다. 하얀 가운을 입은 네댓 명의 의료진들이 대여섯 개의 모니터들이 주르륵 걸려 있는 반 타원형의 테이블 앞에 주르륵 서 있었다.

그리고…… 중앙에 소영이 있었다. 이런저런 기기들로 둘러싸인 침대에 오도카니 앉아서 그를 바라보고 있었다.

이전보다 훨씬 마르고 앙상한 모습으로, 탐스럽던 검은 머리카락 대신 새하얀 비니를 쓴 채 하얀색 환자복을 입은 그녀가……. 바싹 마른 그녀의 자그마한 얼굴은 입고 있는 환자복보다 더욱 하얗게 탈색되어 있었다. 바르르 떨리는 입술만이 괴이할 정도로 붉은빛을 띠고 있었다.

그래도 그녀였다. 내가 사랑하는 그녀, 문정훈이 목숨보다 사랑하는 여자!

아, 소영아.

그녀를 불러야 하는데 목소리가 나와 주지 않았다. 그녀를 봐야 하는데 자꾸만 눈앞이 뿌옇게 흐려졌다. 아, 안 돼. 안타까웠다. 그리움과 조바심에 애가 끓어올랐다.

손을 뻗었다. 만, 만져 봐도 될까? 신기루처럼 사라져 버리는 건 아닐까, 바스러져 버리는 것은 아닐까 겁이 났다. 그녀의 기이할 정도로 붉은 입술이 달싹거렸다.

그러나 그리운 이의 목소리는 들려오지 않았다. 간간히 들려오는 목 졸린 듯한 애처로운 흐느낌밖에는. 그러나 그 또한 드디어 만난 사랑하는 이의 음성인지, 그 자신에게서 흘러나오는 것인지 알 수 없었다.

"소…… 소영아……."

  간신히 터져 나온 목소리마저 자신의 음성 같지 않았다.

"오, 오빠……."

  아, 이제야 들린다. 내가 사랑하는 여자의 목소리가!

  그리고 그녀가 울고 있었다. 절절한 그리움과 설움, 고통과 아픔이 한데 뒤섞인 눈동자로 그를 올려다보며 내 사랑하는 여자가 울고 있었다. 북받치는 그리움과 사랑이, 안타까움과 함께 분출되듯 터져 나왔다.

"울지 마…… 울지 마, 소영아."

"오빠……."

"하느님, 감사합니다."

  정훈은 더 이상 참지 못하고 소영을 와락 끌어안았다.

기생寄生

　1개월 뒤 소영은 일반 병실로 옮겨졌다. 일반 병실이라고 해 봐야 여느 병원의 병실과는 확연히 다른 곳이기는 했지만, 최소한 더 이상 실험실 같은 곳에 갇혀 외부와 차단된 채 지내지 않을 수 있게 된 것만으로도 소영은 날아갈 것만 같았다.

　가장 좋은 점은 정훈과 아무 때나 함께 있을 수 있게 되었다는 것이었다. 물론 두 사람의 바람처럼 온종일 함께 있을 수는 없었다. 두 사람에게 허락된 시간은 오전 2시간, 오후 4시간 총 6시간이었다. 그러나 그게 어디인가. 두 사람은 매일 서로를 보고, 몇 시간이라도 함께 있을 수 있게 된 것만으로도 감사할 뿐이었다.

　그 덕분인지 소영의 상태는 나날이 좋아졌다. 매일 적응도와 수술 경과를 확인하고 시각, 청각, 촉각, 후각 등에 이어 기억력 및 좌뇌와 우뇌의 인지 능력에 관한 테스트까지 매일 받아야 했으나, 매일 반복되는 검사와 상담 등에 지치기는 했어도 건강은 나날이 좋아졌다.

검사 때마다 아빠와 닥터 말러 등이 흡족하게 고개를 끄덕이는 것을 보아 검사 결과도 매우 긍정적인 듯싶었다. 사물을 보고 그리는 검사에서는 다소 표정들이 굳어지기는 했지만.

좌반측 공간 무시 현상이라고 했다. 꽃이든 과일이든 안경이든 그녀가 그린 그림들의 왼쪽이 기형적으로 무너져 있다고 했다. 뇌의 우반구에 손상을 입었을 경우 주로 나타나는 현상이란다. 심할 경우 감각, 언어, 의식 등의 장애까지 올 수 있다고 하는데 그녀의 경우에는 좌반측 공간 무시 현상 외에 다른 이상은 발견되지 않는다고 했다. 그 또한 시간이 지날수록 점차 호전되고 있고 말이다.

그 때문에 좀 더 경과를 지켜봐야 하지만 무시 현상이 점차 호전되어 가는 것으로 보아 크게 우려할 일은 아니듯 싶다고 했다. 이대로라면 좌반측 공간 무시 현상도 정상 기능을 되찾을 것 같다고 했다.

하여 소영도 크게 걱정하지 않는다. 이 분야의 최고 권위자인 아빠가 그렇다면 그런 거니까. 또한 그녀가 화가가 될 것도 아닌데 좌측 공간 인지 능력이 조금 떨어진다고 해도 사는 데에는 큰 지장이 없지 않을까 싶었다.

하나 한 가지 아쉬운 건, 그 때문인지 아닌지는 모르겠으나 책에 대한 관심이 점점 떨어진다는 것이었다. 책을 읽어도 좋다는 허락을 받고 나서 정훈에게 부탁해 책을 몇 권 받아 놨는데 가슴 떨리도록 반가웠던 그것들이 점점 심드렁해져 가고 있었다. 딱히 왼쪽 시각이 무너지는 현상도 없는데 말이다.

아빠는 활자체에 대한 피로감을 느끼는 것인지도 모른다고 했다. 그러니 굳이 힘들게 읽을 필요는 없다고, 점차 나아질 테니 우려하거나 조바심 낼 필요도 없다고 했다. 정훈도 고개를 갸웃거리는 소영에게 괜한 걱정을 한다며 어깨를 다독여 주었다.

"당연한 거야. 넌 지금 엄청난 수술을 받은 사람이라고. 다른 곳도 아니고 뇌를 수술한 사람이야. 활자체에 피로감을 느끼는 건 당연해. 지금은 회복에만 신경 쓰자. 책은 다 나으면 얼마든지 볼 수 있으니까."

그의 말이 틀린 것은 아니었다. 하나 그가 모르는 게 하나 있었다. 그녀는 활자체에 피로감을 느끼는 게 아니라 책 그 자체, 특히 고리타분하고 딱딱하기만 한 어려운 책에 흥미를 못 느낄 뿐이었다. 분명 사고 전까지만 해도 무척 흥미로워 꼭 읽어 봐야겠다는 생각이 들어서 구입한 책들인데 말이다.

하지만 소영도 곧 괜찮아지겠지 하며 근심을 뒤로 밀어두었다. 빨리 건강을 되찾을 생각만 할 생각이었다. 이제 그녀의 인생은 그녀 혼자만의 것이 아니니까. 덤으로 주어진 그녀의 인생은 아버지가 돌아가신 후 혼자 힘으로 힘들게 살다가 비로소 행복해질 기회를 목전에 둔 채 그녀를 구하고 죽은 가엾은 언니와 그녀한테 뇌를 기증해 주고 죽은 또 다른 고마운 이의 대신이기도 했다.

두 사람의 귀한 생명을 담보로 얻은 새 생명. 소영은 누구보다 열심히, 잘 살아야만 했다. 그것만이 그녀가 언니와 고마운 그 누군가에게 최소한이나마 보답하는 길일 터였다. 또한 정훈을 위해서라도…….

하여 소영은 아빠와 의료진들이 시키는 대로 군소리 없이 최선을 다해 검사에 임하고, 열심히 먹고, 열심히 운동했다. 덕분에 40킬로그램까지 내려갔던 체중도 빠르게 정상 체중으로 올라오고 있었다. 죽었다가 살아나서 그런지 식욕이 얼마나 왕성한지 모르겠다. 깨작거리던 습성도 사라지고 식성까지 변해 버렸다. 요즘에는 고기가 그렇게 맛있을 수가 없었다.

일반 병실로 옮긴 후부터 정상적인 식사를 하기 시작했는데, 가장 먼저 손이 간 음식이 잘게 썬 고기 요리였다. 그 후로는 고기만 나오면 게 눈 감추듯이 싹싹 비워 버린다. 이제 비린 해산물류는 별로다. 몸을 생각해서 뭐든 가리지 않고 싹싹 먹어 버리기는 하지만.

정훈은 허락된 시간 안에서 항상 그녀와 함께 있었다. 함께 식사를 하고 함께 산책을 했다. 그를 볼 때마다 남자답고 어른스러운 모습에, 자상하고 근사한 모습에 새삼 놀라고 새삼 반하고는 한다. 그를 사랑할 수 있어서 행복했고, 그에게 사랑받을 수 있어서 행복했다.

살아 있어서…… 행복했다.

언니를 생각하면 혼자만 살아남은 자신이 죄인 같았다. 가슴이 찢어질 듯 아프고 죄스러웠다. 10만 분의 1의 기적인 누군가가 때마침 죽어 주었기에 그녀가 살아날 수 있었다는 사실이, 그 누군가의 인생과 그가 사랑하고 그를 사랑했던 사람들을 생각하면 한없이 죄스럽고 가슴 아팠다.

그러나 죄스럽고 아픈 만큼 감사하고 너무도 행복했다. 살아 있을 수 있어서, 살아서 정훈을 다시 볼 수 있어서…….

소영은 자신에게 뇌를 기증해 준 고마운 이가 누구인지 알 수 없었다. 누구냐고, 어떤 사람이었느냐고 물어보았으나 아빠는 도너의 신상에 대해서는 절대 말해 줄 수가 없다고 했다. 아빠가 알고 있는 것도 이름과 나이, 성별 정도밖에 없노라고 했다. 하나 그 간단한 신상 정보조차 불문에 부치는 것이 원칙이라고 했다.

심지어 그녀의 뇌 이식 수술은 아직 외부에 공표돼서는 안 되는 극비 사항이라고도 했다. 뇌 연구소를 지원하는 미국 정부의 고위 인사 몇 명만이 알고 있는 극비 사항. 때문에 소영이 뇌 이식 수술을 받았다는 사실은 그들 중 일부와 수술에 참여한 동우를 비롯한 연구원들, 당사자인 소영과 정훈뿐이라고 했다.

세상에는 그녀가 소희 덕분에 총상은 입지 않았고, 자신을 끌어안은 그녀와 함께 쓰러지면서 바닥에 머리를 부딪쳐 후두부가 깨진 탓에 일반적인 수술을 한 것으로 알려져 있다고 했다. 그것이 그들이 소영의 뇌 이식 수술을 승인하며 내건 조건이었다고.

아빠는 그들의 승인 없이는 아무리 때마침 그녀에게 적합한 10만 분의 1의 기적인 싱싱한 뇌 기증자가 나타났다고 하더라도, 아빠의 임의대로 뇌 이식 수술을 감행할 수 없었을 거라고 했다. 소희의 경우처럼 아무것도 시도해 보지 못한 채 손 놓고 그녀가 죽어 가는 것을 지켜볼 수밖에 없었을 거라고 했다.

아빠는 모든 것이 불행 중 다행인 기적이자 천운이었다고, 그러니 천운에 감사하며 더욱 열심히 살라고, 그것만이 언니와 뇌를 기증해 준 그분한테 보답하는 길이라고 했다.

소영도 아빠의 말씀이 옳다고 생각했다.

하지만 시간이 지날수록 막연한 두려움과 의심이 조금씩 생겨났다. 다른 곳도 아닌 뇌에 다른 사람의 뇌가 이식되어 있었다. 비록 일부라 할지라도 그 사실이 조금은 끔찍하게 느껴지기도 했다.

그럼 그 사람의 기억은 어떻게 되는 걸까. 그 사람의 기억까지 내게로 옮겨 온 것은 아닐까. 물론 아빠는 그런 일은 과학적으로 결코 일어날 수 없는 불가능한 일이라고 단언했다. 그것은 윤리학자나 종교학자들이 주장하는 비과학적이고 비논리적인 억지에 불과할 뿐이라고.

"사람의 뇌는 인체 중 가장 신비하고 복잡한 장기임이 분명하지만, 심장이나 폐, 안구나 다름없는 장기 중 하나일 뿐이다. 물론 인간의 뇌가 그 사람이 경험하고 익혀 온 모든 감각과 언어, 인지력 등이 탑재되어 있는 기억장치인 것만은 확실하다. 그래서 누군가에게 제삼자의 뇌를 통째로 이식했다면, 그들의 주장이나 네 우려가 완전히 틀리다고는 나도 확언할 수 없다. 하지만 네 경우는 달라. 이해하기 쉽도록 간단히 설명해 주자면, 네 경우는 수천만 개의 회로 중 손상된 부품 한 가지만 교체한 것과 같단다. 인체의 신비란 바로 거기서부터 발현되는 거란다. 이식된 새 부품이 기존의 제 것으로 받아들일 만큼 적합하다는 결론이 내려지면 그 후로는 인체가 스스로 알아서 그것을 온전히 제 것으로 흡수해 버리거든.”

아빠는 그녀의 어깨를 두드리며 확신에 찬 어조로 말했다.

“네가 무엇을 두려워하며 혼란스러워하는지 안다만 조금도 걱정할 필요가 없다. 네 수술은 완벽하게 성공적이었다. 네 뇌는 이식된 작은 부품을 어떠한 거부반응 없이 완벽하게 받아들였어. 이젠 온전히 네 것이 되었다는 얘기다. 너의 인지능력이나 언어능력, 기억력 등 손상되었던 우반구 전두엽의 모든 기능들이 정상적으로 작동하고 있다는 것이 바로 그 증거다. 너는 유년 시절의 일들까지 모두 기억하고 있잖니.”

아빠의 말대로 그녀의 기억력에는 아무 문제가 없었다. 아니, 오히려 예전보다 기억력이 더욱 좋아진 듯싶었다. 까마득하게 잊고 있었던 기억들까지 또렷하게 나는 걸 보면 말이다. 하지만 소영은 순간순간 스치는 의문에서 완전히 자유로울 수 없었다.

나는 누구인가. 나는 정말 이전의 나와 같은 차소영인가.

부디 아빠의 확신이 맞기만을 바랄 뿐이었다.

녹턴 〈사랑의 꿈〉의 선율에 잠에서 깨어났다. 소영은 잠시 자신이 어디에 있는 건지 알 수 없어 주변을 두리번거렸다. 화분 등을 놓아둔 침대 옆 탁자 앞에 누군가 서 있었다. 익숙한 선율 또한 그곳에서 들려오고 있었다. 엄청난 장신의 인영에 소영은 흠칫 놀랐다. 그러나 이내 그가 누구인지를 알아차리고 안도의 숨을 내쉬었다.

정훈이었다.

그리고 이곳은 이제는 내 집처럼 익숙해진 병실이었다. 그는 탁자 앞에 서서 무언가를 내려다보며 빙긋이 미소 짓고 있었다.

'뭘 보고 있는 거지?'

대체 뭘 보고 저토록 따스한 미소를 짓고 있는지 궁금해진 소영은 그를 따라 시선을 내렸다. 어렸을 때 그가 선물해 줬던 오르골이었다. 그에게 선물 받았던 이래로 외롭거나 울적해질 때마다 수시로 그녀가 품에 안고 열어 보곤 했던 바로 그 오르골. 그녀가 20년 동안 소중히 간직해 온 오르골을 내려다보며 정훈은 잠시 어렸을 때의 추억에 젖어 있는 듯싶었다. 그녀의 입가에도 저절로 미소가 지어졌다.

점심 식사 후 식곤증이 밀려와 잠시 눈만 감고 있으려고 했는데 어느새 깜박 잠이 들었나 보다. 정훈은 그런 그녀의 곁은 지키다가 옛 추억에 젖어 오르골을 잠시 열어 보았던 모양이다. 그가 오르골의 금장식을 어루만지며 뚜껑을 닫았다. 아스라하게 들려오던 음악 소리가 그와 함께 멈췄다.

"더 틀어 놔도 괜찮은데."

잠기운이 묻어 있는 그녀의 가라앉은 음성에 정훈이 흠칫 놀라 그녀를 돌아보았다.

"깼어?"

"응."

정훈이 빙긋이 웃으며 다가왔다.

"음악 소리 때문에 깬 거야? 미안. 더 자."

그가 기다란 손끝으로 이젠 꽤 많이 자란 머리카락을 어루만지며 이마에 입을 맞춰 주었다.

"으응, 아니야, 다 잤어. 이제 일어나야지."

소영이 몸을 뒤척이자 정훈이 얼른 일으켜 앉혀 주었다. 소영이 괜스레 콧잔등을 찡긋거렸다.

"오빠가 자꾸 이러니까 내가 점점 더 아기가 되어 가는 것 같아. 이젠 나 혼자서도 다 할 수 있는데."

"알아. 그래서 얼마나 고맙고 대견한지 몰라."

"치, 그런데 왜 자꾸 중환자 취급하고 그래요."

"그러게. 병실이라서 그런가? 싫으면 빨리 퇴원하든가."

누군 퇴원하고 싶지 않아서 안 하나? 그녀도 지금 당장이라도 퇴원하고 싶은 마음이 굴뚝같았다.

일반 병실로 옮긴 지도 어언 3개월이 지나가고 있었다. 더 이상 비니를 쓰지 않아도 될 정도로 머리카락이 자란 만큼 그녀의 건강도 몰라볼 정도로 많이 좋아졌다. 왕성해진 식욕 덕분에 삼시 세끼를 꼬박꼬박 먹고, 운동도 주기적으로 한 덕분에 오히려 예전보다 훨씬 건강해진 것 같았다.

그런데도 아빠는 선뜻 퇴원 결정을 내리지 못하고 있었다. 말로는 그녀가 일상에 복귀하고도 남을 만큼 건강해졌다고 하면서도 말이다. 매일 반복되던 검사도 이젠 3, 4일에 한 번씩밖에 받지 않는다. 닥터 말러는 퇴원 후 일주일에 한 번씩만 내원해 검사를 받아도 될 것 같다고 했다.

그래서 엊그제, 이제 그만 퇴원하고 싶다고 아빠한테 진지하게 건의를 드렸다. 아빠는 신중한 어조로 한번 고민해 보겠다고 하셨다. 그런데 아직 답이 없었다. 오늘까지 기다려 보고 답이 없으면 다시 한 번 요청해 볼 생각이다.

사고가 난 지 벌써 7개월이 지났다. 겨울이 지나고 봄이 지나고 벌써 계절이 두 번이나 지나갔다. 소영은 이제 그만 일상으로 돌아가고 싶었다. 병실을 나가면 해야 할 일이 너무도 많았다. 지속적인 검사를 받아야 하기 때문에 사우스캐롤라이나를 한동안 떠날 수는 없겠지만, 가능하다면 금년 내로 곰에 가고 싶었다.

가서 혼자만 살아난 것에 대해서 언니한테 용서를 구하고, 언니의 사랑하는 그분과도 직접 만나 용서를 구하고 싶었다. 그리고 서울로 돌아가 자신의 인생도 되찾고 정훈의 인생도 제자리로 돌려놔야만 할 터였다. 언제까지나 정훈을 자신 곁에 붙잡아 두고 인생을 허비하게 할 수는 없었다.

밤 은
아침을
꿈꾼다

그녀는 어느 누구보다 씩씩하게, 행복하게 살아야 할 의무가 있었다.

소영은 정훈과 함께 산책을 나갔다. 뜨거운 햇살에 얼마 걷지 않았는데도 이마에 송골송골 땀이 맺혔다. 그럼에도 소영은 꼭 잡은 정훈의 커다란 손을 놓지 않았다. 그 또한 소영의 손을 놓지 않았다. 두 사람은 도란도란 이야기를 나누며 연구소 밖 정원을 산책했다. 커다란 플라타너스가 시원한 그늘을 드리워 준 벤치에 앉아 잠시 땀을 식혔다.

"그 사진 또 보여 줘요."

소영이 아이처럼 그의 팔에 매달리며 보챘다. 정훈은 피식 웃으며 바지 주머니에서 휴대전화를 꺼냈다.

사고 후 소영은 조금 달라졌다. 예전이었다면 결코 부리지 않았을 애교도 부리고 아양도 부린다. 처음에는 그런 그녀가 다소 생소하기는 했으나 지금은 한결 밝아진 모습이 마냥 좋기만 하다. 가끔은 그녀가 자신과 새로운 사랑에 빠진 것 같다는 착각이 들기도 한다.

정훈은 그녀와 함께 처음으로 이화마을에 갔을 때, 그녀 몰래 찍었던 사진들을 다시 보여 주었다. 하늘을 걸어가는 것 같은 신사와 강아지 조형물 아래, 그것들을 올려다보며 살포시 미소 짓고 있는 그녀의 옆모습, 재미난 벽화들을 흥미롭게 바라보며 두리번거리는 그녀의 모습들이 그의 휴대전화에는 고스란히 저장되어 있었다.

사진들을 하나씩 살펴보며 소영이 새삼 못 말리겠다는 듯 고개를 가로저으며 키득거렸다.

"볼 때마다 놀란다니까. 대체 이 사진들은 언제 다 찍은 거예요? 난 나 찍는 줄도 몰랐는데. 하여튼 문정훈 씨 엉큼한 건 알아줘야 한다니까. 윽, 이건 정말 아니다."

소영은 그가 위에서 내려다보면서 찍은 탓에 엄청난 가분수에 우스꽝스럽게 찍힌 자신의 전신사진을 보고는 인상을 찌푸렸다.

"이건 좀 지우라니까. 안 되겠어. 내가 지금 지워야지."

삭제 버튼을 누르려는 그녀의 손에서 정훈이 휴대전화를 휙 빼앗았다.

"어허, 어딜 함부로."

"이리 줘요. 그거 하나만 지울게. 다른 사진들도 많잖아. 그건 정말 아니라니까?"

소영이 손을 뻗어 그에게서 휴대전화를 도로 뺏으려고 했다. 그러나 그가 긴 린치를 이용해 팔을 쭉 뻗는 바람에 그녀의 손은 팔목에도 닿지를 않았다.

"왜, 예쁘기만 하구먼. 이건 내 휴대전화에 있는, 내가 찍은 사진이거든? 내가 좋다는데 네가 왜?"

소영이 화난 표정으로 그를 노려보았다.

"초상권은 나한테 있거든요? 나한테 허락도 안 받고 찍은 내 사진이니까, 나한테도 권리가 있다고요. 이리 줘요. 그거 한 장만 지울게, 응?"

"싫어. 억울하면 너도 내 사진 찍든가. 네가 원하면 얼마든지 우스꽝스러운 포즈로 모델이 되어 줄 용의가 있으니까. 내가 워낙 잘 빠져서 네가 원하는 만큼 우스운 사진이 나와 줄지는 장담 못 하겠지만 말이야."

소영이 기가 막힌다는 듯 헛웃음을 지었다.

"참 나, 잘난 척은. 누가 그래? 쫙 빠졌다고?"

"그럼 아니야? 이거 왜 이래. 이래 봬도 이 몸이 르 로제나 코넬에서 엄청 먹어 주는 몸이었어. 여자들이 내가 슥 지나가기만 해도 좋다고 환호성 치고 난리도 아니었다고."

"어련하셨을까. 왕년에 잘나가지 않았던 사람이 어디 있어요? 나도 왕년에 엄청 인기 좋았거든요?"

정훈의 한쪽 눈썹이 휙 치켜 올라갔다.

"오, 이제야 이실직고를 하는군. 공부하느라 이성에 관심은 커녕 남자 한 번 사귀어 본 적도 없었다더니, 다 거짓말이었구먼. 말해 봐. 언제 그렇게 인기가 좋으셨는데?"

"그야 당연히……."

언제……였더라? 고등학교 때였던 것 같기는 한데…… 아닌가? 다시 생각해 보니 고등학생 때든 대학생 때든 남학생들의 관심의 대상이 되었던 적은 한 번도 없었던 것 같았다. 넌지시 말을 걸어오는 남학생들이 몇 명 있기는 했지만, 공부밖에 모르는 답답하고 서늘한 눈빛에 이내 질린 듯 고개를 절레절레 저으며 물러가고는 했다.

그런데 왜 그런 말이 나온 거지? 왜 불현듯 누군가의 눈을 피해 쪽지를 주고받고, 호기심에 남몰래 데이트까지 한 것 같은 착각이 들었던 걸까. 결단코 그런 적은 단 한 번도 없었는 데 말이다.

나도 모르게 은연중에 그런 은밀한 데이트를 꿈꿨던 적이라도 있었던 걸까? 모르겠다. 내가 기억하는 한도에서 이제껏 그런 막연한 환상조차 품은 적이 없었던 것 같은데…… 뭐지?

소영은 순간적인 혼란에 휩싸여 고개를 갸웃거렸다.

그런 그녀를 보고 둘러댈 말이 궁색해진 거라고 생각한 정훈이 큭 웃으며 소영의 짧은 앞머리를 헝클어트리듯 쓰다듬었다.

"거봐. 괜히 없는 말 지어내려니까 말이 막히지?"

소영이 입술을 비죽거렸다.

"치, 그런 거 아니거든요? 그리고 그게 무슨 큰 자랑이라고 자랑스럽게 떠벌리고 그런데요? 그러고 보니까 오빠 예전에 엄청난 바람둥이였던 거 아니야? 난 바람둥이 싫은데. 난 나만 아는 지고지순한 남자가 좋다고."

'어, 이건 아닌데'라는 곤혹스러운 표정으로 그녀를 빤히 바라보던 정훈이 씩 미소 지으며 은근하게 말했다.

"양심상 아니라고는 말 못하겠다. 그런데 그건 너 만나기 훨씬 전의 일이었고, 바람둥이 수준까지는 아니었어. 그리고 그보다 더욱 중요한 건, 지금 나한테는 차소영, 너 하나밖에 없다는 거다. 널 만나고, 널 사랑하게 된 후로는 너밖에 안 보여. 너 이외에는 아무것도 생각할 수 없게 되어 버렸어. 차소영이 문정훈의 전부가 되어 버렸지."

일순 한없이 깊어진 그의 눈빛에 소영은 할 말을 잃었다. 가슴이 새삼 부산스럽게 뛰어 댔다. 농담과 장난으로 시작한 가벼웠던 분위기가 삽시간에 핑크빛 기류로 훅 달아올라 버렸다.

그녀를 위해서 자신의 생활을 모두 내팽개치고 달려와 그녀의 곁을 지켜 준 정훈의 헌신적이고 깊은 사랑이 새삼 그녀의 전신을 울리며 해일처럼 밀려 들어왔다. 짜릿한 전율에 휩싸인 소영의 손이 바르르 떨렸다. 흐트러진 호흡이 점차 가쁘게 터져 나왔다.

그의 손이 그녀의 얼굴을 가만히 감싸 쥐었다. 7개월 동안 숨죽여 웅크리고 있던 열망이 깊게 가라앉은 그의 검은 눈동자 속에서 삽시간에 존재감을 드러내며 파르르 피어오르기 시작했다. 그리고 그것은 달뜬 표정의 소영의 얼굴을 담고 조심스럽게 활활 타오르기 시작했다.

긴장한 듯 굳은 그의 얼굴이 점점 가까이 다가왔다. 반쯤 가라뜬 그의 눈 속에서 피어나는 뜨거운 불꽃에 소영은 그대로 빨려 들어갈 것만 같았다. 그의 뜨거운 숨결이 콧잔등을 덮쳤을 때 소영은 스르르 두 눈을 감았다. 그의 뜨거운 입술이 조심스럽게 그녀의 떨리는 입술을 머금었다.

"하아."

절로 떨리는 숨결이 흘러나왔다.

7개월 만에 서로를 오롯이 느끼는 첫 키스였다.

눈부신 햇살이 바람에 나부끼는 잎사귀 사이로 보석처럼 부서지며, 비로소 살아 있음을 느끼고 감사하며 전율하는 두 사람을 따뜻하게 감싸며 내려앉았다.

일주일 후 소영은 드디어 퇴원을 했다.

정훈도 길고 길었던 호텔 생활을 마치고 그녀와 함께 동우의 집으로 들어갔다. 동우의 권유에도 한사코 연구소와 가까운 호텔에 기거했던 그였지만, 소영이 퇴원한 이상 더 이상 호텔에 따로 머무를 이유가 없었다.

소영은 아빠의 집이 익숙하면서도 낯설게 느껴졌다.

특히 2개월 넘게 그 집에 살았고, 그녀와도 1개월간 함께 생활했던 소희의 자취가 남아 있는 공간에 발을 들이는 것은 생각보다 무척 힘들고 아픈 일이었다. 소희와 이 집에서 함께 살았던 기간은 겨우 1개월 남짓한 짧은 시간이었지만, 집 안 곳곳에 언니와의 추억이 깃들어 있었다.

22년 만에 만난 언니를 그토록 허무하게 잃었다는 사실이 현실이 아닌 양 실감이 나지 않았다. 소희가 머물던 방문을 열면 그녀가 그곳에 있을 것만 같았고, 함께 담소를 나누고 식사를 하던 거실과 주방도 돌아보면 언니가 앉아 있을 것만 같았다.

바보같이 사진 한 장 같이 찍어 두지 못한 것이 후회스럽고 원통했다. 그렇게 많은 곳을 돌아다니며 시간을 함께했건만, 왜 사진 한 장 같이 찍을 생각을 하지 못했는지 모르겠다. 남은 사진이라고는 그녀의 여권에 붙어 있는 사진과 언니가 가지고 있던 어렸을 때의 사진 몇 장뿐이었다.

다행히 아빠는 언니의 유품을 정리하지 않고 방에 그대로 간직해 놓고 있었다. 언니의 약혼자에게 원하는 유품을 몇 가지 주었다고 했지만, 나머지는 모두 그대로였다. 언니의 약혼자는 언니가 즐겨 입던 옷 몇 가지와 절반 정도의 사진을 가지고 갔다고 했다. 언니와 그가 찍었던 사진들을.

소영은 소희가 남긴 유품들이 전혀 낯설지 않았다. 모두 제 것만 같았다. 신기하게도 공유되던 언니의 생각들이 아직까지도 생생하게 느껴지고 들리는 것만 같았다. 그래서 언니의 죽음이 더욱 실감 나지 않는 것인지도 몰랐다. 아직도 그녀는 언니와 함께 있는 것만 같았다. 그녀 안에 언니가 살아 숨 쉬고 있는 것만 같았다.

소영은 매 순간 소희의 존재를 느꼈다.

소영은 그러한 사실을 정훈과 아빠한테는 말하지 않았다. 아니, 말할 수 없었다는 것이 좀 더 정확할 터였다.

무어라 설명한단 말인가. 소희와 살아생전에 쌍둥이끼리의 텔레파시가 통했다는 것도 무어라 설명할 길 없는 일이건만, 거기다 심지어 그 언니가 죽은 후에도 서로 교감하고 있는 것 같다는 말을 어떻게 할 수 있단 말인가. 뇌 이식 수술을 받은 후유증으로 그녀가 망상에 빠져 있다고 생각할지도 모를 일이었다. 의학적으로나 과학적으로는 도저히 해명이 안 되는 일이니까.

착각이든 망상이든 아무래도 좋았다. 소영은 소희가 남긴 물건들을 만지며 그녀를 느낄 수 있다는 것만으로도 마냥 감사하고 좋을 뿐이었다. 그 느낌을 굳이 다른 사람에게 설명하고 싶지도 않았고, 절대 잃고 싶지도 않았다.

소영이 퇴원하고 집으로 돌아온 후 며칠 뒤에 대영과 유정이 미국까지 그녀와 아들을 보러 와 주었다. 대영과 유정은 건강해진 그녀를 끌어안고 한동안 다행이다, 고맙다고 흐느끼며 눈물을 흘렸다. 소영도 그들을 끌어안고 함께 울었다. 고맙고 면목이 없었다.

그런데 한순간 이런 생각 하나가 훅 스치고 지나갔다.

'다행이라니, 뭐가? 언니가 죽고 나만 살아남은 것이 다행이라는 말인가. 언니가 죽은 게 다행이라는 말이야? 빌어먹을!'

그리고 소영은 바로 그런 자신에게 흠칫했다.

'내가 왜 이러지? 저분들이 그런 의미로 한 말씀이 아니라는 것을 알면서 왜 그런 뒤틀린 생각을 하는 거야.'

소영은 얼른 고개를 가로저었다. 정훈이 사납게 입술을 일그러트린 자신을 보았을까 봐 살짝 겁이 나 그의 손을 꼭 움켜잡았다.

저녁 식사를 마치고 소영은 뒷마당으로 바람을 쐬러 나갔다. 후끈 달아올랐던 한낮의 기온이 기운 태양과 함께 한풀 수그러져 있었다. 푸른 잔디와 만개한 꽃들, 풍성해진 나무들 사이로 따스한 바람이 불어왔다.

소영은 소희를 처음 만났을 때 그녀가 앉아 있던 하얀색 철제 의자에 앉아 두 눈을 감고 깊어 가는 여름밤을 만끽했다. 소슬바람이 부는 가을을 좋아하던 그녀였는데, 언제부터 이렇게 여름이 좋아졌는지 모르겠다. 한낮의 더위는 물론 해가 진

후 하루 동안 품고 있던 더운 김을 뿜어내는 이 따스한 밤의 기온까지 소영은 그 모든 것들이 너무도 편안하고 좋았다.

"찾았다. 여기서 혼자 뭐해?"

어깨를 따스하게 감싸 오는 정훈의 체온과 나지막한 음성에 소영은 빙긋이 미소 지었다. 고개를 뒤로 돌려 그를 올려다보았다. 머리카락을 살랑거리는 따스한 바람보다 더욱 포근한 미소를 머금은 그가 그녀를 지그시 내려다보고 있었다.

그의 눈빛이 깊어 가는 밤하늘만큼이나 깊었다. 짙은 이목구비의 남자다운 강인한 얼굴이 하늘에 떠 있는 반달보다 아름답고 눈부셨다. 귀족적인 풍모를 자아내는 곧은 콧대가 불빛 아래 반짝거렸다. 무엇보다 낮게 깔리는 그윽한 목소리가 그녀의 가슴을 설레게 만들었다.

"그냥, 바람 좀 쐬고 싶어서요. 아저씨하고 아줌마는요? 아직 아빠하고 말씀 중이세요?"

"어머니는 시차 때문에 피곤해서 먼저 방에 올라가셨고, 아버지만 박사님하고 말씀 중이셔."

그가 그녀의 정수리에 입을 맞췄다. 소영의 머리카락은 이제 가르마를 탈 수 있을 만큼 많이 자랐다. 소영은 이제 어느 모로 보나 7개월 전에 머리에 총상을 입고 엄청난 뇌 수술을 받은 후 기적적으로 살아난 사람으로는 보이지 않았다.

정훈은 사실 소영이 이처럼 온전히 완쾌될 수 있을 거라고는 예상하지 못했다. 뇌 이식이라니! 동우한테 그 얘기를 처음 들었을 때는 숨이 멎는 것 같았다. 믿을 수가 없었다.

물론 동우가 뇌신경외과의 최고 권위자이자 수년 전에 이미 원숭이 뇌 이식에 성공했다는 사실은 그도 잘 알고 있었다. 윤리적인 문제로 아직 시도만 되지 않았을 뿐, 현재의 의학으로도 충분히 인간의 뇌 역시 이식이 가능하다는 것도 알고 있었고 말이다.

　　하나 그것이 실현 가능할 것이라고는 생각해 본 적이 없었다. 적어도 십수 년 후, 무수히 많은 연구와 시행착오, 치열한 논란을 거친 후에야 실현 가능할 것이라고 생각했다.

　　그런데 현실에서는 불가능할 것이라고 생각했던 기적이 그의 눈앞에서 일어났다. 그로서는 무조건 감사하고 또 감사할 뿐이었다. 다른 건 아무래도 좋았다. 수술 후유증으로 소영이 언어적 장애를 겪든 반신불수가 되든 혹여 그를 기억하지 못하게 된다고 하더라도 상관없었다.

　　그녀가 살아 있어 주기만 한다면!

　　뜨거운 피가 흐르는 그녀의 따스한 체온을 느낄 수만 있다면, 그녀가 숨을 쉬고 살아만 준다면…….

　　한데 감사하게도 그녀는 어떠한 후유증도 없이 살아나 주었다. 그를 기억하고 예전과 다름없는 눈빛으로 그를 바라봐 준다. 처음 손을 잡았을 때처럼 그의 손길에 가슴 설레어 하며 수줍음에 뺨을 물들이고, 서로의 마음을 처음 확인했을 때처럼 경이롭고 뜨거운 눈빛으로 그를 바라봐 준다. 마치 새삼 그와 새로운 사랑에 빠진 여인인 양…….

　　정훈의 손이 그녀의 턱을 살포시 들어 올렸다. 순하게 딸려

밤　은
아침을
꿈꾼다

오는 그녀의 얼굴로 천천히 입술을 내렸다. 숨결을 얽고 사랑하는 이의 숨결을 들이마셨다.

"하아."

소영이 달뜬 호흡을 바르르 내뿜으며 그의 목을 휘감았다.

두 사람의 키스가 점차 깊어졌다.

두 사람이 손을 꼭 잡고 집으로 들어왔을 때, 모두 잠들었는지 집 안은 고요했다. 그녀의 방으로 향하려는 정훈의 손을 소영이 잡아끌었다. 응? 하고 돌아보는 정훈을 아랫입술을 지그시 깨문 소영이 뜨거운 눈길로 바라보았다. 그녀가 먼저 그의 손을 이끌며 계단을 올랐다.

괜찮을까?

정훈은 멈칫하며 망설였다. 그러나 가쁜 숨을 쌕쌕 몰아쉬면서도 그를 향한 뜨거운 열망으로 달아올라 그를 똑바로 바라보는 소영의 달뜬 눈빛에 정훈은 이내 갈등을 접었다.

두 사람은 까치발을 들고 함께 2층으로 올라갔다. 대영과 유정이 잠든 방을 지나 정훈이 머물고 있는 방으로 들어갔다. 정훈이 등 뒤로 딸깍, 문을 잠금과 동시에 소영이 그의 목을 끌어당기며 와락 안겨 왔다.

정훈 역시 더 이상 주저하지 않았다. 그녀의 열망에 기꺼이 화답하며 살아 숨 쉬는 그녀의 몸을 바짝 끌어안았다. 벙긋 벌어지는 입속으로 뜨거운 혀를 밀어 넣었다. 기다렸다는 듯이 열렬히 환영하며 반기는 작은 혀를 휘감았다. 숨결이 하나로 엉키며 타액이 하나로 뒤섞였다. 그의 손길이 부드럽게 소영의 등줄기를 훑어 내렸다. 소영이 바르르 전율하며 신음을 흘렸다.

"하아…… 오빠…… ."

"힘들 것 같으면 바로 말해. 알았지?"

흐트러지는 호흡 사이로 정훈이 가쁘게 토해 내듯이 속삭였다. 소영이 그의 탄탄한 가슴과 어깨를 쉼 없이 어루만지며 고개를 가로저었다.

"아니, 나 이제 괜찮아. 정말 괜찮아. 하아, 오빠. 오빠를 느끼고 싶어. 오빠와 사랑했던 그 순간을 다시 느끼게 해 줘요."

그와 사랑을 나누는 기분은 어떨까. 안타깝게도 그것까지는 기억이 잘 나지 않았다. 궁금했다. 그 기분이, 아니 정훈이라는 남자 그 자체가! 진짜 남자, 진짜 어른! 그런 그와 섹스를 나누는 순간을 상상하는 것만으로도 온몸에 짜릿한 흥분이 치밀어 올랐다.

그는 틀림없이 근사한 연인일 터였다. 남자답고 강인한 외모만큼이나 그와 나누는 사랑의 행위 역시 숨 막히도록 황홀하고 강렬할 터였다. 소영은 그가 자신을 얼마나 절실하게 사랑하는지 온몸으로 느낄 수 있었다. 숭고하리만치 강렬하고 헌신적인 그 사랑에 소영은 짜릿한 희열을 느꼈다.

그 사랑을 온몸으로 확인하고 싶었다. 치밀어 오르는 욕망을 참고 싶지 않았다. 그 욕망 안에서 자신이 온전히 살아 있음을 재차 확인하고 싶기도 했다. 어른들 몰래 어린아이가 불장난하듯 그와 한 몸으로 뒤엉켜 있다는 사실만으로 욕망이

걷잡을 수 없을 정도로 치밀어 올랐다. 짜릿한 흥분과 쾌감이 전신을 두드리며 빠르게 내달렸다.

소영은 스스로 황급히 원피스를 벗어 던졌다. 그의 셔츠 단추를 성마르게 풀고 세차게 요동치는 단단한 가슴에 입술을 내렸다.

다급한 그녀의 욕망에 스스로를 자제하며 조심스럽게 움직이던 그의 손길도 점차 다급해져 갔다. 배꼽까지 훑으며 내려간 그녀의 당돌하도록 과감한 애무에 정훈은 흠칫 놀라면서도 전류처럼 치밀어 오르는 전율에 진저리 치며 얼굴을 뒤로 젖혔다.

사랑을 나눌 때조차도 늘 수줍고 조심스럽기만 했던 그녀였다. 그의 애무에 전율하며 그에게도 애무를 돌려주고 싶어 하면서도 어찌할 바를 몰라서 허둥대기만 했던 그녀였다. 그래서 그녀의 부끄러워하면서도 어찌할 수 없이 온몸을 들썩이며 애달프게 터트리던 신음, 수줍게 되돌리던 작은 입맞춤 하나하나가 너무도 사랑스럽고 그를 미친 듯이 전율케 만들고는 했다.

그런데 지금의 그녀는 전혀 이전의 그녀답지 않았다. 그가 되레 당혹스러울 만큼 솔직하게 반응하고 요구하며 과감하게 먼저 그를 애무해 왔다. 그런 소영이 낯설면서도 눈물이 날 만큼 고맙고 감격스러웠다.

어느새 알몸이 되어 하나로 뒤엉킨 두 사람이 침대로 쓰러졌다. 정훈은 다급하게 자신의 허리를 끌어당기는 소영의 목에 입을 맞췄다. 소담스러운 가슴을 움켜쥐고 빳빳하게 고개를 치켜든 멍울을 답삭, 입에 머금었다. 훑고 깨물고 입안에서

굴릴 때마다 소영이 자지러질 듯 교성을 흘렸다. 그러다 스스로 제 입을 틀어막고 교성을 막았다.

그가 스멀스멀 밑으로 기어 내려가며 바르르 떨리는 그녀의 명치끝을 할짝거렸다. 움푹 파인 배꼽에 뾰족 세운 혀를 밀어 넣고 추릅거리며 주변을 핥았다.

"아흑!"

소영이 등을 둥글게 말고 그의 어깨에 손톱을 박았다. 그리고 더 큰 무언가를 요구하며 그녀 스스로 그의 머리를 잡고 아래로 밀어 내렸다. 정훈은 기꺼이 그녀의 요구에 부응했다. 벌써 뜨겁게 달아올라 축축하게 젖어 들썩거리는 그녀의 그곳에 입술을 내렸다. 소영이 다시 한 번 자지러질 듯 교성을 내지르며 그의 머리카락을 움켜잡았다.

하지만 이번에도 예전처럼 당황해서 어찌할 바 모르며 그를 밀어내지 않았다. 되레 그의 애무에 온몸을 활짝 열고 쾌락에 헐떡거렸다. 그녀는 단숨에 절정에 달아올라 전신을 뻣뻣하게 굳혔다.

정훈은 울컥, 눈물이 쏟아질 것만 같았다. 걷잡을 수 없는 환희와 먹먹함에 그는 그녀의 다리 사이에 얼굴을 파묻고 터질 것 같은 숨을 잠시 골랐다. 꽉 다문 입술 사이로 바보처럼 참고 참았던 울먹임이 흐느끼듯 흘러나왔다.

"소영아…… 소영아……."

"하아, 하아."

소영은 가쁜 숨을 몰아쉬며 슬며시 미소 지었다.

이럴 줄 알았어. 이렇게 근사할 줄 알았다고.

하지만 아직 부족했다. 소영은 거친 손길로 울먹이는 정훈의 얼굴을 끌어 올렸다. 자신의 향기가 나는 그의 입술을 게걸스러울 만큼 다급하게 집어삼키고 몸을 굴렸다.

순식간에 위치가 바뀌고 전세가 역전되었다. 소영은 이제 제 차례라는 듯 욕망에 번들거리는 눈빛으로 그를 올려다보며 탄탄한 가슴을 핥고 깨물었다. 순간적으로 벙한 정훈이 '아, 잠깐만!' 하고 상체를 세우기도 전에 거대한 흉기처럼 부풀어 올라 움찔거리는 그곳을 입에 머금었다.

"잠깐만 소영아, 그건…… 윽!"

그건 아니라고 말리려고 했다. 소영에게는 무리라는 것을 알기에 단 한 번도 바라지 않았던 애무이기도 했다. 그런데 어떠한 거부감이나 망설임도 없이 그녀가 먼저 그것을 선뜻 입에 머금고 능숙하게 혀를 놀리기 시작했다.

소영이가 어떻게?

경악에 찬 놀라움과 함께 어찌할 수 없는 극렬한 쾌락이 번개처럼 전신을 관통했다.

"으으, 크흑."

왜 이러느냐고, 너답지 않다고, 무리하지 말라고 그녀를 말리려고 했다. 그런데 그를 다디단 사탕처럼 머금고 눈을 반짝이며 그의 반응을 살피면서 미소까지 띠는 그녀를 보고는 욕망에 지배당한 본능이 이성을 가볍게 이겨 버리고 말았다. 정훈은 결국 그녀의 몸을 일으키려던 손으로 그녀의 자그마한

머리통을 움켜쥐고 고개를 뒤로 젖힌 채 헐떡거리는 신음을 내뱉었다.

"아아, 소영아, 소영아! 으윽, 잠, 잠깐만. 이제 그만해, 제발 그만…….."

들썩거리던 그의 허리가 뻣뻣하게 굳어지는 것과 동시에 소영이 그에게서 입을 떼며 입맛을 다셨다. 그의 입에서 절로 안도의 숨이 아쉬움을 머금고 훅 터져 나왔다. 소영이 그의 위로 슬금슬금 기어 올라왔다.

다음 순간, 그와 그녀의 입에서 동시에 만족에 겨운 거친 탄성이 터져 나왔다.

"하악!"

"흐윽."

그녀가 그를 몸속 깊이 파묻고 천천히 허리를 움직이기 시작했다. 서툴렀던 움직임은 이내 오랜 기억을 찾아낸 듯 능숙하게 움직이기 시작했다. 그녀도 몰랐던 관능적 본능이 깨어난 것인지도 모르겠다. 점차 빨라진 그녀의 관능적 움직임은 이내 말을 타듯 위아래로 들썩거리며 절정으로 향해 치닫기 시작했다.

정훈은 중심을 잃고 휘청거리기까지 하는 그녀의 허리를 재빨리 양손으로 단단히 움켜잡았다. 그리고 그녀가 하고자 하는 대로 기꺼이 따라 주었다. 그녀는 흡사 욕망에 심취한 관능의 여신 같았다. 자신의 욕망을 충족시키며 쟁취해 가는 데에 조금의 쑥스러움이나 주저함이 없었다.

마침내 절정에 치달아 하얗게 부서지는 그녀의 모습을 바라보며 정훈도 함께 뜨거운 절정을 분출하며 산산이 부서졌다. 순간, 그 극상의 환희 사이로 불순한 무언가가 훅 스치며 지나갔다.

그녀가 소영이되…… 소영이 아닌 것 같다는 말도 안 되는 불순한 생각.

다행히 그 말도 안 되는 생각은 그것이 무엇인지 깨닫기도 전에 훅 사라져 버렸다. 정훈은 탈진한 듯 푹 쓰러지는 그녀의 몸을 꼭 끌어안았다. 땀에 젖은 그녀의 이마를 어루만졌다. 그녀는 만족한 듯 희미하게 미소 짓고 있었다.

"하아, 하아…… 오빠."

"하아, 그래, 소영아."

"사랑해."

그래, 이거면 됐다. 그제야 정훈도 살며시 미소 지었다.

"사랑해."

기진맥진한 두 사람은 이내 서로를 꼭 끌어안은 채 잠들었다. 깊은 수면 속으로 까무룩 빨려 들어가기 직전 소영은 무심코 생각했다.

절정의 마지막 순간, 뇌리에 스치고 지나갔던 그 남자는 누구였을까. 정훈이 아닌 다른 사람이었던 것 같았는데. 그보다 훨씬 어리고 빛바랜 머리카락을 가진 짙은 갈색 피부의 남자……. 아닌가? 그래, 아니겠지. 착각이었을 거야. 나한테는 오빠밖에는 없는걸. 그럼 그렇고말고. 나한테는 오직 이 사람한 명밖에 없어…….

그날 밤, 소영은 새벽녘에 문득 잠에서 깨어났다. 누군가 자신을 뒤에서 꼭 끌어안고 있었다. 고개를 돌려 그 사람이 누군지 쳐다보았다. 창문으로 스며든 아슴푸레한 새벽 기운에 잠든 사람의 얼굴이 흐릿하게 보였다.

정훈이었다.

헝클어진 머리카락 때문에 한결 어려 보이기는 하지만 완고한 지성미와 남성적인 이목구비의 근사하게 잘생긴 얼굴은 분명히 그였다. 여자라면 반하지 않고는 배기지 못할 만큼 매혹적인 그의 얼굴에 새삼 가슴이 덜컥거리며 입안이 바싹 말라 왔다.

그런데 왜 이렇게 불륜이라도 저지른 사람처럼 가슴 한쪽이 욱신거리며 죄책감이 드는 거지? 왜 이렇게 다른 의미로 가슴이 불안하게 뛰는 거지? 그럴 이유가 없잖아. 우린 서로 사랑하는 사람들인데, 나한테는 이 사람밖에는 없는데, 그에게도 오직 나 하나밖에 없는데…… 도대체 왜?

소영은 스스로도 설명할 길 없는 막연한 죄책감과 불안감에 휩싸여 정훈을 한동안 망연히 바라보았다. 괴이하게 뛰는 가슴 탓인지 머리까지 욱신거리며 아파 오는 것 같았다. 입안이 칼칼해지면서 목이 말라 왔다.

소영은 조심스럽게 몸을 일으켰다. 깊이 잠든 그를 깨우지 않기 위해서 살금살금 걸어 바닥에 떨어져 있는 원피스만 대충 입었다. 어른들이 깨기 전에 주방에 가서 얼른 물만 마시고 자신의 방으로 가야 할 듯싶었다. 아무리 양가의 묵인 아래 허락된 연인 사이라고 할지라도 보란 듯이 그와 동침하고 그의 침실에서 깨어나는 모습을 보인다는 것은 너무 쑥스럽고 뻔뻔한 짓인 것만 같았다.

소영은 조심스럽게 방문을 열고 밖으로 나왔다. 귀를 쫑긋 세우고 아래층의 기척을 살폈다. 다행히 아빠도 아직 일어나지 않으신 모양이었다. 아무 기척도 들려오지 않았다. 안도의 숨을 내쉰 소영은 계단을 향해 걸어가려고 했다.

그런데 문득, 언니의 방에 가 보고 싶어졌다. 소영은 망설이다가 걸음을 돌려 끄트머리에 있는 방으로 걸어갔다.

딸깍.

소희의 방으로 들어간 소영은 저도 모르게 안도의 숨을 내쉬며 미소 지었다. 내가 있어야 할 곳을 찾아온 듯 마음이 편안해졌다. 소영은 침대로 가서 누웠다.

"후우."

또다시 안도의 숨이 쉬어졌다. 스르르 눈이 감겼다. 그러다 문득 어떤 생각이 들어 두 눈을 번쩍 떴다. 침대에서 일어나 앉아 잠시간 멍하니 주변을 두리번거렸다. 자신도 모르는 어떤 힘에 이끌린 듯 침대 밑으로 몸을 숙였다. 침대 밑 깊숙한 곳에 커다란 상자 하나가 있었다.

"어? 이런 곳에 왜 상자가 있지?"

아니, 그보다 침대 밑에 무언가가 있을 거라는 건 내가 어떻게 알았을까? 소영은 고개를 갸웃거리며 상자를 침대 위로 꺼내 올렸다. 뚜껑을 열어 보았다.

상자 안에는 가지런히 정리되어 있는 수많은 편지들과 오래된 것으로 보이는 낡은 노트, 구입한 지 얼마 안 되어 보이는 노트들이 차곡차곡 들어 있었다. 그리고 그 위에 담배 한 갑과 라이터가 놓여 있었다.

"웬 담배지? 언니가 담배를 피웠나?"

그리고 이것들은 다 무엇일까.

소영은 혼란스러운 눈빛으로 그것들을 한동안 바라보았다. 그렇게 얼마나 있었을까. 흔들리던 눈빛이 차분히 가라앉을 즈음 그녀의 손에는 담배와 라이터가 들려 있었다. 소영은 익숙한 걸음으로 방을 가로질러 발코니로 걸어갔다. 발코니 문을 꼼꼼하게 걸어 닫고 화분 뒤편에서 휴대용 재떨이를 찾아냈다.

내가 이런 걸 어떻게 알고 있을까 하는 의문은 나지 않았다. 그냥 무의식적으로 알 수 있었다. 이 또한 설명할 길은 없었다. 소영은 손에 든 것들을 조용히 바라보다가 담배 한 개비를 꺼내 입에 물었다. 그리고 스스럼없이 불을 붙이고 깊이 들이마셨다.

"캑캑."

매캐한 연기에 눈이 따갑고 헛기침이 터져 나왔지만 생각보단 괜찮았다. 어떠한 거부감도 들지 않았고 익숙한 느낌마저 들었다. 소영은 그 자리에서 담배 한 개비를 끝까지 다 태웠다.

휴대용 재떨이를 화분 뒤에 다시 숨겨 놓고 방으로 들어왔

다. 욕실에 들어가 양치를 하고 샤워를 했다. 서랍장에 있는
탈취제로 원피스에 남아 있을지 모르는 담배 냄새도 깨끗하게
없앴다. 이 모든 일련의 과정들을 행함에 있어 소영은 조금도
망설이거나 주저하지 않았다. 그동안 그 모든 일들을 익숙하
게 해 온 사람처럼 자연스러웠다.

　침대로 돌아온 그녀는 담배와 라이터를 상자 안에 다시 얌
전히 넣었다. 그러고는 그 안의 편지와 노트들을 그리운 듯 손
으로 어루만지다가 다음을 기약하며 뚜껑을 닫아 침대 밑으로
다시 숨겨 두었다.

　소영은 화장대에서 언니의 MP3 플레이어 하나만 챙겨 들고
문으로 향했다.

　이제 그만 1층에 있는 자신의 방으로 가야 할 시간이었다.
늦어도 새벽 6시면 일어나는 아빠한테 들키기 전에.

　방문을 열고 나서던 소영이 뒤를 돌아보며 나지막하게 속삭
였다.

　"밤에 또 올게. 이따 봐, 언니."

## 변태變態

소영이 달라졌다!

정훈은 순간순간 문득 소영이 낯설게 느껴졌다. 식성이 달라진 것은 부차적인 문제였다. 책에 대한 흥미를 통 느끼지 못하고 부쩍 바다를 찾는 것도 그럴 수 있다고 생각한다.

하지만 사랑을 나눌 때의 그녀는 그녀이되 그녀가 아닌 것만 같았다. 소극적이고 부끄럼 많던 연인은 이제 없었다.

그녀는 그가 당혹스러울 만큼 적극적이었으며 대범하고 당돌하기까지 했다. 밤마다 그녀가 먼저 그의 침실을 도둑고양이처럼 찾아와 스며든다. 수줍고 서툴렀던 그녀는 어디 가고 욕망에 솔직하고 능숙한 여인이 매일 밤 그를 미치게 만든다.

절정의 순간 그가 아닌 다른 누군가를 바라보듯 그녀의 시선은 아득해지고 만다. 그러고는 그를 제대로 바라보지 못한다. 몸을 옹송그리고는 등을 돌린 채 지친 듯 잠든 척을 한다. 마치 절대 하지 말아야 할 나쁜 짓을 저지른 아이처럼 자괴감 어린 슬픈 눈빛으로 그를 외면하는 것이다. 그리고 새벽마다 소리 없이 사라진다.

한번은 조심스레 방을 나서는 그녀를 따라 방을 나섰더랬다. 그녀는 1층의 자신의 방으로 향하지 않고 끝에 있는 언니의 방으로 향했다. 그녀는 매번 그곳에서 1시간 넘게 머물다가 조심스레 나와 자신의 방으로 돌아간다.

사랑이 끝난 뒤 느끼는 그녀의 자괴감이 언니에 대한 죄책감일지도 모르겠다는 생각이 들었다. 언니는 죽고, 자신만 살아났다는 죄책감. 그래서 매일 밤 그의 품에서 살아 있음을 확인하고 느끼며 아파하고 죄스러워하는 것일지도. 그 때문에 홀로 언니의 방을 찾아 애도하며 아파하는 것일지도 모르겠다는 생각이 들었다.

소영은 죽은 언니의 방에서 무엇을 하며 어떤 상심에 젖어 있는 것일까.

궁금증에 그 방에 슬며시 들어가 보았다. 평수만 클 뿐 그가 잠시 머물고 있는 방과 크게 다르지 않은 구조의 방은 지금도 누군가 지내고 있는 듯 온기가 흘렀다. 소영이 방금까지 머물다가 간 탓이리라.

그녀가 이곳에서 방금 전까지 죽은 언니를 생각하며 아파했을 것을 생각하니 그 역시 한없이 마음이 무거워지며 가라앉았다. 차마 더 이상 머물지 못하고 돌아나가려는데 문득 알싸한 담배 냄새가 희미하게 맡아지는 것 같았다.

정훈은 우뚝 걸음을 멈추고 천천히 뒤를 돌아보았다. 부릅 떠졌던 눈매가 서서히 가늘어졌다.


다음 날, 정훈은 소영이 방을 나서기 무섭게 침대에서 일어나 발코니 밖으로 나갔다. 어둠 속에 기대어 서 있기 20여 분이 흐른 후, 소희의 방 쪽에서 딸깍하고 발코니 문 열리는 소리가 들려왔다. 그리고 잠시 후, 치익 하는 소리와 함께 매캐한 담배 냄새가 맡아졌다.

수분이 지나 달그락거리는 소리가 들려오고 그녀가 방으로 다시 들어가는 소리가 들릴 때까지 정훈은 어둠 속에 몸을 숨긴 채 꼼짝도 하지 않았다.

정훈은 먹먹한 눈빛으로 어둠을 응시했다.

"소영이 담배를 피운다……."

담배라면 냄새만으로도 머리가 아프다고 질색하던 그녀였는데. 대체 언제부터? 무엇보다 지금 그녀가 담배를 피워도 되나? 당연히 안 될 터였다. 아무리 놀라울 만큼 빠르게 완쾌했다고 해도, 생사의 갈림길에서 큰 수술을 받은 지 이제 고작 8개월밖에 되지 않았다. 지금의 그녀에겐 술만큼이나 안 좋은 것이 담배일 터였다.

그 때문에 정훈은 일찌감치 담배를 끊었다. 만에 하나라도 그녀에게 안 좋은 영향을 미치지 않을까 싶어서. 그런데 소영이 담배를 피운다? 결단코 모른 척 넘겨서는 안 될 일이었다.

박사님께 말씀을 드려야겠다. 그리고 그녀와도 진지하게 이야기해 봐야겠다.

그야말로 담배가 절실하게 생각나는 순간이었다.

◉

"소영이가 담배를 피운다고? 설마⋯⋯."

말도 안 된다며 부정하던 동우가 굳은 시선으로 정훈을 쳐다보았다.

"확실한 건가?"

"제 판단으로는 확실한 것 같습니다."

심각해진 동우가 혼란스러운 듯 고개를 가로저었다.

"그럴 리가⋯⋯ 대체 어쩌자고⋯⋯. 혹시 소영이가 서울에서도 담배를 피웠나?"

"아닙니다. 제가 알기로 소영이는 담배의 냄새가 나는 것조차 질색했습니다. 아무래도 언니의 죽음을 인정하고 받아들이는 것이 쉽지 않은 모양입니다."

"그야 그렇기는 하겠지."

정훈은 침중한 음성으로 물었다.

"엊그제 받은 검사 결과는 어땠습니까? 특별한 이상 징후는 나타나지 않았습니까?"

동우는 정훈을 힐끗 쳐다보고는 고개를 가로저었다.

"소영이의 검사 결과는 우리가 되레 더 놀랄 정도로 매우 이상적일세. 어떠한 거부반응도 일어나지 않고 모든 기능이 정상적으로 움직이고 있네. 향후 1, 2년은 예후를 더 지켜봐야겠지만 지금까지의 결과만으로도 소영이의 수술은 성공적이었고 완치되었다고 결론을 내려도 무관할 걸세."

"한 가지만 더 여쭙겠습니다. 어리석은 질문일지도 모르지만, 만에 하나 소영이 현재 이식된 뇌의 영향을 받을 가능성은 전혀 없는 겁니까?"

동우의 안광이 차갑게 번득였다.

"무슨 소리를 하는 건가. 자네처럼 냉철하고 명석한 사람까지 그런 말을 하다니 놀랍군. 솔직히 조금 실망스럽기까지 해. 그런 일은 결단코 없네. 뇌 이식으로 호스트의 의식이나 기억, 성격이 변할 거라는 주장은 종교학자나 윤리학자들의 비논리적이고 비과학적인 억측에 불과하네. 물론 세상에는 과학적으로 증명할 수 없는 불가사의한 일들이 종종 벌어지고는 하지. 하지만 이 경우에는 아니야."

"확신하십니까?"

"나를 믿게. 아니, 수십 년간 이뤄 낸 연구 결과를 믿어."

물론 우려되는 부분이 전혀 없는 것은 아니었다. 의식을 회복한 후 처음 실시했던 심리 검사 결과들과 다르게 소영의 심리가 조금씩 변화되어 가고 있다는 데이터가 나오고 있으니 말이다.

그러나 그것은 그녀가 겪은 사고와 충격 후유증으로 얼마든지 설명이 가능한 부분이었다. PTSD—Post-traumatic Stress

Disorder— 즉, 외상 후 스트레스 장애는 생명의 위협을 당할 만큼의 심각한 사고나 사건을 경험한 사람에게는 일반적으로 나타나는 증상이니 말이다.

그래서 극도의 공포와 불안감 등을 스스로 회피하고 치유하기 위해서 성향이나 성격이 변하는 예는 얼마든지 있었다. 그러니 그것은 심리적인 문제일 뿐, 뇌 이식으로 발생한 후유증이나 거부반응이라고는 결코 볼 수 없었다.

생의학적으로 소영의 뇌 이식 수술은 완벽하게 성공했다. 문제는 소영의 PTSD 증상이 어느 정도인가 하는 것뿐이었다. 그 때문에 지속적으로 심리 상담 치료와 안구 운동 민감 소실 및 재처리 요법, 바이오피드백 치료까지 다각도로 진행하고 있는 것이 아닌가. 소영의 심리 치료 담당자인 닥터 테일러의 소견에 의하면 다행히 소영의 경우에는 PTSD가 심각한 수준이 아니어서 약물치료를 병행할 필요도 없다고 했다.

소영이 우려했던 것과 달리 빠르게 심리적 안정을 찾은 가장 큰 요인은 정훈 덕분일 거라고 했다. 그의 지극한 사랑과 보살핌이 딸에게 가장 큰 힘이 되어 주고 있다고 말이다.

그런데 소영이 밤마다 몰래 소희의 방에 가서 담배를 피울 만큼 우울 증세를 보이고 있다면, 닥터 테일러와 다시 의견을 조율해 봐야 할 것 같았다.

동우는 일단 알았다고, 자신들이 알아서 대처할 테니 걱정하지 말라고 정훈을 안심시켜 돌려보냈다.

동우는 정훈이 서재를 나가자마자 수화기를 들었다.

"닥터 테일러, S크랑케—환자—에게 문제가 하나 발생했소. 지금 바로 연구소로 갈 테니 30분 뒤에 내 사무실에서 봅시다."

◉

동우는 소영의 상태가 외상 후 스트레스 장애로 인한 일시적 심리 우울 증상일 뿐 크게 우려할 사항은 아니라고, 알았으니 자신들이 문제를 해결할 것이라고 했지만 정훈은 좀체 마음을 놓을 수 없었다.

물론 동우를 절대적으로 신뢰했다. 하나 이전과 다른 모습을 보이며 불안한 마음을 자신에게조차 솔직하게 털어놓지 않는 소영을 볼 때마다 알 수 없는 불안감에 휩싸이는 것까지는 어찌할 수 없었다. 정훈은 소영이 혼자 아파하며 죄책감에 휩싸이게 내버려 둘 수 없었다. 그녀 옆에는 자신이 있다는 사실을 매 순간 일깨워 줘야만 할 것 같았다.

그녀가 어떻게 변하더라도 그는 그녀의 곁에 있을 거라는 사실을 일깨워 주고, 그녀가 느끼는 아픔과 고통을 그에게 나눠 주기를 간절하게 바랐다.

내일이면 부모님이 한국으로 돌아가신다. 정훈은 저녁 식사를 마치고 부모님과 함께 2층으로 올라갔다. 대영과 유정은 아들이 웬일로 소영을 혼자 두고 자신들을 따라 방으로 들어오자, 정훈을 의아한 눈빛으로 쳐다보았다.

유정이 살이 훌쩍 내린 아들을 안쓰럽게 바라보며 그의 손을 꼭 잡았다.

"왜, 우리한테 긴히 할 말이라도 있니?"

"두 분께 드릴 말씀이 있습니다."

정훈은 진중한 눈빛으로 부모님을 바라보며 말을 이었다.

"이제 그만 소영과 결혼할까 합니다."

대영과 유정의 시선이 재빨리 교차했다. 언젠가는 이런 날이 올 줄 알았다. 소영의 사고 소식을 접한 후 만사 제쳐 놓고 미국으로 날아갔던 아들이었다. 그리고 1개월 만에 까맣게 죽은 얼굴을 하고 돌아와서는 의식불명인 소영의 곁을 지켜야 한다며 호텔을 관두겠다고 통보 아닌 통보를 해 왔다.

말리고 싶었지만 말릴 수가 없었다. 만에 하나 소영이 잘못되기라도 한다면, 자신들의 만류로 그 곁을 지키지 못하게 되었을 때의 한이 얼마나 깊을까 싶어서. 그래서 아들이 걱정되면서도 군소리 없이 그 결정을 받아들였다.

하늘이 무심하지 않아서 천만다행으로 소영은 기적적으로 살아났다. 대영과 유정도 소영이 깨어났다는 소식을 듣고 얼마나 기쁘고 감사했는지 모른다. 그리고 7개월간의 긴 투병 기간을 거쳐 퇴원한 소영은 두 사람이 우려했던 것보다 훨씬 건강해 보였다. 그래서 또 얼마나 감사하고 고마웠는지 모른다.

하나, 결혼은…….

소영이 의식불명인 상태에서도 그녀를 위해 제 인생까지 포기하겠다고 했던 녀석이니, 소영이 살아난 이상 당연히 그리될 줄은 알았다. 혹여 소영이 심각한 후유증을 앓아 거동이 불편하게 되었다고 하더라도 정훈의 마음은 결코 변하지 않았으리라.

저 녀석은 그런 녀석이니까.

하여 소영이 사지육신 멀쩡하게 정상적인 상태로 살아나 준 것이 얼마나 고맙고 다행인지 모르겠다.

그러나 부모 된 마음으로는 아직 불안했다. 소영을 생각하면 저를 위해 모든 것을 바칠 각오가 되어 있는 사랑하는 남자가 곁에 있어 준다는 것이 든든하고 다행스러운 일이겠으나 그 남자가 자신의 아들이라면…… 솔직히 선뜻 허락하고 지지해 줄 수가 없었다.

다른 수술도 아니고 무려 뇌수술을 받은 아이였다. 지금은 멀쩡해도 1년 후, 혹은 2년 후 후유증이 발생하지 않을 거라는 보장이 어디 있는가. 동우와 소영에게는 미안하지만 그것이 대영과 유정의 솔직한 심정이었다.

그들에게는 하나밖에 없는 아들이었다. 문씨 집안의 대를 이어 갈 장남이었다.

대영은 한숨만 푹 내쉰 채 시선을 돌려 버렸다. 두 아이가 부부의 연을 맺기를 그토록 바라 왔던 그였건만, 이 상황에서는 어떤 결정을 내리고 어떤 말을 해야 할지 알 수 없었다. 유정이 남편을 대신해 신중하게 말을 골랐다.

"소영이하고 얘기는 끝난 거니?"

"아니요, 아직. 하지만 조만간 프러포즈를 할 생각입니다. 그 전에 두 분께 먼저 말씀드리는 것이 도리인 것 같아서요. 내일 돌아가시면 한동안은 또 못 뵐 테니까요."

소영이 주기적으로 계속 검사와 심리 치료를 받아야 하기 때문에 최소 1, 2년간은 사우스캐롤라이나를 떠날 수 없을 터였다. 때문에 그 역시 이곳을 떠날 수가 없다.

　"나중에 전화로 말씀드리고 싶지 않았습니다. 그래서 미리 말씀드리는 겁니다."

　"그래, 그랬구나. 고맙다."

　유정은 아들의 커다란 손등을 하염없이 쓰다듬었다.

　"그런데 말이다. 정훈아."

　유정은 속으로 심호흡을 했다.

　"안 그래도 네 아버지랑 그 문제에 대해서 많이 이야기를 나눴단다. 너하고 소영이를 언제까지 이 상태로 내버려 둘 수도 없고, 그렇다고 니들이 헤어질 애들도 아니잖니. 어차피 할 결혼이라면 빨리 식을 올려 주는 게 낫지 않을까 싶기도 했다. 그런데 아무리 생각해 봐도 아직은 아니지 않나 싶다. 조금 더 소영이의 경과를 지켜보고 나서 결정해도 늦지 않지 않을까 ……."

　"어머니."

　"알아, 네가 무슨 말을 하려는지. 그리고 네가 우리한테 실망할 거라는 것도 안다. 그렇지만 어떡하니. 우리도 어쩔 수 없는 평범한 부모야. 내 자식 걱정이 먼저 되고, 혹여 내 자식 맘에 치유되기 힘든 큰 상처가 생기지는 않을까, 힘들어지면 어떡하나, 불행해지면 어쩌나 노상 그 걱정뿐이란다."

　정훈이 바르르 떨리는 유정의 손을 꼭 감싸 쥐고 다정하게 말했다.

"걱정 마세요, 어머니. 직접 보셔서 아시잖아요. 소영이 이제 괜찮습니다. 예전보다 더 건강해졌어요."

"알아. 하지만 뇌수술이라는 게……. 정훈아, 엄마가 이렇게 부탁할게. 니들 결혼 반대하는 건 절대 아니야. 네가 소영이를 얼마나 끔찍하게 사랑하는지 다 아는데, 그걸 어떻게 반대해. 너도 알다시피 네 아버지도 나도 소영이를 많이 아끼고 사랑해. 특히 네 아버지는 너와 소영이가 잘되기만을 니들 갓난쟁이 때부터 그토록 염원해 왔던 사람 아니니. 너와 소영이가 만나서 서로 사랑하는 사이가 되었다고 했을 때 누구보다 기뻐했던 사람도 바로 네 아버지였고 말이다."

유정은 간절한 눈빛으로 정훈을 바라보며 아들의 너른 어깨와 팔뚝을 움켜쥐듯 거듭 쓸어내렸다.

"하지만 상황이 변했잖니. 그러니까…… 너무 조급하게 생각하지 말고 조금만 더, 1년만이라도 더 지켜보자꾸나. 너, 이제 겨우 서른 살이야. 소영이도 이제 겨우 스물여섯 살이고. 1년 정도 더 기다린다고 해서 문제 될 것 없잖아. 그사이에 니들 사이가 어떻게 될 것도 아니고, 네 말대로 소영이 이제 다 나았는데 그 사이에 소영이가 잘못될 일도 없을 테고 말이다. 그러니까 실망스럽더라도 이 엄마, 아빠를 생각해서 서두르지 말고 1년만, 딱 1년만 기다리자, 응? 엄마가 이렇게 부탁할게."

간곡히 부탁하는 유정의 눈시울이 붉어졌다. 복잡한 심경을 대변하듯 대영의 입에서 무거운 한숨이 흘러나왔다. 그녀는 착잡한 표정으로 부모를 바라보는 정훈의 어깨를 툭툭 두드렸다.

"미안하다…… 미안해."

움푹 팬 정훈의 눈이 질끈 감겼다.


다음 날 대영과 유정은 한국으로 돌아갔다.

그 후로도 소영은 여전히 매일 밤 동우의 눈을 피해 그의 침실을 찾아왔다. 요즈음의 그녀는 그를 통해 육체적 쾌락만 탐닉하는 것이 아닌가, 의심이 들 정도로 사랑을 나누는 행위에 과도할 만큼 심취해 있었다. 이 또한 과거의 그녀였다면 절대 불가능했을 일들. 정훈은 불안한 만큼 안타까웠고, 안타까운 만큼 두렵기도 했다.

이러다 그녀가 육체적 탐닉이 끝나면 그를 떠나 버리는 것은 아닐까 하는 말도 안 되는 의구심이 순간적으로 솟구치고는 했다. 그럴 때마다 정훈은 소영과 좀 더 많은 시간을 함께하며 대화를 나누고자 노력했다.

동우가 그랬다. 소영이 빠르게 심리적 안정을 얻은 가장 큰 요인이 그의 사랑이라고. 정훈은 그 사랑을 믿었다. 20년이라는 긴 시간의 터널을 지나서도 그와 그녀를 끈끈하게 연결해 주었던 그 운명적인 사랑을.

이젠 그녀가 아니면 안 되게 되어 버린 자신의 사랑을.

"하아. 아아, 좀 더, 아, 조금만 더……."

소영이 그를 끊어 버릴 듯 강하게 빨아들이면서도 부족하다는 듯 칭얼거리며 보챘다. 그악스러운 손길로 그의 엉덩이를 마구잡이로 끌어당겼다. 그러면서 끊임없이 그에 맞춰 엉덩이를 빠르게 들썩거렸다.

소영은 요즘 같아서는 그를 볼 때마다 온통 섹스 생각밖에 나지 않았다. 그와의 섹스는 기대했던 것보다 훨씬 황홀하고 근사했다. 그는 어떻게 하면 여자를 흥분시키고, 어떻게 하면 쾌락에 울부짖게 만드는지 잘 아는 진짜 남자였다. 근사한 외모만큼이나 그는 최고의 연인이었다.

이렇게 좋은 걸 이전에는 왜 그토록 수줍어하며 몸을 사렸는지 모르겠다. 물론 자신이 언제부터 이렇게 섹스를 탐닉하는 여자가 되었는지는 미지수였다. 생각할수록 의아하고 스스로가 낯설었다. 하나 그도 잠시뿐이었다.

소영은 더 이상 어떤 욕망이든 참고 싶지 않았다. 그동안 엄한 아빠와 모범생으로 바르게 살아야 한다는 강박에 갇혀 너무 이성적으로 억누르며 참고만 살아왔다. 아빠의 기대에 부응하고 누군가의 눈치를 살피면서 순종적으로 사는 삶 따위, 이제는 지긋지긋했다.

남들이 손가락질하며 뭐라고 하든 이제는 그녀 마음대로 살아 있는 이 순간을 만끽하며 원 없이 살고 싶었다. 다음을 기약하며 참고 인내하는 인생만큼 어리석은 것도 없지 싶었다. 그러다 불의의 사고로 죽어 버리면 나만 억울한 것 아닌가.

제대로 살아 보지도 못하고 죽은 언니와 그 누군가의 숭고한 죽음에 보답하는 길은 매 순간순간 자신에게 솔직하고 뜨겁게 사랑하며 후회를 남기지 않는 것이 아닐까 싶었다.

소영이 지금 원하는 것은 문정훈, 이 남자였다. 그녀가 원하고 요구하는 만큼 자신의 모든 것을 기꺼이 내어 주는 이 남자가 지금 그녀를 살게 해 주는 원동력이었다. 그의 헌신적인 사랑이, 그의 뜨거운 몸짓이 그녀가 살아 있음을 매 순간 자각시켜 주고 전율케 만들어 주고 있었다.

이런 남자가 내 남자라서 너무 좋다. 이런 남자를 마음껏 사랑하고 사랑받을 수 있다는 사실이 매우 흡족하다.

다만…… 시간이 지날수록 아프게 자신을 바라보는 저 눈빛만은 마음이 들지 않는다.

이 남자는 욕망에 전율하는 이 순간마저도 왜 나를 저토록 아픈 시선으로 바라보는 것일까. 왜 매 순간 절박한 시선으로 나를 움켜잡으려고 하는 것일까. 도대체 왜!

'싫어! 그런 눈빛으로 날 보지 마. 부담스러워. 숨이 막힐 것 같아. 내가 바라는 건 그런 눈빛이 아니야. 무거워, 어려워! 내가 바라는 건, 내가 바라는 건…….'

아, 모르겠어!

소영은 또다시 불현듯 떠오르는 미지의 환영에 두 눈을 질끈 감아 버렸다. 굳은 듯 멈춰 버린 그를 품고 저 혼자 점차 속도를 올려 갔다.

"하악! 아아!"

그래, 바로 이거야. 점차 아픔과 고통에 짓물러 가는 그의 심연과도 같은 눈동자를 보지 않으니 비로소 막혔던 숨이 쉬어지는 것 같았다. 순간적으로 찌릿하게 아파 오던 두통도 말끔히 사라져 버렸다. 오롯이 그의 거대한 몸이 자아내는 쾌락에만 집중할 수 있어서 절로 만족스러운 웃음이 가쁜 호흡과 함께 연달아 터져 나왔다.

다음 순간, 그녀의 입에서 교성이 아닌 비명이 터져 나왔다.

"꺅!"

그가 으스러트릴 듯 어깨를 움켜잡고 그녀를 흔들어 댔다. 어깻죽지가 바스러지는 것만 같았다. 감았던 눈을 번쩍 뜬 소영이 소리쳤다.

"아파! 이거 놔. 왜 이래!"

고통에 짓무른 이글거리는 검은 동공이 그녀를 옥죄듯 짓누르며 파고들었다. 씨근덕거리며 그를 노려보던 소영은 더 이상 그를 똑바로 바라보지 못하고 얼굴을 모로 휙 돌려 버렸다. 머리가 징, 울리며 아파 오기 시작했다. 동시에 가슴이 타는 듯이 뜨거워지며 부서지듯 아파 오기도 했다.

"소영아."

소영은 이를 악물고 씨근덕거리기만 했다.

"차소영."

"……."

"차소영!"

으르듯 터져 나온 그의 침중한 부름에 소영이 번쩍 정신을 차린 듯 부르르 떨며 두려운 양 부릅떠진 눈으로 그를 스윽 돌아보았다. 한 뼘도 안 되는 공간을 두고 두 사람의 다른 의미로 부릅떠진 시선이 첨예하게 뒤엉켰다.

"날 봐. 날 똑바로 보란 말이야!"

흔들리는 그녀의 동공을 잡아채며 정훈이 짓눌린 듯 소리쳤다. 확장된 소영의 동공이 무언가에 쫓기고 방황하듯 쉼 없이 작아졌다가 커지기를 반복했다. 정훈의 커다란 손이 소영의 얼굴을 와락 움켜쥐고 고정시켰다.

　　"내가 누구인지, 너와 지금 사랑을 나누고 있는 사람이 누구인지 똑똑히 보라고!"

　　"아…… 아파."

　　"대체 무슨 생각을 하는 거야. 대체 누구를 보는 거야. 나를 통해서 대체 누구를 보는 거냐고!"

　　끝까지 모른 척할 생각이었다. 자신을 바라보면서도 한순간 흐릿해지면서 다른 누군가를 보는 것 같은 그녀의 시선을 끝까지 모른 척 부정할 생각이었다. 하지만 더 이상은 무리다. 이젠 알아야겠다. 소영이 대체 왜 이러는지, 그를 통해 대체 누구를 생각하고 보려고 하는 것인지!

　　"말해, 내가 누군지."

　　"아파. 갑자기 무섭게 왜 이래. 이러지 마."

　　"차소영!"

　　벼락같은 그의 외침에 흔들리던 소영의 눈동자가 딱 멈췄다. 빠르게 눈꺼풀을 깜박거린 소영이 그를 똑바로 노려보았다.

　　"그래, 나 차소영이야. 오빠가 그렇게 부르지 않아도 난 차소영이라고. 오빠가 누구냐고? 하, 미쳤어? 그걸 지금 말이라고 해? 누구긴 누구야. 문정훈이지!"

　　소영이 기가 막힌다는 듯 코웃음 쳤다.

"왜, 서툴고 순종적이기만 했던 애가 너무 밝히니까 이상해? 내가 나 같지가 않아? 그래서 그래? 그래! 이해해. 나도 이런 내가 가끔은 낯설고 이상할 때가 있으니까. 하지만 난 지금의 내가 좋아. 아주 마음에 들어. 억눌려서 참고만 사는 거, 모범 생으로 착실하게만 사는 거 지긋지긋하다고."

소영은 있는 힘껏 그를 밀쳐내고 침대에서 벌떡 일어났다.

"이젠 그렇게 살지 않을 거야. 그렇게 바보처럼 살기에는 인 생이 너무 불쌍해. 날 봐봐. 죽은 소희 언니를 생각해 보라고. 아무 잘못도 없이 미친놈이 무차별적으로 쏴 댄 총에 맞아서 하루아침에 저세상으로 가 버리잖아. 나도 하마터면 죽을 뻔 했어. 간신히 기적적으로 죽다 살아났다고! 어디 그뿐이야? 재수 없으면 멀쩡히 길 가다가도 위에서 떨어진 벽돌에 맞고 죽기도 하는 게 인생이야. 억울해, 원통해! 그래서 나 이제 그 렇게 답답하게 살지 않으려고. 하고 싶은 거, 원하는 거 뭐든 다 하고 살 거야. 내 감정에 충실하며 싫으면 싫다, 좋으면 좋 다 다 말하고 표현하면서 살 거라고!"

울분을 토해 내듯 소리치는 그녀의 눈동자는 벌겋게 달아올 라 있었다.

"그게 나빠? 왜? 이런 내가 싫어? 오빠가 바라던 여자가 아 니야? 감당이 안 돼?"

"소영아……."

충격으로 굳어 버린 정훈의 입술에서 떨리는 음성이 새어 나왔다. 활화산이 폭발한 듯 날것의 모습으로 울분을 토해 내는 소영의 이런 모습은…… 처음 보았다. 이러려고 그녀를 다그친 것은 아니었는데. 정훈의 심장이 철렁했다.

　주먹을 불끈 쥐고 부들부들 떨던 소영이 한순간 맥이 빠진 듯 큰 숨을 토해 내며 고개를 뒤로 젖혔다. 어깨를 축 늘어트리고 가쁜 숨을 토해 냈다. 잠시 후 얼굴을 바로 내리고 그를 처연하도록 슬프게 바라보았다.

"오빠가 나 좀 이해해 주면 안 돼?"

　바르르 떨리는 눈가로 눈물이 주르륵 흘러내렸다.

"나도 이런 내가 이상해. 감당이 안 돼. 하지만…… 오빠와 사랑을 나누고 있을 때만 내가 살아 있다는 것을 느끼는데 어떡하라고. 왜 그런지는 나도 몰라. 그냥 그래. 그러니까…… 그러니까 오빠가 나 좀…… 이해해 줘."

　젠장! 빌어먹을! 문정훈, 대체 무슨 짓을 저지른 거냐!

　정훈은 스스로에게 욕설을 퍼부으며 벌떡 일어나 소영을 와락 끌어안았다. 소영이 이상해진 뒤로 그도 외상 후 스트레스 장애에 대해 기술되어 있는 전문서적들을 읽어 보았다.

　생명에 위협이 될 만한 심각한 사고나 사건을 겪고 나면 극심한 불안, 공포, 무력감, 고통을 느끼기도 하며 악몽, 환시 등을 통해 외상을 재경험하기도 하고 심할 경우 해리나 공황 장애를 겪는 경우도 있다고 했다. 각성 상태가 증가하면 수면 장애, 짜증, 분노가 증가하고 집중력이 저하되기도 하며 어떤 이들은 살아 있음을 스스로에게 입증하기 위해서 본능적인 욕망에 병적으로 집착하는 경우도 있다고 쓰여 있었다.

소영도 그와 같은 경우일지 모른다고 생각했다. 식욕이 왕성해진 것, 육류에 집착하는 달라진 식성, 책을 멀리하는 집중력 저하, 흡연을 시작한 불안 증세, 섹스 그 자체에 집착하는 성욕, 그리고 절정의 순간 다른 누군가를 보듯 멍해지는 시선. 그것은 어쩌면 환시일지도 모를 일이었다.

그런 그녀에게 그가 해 줄 수 있는 건 사랑으로 참고 이해하며 기다리는 것뿐이라고 생각했다. 그래 놓고 내가 무슨 짓을 저지른 건가. 그거 하나 참지 못해서, 그거 하나 기다리지 못하고. 뭐가 그리 불안하다고, 뭐가 그리 두렵다고! 이 머저리! 나가 죽어라, 문정훈.

부들부들 떨리는 소영의 차갑게 식어 가는 몸을 부둥켜안고 정훈은 간절하게 애원했다. 구걸하듯 소리치며 용서를 구했다.

"미안, 정말 미안하다. 내가 잘못했어. 다신 안 그럴게. 한 번만 용서해 줘."

너만 있으면 돼. 다른 건 어찌 되든 다 필요 없다. 네가 어떻게 변하더라도 차소영인 것만은 변함없으니까.

"사랑해. 사랑한다, 차소영."

그 사실만 잊지 마. 내가 너를 얼마나 사랑하는지, 네가 나를 얼마나 사랑하는지. 우리가 서로를 얼마나 뜨겁게 사랑하는지…… 그것만 절대 잊지 마. 난 그거면 충분해. 내 곁에 너만 있으면…….

기억하니? 네가 내 손을 놓지 않는 한, 내가 먼저 네 손을 놓을 일은 없을 거라고 했던 약속. 아니, 네가 도망치더라도 난 결코 너를 놓지 않을 거라던 그 약속. 난 절대 너 안 놔. 넌 이미 내 심장이 되어 버렸으니까. 네가 없으면 난 더 이상 살 수가 없게 되어 버렸으니까.

사랑해, 사랑해, 사랑해!

정훈은 축 늘어지는 소영을 으스러트릴 듯 끌어안고 뜨거운 눈물을 흘렸다.

◉

소영은 조금씩 정훈이 부담스러워지기 시작했다.

그를 사랑하는 마음은 여전히 변함없었다. 그의 지극하고 헌신적인 사랑에 매 순간 감동하고 감사하며, 어른스럽고 잘 생긴 그를 볼 때마다 가슴이 찌르르 울리며 두근두근 요동을 쳐 댔다.

그와의 섹스도 변함없이 황홀하고 만족스러웠다. 이대로 그 냥 죽어 버려도 좋겠다는 생각이 들 만큼. 아이러니하게도 그 순간 그녀는 자신이 살아 있음을 비로소 생생하게 느끼고는 했다.

하나 오로지 자신만을 바라보는 그의 눈빛이 부담스럽고, 그와 이야기를 나누는 것이 점차 심드렁해져 갔다. 그는 근사 하고 멋진 연인일지는 몰라도 너무 심각했고, 그래서 재미없 는 연인이었다. 예전에는 짓궂은 장난으로 그녀를 당혹스럽게 만들고 했던 것 같은데, 요즘의 그는 너무 진지하고 무겁기만

밤 은
아침을
꿈꾼다

했다.

근사한 그의 모습에 매번 반하며 가슴 떨리고, 그와의 섹스에 황홀해하며 몸부림칠 때마다 불현듯 느껴지는 알 수 없는 죄책감도 한몫을 단단히 하고 있는 것 같았다. 자신이 왜 그런 죄책감을 느끼는지는 여전히 알 수 없었다.

그사이 계절은 또 한 번 바뀌었다. 뜨거웠던 여름이 물러가고 그 자리를 차지한 스산한 가을바람에 소영의 마음까지 한층 울적하게 가라앉아 버렸다.

2개월 후면 사고가 발생한 지 1년이 된다.

그럼에도 소영은 여전히 일주일에 한 번 연구소에 가서 검사와 심리 상담 치료를 받는다. 갈 때마다 매번 검사를 받는 것은 아니었다. 복잡하던 검사의 종류와 횟수는 상당수 줄어들었다. 검사는 1개월에 한 번씩만 받았다. 2개월 전부터 그녀가 일주일에 한 번씩 꼬박꼬박 연구소에 가는 이유는 심리 상담 치료 때문이었다.

얼마 전부터는 최면 치료도 시작했다. 오늘이 바로 세 번째 최면 치료를 받는 날이었다. 정훈을 복도에 남겨 두고 그녀만 동우와 함께 닥터 테일러의 방으로 들어갔다. 침대에 누워 닥터 테일러의 지시대로 눈을 감았다. 소영은 이내 가수면 상태에 들어갔다.

닥터 테일러의 속삭임에 따라 소영은 십 대 시절로 돌아갔다. 아빠와 떨어져 도쿄로 돌아온 후 소영은 무척 외로웠다. 다정한 할아버지와 할머니가 곁에 계셨지만 근본적인 외로움까지는 어찌할 수가 없었다.

소영은 그 외로운 시간을 오로지 공부하는 데에만 할애했다. 냉혹하고 엄하고, 천재라 추앙받는 아빠의 눈에 들기 위해서, 아빠한테 인정받기 위해서 소영은 매 순간 스스로를 채찍질하며 오직 공부에만 매달렸다. 한눈 한 번 판 적이 없었고 싫다, 힘들다는 말 한마디 해 본 적이 없었다.

1, 2년에 한 번씩 가끔 짬을 내 들어와 2일이나 3일 정도 머물다 돌아가는 아빠를 위해서 할머니한테 요리도 부지런히 배웠다. 할머니가 노환으로 돌아가셨을 때는 가슴이 무너진 듯 아프고 슬펐다. 그때도 아빠는 이틀만 머물다가 금세 연구소로 돌아가야 했다.

그로부터 2년 후 할아버지마저 돌아가셨다. 그때도 아빠는 달랑 사흘만 그녀와 함께 있어 주었다. 그 큰 집에 혼자만 덜렁 남게 된 소영은 매일 밤 울다 잠들었다. 서글프고 외롭고 무서웠다. 그때마다 소영은 이를 악물고 또다시 공부에만 매달렸다. 그녀가 의지하고 매달릴 것은 공부밖에 없었다.

"그래서 많이 외로웠나요?"

"……네."

"그때의 심정을 구체적으로 말해 줄 수 있겠어요? 아빠에 대한 심정은 어땠나요?"

"아빠는……."

돌연 소영의 미간에 깊은 주름이 졌다. 혼란스러운 듯 흠칫 흠칫 떨며 고개를 가로저었다. 호흡이 가팔라지며 이내 사지까지 부들부들 떨기 시작했다.

"아빠는, 아빠는…… 헉헉. 아, 아빠는……."

그녀의 뇌와 연결된 뇌파 데이터가 빠르게 요동치기 시작했다. 당황한 닥터 테일러가 다급하게 그녀를 불렀다.

"타카하시 양, 타카하시 양!"

헉헉! 소영이 가쁜 숨을 몰아쉬며 사지를 뒤틀었다. 뇌파 그래프가 최고치를 찍었다가 순식간에 급하강하며 뚝 떨어졌다.

"크헉!"

뻣뻣하게 굳어 단숨에 숨을 몰아쉰 소영의 눈에서 눈물이 주르륵 흘러내렸다.

"아빠, 불쌍한 우리 아빠. 미안해요, 미안해요. 내가 잘못했어요. 아빠, 가지 마. 제발 날 두고 가지 마. 아빠, 아빠!"

소영이 비명처럼 울부짖었다. 갑작스러운 상황에 당황했던 닥터 테일러는 이내 침착함을 되찾고 그녀를 달래며 최면에서 깨어나도록 유도했다.

그 모든 광경을 뒤에서 지켜보고 있는 동우의 표정은 미세하게 일그러진 채 차갑게 굳어 있었다.

◉

3시간 넘게 닥터 테일러의 의견을 경청하며 연구진들과 회의를 마친 동우는 늦은 밤까지 연구소에 남아 깊은 고민에 빠져 있었다. 자정이 가까워져서야 마침내 결론에 도달한 동우는 핫라인으로 연결된 전화기를 들었다.

세 번의 벨이 울린 후, 상대방이 전화를 받았다.

"타카하시 박사입니다. 1시간 전에 보내드린 S크랑케의 최종 보고서는 읽어 보셨습니까? ……네, 보다 효과적인 심리적 안정을 도모하기 위해서는 크랑케가 안심할 수 있는 익숙한 환경에서 일상을 영위하고 유지할 수 있게 해야 한다는 것이 닥터 테일러의 의견입니다. 내 의견 또한 동일합니다. ……그렇죠. 그것이 이 연구의 궁극적인 목표이기도 하죠. ……아니, 그럴 수는 없습니다. 돌려보내야 합니다. 이거 봐요, 그 아이는!"

그답지 않게 언성이 한 옥타브 올라갔다. 그러나 이내 그는 주먹을 불끈 쥐고 호흡을 골랐다. 동우는 다시 감정 따위 한 점도 섞이지 않은 냉정한 목소리로 말을 이었다.

"S크랑케는 계획에 없던 돌발 상황이었을 뿐, 애초부터 이 연구의 일환이 아니었습니다. 한 번만 더 그 아이를 모르모트 취급해 봐. 그땐 내가 당신을 가만 안 둬. 당신들이 뭐라고 하든 그 아이는 자신이 있던 곳으로, 자신이 원하는 곳으로 돌아간다. 걱정 마. 그 아이의 상태는 당신들이 염려해 주지 않아도 내가 알아서 체크할 거니까. 그리고 나 역시 이곳을 그만 떠나겠소. 흥분하지 마시오. 그 사람의 수술까지는 약속대로 이행하고 떠날 테니까. ……아니, 더 이상은 필요 없소. 내 연구는 여기까지요. 난 당신들과의 계약을 차질 없이 이행했소. 이젠 그만 날 놔주시오. 그동안의 연구 자료와 이번에 성공한 데이터, 그리고 2차로 진행될 그 사람의 뇌 이식까지, 거기다 당신들한테는 닥터 말러가 있으니까 이젠 더 이상 내가 필요 없지 않소. 그래요, 그분한테 그렇게 전해요."

묵묵히 상대방의 말을 듣던 동우가 피식, 헛웃음을 흘렸다.

밤 은
아침을
꿈꾼다

"글쎄, 아직 거기까지는 생각해 보지 않았소. 어차피 2년은 이곳에 꼬박 붙들려 있어야 할 테니까 이제부터 시간을 두고 차근차근 생각해 볼 생각이오."

연구소를 떠난 뒤의 계획이라. 서울에 정착해 후학들이나 양성하며 노후를 보내는 것도 괜찮지 않을까 하는 생각이 얼핏 들기는 했다. 일평생 정 한 번 온전히 주지 못하고 외로움만 심어 주었던 딸아이의 곁을 지키면서…….

그것이 그가 비정한 아비로서 소영과…… 소희에게 속죄하며 사는 마지막 길이 아닐까 싶었다.

똑똑.

"네."

동우는 딸아이의 대답에 문을 열고 소영의 방으로 들어섰다. 방 안에는 어느 여가수가 부르는 〈over the rainbow〉가 아련하게 흐르고 있었다. 요즘 들어서 부쩍 소영이 즐겨 듣는 음악이었다.

방금 샤워를 하고 나왔는지, 소영은 화장대에 앉아 젖은 머리를 털고 있었다. 아직도 어린 사내아이의 머리처럼 짧은 상태지만 민머리였던 10개월 전에 비하면 상당히 많이 자란 편이었다.

체질적으로 살이 찌지 않는지라 여전히 몸은 호리호리한 마른 편이었으나, 파리하던 혈색 또한 싱그럽게 피어올라 있었다. 겉모습만 보면 소영은 도저히 10개월 전에 머리에 총상을 입고 뇌 이식 수술을 받은 후 기적적으로 살아난 사람으로 보이지 않았다.

심리적으로도 객관적으로는 큰 문제가 없었다. 다소의 조울증 증세를 보이며 성격의 변이를 보이고 있다는 점이 우려가 될 뿐.

하나 그 또한 본인에게 익숙하고 편한 곳으로 돌아가 단절되었던 인생을 다시 찾게 된다면 서서히 호전되지 않을까 싶었다. 외적, 내적으로 심리적 안정을 되찾게 해 주는 것이 소영에게 가장 효과적인 치료책일 거라는 닥터 테일러의 의견에 동우는 십분 공감하고 있었다.

2개월 뒤로 다가온 사고 1주기에 소영을 이곳에 있게 하고 싶지도 않았다.

동우는 2인용 사이드 테이블의 한쪽 의자에 앉으며 나긋한 목소리로 말했다.

"할 얘기가 있다. 이리 와서 잠시 앉아라."

이례적으로 늦은 밤 자신의 방을 찾아온 아빠를 의아하게 바라보며 소영은 동우의 맞은편 의자에 가 앉았다. 무슨 얘기인지 몰라도 빨리하고 가 줬으면 좋겠다. 정훈에게 얼른 가고 싶어서 벌써부터 엉덩이가 들썩거렸다.

"무슨 말씀이신데요?"

"그동안 고생 많았다. 이젠 더 이상 연구소에 와서 검사와 심리 치료를 받지 않아도 된다."

소영의 두 눈이 기쁨에 겨워 반짝거렸다.

"정말이요? 저 그럼 이제 다 나은 거예요?"

"나은 지는 오래됐지. 예후를 지켜보느라 주기적인 검사를 시행했을 뿐이다. 심리 치료 결과도 매우 긍정적이고."

그보다 더 반가운 소식은 없을 터였다. 가슴이 콩닥거리며 전신에 짜릿한 전율이 흘러내렸다. 소영은 얼른 이 기쁜 소식을 정훈에게 알려 주고 싶어 조바심이 일었다. 누구보다 기뻐할 사람이었다.

"그래서 이젠 네가 원한다면 서울로 돌아가도 된다는 말을 해 주려고 왔다."

소영의 눈이 더욱 커다래졌다.

"지, 진짜요? 저 정말 서울로 가도 돼요?"

"그래, 다만 한 가지 조건이 있다."

"뭔데요?"

"1개월에 한 번은 잊지 말고 혜성 종합병원에 가서 간단한 검사를 받아야 해."

검사는 다 끝났다면서 서울에 가서도 또 검사를 받아야 한다고? 소영의 미간이 미세하게 찡그려졌다.

"심각하게 받아들일 필요 없다. 네가 어떤 수술을 받았는지 알잖니. 그 때문에 간단하게나마 지속적인 검사가 필요할 뿐이야. 물론 그쪽 의료진들은 네가 어떤 수술을 받았는지 전혀 모른다. 우리 연구소와 협약 관계에 있기 때문에 우리 대신 간단하게 검사만 하고 그 데이터를 우리한테 넘겨줄 뿐이다. 그 정도는 용인해 줄 수 있겠지?"

인상을 찌푸렸던 소영은 이내 그 정도야 뭐, 할 수 없다는 생각에 고개를 끄덕거렸다. 동우가 소영의 표정을 유심히 살피며 말했다.

"고맙다. 그럼 그렇게 진행하자꾸나. 서울에 돌아가면 하던 일을 계속할 생각이니?"

"무슨 일이요?"

"사회 재단 일말이다. 과거 일본에 강제 징용됐던 피해자들과 위안부 피해자들을 대신해서 일본 정부에 항의하고 세계에 그 진상을 알리는……."

소영이 그제야 생각났다는 듯 아, 하며 슬며시 미간을 찌푸렸다. 생각만 해도 골이 지끈거리는 것 같았다. 예전에는 그 고리타분하고 복잡하고 어렵기만 한 일을 왜 하겠다고 나섰는지 모르겠다. 소영은 어깨를 으쓱거렸다.

"모르겠어요. 가서 보고요. 당분간은 아무 생각 없이 푹 쉬고 싶어요. 훗, 지금까지도 푹 쉬고 있기는 했지만요. 그리고 그 전에 가 봐야 할 곳도 있고요."

"어딜?"

"괌이요."

일순 동우의 눈매가 가늘어졌다.

"……소희한테 가 볼 생각이구나."

"네, 당연히 가 봐야죠. 언니가…… 잠들어 있는 곳인데."

괌! 엄마와…… 소희가 살았던 그곳.

밤 은
아침을
꿈꾼다

언니가 잠들어 있는 곳에 드디어 가 볼 수 있게 되었다는 생
각에 벌써부터 가슴이 뜨거워지는 소영이었다. 알 수 없는 짜
릿한 전율이 뇌리에서부터 발끝까지 삽시간에 흘러내렸다.

## 혼돈渾沌

괌 공항에 내리기 전부터 소영은 알 수 없는 전율에 휩싸였다. 머릿속에서부터 시작된 웅웅거리는 전율이 북처럼 그녀의 전신을 두드려 댔다.

수속을 마치고 게이트를 나왔다. '에게, 겨우 이거야?' 싶을 만큼 괌 공항은 허름하고 작았다. 한데 실망한 것도 잠시, 소영은 이 처음 와 보는 공항이 전혀 낯설지 않게 느껴졌다. 아니, 오히려 정답게까지 느껴졌다. 공항 곳곳에 보이는 미색 반팔 티의 가이드들 역시 익숙한 듯 느껴졌다. 그들의 왼쪽 가슴에 붙어 있는 둥근 마크에서 좀체 시선을 뗄 수 없었다.

퍼시픽랜드 여행사.

심장이 쿵쿵 뛰어 댔다. 이상한 일이었다.

그들을 멍하니 바라보고 있는데 정훈이 조심스럽게 그녀를 불렀다.

"왜? 기분이 안 좋아?"

"어? 아니, 괜찮아."

소영은 어색하게 미소 지으며 서둘러 걸음을 옮겼다. 그러다가 가이드 중 어떤 남자와 시선이 마주쳤다. 바삐 걸어가던 남자가 우뚝 걸음을 멈추고 귀신이라도 본 듯 멍하니 소영을 바라보았다. 말 한마디 못한 채 크게 벌어진 입만 벙긋거리고 휘둥그레진 눈을 끔벅거렸다.

불쾌했다.

'뭐야, 사람을 왜 저렇게 봐?'

기분이 나빠진 소영은 고개를 휙 돌리고 정훈의 팔에 바짝 붙어 걸었다. 굳어진 안색의 소영을 걱정스럽게 내려다본 정훈은 서둘러 공항 밖으로 나갔다. 예약해 놓은 렌터카를 찾아 소영을 태우고 내비게이션에 호텔을 입력했다.

장시간의 비행은 아직 그녀에게 무리였는지도 모른다. 한시라도 빨리 그녀를 쉬게 해 주고 싶었다.


다음 날 두 사람은 일찌감치 호텔을 나섰다. 영면에 든 소희에게 가 보기 위해서였다. 동우가 알려 준 대로 내비게이션에 우마탁에 위치한 묘지 주소를 입력했다. 그곳에 소희뿐 아니라 그녀를 키워 준 양부와 생모가 함께 잠들어 있다고 했다. 소희의 약혼자가 그녀를 양부 곁에 묻었다고 했다.

언니와 양부……

두 사람의 사이가 어땠는지는 소영도 이젠 잘 안다. 양부와 소희가 남긴 일기장을 보았으니까. 안규식이라는 그 사람이 언니를 얼마나 끔찍하게 사랑했는지, 언니 또한 그를 얼마나 믿고 의지하며 사랑했는지 알 수 있었다. 두 사람은 친부녀지간인 그녀와 아빠보다 더욱 끈끈한 사랑으로 연결되어 있는 것 같았다.

그의 유품이자 언니의 유품으로 남은 편지와 일기 등을 통해서 과거에 그와 생모 그리고 아빠 사이에 어떤 일이 있었는지도 이제는 잘 알게 되었다. 생모라는 사람이 마지막 순간까지 그녀에게 보냈던 편지들은 모두 거짓이었다.

눈먼 사랑으로 인한 단 한 번의 실수로 일평생 죄책감을 품고 살다가 비참하게 죽은 안규식이라는 사람의 생애도 아빠도, 언니도, 자신도 어찌 보면 모두 불쌍하고 가여운 사람들이었다.

우마탁은 두 사람이 묵고 있는 투몬 베이에서 남부로 한참을 내려가야 도착할 수 있는 곳이었다. 소영은 차를 타고 가는 동안 창밖으로 스쳐 가는 전경에서 좀체 시선을 뗄 수 없었다. 어젯밤의 이상한 가이드뿐만 아니라 호텔 직원들까지 그녀를 보고는 소스라치게 놀라 말문을 잃은 채 멍하니 바라보고는 했다. 모두 이상한 사람들 천지였다.

다시 생각해 보면 일견 이해가 갔다. 언니는 이곳에서 오랫동안 가이드로 일했다고 했다. 그러니 가이드든 호텔 직원들이든 언니를 기억하는 사람들이 한둘은 아닐 터였다. 그리고 그들은 언니가 11개월 전 사우스캐롤라이나에서 발발한 총기 난사 사고로 세상을 떠났고, 유골이 되어 돌아왔다는 사실 또한 알고 있을 터였다.

그런데 죽은 사람과 똑같이 생긴 사람이 나타났으니 귀신이라도 본 듯 소스라치게 놀라는 것은 당연한 일일 터였다. 언니가 쌍둥이였다는 사실까지 알고 있는 사람은 별로 없을 테니 말이다.

하나 그렇다고 해도 기분이 불쾌한 건 불쾌한 거였다. 그 때문에 소영은 호텔 방을 나서기 전부터 커다란 모자와 선글라스까지 꼼꼼하게 챙겨 쓰고 나왔다. 굳이 불쾌한 시선을 감수하면서까지 동물원의 원숭이가 되고 싶지는 않았다.

그런데 불쾌했던 사람들과 달리, 눈앞을 스쳐 가는 전경은 마냥 정답기만 해서 뾰족해졌던 마음이 다 편해지는 것 같았다. 작열하는 태양 아래 눈부시게 반짝이는 새하얀 모래사장과 에메랄드빛 바다, 길가에 서 있는 높다란 야자수들까지. 까맣고 잊고 있던 고향을 되찾기라도 한 양 그녀를 편안하게 감싸 주었다.

언니가 매일 보며 오갔던 길이었기 때문이리라.

어느새 차는 우마탁 다리를 건너 새하얀 조각상들이 서 있는 공원묘지에 도착해 있었다. 편안해졌던 가슴이 쿵쿵 뛰어대기 시작했다. 언니가 잠들어 있는 곳이라는 생각 때문일까. 처음 와 보는 이곳이 전혀 낯설지 않게 느껴졌다. 낯설기는커녕 가슴 밑바닥에서부터 알 수 없는 그리움이 솟구쳐 밀려왔다. 소영은 정훈이 시동을 끄기도 전에 황급히 차에서 내렸다.

정훈이 서둘러 달려와 그녀의 손을 잡았다.

"소영아."

소영은 흠칫 놀라 그를 올려다보았다. 그의 얼굴은 불안함과 걱정으로 굳어 있었다. 그가 소영의 얼굴을 어루만지며 깊숙이 시선을 맞춰 왔다.

"괜찮겠어?"

소영은 혀로 마른 입술을 적시며 고개를 끄덕거렸다. 잠시간 그녀의 기색을 찬찬히 살핀 정훈이 그녀의 손을 꼭 잡은 채먼저 걸음을 뗐다.

"가자."

소희의 무덤은 묘지 끝부분에 있다고 했다. 우측의 성 베드로 석상이 있는 부근에. 소영은 순순히 그가 이끄는 대로 걸음을 옮겼다.

묘지 안으로 들어갈수록 소영은 점점 이상한 기분에 사로잡혔다. 주변을 두리번거리며 길을 찾아가는 그와 달리, 소영은언니가 어디 있는지 알 것 같았다. 이내 소영이 그를 이끌며앞장서기 시작했다. 정훈은 흠칫 놀라면서도 자신 있게 앞장서 걸어가는 소영을 묵묵히 따라갔다.

그리 부지가 크지 않은 덕에 두 사람은 이내 소희의 묘지를찾을 수 있었다. 평평한 바닥에 비석 세 개가 나란히 서 있었다. 중앙의 비석에는 안규식이라는 이름이, 우측에는 최희수, 좌측에는 안소희라는 이름이 각각 새겨져 있었다.

소희의 비석 앞에는 갖다 놓은 지 얼마 안 되어 보이는 싱싱한 꽃다발이 놓여 있었다. 소영은 그 자리에 무너져 버렸다. 떨리는 손으로 언니의 비석을 어루만지며 터져 나오려는 오열을 참았다. 그럼에도 어쩔 수 없이 꼭 다문 입새로 끅끅거리는 울음소리가 쉼 없이 흘러나왔다.

"미, 미안해, 언니. 나 때문에…… 나 때문에……. 그런데 나, 이제야 왔어. 정말…… 정말 미안해."

왜 언니를 끌어안고 돌아서지 못했을까. 왜 바보처럼 멍청하게 서 있기만 했을까. 달려드는 언니를 안고 내가 먼저 돌아서기만 했어도 언니는 죽지 않았을지도 모른다. 그랬다면 이 차가운 바닥에 누워 있는 사람과 염치없이 용서를 구하고 있는 사람은 자리가 뒤바뀌었을지도…….

"바보, 언니는 바보야. 언니는 나, 처음에 싫어했었잖아. 계속 그렇게 싫어하지. 왜…… 날 위해 언니가 몸을 던졌어. 왜 날 살리려고 했어. 도망치지. 나 같은 거 어떻게 되든 말든 도망쳐 버리지……. 미안, 미안해, 언니."

정훈은 숨죽여 흐느끼며 오열하는 소영을 차마 울지 말라고 달랠 수 없었다. 그녀가 언니에 대한 부채감과 혼자만 살아남았다는 죄책감을 이 자리에서 눈물로 모두 씻어 내기를 바랄 뿐이었다. 그러니 그녀가 마음껏 울도록 내버려 둘 수밖에 없었다.

그렇게 얼마나 흘렀을까.

소영의 애끓는 울음소리가 점차 잦아들어 갔다. 마침내 소영은 흠뻑 젖은 얼굴로 지친 듯 비석에 기대어 앉았다. 정훈도 그 옆에 앉아 지친 그녀에게 어깨를 내어 주었다. 소영이 그의 너른 어깨에 얼굴을 파묻고 중얼거렸다.

"그거 알아요? 언니하고 함께 있었던 시간은 고작 1개월밖에 안 되지만, 그 1개월이 우리한테는 일생이나 다름없었어요. 서로의 존재조차 모른 채 22년을 떨어져 살았다는 것이 믿기지 않을 정도였다고요. 언니를 처음 본 순간부터 언니가 좋았어요. 언니하고 같이 있으면 뭐든 다 할 수 있을 것만 같았어. 조금도 외롭지 않았어."

"그래."

"쌍둥이끼리 텔레파시가 통한다는 말, 들어 봤어요? 그런 일이 정말 가능할 거라고 생각해요?"

"어."

"우리가 진짜 그랬어. 신기하게도 우리가 진짜 그랬다니까? 어렸을 때 나 수족구병 앓았던 거 기억해요? 오빠가 옛날에 그랬잖아. 내가 다섯 살 때 오빠네 집에 가기 전에, 그 전해에 내가 수족구병에 걸려서 입원만 하지 않았으면 그때 벌써 만났을 수도 있었다고."

"응, 기억해."

"그때, 언니도 많이 아팠대요. 자세한 건 기억이 안 나는데, 원인도 없이 갑자기 열병이 나서 엄청 아팠던 기억은 똑똑히 난다고 했어요. 그런데 신기하게도 그때가 바로 내가 수족구병을 앓고 있었을 때지 뭐야. 어디 그뿐인 줄 알아요? 그리고 또 무슨 일이 있었냐면……."

소영은 소희와 신기해하면서 맞춰 나갔던 어렸을 때의 일들을 하나둘 털어놓았다.

　"신기하죠? 그런데 이거 다 진짜야. 우리 진짜 그랬다니까?"

　"그래, 믿어."

　"정말 믿어? 언니하고 내가 멀리 떨어져 있었으면서도 한 몸처럼 교감하고 있었다는 거, 진짜 믿어요?"

　"응, 믿어."

　소영의 눈에서 눈물 한 줄기가 또르르 굴러떨어졌다.

　"믿는구나. 오빠는 이 말을 믿어 주는구나. 나는 아무도 우리 얘기를 안 믿어 줄 줄 알았는데. 그래서 아무한테도 얘기하지 못했는데……."

　"네 말은 뭐든 다 믿어. 그보다 더한 일이라도."

　"그럼 이것도 믿어 줄래요? 나, 지금도 언니가 느껴져. 내 안에 언니가 살아 숨 쉬고 있는 것 같아. 언니가 생전에 몰래 숨겨 났던 물건들도 어디에 있는지, 그냥 저절로 다 느껴지고 그냥 다 인식이 돼요. 곰도 처음 와 보는데, 전혀 낯설지가 않아. 여기도 그냥 알아 버렸어."

　"그랬구나."

　"나 실은…… 얼마 전부터 담배도 피우기 시작했어요."

　지그시 눈을 감은 정훈은 그녀의 어깨를 꼭 끌어안고 머리에 입을 맞췄다.

　"안 놀라요?"

　"……."

"오빠, 이상해. 왜 안 놀라지? 담배라면 질색하던 내가 담배를 피우기 시작했다는데."

소영이 고개를 들어 그를 올려다보려고 했다. 정훈은 그녀의 어깨를 더욱 빠듯하게 끌어안았다.

"괜찮아. 괜찮아."

"내가 왜 담배를 피우기 시작했는지 알아요? 어느 날 밤에 언니가 숨겨 놓은 담배를 찾았어요. 그냥 그게 거기 있다는 게 느껴졌어. 언니가 담배를 피우는지 몰랐는데, 하나도 놀랍지 않았어요. 그리고 다음 순간 정신을 차리고 보니까 발코니에서 내가 담배를 피우고 있더라고요. 그때도 그리 놀랍지 않았어. 그저 '아, 내가 지금 담배를 피우고 있구나.' 하는 생각밖에는 들지 않았어. 그리고 그날 밤 이후로 매일 밤 언니 방에 가서 담배를 피웠어요. 그 담뱃갑에 있던 담배를 다 피울 때까지."

"그랬구나. 그랬어."

소영이 변명하듯 웅얼거렸다.

"그러고 나서는 안 피웠어."

"응, 그래."

"그런데 오빠, 나 여기 오니까 또 피우고 싶어졌어. 아니, 나 다시 피우게 될 것 같아. 그런데 이젠 더 이상 오빠한테 그걸 숨기고 싶지가 않아. 그래서 말하는 거야. 오빠한테 어떤 것도 더 이상 숨기고 싶지가 않아서."

"후우. 그래, 알았다. 고마워. 사실대로 말해 줘서."

"화, 안 낼 거죠? 화내도 어쩔 수 없어. 난……."

소영은 아랫입술을 깨물고 스스로에게 다짐하듯 말했다.

"내가 하고 싶은 대로 할 거니까."

"그래, 너 하고 싶은 대로 해. 다만 소영아, 많이만 피우지 마. 다른 이유는 없어. 네 몸에 안 좋으니까. 내가 하는 말 무슨 뜻인지 알지?"

"으응."

소영은 순하게 고개를 끄덕거렸다. 왠지 한고비를 넘긴 듯 마음이 한결 편안해졌다. 소영은 따스하고 너른 그의 품에 기대어 잠시 눈을 감았다. 졸음이 밀려왔다. 소영이 잠결에 웅얼거렸다.

"내 삶은 이제 언니 대신이에요. 불쌍한 우리 언니 대신 내가 살아 줘야 해. 언니가 못해 본 거, 하고 싶었던 거 내가 다……."

소영은 그대로 깊은 잠에 빠져들었다.

정오에 접어들자, 중천에 떠오른 태양이 작열하듯 뜨겁게 내리쬐었다. 이제 그만 호텔로 돌아가는 것이 좋을 듯싶어 정훈은 고이 잠든 소영의 어깨를 살며시 흔들어 깨웠다.

"소영아, 일어나. 이제 그만 가자, 응?"

"으응……."

소영이 눈을 비비며 부스스 일어났다. 이처럼 깊게 단잠이 들었던 것은 사고 후 처음인 듯싶었다. 소영은 언니 곁을 떠나고 싶지 않았다. 내 집보다도 더 편하고 아늑했다. 그러나 그의 말대로 이만 일어날 때이기도 했다. 소영은 정훈의 부축을 받아 웅크렸던 몸을 일으켰다.

"언니, 내일 또 올게."

언니의 비석을 어루만지며 속삭였다. 언니의 양부와 생모에게도 고개를 숙여 작별 인사를 했다. 내일 또 오겠습니다. 정훈과 손을 잡고 천천히 몸을 돌렸다.

그때였다. 10여 미터 떨어진 곳에 우뚝 멈춰 서 있는 남자를 본 것은.

눈을 가늘게 조프린 채 고개를 갸웃거리고 있던 남자는 그녀와 눈이 마주치자 충격으로 넋이라도 나간 듯 뻣뻣하게 굳어 버렸다.

작열하는 태양 아래, 남자의 빛바랜 갈색 머리카락이 눈부시게 반짝거렸다. 오랜 세월 햇볕에 검게 그을린 피부색의 얼굴이 삽시간에 하얗게 질려 있었다. 부릅떠진 진갈색 눈동자가 그녀의 얼굴에 못 박힌 듯 고정된 채 부들부들 떨리고 있었다.

소영 역시 그 남자와 눈이 마주친 순간, 머릿속이 하얗게 비어 버렸다. 정훈만큼 크고 다부진 체격의 낯선 남자는 낯설지만 결코 낯설지 않았다. 고요하게 가라앉았던 심장이 발작을 일으키는 듯 미친 듯이 뛰기 시작했다. 머릿속에서 고막이 터질 듯한 미지의 비명이 들려왔다.

뭐야, 저 사람은 대체 누구야…….

순간 불현듯 깨달아 버렸다. 저 앞에 서 있는 남자가 정훈과 사랑을 나눌 때마다 불현듯 눈앞으로 스치고 지나가던 환시의 그 남자라는 것을!

그 남자가 틀림없었다!

소영은 자신도 모르게 정훈의 손에서 자신의 손을 황급히 빼내어 등 뒤로 숨겼다. 대니를 보고 인사를 하려던 정훈이 흠칫 놀라 소영을 돌아보았다.

'소……영아?'

경악에 물든 세 사람의 머리 위로 뜨거운 태양이 이글거리며 타올랐다.

소희의 쌍둥이 동생…….

이 사람이 바로 소희의 쌍둥이 동생이구나.

대니는 소희의 얼굴을 하고 앞에 앉아 있는 소영에게서 한시도 눈을 뗄 수 없었다. 머리와 피부색만 다를 뿐, 눈앞의 여자는…… 그저 소희였다. 일란성 쌍둥이라고 하지만 이토록 똑같이 생겼을지는 몰랐다.

반달처럼 둥근 눈썹 하며 커다란 눈동자, 그린 듯 오뚝한 콧날과 핑크빛으로 반짝이는 도톰한 입술. 가녀린 선의 청초한 이목구비와 발레리나처럼 고혹적인 목선까지 소희와 똑같았다. 심지어 왼쪽 눈이 오른쪽 눈보다 살짝 더 큰 것도, 도톰한 귓불과 귀의 생김새까지도 똑같았다.

소희가 살아 돌아온 것만 같았다. 죽은 소희가 다시 살아나 자신 앞에 앉아 있는 것만 같았다.

한처럼 쌓여 있던 그리움이 해일처럼 밀려와 그를 덮쳤다.

대니는 그 거센 해일 속에 기꺼이 몸을 던졌다. 이리저리 휩쓸리면서 목 놓아 울부짖고 통한과 기쁨의 비명을 질러 댔다. 이렇게라도 소희를 다시 볼 수 있다는 사실에 전율했고, 그녀가 소희가 아니라는 사실에 다시 절규하며 고통스러워했다.

소희와 똑같은 얼굴을 하고 있을 뿐, 눈앞의 여자는 소희가 아니니까. 소희가 목숨을 걸고 지키고자 했던 그녀의 쌍둥이 동생일 뿐이니까.

소희야, 소희야…….

"몸은…… 이제 괜찮은 겁니까?"

대니는 가까스로 입술을 움직여 막혀 있던 목소리를 냈다.

"네, 염치없게도…….."

소영도 간신히 입술을 달싹거렸다. 지금 세 사람은 대니의 마린 클럽하우스에 마주 앉아 있었다.

다니엘 강. 언니의 약혼자. 언니가 사랑했던 남자라고 했다. 언니를 사랑했던 남자라고 했다. 기억도 잘 나지 않는 어린 시절부터 이 남자와 함께였다고 했다. 언니에게 이 남자는 든든한 오빠이자 철부지 남동생이었고, 영원한 친구이자 변하지 않을 유일한 사랑, 연인이었다고 했다.

생모와 언니의 지나친 사치와 낭비벽으로 그 많던 가산을 모두 탕진하고, 급기야 절망에 빠진 양부를 죽음으로까지 내몰았다면서 모든 사람들이 생모와 언니를 비난하고 손가락질할 때도 이 사람만은 언니의 편이 되어 주었다고 했다. 이 사람이 아니었다면 양부의 죽음에 대한 충격과 죄책감으로 생의 의지를 잃었을 때, 그 절망의 구렁텅이에서 결코 빠져나올 수 없었을 거라고도 했다.

밀어내고 또 밀어내도 끝끝내 언니의 손을 놓지 않고 사랑으로 끌어안아 주었던 사람, 살게 해 주었던 사람.

언니는 이 사람한테 무조건적인 사랑을 받기만 했을 뿐, 잘못한 것도, 미안한 것도 참 많다고 했다. 첫 남자이자 첫사랑이었던 이 남자를 배신한 적도 있다고 했다.

철없던 고등학교 시절에 이 남자 몰래 호기심에 럭비부 남학생 몇 명과 불장난을 친 적이 있단다. 아마 이 남자도 그 사실을 알고 있었을 거라고 했다. 이 남자도 당시 쿼터백으로 럭비부 주장이었으니까. 불장난을 했던 남학생들과 언니 모두 쉬쉬하며 숨겼지만, 그 정도로 눈치채지 못할 만큼 둔한 남자는 아니라고 했다.

그런데도 이 남자는 끝까지 모른 척하며 언니의 치기 어린 방황이 끝나기를 묵묵히 기다려 줬다고 했다. 한결같은 사랑으로 그 모든 잘못과 허물을 덮고 인내하며 언니를 기다려 주었다고 했다. 그래서 언니는 그를 사랑하기 때문에 놓아주려고 했다고. 하지만 언니의 입으로는 감히 이별을 말할 수 없었다고 했다.

언니 역시 그를 너무도 사랑하기에, 그의 사랑이 너무 가엾고 안쓰러워서. 미안하고 또 미안해서.

언니는…… 마지막 순간까지 이 남자를 놓아주고 떠날 생각을 하고 있었다. 이 남자를 제 목숨보다도 사랑하기에, 그의 행복을 위해서.

　바보, 바보 같은 언니…….

"죄송합니다. 죄송합니다. 죄송…….."

　소영은 더 이상 말을 잇지 못하고 고개를 숙인 채 아랫입술을 질끈 깨물었다. 살아났음을 죄스러워하는 소영의 모습에 정훈의 가슴은 무너져 내렸다.

　'그러지 마, 소영아. 그건 네 잘못이 아니야. 네가 죄스러워할 일이 아니라고. 소희 씨도 네가 이토록 괴로워하는 것을 바라지 않을 거다. 제발, 소영아…….'

　정훈은 테이블 밑으로 바르르 떨고 있는 소영의 손을 꼭 움켜잡았다.

　그 순간 소영이 다시 흠칫 놀라며 그에게서 황급히 제 손을 빼내어 거둬들였다. 그러면서 재빨리 대니의 눈치를 살폈다. 움찔 커졌던 정훈의 눈매가 실낱처럼 가늘어지면서 의아함을 품고 꿈틀거렸다.

　대니가 고개를 가로저으며 다급한 어조로 말했다.

"아니요, 그러지 마요. 소영…… 씨가 사과할 일이 아닙니다. 죄스러워할 일이 아니에요. 죄송하다니요, 당치도 않습니다. 그건 불가항력적인 불운한 사고였을 뿐이에요. 소희의 잘못도, 소영 씨의 잘못도 아닌…….."

　정신 나간 미친 개새끼가 벌인 천인공노할 범죄, 사고. 소희와 소영 모두 그 개새끼가 벌인 미친 짓에 희생당한 피해자일 뿐이었다. 소영이라도 살아난 것이 천만……다행이었다.

"소희도 소영 씨가 그 일로 괴로워하며 자신 때문에 죄책감을 가지고 사는 걸 바라지 않을 겁니다. 소희는…… 강한 사람이었습니다. 속내를 잘 드러내지 않는 편이었죠. 원래는 안 그랬는데, 이런저런 일들을 겪으면서 감정을 표현하는 것에 많이 인색해져 버렸죠. 그런데 소영 씨 얘기를 할 때만큼은…… 밝았어요. 십 대 때로 돌아간 것처럼 들뜬 목소리였죠."

소영에 대해서도 많은 이야기를 하려 하지 않았지만, 간혹 그녀의 이름을 입에 올릴 때면 소희의 음성은 부지불식간에 달라지고는 했다. 동생을 떠올리고, 동생의 이름을 입 밖으로 내는 것만으로도 가슴이 벅차오르는 것 같았다. 완벽한 일체감을 느끼며 온전한 행복과 충만감을 느끼는 것 같았다.

그 때문에 불안하면서도 안심이 되었고, 조금쯤 질투심을 느끼기도 했다. 소희에게 자신보다 더 소중하고 사랑하는 사람이 생긴 것 같아서. 대니의 입가에 쓸쓸한 미소를 지어졌다.

"소영 씨가 건강해진 걸 알면 소희도 기뻐할 겁니다. 소희가 바라는 건 소영 씨의 행복이었을 테니까요. 그러니 꼭 행복해지세요. 소희 때문에 너무 오래 아파하지도 말고, 죄책감 같은 건 아예 생각하지도 말고요. 어디 아프지도 말고…… 사랑하는 분과 꼭 오래오래 행복하게 살아 주세요."

나와 소희의 몫까지…….

"고마워요, 무사히 살아나 줘서. 건강해진 소영 씨를 보게 돼서 얼마나 기쁘고 고마운지 몰라요. 정말 다행입니다."

대니가 순한 눈꼬리까지 내리며 환하게 미소 짓는데, 그 미소가 어찌나 애련하고 아픈지, 소영의 가슴은 무너져 내리는 것 같았다. 찢어진 가슴에서 피눈물이 뭉텅뭉텅 쏟아져 나왔다. 염치가 없어서 죄송하다는 말도 더 이상 나오지 않았다. 그 앞에서는 차마 눈물조차 흘릴 수가 없었다. 소영은 여린 속살을 꽉 깨문 채 터져 나올 것 같은 오열을 끅끅거리며 참기만 했다.

대니는 부러 가벼운 음성으로 화제를 바꿨다.

"꽝에는 언제 오셨습니까?"

대니는 죄인처럼 고개를 푹 숙이고 있는 소영 대신 정훈을 바라보며 물었다.

"어젯밤에 왔습니다."

"아, 네. 그럼 얼마나 있다가 가실 예정인가요?"

정훈이 소영을 슬쩍 바라보고 대답했다.

"글쎄요, 아직 정해진 일정은 없습니다. 당분간은 소영이가 있고 싶을 때까지 있을 생각입니다."

"네, 그럼 지금은 어디에 묵고 계십니까?"

"하얏트 리젠시 호텔에 있습니다."

대니는 고개를 주억거리면서도 콧잔등을 찡긋거렸다.

"괜찮은 곳이죠. 며칠 정도 묵기에는 그곳만 한 곳도 없고 여러모로 호텔이 편하기도 하고요. 그런데 몇 주 이상 오래 체류하실 생각이라면 호텔은 좀 불편하실 텐데. 아무래도 비용도 만만치 않고 답답하기도 할 테니까요. 꽝에는 장기 여행객들을 위해서 마련되어 있는 렌트 하우스도 있는데, 거기는 혹시 알아보셨나요?"

"렌트 하우스도 있습니까?"

"네, 타무닝 근처에 그런 곳들이 몇 군데 생겼죠. 집처럼 아늑하고 작지만 정원도 있고 개인 풀장이 있는 곳도 간혹 있어요. 하우스 키핑 서비스까지 되니까 호텔처럼 편하게 생활하시는 데도 전혀 문제가 없을 거고요. 규모나 서비스에 따라 가격 차이가 크기는 한데, 생각 있으시면 언제든지 말씀하십시오. 제가 알아봐 드리겠습니다."

"미스터 강이요? 괜찮을 것 같기는 한데 미스터 강한테 괜한 수고를 끼치는 건 아닌지 모르겠군요."

대니가 아니라는 듯 손을 내저었다.

"수고라니요. 아닙니다. 아버님이 여행사를 하고 계셔서 그쪽하고도 다 연결이 되어 있으니까 조금도 번거롭거나 어려울 거 없습니다. 그리고 다른 사람도 아니고 소희의 동생, 가족이신데요. 당연히 제가 신경 써야죠."

"그럼 염치 불고하고 부탁드리겠습니다. 나중에 소영이하고 상의한 후에 연락드리죠."

"그렇게 하세요. 아 참, 그리고 그 미스터 강이라는 호칭 좀 어떻게 해 주실 수 없나요? 일전에는 경황이 없어서 말씀 못 드렸는데, 그냥 편하게 이름으로 불러 주세요. 말씀도 놓으시고요. 저보다 연상이시기도 하고, 소희는 없지만 저한테 두 분은 가족이나 다름없는 분들이시거든요. 가족처럼 편하게 대해 주시면 좋겠습니다."

밤  은
아침을
꿈꾼다

그때 그 사고만 없었다면 한 가족으로 손위 형님과 아우가 됐을 사이였다. 나이는 비록 정훈이 많다고 할지라도. 정훈은 잔잔한 미소를 머금고 고개를 끄덕였다.

"그렇게 하지, 다니엘."

"그럼 전 앞으로 형이라고 부를게요. 그래도 되죠?"

동일한 고통과 두려움을 겪은 사람들만이 나눌 수 있는 눈빛으로 두 남자는 서로를 바라보며 나직이 미소 지었다.

사고 소식을 접한 직후 연구소에서 처음 대면했던 두 남자는 동일한 공포와 두려움의 정점에 놓여 있었다. 남들 일이라고만 여겨 왔던 불의의 사고로 제 목숨보다 사랑하는 사람을 잃게 될지도 모른다는 끔찍한 공포와 두려움.

그 공포와 두려움에서 한 남자는 기적적으로 구원을 받았고, 다른 한 남자는 더 큰 절망의 나락으로 굴러떨어지고 말았다. 하지만 당시에 두 남자가 느꼈던 공포와 두려움은 한 치의 다름이 없는 극한의 지옥이었었다.

이 순간, 두 남자는 다른 어느 누구보다 서로를 이해했고 함께 가슴 아파했다. 동시에 한 남자는 다른 한 남자를 미치도록 부러워했고, 다른 한 남자는 그 남자에게 진심으로 고개 숙여 미안해했다.

두 남자가 같으면서도 다른 눈빛으로 서로를 응시하며 위로할 때, 그들 사이에 앉아 있는 여자의 시선은 한 남자에게만 고정되어 있었다.

시선만 들어 올려 대니를 훔쳐보는 소영의 눈동자가 이채를

띠며 점차 검게 응축되어 갔다.

✹

"어떻게 할까. 렌트 하우스로 옮길까?"

샤워를 하고 나온 소영을 의자에 앉힌 정훈이 마른 수건으로 그녀의 머리를 말려 주며 물었다. 소영이 어깨를 으쓱거렸다.

"글쎄, 오빠는 어떻게 하고 싶은데?"

부드럽게 머리를 만져 주는 그의 손길이 기분 좋은 듯 소영은 두 눈을 지그시 감고 나지막한 한숨을 내쉬었다.

"네가 여기에 언제까지 있고 싶어 하는지에 따라 다르지. 다니엘 말대로 2주 이상 머물 거라면 렌트 하우스가 낫지 않을까 싶기는 한데 말이야."

소영이 음, 하며 잠시 생각에 잠겼다.

1, 2주는 너무 짧았다. 적어도 1개월 동안은 언니 곁에 머무르고 싶었다. 언니와 함께 있었던 기간만큼 언니 옆에서 언니의 죽음을 애도하고 싶었다.

"그럼 렌트 하우스로 가요. 적어도 1개월 정도는 언니 옆에 있고 싶어. 그래도 되죠?"

당연한 소리를 한다. 백수가 된 지 벌써 1년이 다 되어 가는 그였다. 서울로 돌아간다고 해도 당분간은 아무 일도 하지 않을 생각이었다. 지금 그에게 가장 중요한 것은 오직 소영뿐이

밤은
아침을
꿈꾼다

었다. 그녀 곁에서 하루빨리 소영이 안정을 찾길 바라며 그녀를 안전하게 지키는 것뿐이었다. 다른 것은 급할 것도 없고 해야 할 일도 없었다. 그녀가 1개월이 아닌, 1년을 여기서 더 머물고 싶다고 해도 기꺼이 응할 정훈이었다.

"오케이, 그럼 그러자. 기왕이면 작아도 정원하고 풀장이 있는 곳이 좋겠지?"

"그럼 좋겠지만, 너무 비싸지 않을까?"

"비싸 봤자지. 그리고 이것 보세요, 차소영 양. 당신 남자, 그 정도 능력은 있는 남자거든? 백수라고 얕보지 마. 이래 봬도 능력 있는 백수니까."

"치, 어련하실까. 그래도 렌트비는 내가 낼게요. 나도 그 정도는 능력은 있으니까. 오빠가 능력 있는 백수면, 나는 능력 있는 백조라고요."

정훈이 과장되게 눈을 휘둥그레 뜨고 환호성을 질렀다.

"우와, 진짜? 그럼 나 너 믿고 평생 놀고먹어도 되는 거야? 이야, 이제 보니 문정훈, 횡재했네."

"피, 그걸 이제 알았어?"

거울을 통해 입술을 비죽이는 소영을 사랑스럽게 바라보면서 정훈이 부러 고개를 주억거리며 굽실거렸다.

"예 예, 앞으로는 더 깍듯하게 알아 모시겠습니다요, 사모님."

소영이 피식 웃으며 예쁘게 눈을 흘겼다. 정훈이 그녀의 젖은 머리를 마저 말리며 말했다.

"하지만 네 돈은 그냥 두자. 조부모님이 물려주신 거잖아.

소중하게 아끼고 아꼈다가 나중에 꼭 필요할 때, 너한테 꼭 필요한 일이 생겼을 때 그때 써. 나중에 늙어서 내가 너 먹여 살리기 힘들어지면 그때 나한테 용돈도 좀 주고, 그래도 남으면 우리 아이들한테도 엄마가 주는 거다, 하고 조금 물려도 주고."

'하는 거 봐서.' 하고 농담으로 되받아치려던 소영이 일순 흠칫해서 거울 속의 정훈을 올려다보았다. '나중에 늙어서 내가 너 먹여 살리기 힘들어지면'이라는 말이 의미하는 바가 새삼 다르게 다가왔기 때문이었다. 더욱이 그는 분명하게 말했다. 우리 아이들이라고……

정훈이 거울 속의 휘둥그레진 그녀를 지그시 응시했다.

"왜, 싫어?"

소영의 커다래진 눈이 빠르게 깜박거렸다. 정훈이 장난치듯 그녀의 앞머리를 헝클어뜨렸다.

"치사하게. 그래, 좋아. 치사해서 나도 안 받는다. 파파 할아버지 할머니가 돼서도 어떻게든 내가 먹여 살릴 테니까 걱정 마. 애들한테도 미리 말해 두지, 뭐. 공부 마칠 때까지만 전력으로 밀어주고 그다음에는 우리가 번 건, 우리가 다 쓰고 죽을 거니까 유산 같은 거 기대하지 말고 알아서 자립해서 살라고 말이야. 으흠, 그런데 우리 부모님이 문제겠다. 우리 애들이나 정미 애들한테도 일일이 다 유산을 남기실 테니까. 애들 스무 살 되기 전에 우리가 그것도 그냥 확 다 써 버릴까?"

"오빠……."

소영이 왜 멍한 표정으로 자신을 부르는지 번연히 알면서도 정훈은 의뭉스럽게 되물었다.

"왜, 그것도 싫어? 애들 유산까지 가로채서 다 써 버리는 건 너무 야박하려나?"

"오빠……."

"왜? 네 오빠 어디 안 가. 왜 자꾸 불러."

"지금…… 프러포즈하는 거예요?"

소영이 힘들게 말을 꺼낸 보람도 없이 정훈은 무슨 되지도 않는 소리냐는 듯 뜨악한 표정을 지어 보였다.

"아니, 프러포즈는 무슨. 세상에 젖은 머리 말려 주다가 프러포즈하는 사람이 어디 있어. 나중에 그 원망과 구박을 다 어떻게 들으려고. 우리의 첫날밤을 평생 기억할 수 있을 만큼 근사하게 보내도록 해 주겠다는 계획은 아쉽게도 물 건너갔지만, 프러포즈마저 그럴 수는 없지. 프러포즈는 네가 정말 파파 할머니가 돼서도 얼굴 붉히면서 기억할 수 있을 만큼 근사하고 멋지게 할 거다. 기대해도 좋아."

정훈이 한쪽 눈을 찡긋거렸다.

소영은 무슨 말을 어떻게 해야 할지 알 수 없었다. 정훈은 지금 한 말이 프러포즈는 아니라고 했다. 그러나 이게 프러포즈가 아니면 뭐란 말인가. 소영은 입술만 달싹거리다가 자리에서 벌떡 일어나 허둥거리며 침대로 올라갔다.

"왜, 왜 이렇게 피곤하지? 아직 시차 적응이 안 됐나 봐. 나 그만 잘게요."

따라온 정훈이 잠깐만, 하며 누우려는 소영을 도로 일으켜

세웠다. 당황한 소영이 더듬거렸다.

"왜, 왜요?"

그를 올려다보았다가 소영은 고개를 푹 숙여 버렸다. 자신을 바라보는 그의 눈빛이 너무 깊고 뜨거웠다.

이상한 일이었다. 최근 몇 달간 매일 밤 그와 몸을 섞고 한 침대에서 잠들었다. 심지어 그보다 그녀가 더욱 적극적이었다. 그를 볼 때마다 그를 몸속 깊이 받아들이고 무아지경의 절정에 오르고 싶어 애가 타고 몸이 달아올랐다.

달라진 자신을 어떻게 받아들여야 할지 몰라서 곤혹스러워하는 그를 눕히고 그 위에 올라타 전희도 없이 혼자 절정에 오른 적도 한두 번이 아니었다.

그런데 왜 갑자기 이렇게 쑥스러워진 걸까. 왜 갑자기 숫처녀처럼 그의 뜨거운 눈빛에 당황하며 몸을 사리게 된 걸까. 왜 그의 손길에 몸이 움츠러드는 것일까.

움츠러든 어깨를 훑으며 내려간 그의 손이 로브를 여민 허리춤의 끈에 가 닿았다. 그가 끝자락을 슬며시 잡아당겼다. 허리끈이 풀어지며 로브 앞섶이 스르르 벌어졌다. 소영은 저도 모르게 숨까지 삼킨 채 두 눈을 질끈 감았다.

"로브는 벗고 자야지."

정수리 위에서 나지막하게 울리는 그의 가라앉은 목소리에 소영은 진저리 치듯 잘게 어깨를 떨었다. 로브가 어깨 밑으로 내려갔다. 그가 한 걸음 앞으로 바짝 다가왔다. 껴안듯이 손을 그녀의 등 뒤로 돌린 정훈이 로브를 천천히 벗겨 냈다.

밤 은
아침을
꿈꾼다

얇은 어깨끈의 살구빛 네글리제 하나만 입은 소영의 새하얀 몸이 낮은 조도의 불빛 아래 뽀얗게 드러났다. 브래지어를 하지 않은 소담한 가슴의 멍울이 제멋대로 야릇한 기대를 품고 꼿꼿하게 곤두서는 것이 느껴졌다. 겨드랑이 안쪽에 오소소 소름이 돋았다. 소영은 고개를 모로 돌린 채 꼼짝도 하지 않았다.

정훈도 뻣뻣하게 굳은 소영은 안은 채 한동안 꼼짝도 하지 않았다. 그의 손길에 잘게 전율하면서도 자신을 외면하고 있는 소영을 아득하게 내려다보았다. 심연처럼 깊은 그의 눈동자가 일순 불안하게 흔들렸다.

다음 순간, 정훈은 뻣뻣하게 굳은 소영의 등을 따뜻하게 감싸 안았다. 그녀의 정수리에 입을 맞췄다.

"잘 자."

그녀의 손을 이끌고 침대에 눕혔다. 잘게 전율하는 어깨까지 시트를 덮어 주고 다시 한 번 이마에 가만히 입을 맞췄다. 그때까지도 소영은 입을 꼭 다문 채 그를 외면하고 있었다.

불을 끈 정훈도 그녀 옆에 누웠다. 소영이 재빨리 그에게 등을 보이고 돌아누웠다. 어둠보다도 더욱 짙어진 그의 눈동자가 흠칫 커졌다. 그녀를 안기 위해서 들어 올린 팔이 허공에서 굳은 듯 멈추고 그의 얼굴 역시 뻣뻣하게 굳어 버렸다.

도대체 왜?

순간적으로 대니 앞에서 자신의 손을 쳐 내던 그녀의 행동이 생각났다. 정훈의 가슴이 불안하게 뛰어댔다.

'무슨 생각을 하는 거냐, 문정훈.'

그녀 말대로 피곤하기 때문일 것이다. 장시간의 비행과 시차, 거기다 오늘 그녀는 죽은 언니의 무덤을 처음 찾았더랬다. 피곤한 것이 당연했다. 슬픔과 그리움이 그녀의 전신을 감싸고 있는 것이 당연했다.

'그래, 그저 그 때문일 것이다. 다른 이유가 있을 리가 없지 않은가. 불안해할 이유도, 조바심 낼 이유도 없다. 어리석게 굴지 마라, 문정훈.'

정훈은 또다시 떠오른 알 수 없는 불안감을 애써 꾸짖고 다독이며 돌아누운 소영의 어깨를 살며시 끌어당겨 안았다. 다행히 소영은 그의 손을 뿌리치지는 않았다. 낮은 한숨이 절로 흘러나왔다.

'괜찮아, 괜찮아. 곧 나아질 거야.'

잠시 후, 잠이 든 듯 꼭 감겨 있던 소영의 눈꺼풀이 스르르 올라갔다. 어둠의 한 곳을 응시하는 그녀의 눈동자가 스스로도 알 수 없는 감정에 불안감을 느끼며 파르르 떨렸다. 소영은 오랫동안 잠들지 못했다.

정훈도 마찬가지였다.

닮은 듯 다른 두 사람의 눈동자가 어둠을 응시하며 불안하게 흔들리고 있었다.

※

녹턴의 〈사랑의 꿈〉 선율에 소영은 부스스 잠에서 깨어났다. 서울 그녀의 집에서 함께 잠들었을 때부터 정훈은 말이나 행동이 아닌 오르골로 그녀를 깨우고는 했다. 그때마다 소영은 나직이 미소 지으며 잠에서 깨어났다.

부스스 눈을 뜬 시야에 아니나 다를까, 침대 옆 협탁에 놓여 있는 오르골이 들어왔다. 아름다운 발레리나가 음악에 맞춰 빙글빙글 춤을 추고 있었다.

소영은 빙긋이 미소 지으며 침대에서 일어났다. 돌아보니 정훈은 옆에 없었다. 너른 방 안을 두리번거렸으나 그의 모습은 어디에도 보이지 않았다.

"욕실에 있나?"

소영은 금장식을 어루만지며 오르골을 닫았다. 아름다운 선율이 사라지자 사방은 고요하기만 했다. 귀를 쫑긋 세웠지만 욕실에서는 물소리 하나 들려오지 않았다.

"오르골을 켜 놓고 어딜 간 거지?"

뜬눈으로 거의 밤을 새운 소영은 찌뿌드드한 몸을 길게 늘여 기지개를 켠 뒤 로브를 걸쳐 입었다. 허리끈을 매는데 삐빅 하는 소리와 함께 방문이 열리고 정훈이 들어왔다.

정훈의 손에는 은색 커피포트와 찻잔 두 개가 놓인 둥근 쟁반이 들려 있었다.

"일어났어?"

그가 환하게 미소 지으며 밝은 음성으로 말했다.

"응, 그런데 오빠가 왜 그걸 들고 와요?"

"시끄러운 벨 소리에 너 깰까 봐 밖에서 기다렸지."

"치, 그런 사람이 오르골은 켜 놨어요?"

"벨 소리하고 음악 소리는 다르니까. 벨 소리는 짜증 나잖아. 잘 잤어?"

창가 앞의 2인용 테이블에 쟁반을 내려놓은 정훈이 다가와 그녀의 얼굴을 가만히 감싸 안아 들어 올렸다. 그는 다정한 눈빛으로 조심스레 그녀의 얼굴 곳곳을 살폈다. 수려한 미간이 슬며시 찌푸려졌다.

"아직 피곤이 덜 풀렸나 보다. 눈이 발갛게 충혈됐네. 더 자게 놔둘 걸 그랬나?"

"지금 몇 신데요?"

"11시 거의 다 됐어."

새끼 고양이처럼 그의 크고 따스한 손에 뺨을 비비며 웅얼거리던 소영이 깜짝 놀라 눈을 동그랗게 떴다.

"벌써? 우와, 나 진짜 많이 잤다."

"어제 10시 되기 전에 잠들었으니까 12시간도 넘게 잔 거야. 어지간히 피곤하긴 했나 보더라. 그래도 이젠 일어나야 하지 않을까 해서 깨웠는데, 괜찮아?"

"그럼요. 12시간 넘게 잤는데도 안 괜찮으면 어쩌라고. 오빠는 언제 일어났어요?"

"나도 좀 전에 일어났어."

정훈이 소영의 콧잔등을 톡 건드렸다.

"나도 네 덕분에 간만에 엄청 오래 잤다."

앞머리를 헝클어트리는 정훈의 손 너머로 그를 빤히 올려다보며 소영은 고개를 갸웃 기울였다. 간만에 오래 잤다는 사람의 얼굴이 왜 저렇게 푸석한지 모르겠다. 그녀의 눈이 발갛게 충혈됐다더니, 그렇게 말하는 그의 눈 역시 흰자위가 붉게 충혈되어 있었다.

'나야 새벽 늦게까지 잠을 못 자서 그렇다지만, 오빠는 왜?'

정훈이 고개를 갸웃거리는 소영의 입술에 쪽, 입을 맞췄다. 그녀를 꼭 품에 안고 둥개둥개 몸을 흔들었다. 그녀의 정수리에 얼굴을 파묻고 숨을 깊이 들이마셨다.

"하아, 좋다. 우리 소영이 향기."

코끝에 닿은 그의 단단한 가슴으로부터 남자다운 체취가 훅 밀려 들어왔다. 소영의 왼쪽 가슴이 알싸하게 울리며 도근도근 뛰어 댔다.

소영 역시 두 눈을 감고 그의 체취를 온몸으로 들이마셨다. 두 팔로 그를 꼭 끌어안았다.

'아, 좋다. 이렇게 좋은데, 어젯밤에는 왜 그랬을까.'

소영은 너른 가슴에 얼굴을 비비며 그에게 몸을 더 바짝 밀착했다. 얇은 반팔 티 사이로 느껴지는 단단한 가슴과 따스한 체온이 더없이 안온하고 기분 좋았다. 소영은 자신도 모르게 본능에 이끌리듯 정훈의 단단한 가슴에 입을 맞추고 움푹 파인 등골을 따라 손을 움직였다.

따스했던 그의 체온이 점차 뜨거워지는 것이 느껴졌다. 일정하게 오르내리던 그의 가슴이 점차 가쁘게 움직이기 시작했다. 그녀를 다정하게 끌어안고 있던 팔에도 강한 힘이 실렸다.

로브 위로 점차 쑥쑥 커지며 단단해지는 그가 느껴졌다.

소영의 숨결 역시 단숨에 흐트러지며 가빠졌다.

"하아."

소영이 아랫배를 압박해 오는 그것에 제 몸을 더욱 밀착시켰다. 그의 손길에 얼굴이 들리고 자연스럽게 다가온 그의 입술을 받아들였다. 조심스럽게 살며시 닿았다가 떨어지기를 반복하던 입술이 이내 그녀의 입술을 활짝 열고 밀려 들어왔다. 소영은 기꺼이 그의 혀를 받아들이고 휘감았다. 뜨거운 그의 숨결과 타액을 황홀하게 들이마시고 기쁘게 되돌려 주었다.

로브 속을 파고든 그의 손이 벌써 꼿꼿하게 곤두선 멍울을 건드리며 가슴을 빠듯하게 감싸 왔다. 따뜻한 물처럼 부드럽게 스며든 그의 손길이 점차 밀려오는 파도처럼 거세어졌다. 그가 그녀의 귓바퀴를 핥으며 뜨겁게 속삭였다.

"하아, 소영아. 사랑해."

"아아, 오빠."

"지금 당장 네 안에 들어가고 싶다. 지금 당장 널 느끼고 싶어. 널, 너를……."

너를 갖고 네가 내 것이라는 걸 확인하고 싶다. 너는 모를 거다. 내가 어젯밤에 얼마나 불안했는지. 이유는 나도 몰라. 알고 싶지도 않다. 그러니 제발 나한테 등 돌리지 마. 제발 나를 외면하지 마. 두 번 다시 나를 불안 속에 혼자 내버려 두지 마.

"하아."

소영도 지금 당장 정훈을 느끼고 싶었다. 그의 사랑을, 그를 사랑하는 자신을 느끼고 확인하고 싶다는 욕망이 삽시간에 타올랐다. 그의 손길에 소영은 기꺼이 자신을 맡겼다. 어느새 허리끈이 풀어진 로브가 활짝 벌어지고 그 속으로 그의 팔이 뻗어와 그녀의 허리를 휘감았다.

그의 입술이 목을 타고 내려왔다. 소영은 그에게 목을 내어준 채 흐느적거렸다. 어느 틈에 몸이 빙글 돌려진지도, 로브가 벗겨진지도 알 수 없었다. 등 뒤에서 그가 그녀를 집어삼키듯 안고 덮쳐 왔다.

그의 입술이 목에 이어 어깨까지 뜨거운 낙인을 찍으며 내려갔다. 그의 커다란 손에 양쪽 가슴이 형체를 잃고 일그러졌다. 슬금슬금 내려간 손이 그녀의 헐떡거리는 아랫배를 어루만지며 둔덕을 희롱하듯 건드렸다.

소영은 그의 단단한 팔뚝에 매달려 퍼덕거렸다. 골반까지 말려 올라간 네글리제를 젖히고 그의 손이 그녀의 움찔거리는 중심을 움켜잡았다.

"아앙."

소영은 전신을 빠르게 내달리는 송곳 같은 전율에 흐느끼듯 교성을 내질렀다. 그의 손가락이 뜨겁게 달아올라 환희를 흘리고 있는 그곳을 파고들었다. 소영은 선 채로 둥글게 등을 휘고 열락에 몸부림쳤다.

단박에 절정에 올라 눈부시게 부서지며 소영이 침대로 쓰러졌다. 그 위로 그가 기어 올라왔다. 여진처럼 후들거리는 그녀의 몸을 더없이 소중하게 어루만지며 한 번에 그녀를 꿰뚫고 깊숙이 들어왔다.

"하악!"

소영은 기꺼이 온몸을 활짝 열고 그를 받아들였다. 여린 다리와 팔로 그를 단단히 부둥켜안고 매달렸다. 뜨거운 욕망과 사랑으로 이글거리는 그의 눈동자와 시선을 얽고 헐떡거리며 쉼 없이 그를 불렀다.

"오빠, 오빠!"

마치 자신에게 그가 누구인지 확인시키는 것처럼. 아니, 내가 사랑하는 사람이 누구인지 잊지 말라고 부르짖는 것처럼.

두 사람이 서로의 존재와 사랑을 뜨겁게 확인하는 사이, 뜨거웠던 커피는 그들을 지켜보며 차갑게 식어 가고 있었다.

◉

"어때요, 이 정도면 괜찮겠어요?"

대니가 집 안을 둘러보고 뒤편의 작은 정원과 풀장까지 둘러보는 정훈과 소영을 향해 물었다.

물론 괜찮다마다. 괜찮은 정도가 아니라 이 정도면 기대 이상이었다. 일단은 1개월, 경우에 따라서 몇 개월 더 연장할 수도 있다는 조건으로 적당한 렌트 하우스를 알아봐 달라고 부탁한 지 이틀 만에 대니는 기대 이상의 렌트 하우스를 알아봐 주었다.

그리고 굳이 이곳까지 직접 안내를 해 주었다. 정훈은 대니를 돌아보며 만족스러운 미소를 지었다.

"아주 마음에 들어. 고마워."

"별말씀을요. 소영 씨는 어때요? 마음에 들어요?"

새하얀 외벽의 아담한 단층집과 작지만 충분히 산책할 수 있을 만큼 소박한 푸른 정원 그리고 성인 서너 사람은 충분히 함께 즐길 수 있을 만큼 넉넉한 풀장을 설렘 가득한 표정으로 둘러보던 소영이 수줍은 미소를 지으며 고개를 끄덕거렸다.

"너무 예뻐요. 그냥 여기 눌러앉아 쭉 살고 싶을 만큼."

대니를 돌아보는 소영의 새하얀 뺨은 따가운 햇볕 탓인지 아니면 그녀의 말마따나 아예 눌러앉아 살고 싶을 만큼 예쁜 집을 본 흥분 때문인지 발갛게 달아올라 있었다.

깨물어 주고 싶을 만큼 사랑스러운 그 모습에 정훈이 다정한 미소를 지으며 소영의 챙 넓은 모자를 다시 세심하게 고쳐 씌워 주었다.

"그럼 여기로 그냥 계약할까?"

"응."

"그래, 그럼 그러자."

다정하게 속삭이는 두 사람을 대니는 그리움과 부러움이 가득한 시선으로 바라보았다.

두 사람은 그림처럼 아름다웠다. 그 모습에 대니는 저도 모르게 정훈 대신 그녀 옆에 자신을 슬며시 끼워 넣고는 흠칫 놀라 시선을 돌리고 말았다. 가슴이 선득하게 울리며 욱신거렸다.

'등신, 정신 차려. 저 여자는 소희가 아니야. 소희와 똑 닮은

쌍둥이 동생일 뿐. 소희는…… 죽었어.'

마음이 정해진 것 같자 뒤에 몇 발자국 떨어져 서 있던 중개인이 재빨리 끼어들었다.

"그럼, 이 집으로 계약하시겠습니까?"

"그렇게 하죠."

"잘 생각하셨습니다. 가격이 좀 세서 그렇지, 렌트 하우스 중에 여기만큼 좋은 곳도 없습니다. 말씀드렸다시피 지은 지 아직 반년도 채 되지 않아서 새집이나 다름없고요, 렌트도 이번이 겨우 두 번째예요. 원래 1개월 정도의 단기로는 계약을 잘 하지 않는데, 대니 이 친구가 하도 부탁을 해서 특별히 해 드리는 겁니다. 상황에 따라서 몇 달 더 연장하실 수도 있다고 하니까 그 편의도 특별히 봐 드리는 거고요. 일주일 전에만 연장 결정 통보를 해 주시면 됩니다. 자, 그럼 계약하러 안으로 들어가실까요?"

정훈이 에스코트하며 걸음을 옮기려고 하자, 소영이 뒤로 물러나 고개를 가로저었다.

"난 여기 있을게요. 오빠만 들어가서 계약하고 와. 가까이 있으면 저 사람도 내 얼굴 알아볼지도 모르는데, 싫어. 난 그냥 여기 있을래."

챙 넓은 모자에 선글라스까지 꼈음에도 소영은 사람들이 소희와 똑같이 생긴 자신을 알아볼까 봐 불편해했다. 자신을 보고 깜짝 놀라서 동물원 원숭이처럼 쳐다볼까 봐 가까이 있는 것이 영 꺼려지고 거북한 모양이었다. 그런 그녀의 심정을 이

밤 은
아침을
꿈꾼다

해하기에 정훈은 고개를 끄덕였다.

"그래, 알았어. 그럼 여기 있어. 계약 빨리 끝내고 올게."

소영의 어깨를 토닥거리고 정훈은 긴 다리로 성큼성큼 중개인과 함께 집 안으로 들어갔다. 대니를 지나쳐 가며 정훈이 그의 어깨를 툭툭 두드렸다. 대니도 함께 빙긋 미소 지었다. 대니는 정훈을 따라 들어가려다가 소영 혼자 두는 것이 마음에 걸려 그녀 옆에 남기로 했다.

별일이야 있겠는가. 괜찮겠지 하고 소희를 혼자 보냈다가 그녀를 잃고 말았다. 다시는 그런 우를 범하고 싶지 않았다.

한 손으로 모자를 누르고 새삼 주변을 둘러보는 소영에게 천천히 다가갔다. 따스한 바람이 무릎께에 내려와 있는 그녀의 미색 원피스 자락을 희롱하며 제법 강하게 불어왔다. 대니는 큰 키와 너른 어깨로 그녀를 희롱하는 바람을 막았다.

"괌은 처음이라고 했죠?"

"네? 아, 네."

소영은 바로 뒤에서 들려온 나지막한 음성에 흠칫 놀라 뒤를 돌아보았다. 언제 이렇게 가까이 다가서 있었던 걸까. 좀 전만 해도 분명히 저 앞에 있었던 것 같은데······.

생각지도 못하게 가까워진 그와의 거리에 당황한 소영이 커다래진 눈을 빠르게 깜박이며 더듬거렸다.

아직 개구쟁이 소년기가 남아 있는 그의 얼굴에서는 자유로운 바람과 따사로운 햇볕의 향기가 났다. 끝없이 펼쳐져 있는 에메랄드빛의 싱그러운 바다 향기도 나는 것 같았다. 그러나 아름다운 진갈색 눈동자는 지독한 외로움과 고통으로 인해 공허해 보였다.

가슴이 시큰거리며 아파 왔다. 동시에 도근거리며 설레기도 했다. 귓불까지 발갛게 달아오르는 것이 느껴졌다.

'내가…… 왜 이러지?'

소영은 스스로를 이해할 수 없었다. 가까이 느껴지는 그의 존재만으로도 기쁨에 절규하듯 환호성을 내지르는 머릿속의 이명이 두렵고 당혹스러웠다. 손끝까지 바르르 전율하듯 떨려 왔다. 소영은 재빨리 바르르 떨리는 제 양손을 움켜잡았다.

그때였다.

바람이 그의 너른 어깨 너머로 약 올리듯 훌쩍 넘어와 그녀의 모자를 낚아채 도망친 것은.

"앗!"

"어!"

깜짝 놀란 두 사람의 입에서 동시에 짧은 외침이 터져 나왔다. 그와 함께 두 사람의 손이 풀장으로 날아가는 모자를 잡기 위해 뻗어 나왔다.

너른 모자의 챙이 두 사람의 손끝을 스쳤다. 동시에 두 사람의 손끝도 서로 스치듯 맞닿았다.

두 사람 모두 조금만 손을 더 뻗으면, 움켜잡기만 하면 모자를 잡을 수 있었다. 하지만 그들은 모자를 잡지 않았다. 스치듯 맞닿았던 손끝에서 전류 같은 전율이 흘렀다. 삽시간에 전신으로 퍼져 오는 짜릿한 전율에 두 사람의 손이 허공에서 파르르 떨렸다.

　서로를 바라보는 두 사람의 눈동자가 알 수 없는 경악으로 부릅떠진 채 서로에게 못 박혔다.

　모든 시간이 정지한 것만 같은 그 순간, 풀장으로 풀썩 떨어진 모자만 저 혼자 빙글빙글 어지럽게 돌았다.

# 진실을 찾아서

정훈은 불현듯 허전함을 느끼고 잠에서 깨어났다. 옆에 잠들어 있어야 할 소영이 보이지 않았다. 가늘어진 눈가가 꿈틀거렸다. 정훈은 침대에서 일어나 긴 다리에 바지만 대충 껴입었다. 통 유리창으로 스며든 아슴푸레한 여명의 기운이 근육으로 다져진 탄탄한 등줄기를 따라 고아하게 흘러내렸다.

침실을 나선 정훈은 망설임 없이 거실을 가로질러 뒤편 정원으로 통하는 베란다로 향했다. 처음 이곳을 방문해 계약한 바로 다음 날, 두 사람은 렌트 하우스로 숙소를 옮겼다. 언제든지 입주가 가능하도록 깨끗하게 관리가 되어 있던 터라 굳이 호텔에 더 머물 이유가 없었다. 그것이 벌써 9일 전이었다.

그리고 그 9일 동안 소영은 매일 새벽마다 소리 없어 깨어나 침실을 빠져나갔다. 그러고는 한참 뒤에야 서늘해진 몸을 안고 침실로 돌아왔다.

정훈의 몸 역시 서늘해진 상태였지만, 소영은 눈치채지 못했다. 자신만의 세계에 갇혀 있기 때문이리라.

오늘도 소영은 변함없이 풀장 앞에 오도카니 웅크리고 앉아 있었다. 얇은 네글리제 바람으로 무릎을 끌어안은 채 풀장만 고요히 응시하고 있었다.

그런 그녀를 처음 봤을 땐, 얼마나 놀랐는지 모른다. 잠결에 그녀가 곁에 없다는 것을 깨닫고 허둥거리기도 했다. 하지만 어느덧 이마저도 익숙해졌는지 지금은 새벽마다 그녀의 부재를 느끼며 잠에서 깨어난다. 그러고는 그녀를 찾아 이곳에 온다. 그다음엔…… 차마 다가가지 못한 채 그녀가 움직일 때까지 이곳에 서서 그녀를 지켜본다.

"차소영, 대체 무슨 생각을 하고 있는 거니. 넌 지금 어디에 있는 거야."

어두운 밤이 아침을 꿈꾸며 그녀의 주변을 넘실대고 있었다. 야금야금 아침을 삼키며 다가오는 밤이 길어질까 두렵다.

스산하게 가라앉은 그의 시선이 아슴푸레한 어둠에 갇혀 있는 소영의 여린 등줄기를 따라 흘러내렸다.

아침은 여전히 어둠 속에 잠겨 있었다.

✺

15일 만에 대니를 다시 만났다.

밤 은
아침을
꿈꾼다

마린 클럽 일이 많이 바쁜지, 그는 15일 전에 렌트 하우스를 소개해 주고는 통 연락이 없었다.

그 날도 갑자기, 바쁜 일을 깜빡 잊고 있었다며 식사도 하지 않고 급하게 가 버리더니 그 후로는 바빠서 도저히 시간을 낼 수 없다며 정훈의 저녁식사 초대를 번번이 거절했다.

정훈은 왠지 대니가 자신과 소영을 피하는 것 같다는 인상을 받았다. 두 사람이 자신에게는 가족이나 진배없다며, 자신이 먼저 그를 형이라고 부르겠다면서 친근하게 다가왔던 사람이 갑자기 거리를 두고 자신들을 피하는 것 같아서 의아하기는 했지만, 이해가 가지 않는 것은 아니었다.

대니에게 소영은 그리움의 또 다른 이름이자, 아픔일 테니까. 소영을 볼 때마다 소희에 대한 절절한 그리움이 더욱 사무칠 터였다. 조금씩 아물어 가던 상처가 번번이 헤집어지며 잊고 싶은 괴로운 기억들이 생생하게 되살아날 터였다.

그에게 소영은 달콤한 고문일지도 몰랐다.

때문에 정훈도 두 번의 거절을 끝으로 더 이상 대니에게 연락하지 않았다. 그가 먼저 연락해 오기를 기다리는 것. 그것만이 살아남은 자신들이 그를 위해서 해 줄 수 있는 최소한의 배려인 듯싶었다.

섣부른 이해와 위로는 그에게 어떠한 도움도 되지 않을 터였다. 대니가 소영과 자신을 보는 것이 괴로워 끝내 피한다고 하더라도 어쩔 수 없는 일이라고 생각했다.

그것이 그의 결정이라면 그 또한 존중해 줄 수밖에.

그런데 어젯밤, 뜻밖에도 대니가 먼저 다시 연락을 해 왔다. 혼란스러웠던 마음이 정리가 된 모양이었다. 걱정했던 것과 달리 목소리가 한층 더 담담하고 차분해져 있었다. 다행이었다. 그는 두 번의 저녁식사 제안을 거절했던 것을 사과하며 사과의 의미로 자신이 저녁을 사겠다고 했다.

소영이 모자와 선글라스로 얼굴을 가릴 수 없는 저녁 시간에 사람 많은 레스토랑에서 식사를 한다는 것은 아직 꺼려하는 일이라 정훈은 대니를 집으로 초대하려고 했다. 그런데 의외로 소영이 난색을 표하며 고개를 가로저었다.

—그냥 밖에서 봐요. 여기서는…… 싫어.

소영은 우리들만의 공간에 다른 사람이 들어오는 것이 싫다고 했다. 불편하고 번거롭다고도 했다. 그러면서 굳이 그를 만나야 한다면 밖에서 보자고 했다. 소영은 이상할 정도로 완강하게 고집을 부렸다.

그래 놓고 소영은 집은 나서는 순간부터 뻣뻣하게 굳어 있었다. 초조한 듯 긴장한 얼굴로 연신 마른침을 삼켰다.

저녁식사를 하는 내내 소영은 말 한 마디 하지 않고 있었다. 부나방처럼 달라붙는 주변의 호기심 어린 시선들 때문일까. 고집스레 시선을 테이블에만 고정한 채 먹는 데에만 집중하고 있었다. 그러나 정작 입으로 들어가는 음식은 별반 없었다. 그토록 좋아하게 된 스테이크를 난도질하듯 잘게 썰고만 있을 뿐이었다.

그나마 다행인 건 하얗게 질려 있는 얼굴이 점점 붉게 상기되어 가고 있다는 것 정도. 그런데 그게 과연 다행인 일이기는 할까? 그녀의 파리했던 혈색이 붉게 상기되어 갈수록 정훈의 불안감은 정비례로 점차 짙어져만 갔다.

애써 사고 후 처음 마시는 와인 때문일지 모른다고 스스로를 위안했다. 하나 정훈은 소영의 혈색이 점점 붉어지는 이유가 와인 때문이 아니라는 것을 본능적으로 직감하고 있었다.

고민과 혼란이 깊었던지, 부쩍 수척해진 얼굴로 나타난 대니 역시 그녀 못지않게 바짝 긴장해 있었다. 제 딴에는 그의 말에 열심히 고개를 끄덕이며 웃어 보이는 것으로 긴장한 속내를 제법 잘 감추고 있다고 여길지는 몰라도, 정훈의 눈에는 혼란스러워하는 대니의 속내가 손에 잡힐 듯 번연히 느껴졌다.

두 사람은 지금 그의 눈을 피해 연신 서로를 훔쳐보고 있었다. 그리고 그런 두 사람으로 인해 테이블 주변은 야릇한 긴장감으로 팽팽하게 조여져 있었다. 그럴수록 정훈의 심장은 충격을 넘어 분노로 딱딱하게 굳어 가고 있었다.

한발 물러서 냉정하게 생각해 보면, 용인할 수는 없지만 그럴 수도 있겠다는 생각이 들기도 한다. 대니는 같은 남자가 보기에도 충분히 매력적이고 괜찮은 놈이었다. 크고 단단한 근육질의 섹시한 몸에 생긴 건 서글서글하니 아직 미소년처럼 귀엽기까지 했다.

편하고 자유스러운 분위기가 주변 사람들까지 기분 좋게 해 주는 놈이었다. 한마디로 요즘 여자들이 딱 좋아할 만한 타입이었다. 그런데 거기다 녀석의 눈동자에는 애잔한 우수까지 깃들어 있었다.

이런저런 복잡한 상황을 떼어 놓고 보면, 소영도 그런 대니한테 순수하게 끌리고 흔들릴 수도 있다고 생각한다. 소영도…… 여자니까. 심지어 지금까지도 소희와 교감하고 있다고 느낀다니, 소희가 사랑했던 남자를 보고 혼란스러워할 수도 있을 터였다.

대니의 혼란과 흔들림은 오히려 이해가 가는 측면이 더 많았다. 만약 대니와 그의 입장이 바뀌었다면, 그도 소영과 똑같이 생긴 살아 있는 소희를 보고 흔들리지 않았을 리 없다는 보장이 없었다. 순간, 순간 흠칫 놀라며 소희에게 소영을 투영하며 가슴 떨리게 아파하고 또 혼란스러워했으리라.

하지만 그건 어디까지나 지금의 이 당혹스러운 상황을 이해하고자 애쓰는 지독한 이성에 국한된 사고일 뿐이었다. 그의 본심은…… 이 상황 자체를, 자신 몰래 시선을 주고받는 저 두 사람을 도저히 용납할 수도, 이해할 수도 없었다. 차갑게 벼려진 분노가 끓어올랐다.

그러면서도 정훈은 자신의 머릿속을 들쑤시고 있는 이 망할 혼란이, 분노가 당치도 않은 생각이라고 기를 쓰고 스스로를 위로해 본다.

하지만…… 아니라고, 그럴 리가 없다고, 정신 차리라는 외침이 점점 공허해져 가고 있었다. 공허한 외침 뒤로 두려움이 점점 덩치를 부풀리며 다가오고 있었다.

"스위스에 세계 유명 인사들의 자제들이 다니는 명문 기숙사 학교가 있다는 얘기는 나도 들었어요. 그런데 거기 나온 사람을 직접 보는 건 형이 처음이에요. 우와, 대단한데요? 거긴 승마장도 있고 별의별 게 다 있다면서요? 학생들도 다 어느 나라의 공주, 왕자, 세계적인 기업 자식들에 엄청 화려하다고 하던데, 진짜예요?"

대니가 뚝뚝 끊어지는 대화를 억지로 잇기 위해 안간힘을 썼다. 억지 미소가 안쓰럽게까지 느껴질 정도였다.

"무엇이든 과장이 섞이기 마련이지. 틀린 말은 아니지만 전부가 다 그런 건 아냐. 그런 애들도 있지만 안 그런 애들이 더 많아. 나처럼."

"에이, 그렇다고 형도 평범한 집안은 아니잖아요. 서울의 프라임 호텔이라면 나도 알 정도인데요, 뭐. 그럼 형은 서울로 돌아가시면 다시 호텔로 돌아가시겠네요?"

"언젠가는 그렇게 되겠지. 하지만 바로 일을 시작할 생각은 없어. 당분간은 좀 더 쉴 생각이야. 소영이하고 좀 더 같이 시간을 보내야지."

아, 네 하며 고개를 끄덕이는 대니의 시선이 절로 소영에게 닿았다가 나쁜 짓을 한 아이처럼 제풀에 흠칫 놀라선 재빨리 떨어졌다. 그는 초조한 듯 와인을 벌컥벌컥 마셨다. 정훈은 모른 척 대니를 고요히 응시했다.

"다니엘은 어때? 일은 잘 되나? 저번에 보니까 클럽이 규모도 크고 꽤 근사하던데.”

“네? 아, 클럽이요. 뭐, 그냥저냥 잘 되고 있어요. 괌에서 해양 스포츠는 누구한테나 각광받는 레저니까요. 관광객들한테는 필수 코스이기도 하고요.”

“그만큼 경쟁도 치열하지 않나?”

“치열하죠. 그런데 다행히 반응들이 좋아서 그럭저럭 잘 유지되고 있어요. 나도 바다가 좋아서 이 일을 시작한 거라 큰 욕심은 없고요. 아, 언제 한번 같이 오세요. 그래도 괌에 오셨는데 가시기 전에 한 번은 괌의 진면목을 경험하고 가셔야죠. 두 분을 위해서 하루 특별히 날 잡아서 클럽 싹 비우고 풀코스로 준비해 놓을게요. 2일이나 3일 전에 미리 연락만 주세요.”

소희도 바다를 무척 좋아했다. 괌에 사는 사람들 중에 바다를 싫어하는 사람이 어디 있겠냐만, 특히 소희는 바다를 무척 좋아했다.

우환이 겹쳐 힘들어지기 전까지는 그와 함께 거의 매일 바다에 나가 데이트를 즐기고는 했다. 아무도 없는 해 질 무렵의 해변에서 사랑을 나누는 것도 무척이나 좋아했고…….

대니의 눈빛이 순간 아득해졌다. 그리움과 슬픔을 품은 눈동자가 절로 소영에게 가 닿았다. 아득한 그의 눈빛이 파르르 흔들리며 한층 더 깊어졌다.

15일 만에 다시 본 소영은…… 여전히 고혹적이고 아름다웠다. 사내아이 같은 짧은 머리에도 불구하고 괌에서는 흔히 볼 수 없는 투명하도록 새하얀 피부가 그녀의 미모를 한층 더 돋

보이게 해 주고 있었다. 둥근 네크라인에 민소매인 세련되고 고급스러운 질감의 짙은 녹색의 새틴 원피스가 새하얀 피부와 함께 불빛 아래 영롱하게 반짝이고 있었다.

소희도 예전에는 저런 세련되고 고급스러운 옷을 즐겨 입었 더랬다. 저보다는 좀 더 밝고 화려한 색상과 디자인을 선호하 기는 했지만.

그 후에는 그런 옷을 입고 싶어도 입을 수가 없었다. 더 이 상 비싼 옷을 사 입거나 차려 입을 형편이 아니기도 했거니와, 아버지가 돌아가신 이후로는 그녀 스스로 지독하리만큼 사치 를 경계하며 외모를 꾸미지 않았다.

늘 긴 머리를 질끈 하나로 동여매고는 유니폼인 반팔 티와 바지, 운동화만 고집스레 신고 다녔다. 화장도 거의 하지 않았 다. 소희의 뺨에 주근깨가 소복이 쌓인 것도 그 때문이었다. 밤낮없이 땀 흘리며 뙤약볕을 뛰어다녀서.

그러고 보면 소영은 얼굴이나 체격만 소희와 똑같을 뿐, 머리 나 피부색, 분위기까지 같은 점이 하나도 없었다. 달라도 너무 다르다. 그런데 왜 그녀에게서 소희가 느껴지지? 15일 전의 그 감정은 대체 뭐였지? 지금도 왜 이토록 가슴이 떨리는 거지?

얼굴이 똑같이 생겨서?

아니, 그건 절대 아니었다. 소영을 처음 봤을 땐 소희가 살 아 돌아온 듯 충격을 받았으나 이내 그녀가 소희가 다르다는 것을 알아챘다. 그런데도 왜 그랬을까. 왜 이럴까. 대체 왜!

순간 또다시 자신을 훔쳐보는 소영과 눈이 마주쳤다. 또다시 등줄기로 찌릿한 전류가 훑어 내리며 덜컥거린 가슴이 무섭게 뛰어 댔다.

아! 그래. 이제 알겠다.

저 눈빛! 소영의 저 눈빛 때문이었다.

자신을 바라볼 때면 그녀의 눈빛이 달라진다. 그리고 그 깊고 짙어진 눈동자에서 소희가 느껴진다.

젠장!

드디어 내가 미쳐 가는 건지도 모르겠다. 정신 차려라. 그녀는 소희가 아니야. 소희는…… 죽었어. 존재하는지도 몰랐던 우리의 아이와 함께 날 영원히 떠나 버렸다고! 저 여자는 소희가 아니다. 안소희가 아닌 차소영이다. 소희의 동생, 차소영!

대니는 스스로에 대한 모멸감으로 치밀어 오르는 쓴물을 꾹 집어삼켰다.

'등신! 이게 고작 지난 15일 동안 괴로워하며 고심했던 결과냐? 이젠 정신 차렸다며, 더 이상은 소영을 소희로 착각하지 않을 자신이 있다며! 미친놈, 제발 정신 좀 차려!'

이럴 줄 알았다면 일주일만 더 참고 버틸 걸 그랬다. 소영이 꿈을 떠날 때까지 보지 않을 걸 잘못했다. 그녀를 보는 것이 괴롭다. 소희의 동생을 보며 미친 듯이 뛰어 대는 이 가슴이, 전신을 휘돌아다니는 이 미친 전율이 증오스러울 만큼 괴롭다.

정훈이 한쪽 입술 끝만 슬며시 말아 올린 채 말했다.

"말은 고맙지만 마음만 받지. 소영이가 바라지 않을 거야. 우린 여기에 관광이나 하러 온 게 아니니까."

밤 은
아침을
꿈꾼다

"······갈게요."

소영이 처음으로 입을 열었다. 흠칫한 정훈이 그녀를 돌아보았다. 부지런히 칼질만 하던 손도 우뚝 멈춘 채, 소영이 멍하니 읊조리듯 말했다. 시선을 들어 대니를 똑바로 응시했다.

"거기 바다······ 가 보고 싶어요."

움찔한 대니와 소영의 시선이 허공에서 찌릿한 전율을 일으키며 뒤엉켰다. 와인 잔을 잡은 대니의 손이 바르르 떨렸다.

챙.

나이프와 식기가 부딪히는 소리가 날카롭게 울렸다. 동시에 숨 막히던 야릇한 긴장감도 파삭, 깨져 버렸다.

소스라치게 놀란 소영이 제 손을 멍하니 내려다보았다. 정훈의 커다란 손이 그녀의 오른손을 으스러트릴 듯 강하게 움켜잡고 있었다. 힘줄이 돋아난 손등에 관절이 하얗게 돋아나 있을 만큼 정훈은 그녀의 손을 잡고 아프게 조이고 있었다.

옆얼굴에 그의 무섭도록 강렬한 시선이 느껴졌다. 가슴이 엇박자로 뛰어 대며 들썩거렸다. 소영은 바싹 말라 버린 입술을 혀로 축이며 스르르 시선을 돌려 정훈을 돌아보았다. 실낱처럼 가늘어진 눈매에서 무어라 형언할 수 없을 만큼 집요하고 서늘한 눈동자가 번득이며 그녀를 집어삼킬 듯 바라보고 있었다.

오빠······.

"가 보고 싶다고, 진심인가?"

소영은 마른 입술을 말아 물었다.

"말해. 가 보고 싶다면 지금이라도 당장 데려가 주지."

가 보고 싶다. 가 보고 싶다. 대니가 좋아한다는 그 바다. 언니도 바다를 무척이나 좋아했다. 아무것도 없는 쓸쓸한 겨울 바다를 아쉬워하면서도 몇 시간 동안이나 아득한 눈빛으로 회색빛으로 출렁이는 바다를 바라보았다. 언니가 좋아했던 그 바다는, 그토록 그리워했던 바다는 대니와 함께였던 그 바다였는지도 모르겠다.

그래서 가 보고 싶은 것뿐이었다. 그런데 어쩐지 더 이상 가 보고 싶다고 말하면 안 될 것 같았다. 가 봐야 하는데, 한편으로는 또 절대 가서는 안 될 것 같다는 기분도 들었다. 모르겠다. 뭐가 뭔지, 너무 혼란스럽다.

소영의 눈동자가 혼란에 차 세차게 흔들렸다. 그럴수록 그녀의 손을 움켜쥔 그의 악력은 점차 강해지고, 그녀의 동공을 꿰뚫을 듯이 집요하게 파고드는 눈빛은 점차 무섭도록 강렬해졌다. 소영은 멍하니 생각했다.

지금의 그는…… 왠지 그가 아닌 것 같다고.

낯설고 두렵다는 생각까지 들었다. 아니, 어쩌면 그가 낯설고 두려운 것이 아닌지도 모르겠다. 낯설고 두려운 것은 그녀 자신일지도…….

소영은 마른침을 꿀꺽 삼켰다. 정훈은 그녀가 눈을 깜박이는 것도, 시선을 돌리는 것도 허락하지 않았다. 오로지 자신만을 보라고 윽박지르듯 명령하고 있는 것 같았다.

그만을 보라고. 어떤 이유로든 그 외의 다른 사내를 보고 흔들리는 건 절대 용서하지 않는다고. 그것이 다른 어떤 의미의 혼란이든, 죄책감이든 절대로!

소영은 더듬거리며 대답했다.

"아, 아니에요. 돼, 됐어요. 그냥 잠깐 그런 생각이 들었을 뿐이에요. 그, 그냥 언니도 그곳을 좋아했을 것 같아서……."

"그렇겠지. 그럼 다음에 같이 가자."

정훈이 대니를 돌아보지도 않은 채 말했다.

"그럼 다니엘, 조만간 부탁하지. 하지만 자네가 일부러 영업을 쉬면서까지 하루를 통째로 비울 필요는 없네. 내가 하루를 임대하지. 내일은 이미 예약이 있을 테니 무리일 테고, 2, 3일 후라면 가능할까?"

당황한 대니가 서둘러 말했다.

"아니에요, 임대라니요. 내가 어떻게 소영 씨하고 형한테 돈을 받습니까. 그런 말씀 마세요. 그냥 오세요. 언제든지……."

"아니, 아무리 그래도 계산은 확실하게 해야지. 자네한테 괜한 피해를 입히고 싶지 않아. 내일이라도 바로 비용을 뽑아 주면 바로 보내지."

"형."

"그편이 서로 편해. 그렇게 하자고. 단, 그 날은 나와 소영이만 있게 해 주면 고맙겠군. 자네도 하루 정도는 푹 쉬어야 하지 않겠나. 소영이 바라는 건 언니가 즐겨 찾던 바다를 한번 둘러보고 싶은 것뿐이니까. 그렇지?"

소영이 어색하게 미소 지으며 고개를 끄덕거렸다.

"으응. 그, 그래요. 나야 그럼 더 좋죠."

정훈이 한쪽 입술 끝만 말아 올린 채, 나직이 미소 지었다. 그러나 그 미소 역시 서늘해진 눈가까지는 미치지 않았다.

그제야 정훈이 슥 시선을 돌려 당혹감에 어쩔 줄 몰라 하는 대니를 정시했다. 고요하지만 위압적일 만큼 시리고 냉랭한 눈빛이었다. 대니는 저도 모르게 정훈의 시선을 피해 버리고 말았다.

"오늘은 이만 일어나기로 하지. 소영이 피곤한 모양이야."

아니나 다를까. 그녀의 안색은 하얗게 질려 있었다. 정훈이 웨이터를 불러 계산서를 요청했다. 대니가 뒤늦게 자신이 계산하겠다며 나섰지만, 슥 돌아보는 정훈의 고요하고도 서늘한 눈빛에 위축이 된 그는 일순 입을 다물 수밖에 없었다.

그가 뿜어대는 냉랭하고 위압적인 기운에 압도된 두 사람은 이내 바싹 얼어붙어서 그를 따라 순순히 레스토랑을 나섰다.

소영 또한 말 한 마디 할 수 없었다. 그녀가 누구의 여자인지 똑똑히 보라는 듯, 누군가에게 증명하고 확인시키듯 그녀의 어깨를 꽉 끌어안고 놔주지 않는 그의 품에 감싸이듯 안겨 종종거리며 걸음을 옮길 수밖에 없었다.

"즐거웠네. 연락 줘. 기다리지."

"네……. 곧 연락드리죠. 조심히 가세요. 소영 씨도 잘 가요. 다음에…… 또 봐요."

마주 선 커다란 두 남자 사이에 낀 소영이 아랫입술을 잘근거리며 대답했다.

"네, 다음에⋯⋯. 잘 가요, 다니엘."

소영은 고개를 푹 숙인 채 차에 올랐다. 어쩐 일인지 대니의 얼굴을 볼 수도, 정훈의 얼굴을 마주 볼 수도 없었다. 쑥스럽고 부끄럽고 자신이 무언가 대단히 잘못된 일을 저지르고 있는 것만 같은 죄책감이 들었다. 그것이 무엇 때문이지, 누구를 향한 것인지는 알 수 없었다.

그저 그런 생각이 들었을 뿐이다.

무언가 잘못되어 가고 있다고. 무언가 어긋나 버렸다고.

대니를 뒤에 두고 정훈과 함께 렌트 하우스로 돌아가는 길. 어둠을 응시하는 소영의 눈동자는 보이지 않는 무언가에 쫓기 듯 불안하게 흔들리고 있었다.

바스락.

여명이 떠오를 새벽 시간이 되자, 소영은 또다시 스르르 몸을 일으켜 침대를 빠져나가려고 했다. 지그시 감겨 있던 정훈의 눈이 스르륵 떠졌다. 그녀의 바스락거리는 기척에 잠에서 깬 것은 아니었다. 그는 애초부터 잠들지 않았다. 심연처럼 깊이 가라앉은 스산한 눈빛으로 어둠 속에서 몸을 일으키는 소영의 뒷모습을 지켜보았다.

이 렌트 하우로 옮겨 온 이래 매일 밤 그랬던 것처럼.

그러나 이번에는 그녀가 도둑고양이처럼 침대를 빠져나가

도록 가만히 내버려 두지 않았다. 침대를 짚고 몸을 일으키려
는 가녀린 손목을 지그시 움켜잡았다. 소영이 소스라치게 놀
라 뒤를 돌아보았다.

"오, 오빠…… 깨, 깼어요?"

"어디 가려고."

그의 목소리는 바닥에 끌리듯 깊이 가라앉아 있었지만, 그
녀를 똑바로 응시해 오는 심연처럼 짙은 눈빛처럼 잠기운 자
락 하나 묻어 있지 않았다. 그러나 소영은 너무 놀라서 그조차
미처 깨닫지 못했다.

"모, 목이 말라서. 물 좀 마시려고요. 나 때문에 깬 거예요?
미안, 더 자요. 아직 새벽이야."

자신도 모르게 거짓말을 둘러댔다. 간신히 미소 지으며 몸
을 일으키려는데 손목을 그러쥔 그의 악력이 더욱 거세어졌다.
왜요? 하고 다시 돌아보려는데, 갑자기 몸이 뒤로 휙 끌어 당
겨졌다.

꺅.

소영은 작게 비명을 지르며 침대로 도로 쓰러졌다.

소영이 바르작거리며 일어나기도 전에 그가 어느새 그녀의
위를 장악하고 그녀를 알 수 없는 눈빛으로 내려다보고 있었
다. 소영은 자신의 어깨 양옆의 시트를 짚고 있는 그의 단단한
팔뚝에 갇혀 꼼짝도 할 수가 없었다.

왈칵, 정훈이 무섭다는 생각이 들었다.

정훈을 다시 만난 이래, 그가 두렵거나 무섭게 느껴진 적은

오늘이 처음이었다. 190센티미터에 달하는 장신에 운동으로 다져진 다부진 근육질의 체격 탓에 힘의 우위에서 오는 어찌할 수 없는 본능적인 위압감은 간혹 느낀 적이 있었다. 때로는 거만하게 느껴질 만큼 당당하고 자신에 찬 눈빛과 몸에 배인 강인한 카리스마에 움찔, 위축된 적도 있었고 말이다.

그러나 그는 그녀에게만은 언제나 다정하고 따스한 연인이었고, 사려 깊고 배려심 많은 자상한 사람이었다. 그녀로서는 감히 흉내 낼 수도 없는 헌신적이고 지극한 사랑으로 지금껏 그녀를 지켜 준 사람이기도 했다.

그러나 오늘밤의 그는…… 다른 사람 같았다.

레스토랑에서부터 그랬다. 그리고 집으로 돌아온 직후부터 그는 또다시 달라졌다. 현관문을 열고 안으로 들어서는 순간부터 그는 집요하게 사랑을 요구하며 이전에는 결코 경험해 보지 않았던 열락의 세계로 그녀를 이끌고 몰아세웠다.

그는 소름 끼치도록 다정하고 부드러웠지만, 거칠고 다급하고 잔인하다 싶을 만큼 집요하기도 했다. 소영이 이제 그만 자신을 채워 달라고 애원하며 울부짖을 때까지 그녀의 몸 곳곳에 자신의 체취와 흔적을 남기며 미치게 만들었다. 온전한 사랑을 나누기도 전에 그녀는 벌써 몇 번의 절정에 올라 흐물흐물 녹아 버렸다.

급기야 소영은 흐느끼며 그만 안아 달라고, 제발 그를 느끼게 해 달라고 애원해야만 했다. 그럼에도 그는 쉬이 그녀의 애원을 들어주지 않았다. 잔인한 지배자이자 독재자처럼 몇 번이나 그녀에게 자신이 누구인지, 그녀가 사랑하는 남자가 누구인지 확인하고 그녀가 부르짖게 만들었다.

그러고서야 그는 마지못해 그녀의 애원을 들어주었다. 그의 크고 단단한 품 안에서 소영은 또다시 몇 번이나 타올랐다가 하얗게 부서지기를 반복했다. 그는 마치 지치지 않는 종마 같았다.

아니, 오늘밤 그는 냉혹하고 잔인한 고문관이자 통치자였다. 그녀를 미치도록 불타오르게 만들면서도 그는 정작 타오르지 않았다. 뜨거웠지만 차가웠고, 다정했지만 냉혹했다.

몇 번이나 절정의 문턱에서 강제로 끌려 내려와야만 했다. 그는 충족되지 않은 욕망에 헐떡거리며 애원하는 그녀를 조용히 지켜보며 다시 묻고 재차 확인했다.

날 원해? 내가 사랑해 주기를 원하나?

하아, 오빠, 제발!

왜 나를 원하지? 네 육체적 욕망을 채워 주는 사람이라서? 지금 네 옆에 있는 남자가 그저 나이기 때문에? 첫 남자라서? 너밖에 모르는 내가 가엾어서? 네가 살아 있음을 느끼게 해 주고 만족시켜 주는 유일한 놈이라서?

아니야, 아니야!

그럼 왜? 네 입으로 말해 봐. 나를 왜 원하는지.

오빠, 이상해. 왜 그래? 알잖아.

아니, 모르겠다. 그러니까 네 입으로 분명하게 말해.

아흑, 오빠, 제발!

좋아? 이러니까 미치겠어? 더 해 줘?

아흑, 아앙!

아니, 아직은 안 돼. 가만 있어. 오늘은 네가 아무리 보채고 조여도 쉽게 원하는 것을 주지 않을 거니까. 말해. 네가 바라는 게 뭔지, 너한테 내가 뭔지, 똑똑히 말하란 말이야!

사랑해, 사랑해, 사랑한다고!

아니, 그건 제대로 된 대답이 아니지. 왜, 누구를?

하악! 아웃! 오빠, 제발 이러지 마, 왜 이래. 이유가 어디 있어. 오빠니까, 그냥 오빠니까…… 아아. 사랑해. 다른 이유 같은 건 없어. 오빠가 문정훈이니까, 문정훈을 사랑한다고!

소영은 비명처럼 그의 이름을 외치며 부르짖었다. 그제야 정훈이 그녀의 몸을 단박에 끝까지 꿰뚫으며 깊숙이 들어와 뜨겁게 안아 주었다.

그래, 절대 잊지 마. 네가 사랑하는 사람이 문정훈이라는 사실을.

이를 악물고 귓가에 으르렁거리는 그의 목소리는 서슬 퍼런 칼날처럼 냉혹했지만, 동시에 겁먹은 아이처럼 두려움에 차 절규하듯 고통에 짓눌려 있기도 했다.

그렇게 그는 그녀를 몇 번이나 안고 또 안았다. 소영은 자신의 몸이 제 것이 아닌 것만 같았다. 언젠가 그가 그랬다. 그녀를 머리부터 발끝까지 송두리째 야금야금 모조리 먹어 버리고 싶다고 말이다. 그 말이 어떤 의미였는지, 이제야 알 것만 같았다.

소영은 육체뿐 아니라 영혼까지 송두리째 그에게 잡아먹혀 버리고 종래 자신은 흔적조차 남지 않아 버린 것만 같았다. 그동안 그가 자신을 위해서 얼마나 참고 인내하며 배려해 왔는지도 비로소 알 것만 같았다.

　오늘 밤 그는 그녀를 완벽히 통제하며 지배하고 있었다. 그런 그 앞에 그녀를 어지럽게 만들던 혼란은 숨죽인 채 납작 엎드려 있었다. 언제 잠이 들었는지도 기억이 나지 않았다. 저도 모르게 까무룩 실신하듯 정신을 잃었던 것인지도.

　그런데 밤이 깊어지고 모든 것이 고요함에 잠들자 오랜 습관처럼 스르르 눈이 떠져 버렸다. 밤늦게까지 그에게 시달렸던 터라 온몸이 두들겨 맞기라도 한 양 욱신거리고 물에 흠뻑 젖은 솜처럼 무겁고 피곤했지만, 지난 9일 동안 그러했듯이 날이 온전히 밝아 오기 전에 조용한 풀장에 나가 새벽 공기를 마시고 싶었다.

　처음에는 대니의 일로 혼란스러워 시작된 일이었지만, 지금은 아니었다. 그저 아슴푸레 밝아 오는 어둠 속에서 홀로 바람에 일렁이는 물을 바라보고 있는 것이 그냥 좋았다.

　다른 이유는 없었다. 그저…… 그래, 그뿐이었다.

　그런데 왜 정훈 몰래 살금살금 빠져나갔을까. 곤히 잠든 그를 괜스레 깨우고 싶지 않아서? 그래, 그랬을 것이다. 그런데 지금은 왜 거짓말을 둘러댄 거지? 그건, 그냥 갑자기 그가 깨서 물어보니까 당황해서……. 그래. 그 외에 다른 이유는 없었다. 다른 이유가 있을 턱이 없지 않은가.

밤 은
아침을
꿈꾼다

소영은 놀란 가슴을 진정시키며 그에게서 빠져나오려고 했다. 한데 그가 그녀의 어깨를 다시 지그시 눌렀다.

"누워 있어. 물이라면 내가 갖다 주지."

"괜찮아요. 내가 가서 먹으면……."

"가만있어."

으르듯 낮은 음성과 칼날처럼 동공을 찔러 오는 서늘한 눈빛에 소영은 움찔 놀라 일순 숨을 멈췄다. 긴 속눈썹 사이로 가라뜬 그의 눈동자가 서늘하게 빛나며 집요하게 그녀의 동공을 파고들었다.

"꼼이라도 새벽 공기는 차다. 그러고 돌아다니면 감기 걸리기 십상이야. 그냥 있어. 내가 가져다줄게."

알몸을 훑어 내리는 그의 시선에 소영의 등줄기로 짜릿한 전율이 흘러내렸다. 그가 천천히 일어나 그녀에게서 떨어졌다. 잠시 후 정훈이 돌아올 때까지 소영은 그대로 굳은 듯 미동조차 할 수 없었다.

무언가 크게 잘못되고 있다는 두려움만이 점점 덩치를 부풀리며 그녀의 의식을 차지해 가고 있었다.

※

"……비용은 얼마가 들더라도 상관없습니다. 그 날 사우스캐롤라이나 뇌 연구소로 기증된 뇌 기증자에 대한 인적사항, 성격, 성향, 사인, 병력 등 기타 모든 검사 기록 등을 빠른 시일 내에 확보해 주면 됩니다. ……당일에 기증된 도너가 없다면 3일 전 기록까지 조사해 보십시오. ……그렇겠죠. 상관없습니다. 일주일 이내에 일을 마치면 그쪽이 요구한 금액의 2배를 지급하겠소. 그래요, 그럼 수고해 줘요."

정훈은 통화를 마치고 돌아섰다. 활짝 열어 놓은 유리문 너머 따뜻한 햇볕 아래 수영을 하고 있는 소영을 복잡한 시선으로 바라보았다.

그의 시선을 느낀 소영이 그를 향해 손을 흔들며 살포시 미소 지었다. 수줍은 듯 살포시 입가를 늘리는 그 미소가 예전의 그녀로 돌아간 것만 같아 가슴이 두근두근 뛰어 댔다.

하지만 그녀가 예전의 그녀가 아니라는 것은 부정할 수 없는 사실이었다. 그 사실이 그를 두렵고 불안하게 만들었다. 단순히 외상 후 스트레스 증상으로만 치부하고 나아지기를 바라기에는 그의 직감을 두드리는 두려움이 너무도 컸다.

우매하고 어리석은 생각인지는 몰라도 무언가 그녀를 그녀가 원하지 않는 방향으로 변화시키고 있었다. 그리고 그 무언가는 어쩌면…… 이식된 뇌의 영향일지도 몰랐다. 스스로도 말도 안 된다며 비웃었던 의심이 시간이 지날수록 점차 불길한 확신으로 굳어져 가고 있었다.

그래서 사람을 사서 은밀한 조사를 의뢰했다. 사우스캐롤라이나 뇌 연구소는 미국 정부의 철저한 관리와 보안, 지원 아래 운영되는 곳인 만큼 그곳의 기록을 직접 빼 온다는 것은 불가능할 터였다.

그러나 그곳에 장기가 기증된 자료를 확보한다는 것은 결코 불가능한 일이 아니었다. 어느 정도의 위험과 불법을 감수해야하기는 하지만 미국 전역의 장기기증자들의 데이터는 연방법으로 규정되어 장기구득 및 이식 네트워크 프로그램에 따라 58개의 장기 구득 기관과 이식센터로부터 신고 되어 받은 자료들이 저장되어 완벽하게 축적, 관리되고 있으니 말이다.

그러니 그 데이터만 손에 넣으면, 사건 당일과 최소 3일 전까지 사우스캐롤라이나 뇌 연구소로 들어간 장기 구득 기록을 확인할 수 있었다. 그중에 분명 소영에게 이식된 뇌의 도너가 있을 터였다. 정훈은 그 도너가 누구인지, 어떤 사람이었는지를 반드시 확인해 봐야 할 것 같았다.

그도 자신의 불길한 의심이 얼토당토 않은 상상이기를 간절하게 바란다. 그 때문에라도 반드시 조사를 해 봐야 할 것만 같았다. 그가 의심하는 것이 사실이 아니라면 아니라는 확신이 필요했다. 동우의 말만 믿고, 언제까지 막연한 기대만 품은 채 소영의 상태가 나아지기를 기다릴 수는 없었다.

만약 그 불길한 의심이 맞을지도 모른다는 결과가 나온다면?

물론 그렇다고 해도 그가 할 수 있는 일은 아무것도 없을 터였다. 그 또한 추론일 뿐, 입증할 만한 데이터는 아무것도 없을 터이기도 하고 말이다. 그렇다고 해도 이대로 손 놓고 있을 수만은 없었다.

"어쨌든 일단 조사를 의뢰했으니 기다려 보면 어떤 식으로든 결론이 나오겠지."

그다음은…… 그다음에 생각해 봐도 늦지 않으리라.

정훈은 휴대전화를 탁자 위에 내려놓고 가운을 벗으며 풀장으로 천천히 걸어갔다.

※

저녁식사를 한 날로부터 3일이나 지났건만, 대니한테서는 아직 연락이 오지 않고 있었다. 어느덧 1개월이 다 되어 가고 있었다. 특별한 일이 없는 한, 그녀는 3일 후에 정훈과 함께 서울로 돌아가야만 할 터였다.

소영은 서울로 돌아가고 싶기도 했고, 돌아가고 싶지 않기도 했다. 차라리 대니에게 연락이 오지 않는 것이, 이대로 그를 보지 않고 곰을 떠나는 것이 나을 거라는 생각을 하면서도, 떠날 시간이 다가올수록 그녀는 점점 초조하고 불안해져 갔다.

정훈을 사랑하지 않기 때문이 아니었다. 그와 돌아가고 싶지 않기 때문이 결코 아니었다. 소영은 사고 나기 이전보다도 그를 더욱 사랑하게 되었다고 확신한다. 한결같은 사랑으로 죽을지도 모르는 순간에조차 그녀를 포기하지 않고, 그녀를 위해 자신의 모든 것을 내던진 사람을 어떻게 사랑하지 않을 수가 있나.

그녀가 20여 일이 넘는 긴 의식불명 상태에서 죽지 않고 살아날 수 있었던 것은 복도에서 그녀를 포기하지 않고 곁을 지켜 준 그의 사랑이 있었기에 가능한 일이었는지도 모른다. 그런데 그가 아닌 사람을 생각한다고? 그를 사랑하지 않는다고?

천만에!

차소영은 문정훈을 사랑한다. 오직 그만을 사랑한다. 오직 그만을…… 사랑해야만 한다.

그 외의 다른 남자를 꿈꾸며 생각하는 건 죄악이었다. 용서받을 수 없는 미친 짓이었다. 미친 생각이었다. 더구나 그 남자는…… 언니의 약혼자, 언니가 사랑한 사람이 아닌가! 인간이라면 그따위 생각은 꿈에서라도 떠올려서는 안 되는 것이었다.

요즘 소영은 이를 악물고 오로지 정훈만을 바라보고, 정훈만을 생각하려고 애쓴다. 그럼에도 불구하고 순간순간 저도 모르게 망할 환영이 떠오를 때면 입안이 다 헐 정도로 여린 속살을 깨물며 정신을 차리고자 두 눈을 부릅뜬다. 그러면 천만다행으로 부지불식간에 떠오른 망할 환영이 안개처럼 스르르 사라지고 만다. 덕분에 지금 그녀의 입안은 성한 곳이 거의 없을 정도였다.

그녀의 이런 불안한 상태를 정훈이 알고 있는지 아닌지는 솔직히 잘 모르겠다. 요즈음의 그는 도통 무슨 생각을 하는지 알 수 없을 만큼 어려워졌다. 변함없이 뜨겁고 다정한 완벽한 연인이었지만, 그가 그녀의 머릿속을 속속들이 꿰뚫어 보는 듯이 알 수 없는 눈빛으로 지그시 응시해 올 때면, 두려움에 왈칵 겁이 나기도 했다.

그는 요즘 부쩍 누군가와 통화하는 일이 잦아졌다. 그녀의 상태를 보고하느라 매일 밤 아빠와 통화를 하거나 간혹 그의 부모님과 통화하는 것 외에는 다른 일로 통화하는 것을 거의 본 적이 없었는데 말이다.

그런데 며칠 전부터 누군가와 통화하는 모습이 자주 목격된다. 누구와, 무슨 일로 그렇게 통화를 자주 하는지는 모르겠다. 우연인지, 부러 그러는 것인지 그녀 앞에서는 통화도 잘 하지 않는다. 같이 있을 때 어쩌다 한 번 전화가 걸려 오면 '잠깐만' 하고 일어나 멀리 떨어져 통화를 하고 돌아오고는 한다. 누구냐고 물어봐도 아무 일도 아니라며 피식, 웃고는 그만이었다. 그저 친구들이 갑자기 일도 그만두고 사라진 그가 궁금해서 한두 번씩 전화를 걸어 오는 것뿐이라고 했다.

뭔가 미심쩍었지만, 소영도 더는 묻지 않았다. 그가 그렇다면 그런 거니까. 그가 그녀한테 괜히 거짓말을 할 이유가 없지 않은가. 소영은 무조건적으로 그를 믿었다.

그는 지금도 멀리 떨어져 전화를 받고 있었다. 조금 전에도 전화가 걸려 왔다. 조용한 공원묘지에 울리는 벨소리에 그는 미간을 찌푸리고 재빨리 발신자를 확인했다. 그러고는 꽤나 중요한 전화인 듯, 또다시 '잠깐만'이라고 양해를 구하고는 멀찍이 떨어져서 통화를 하고 있었다.

돌아서 있어서 그가 어떤 표정으로 전화를 받고 있는지는 알 수 없었다. 소영은 의아한 눈빛으로 그의 너른 등을 한참 동안 바라보다가 어깨를 으쓱이고 고개를 돌렸다.

소희의 비석을 어루만지며 중얼거렸다.

"언니, 저 사람 아무래도 좀 수상하긴 하지?"

하루 새 먼지가 또 좀 쌓였다. 소영은 쪼그리고 앉아 소희의 비석에 묻은 먼지들을 손수건으로 꼼꼼하게 닦아 냈다. 내친 김에 뒷면까지 팔을 뻗어 싹싹 닦았다. 오른쪽을 다 닦고 토끼걸음으로 자리를 이동해 왼쪽까지 깨끗하게 닦았다. 땅에 맞닿아 있는 곳까지 빼놓지 않았다.

얼추 다 닦고 정훈을 돌아보았다. 그는 아직까지도 통화 중이었다. 이번에는 통화가 제법 길어지는 모양이었다. 소영은 다시 한 번 어깨를 으쓱이고는 비석에 파여 있는 글자 하나하나까지 손가락을 집어넣고 꼼꼼하게 닦아 냈다. 앞면을 다 끝내고 뒤쪽으로 돌아섰다.

"이 정도는 다 됐겠지? 언니, 시원해?"

뿌듯하게 내려다보는데, 우측 하단 부분에 이상한 부분이 눈에 들어왔다.

"어, 이게 뭐지?"

누군가 예리한 칼로 마구잡이 긁어 놓은 것 같은 자국이었다. 매일 비석을 닦으면서도 왜 이걸 진작 보지 못했는지 모르겠다.

"뭐야, 대체 누가 우리 언니 비석에 이런 장난을 쳐 놨어."

소영은 씩씩거리며 자세를 바싹 낮췄다. 손수건으로 그 부분을 열심히 지워 내듯 닦아 냈다. 하지만 먼지나 얼룩이 묻은 것이 아니라 칼로 아예 긁어낸 자국이라서 지워질 리가 만무했다.

"아이 씨. 사람을 불러서 이 부분만 깨끗하게 갈아 달라고 해야 하나? 그런데 대체 뭘 그려 놓은 거야?"

소영은 바닥에 얼굴이 닿을 듯 고개를 숙이고 그 부분에 얼굴을 바짝 갖다 대었다. 순간, 찡그려져 있던 그녀의 눈이 경악한 듯 부릅떠졌다.

　그것은 아무렇게나 긁어 놓은 칼자국이 아니었다. 글씨였다. 남들 눈에 안 띄게 누군가 정성껏 작게 새겨 놓은 문구.

　그 작은 문구에는 이렇게 적혀 있었다.


　우리의 아기, 엄마와 함께 잠들다. 사랑한다. 그리고 미안하다, 아가. 아빠가 지켜 주지 못해서.


　아……기? 그, 그럼 언니가 임신 중이었다는 건가?

　그녀의 부릅떠진 눈동자가 충격으로 부들부들 떨렸다.

## 집념執念

　깊은 밤, 정훈의 눈이 스륵 떠졌다. 한동안 숨죽이고 고요히 잠들어 있는 소영의 기척을 살폈다. 깊이 잠든 듯 그녀의 낮은 숨소리는 규칙적이고 일정했다. 정훈은 그녀가 깨지 않도록 소리 없이 침실을 빠져 나왔다. 며칠 전 조사를 의뢰하며 구입했던 노트북을 챙겨 작은방으로 향했다. 불빛이 새어 나갈까 문을 꼭 닫아걸고 노트북을 켰다.

　오후에 공원묘지에서 통화했던 대로 메일이 한 통 와 있었다. 메일을 열었다. 여섯 개의 첨부 파일이 달려 있었다. 정훈은 잠시 머뭇거리다가 가장 위에 있는 첨부 파일을 열었다. 그 동안의 보고 내용과 과정이 상세히 적혀 있는 보고서였다.

　이미 여러 번의 통화로 들었던 내용인지라 새로운 것은 없었다. 그럼에도 그는 한 자라도 놓칠세라 꼼꼼하게 내용을 확인했다. 그리고 마침내, 사고 당일부터 그 전 3일 내에 사우스 캐롤라이나 뇌 연구소로도 들어갔다는 총 2명의 도너에 대한 보고서를 하나씩 확인해 가기 시작했다. 일단 사고 당일에 반입되었다는 한 구의 보고서부터 확인했다. 사고 당일에 장기가 반입되었다면, 그 도너가 그가 찾는 도너일 가능성이 가장 높을 테니 말이다.

앤 맥퀸. 성별 여. 나이 18세. 사인 혈액 암.

"혈액 암? 혈액 암으로 사망한 사람의 뇌를 소영이한테 이식했다는 말인가?"

설마, 하지만 성별이나 나이가 일전에 동우가 얼핏 얘기한 것과 일치하는 도너는 앤 맥퀸, 이 사람뿐이었다. 이틀 전에 반입됐다는 도너는 53세의 남성, 알츠하이머 환자였으니.

정훈은 불안한 마음을 진정시키고 천천히 다시 읽어 내려가기 시작했다. 고작 3일 동안 조사한 것이라고는 믿기 어려울 만큼 보고서 내용은 그가 원했던 대로 상세하게 기록되어 있었다.

앤 맥퀸이 사망하기 전까지 시행되었던 해당 병원의 모든 치료, 진료 기록들부터 각종 검사 기록들 그리고 조사원이 그녀의 부모와 가장 가까웠다는 친구 두 명과 직접 만나 확보한 앤 맥퀸의 성격, 성향 분석까지 놀라울 만큼 완벽했다. 보고서에 붙어 있는 사진이 아니더라도 어떻게 생긴 사람이었는지 알 수 있을 정도였다.

정훈이 모든 첨부 파일을 확인하고 노트북을 닫았을 때, 시간은 어느새 3시간이나 훌쩍 지나 창밖은 희미하게 밝아져 있었다. 6시 13분. 1, 2시간 후면 소영이 깨어날 것이다. 이젠 그만 침대로 돌아갈 시간이었다.

그러나 정훈은 선뜻 자리에서 일어나지 못했다. 의자 깊숙이 몸을 파묻고 까칠한 턱을 손으로 훑어 내리며 미간을 찌푸렸다. 보고서 내용이 확실하다면, 앤 맥퀸의 성향은 달라진 소영과 같은 부분이 별로 없었다. 차라리 사고 전의 소영과 비슷한 부분이 많았다.

앤 맥퀸은 사우스캐롤라이나 북쪽의 오코니 군 출생으로 블루리지 산맥 근처의 작은 타운에서 평생 살았다고 했다. 혈액암인 백혈병이 발견되기 전에도 어렸을 때부터 몸이 허약해서 활동적이지 못했단다. 작가가 꿈이었을 정도로 책을 무척 좋아했다고 한다.

더욱이 채식주의자인 부모의 영향으로 그녀 역시 채식주의자였으며, 조용하고 사색하는 것을 좋아하는 소녀였다고. 내성적인 성격과 아름답지 못한 외모 탓에 짝사랑하는 남학생은 있었으나 남자 친구도 한 번 사귀어 본 적이 없다고 했다. 어렸을 때부터 한 동네에서 함께 크고 자란 친구들은 그 점을 무척 가슴 아프게 생각하고 있었다. 사랑 한 번 못 해 보고 어린 나이에 세상을 떠난 친구가 너무 가엾다고.

연구 목적이라도 좋으니 자신이 다른 이들에게 새 삶을 주는 데 도움을 되기를 바란다며 장기 기증을 원한 것은 그녀 자신이었다고 했다. 산과 책, 사색하는 것을 좋아하며 작가가 되기를 꿈꿨던 소녀는 그렇게 어린 나이에 세상을 떠났다.

그런 앤 맥퀸이 정말 소영의 도너일까?

무엇 하나 일치하는 점이 없는데? 무엇보다 혈액 암인 백혈병으로 숨진 사람의 뇌를 이식했다고? 과연 그게 가능해? 그건 좀 더 알아봐야겠으나, 만에 하나 가능하다고 할지라도 부친인 차 박사가 정말 그런 뇌를 자신의 딸에게 이식하려고 했을까? 아무리 다른 선택의 길이 없는 절체절명의 상황이었다고 해도 그건 좀······.

"역시 내가 지나친 상상을 한 건가? 하긴 현실적으로 그런 일이 벌어질 리가 없지. 박사님의 말씀이 옳아. 지나친 비약이다."

정훈은 스스로를 비웃으며 피식, 자조 어린 쓴웃음을 흘렸다. 그는 자리에서 일어나려고 했다. 한데 그 순간, 말도 안 되는 또 다른 가설이 뇌리를 스치고 지나갔다. 부릅떠진 눈동자가 파르르 떨렸다. 너무 말도 안 되는 황당한 생각이라서 입밖에 내기도 두려운 가설이었다.

하지만 한번 떠올라 버린 가설은 지남철처럼 그의 뇌리에 들러붙어 제멋대로 쑥쑥, 덩치를 키워 나갔다.

두렵도록 황당한 생각이지만······ 앤 맥퀸보다 좀 더 개연성이 있는 대상이 한 명 있기는 했다. 사고 당시 소영과 같은 순간에 연구소에 있었던 건강하고 싱싱한 뇌. 텔레파시든 뭐든 정신적 교감을 했을 만큼 가장 가까웠던 사람, 태초부터 한 세포에서 분열되어 잉태된 사람. 지금 변화된 소영의 성향과 가장 유사한 성향을 지니고 있었던 사람······.

차갑게 벼려진 정훈의 눈동자가 꿈틀거렸다. 수려한 미간이 사납게 일그러졌다.

"미쳤군. 대체 무슨 생각을 하는 거냐. 아니야. 그건 절대 아닐 거다."

쌍둥이라고 해서 10만 분의 1의 확률이 일치하는 적합성을 가질 리가 없다. 그와 같은 일은 10만 분의 1의 확률보다도 몇 배나 더 희박하리라.

하지만……

부르르 떨리는 등골로 차가운 식은땀이 흘러내렸다.


잠시 후, 정훈은 하얗게 질린 얼굴로 침실 한가운데에 우뚝 서 있었다. 식은땀이 주르륵, 흘러내리는 차갑게 굳은 얼굴 위로 가쁜 호흡이 쉴 새 없이 터져 나오고 있었다.

침대에서 곤히 잠들어 있어야 할 소영이 보이지 않았다. 침대는 텅 비어 있었다. 헝클어져 있는 시트만이 차갑게 식어 그를 비웃고 있었다. 알 수 없는 공포가 그의 뒤통수를 후려쳤다. 기겁한 심장이 천 길 낭떠러지 아래로 곤두박질쳤다.

삽시간에 하얗게 비어 버린 머릿속으로 스스로에게 소리치며 되뇌었다. 아니라고, 대체 무슨 생각을 하는 거냐고, 그녀는 그냥 잠에서 깨어나 욕실에 갔을 뿐일 거라고. 정훈은 차갑게 굳어 가는 몸을 간신히 움직여 욕실로 갔다.

"소영아, 일어났니? 안에 있어?"

그러나 욕실 안에서는 아무 대답도, 소리도 들려오지 않았다. 설마…… 아니야, 아니야! 속으로 부르짖으며 욕실 문을 벌컥 열었다. 텅 빈 침실처럼 욕실 또한 텅 비어 있었다. 정훈은 이를 악물고 쏜살같이 풀장으로 달려갔다. 하나 그곳에도 소영의 모습은 보이지 않았다.

그 후로 정훈은 미친 듯이 온 집 안을 뛰어다니며 소영을 찾았다. 하나 그녀는 어디에도 없었다. 혹시나 싶어 황급히 침실로 뛰어 들어가 차 키를 찾았다. 다행히도 차 키는 어젯밤 그가 놓아두었던 자리에 그대로 있었다. 그러나 그녀가 벗어 두었던 카디건과 지갑은 보이지 않았다.

그녀가 사라졌다!

쿵쿵, 쿵쿵.

대니는 누군가 문 두드리는 소리에 잠에서 깨어났다. 미간을 잔뜩 찌푸린 채 시간을 확인했다. 협탁 위의 시곗바늘은 막 6시를 지나고 있었다.

"이 시간에 대체 누구야?"

이 이른 새벽에 클럽을 찾아온 사람이 누구일지, 언뜻 떠오르는 사람이 없었다. 직원들이 이렇게 일찍 출근할 리는 없고, 밤새 흥청망청 놀며 돌아다니던 관광객일지도 모르겠다는 생각이 들었다. 근처 어딘가에서 차가 고장 나 도움을 청하는 것일지도. 늦은 밤 한산한 길가나 풀숲을 찾아 카섹스를 즐기는

커플들도 종종 있으니 말이다.

"에이, 귀찮아."

대니는 짜증을 내면서 도로 이불을 뒤집어썼다. 응대를 하지 않으면 아무도 없는 줄 알고 저러다 그냥 돌아가겠지 싶었다. 그런데 다시 쿵쿵, 문 두드리는 소리가 났다. 그리고 잠시후, 또다시 쿵쿵.

"으아, 진짜 대충 두드리다 없는 것 같으면 그냥 돌아가지, 거 참 질긴 놈이네."

아무래도 쉬이 포기하고 돌아갈 것 같지가 않았다. 하긴 이 근처에 그의 마린 클럽 외에는 다른 건물이 없기는 했다. 저러다 정말 안에 아무도 없는 줄 알고 문을 부수거나 창문을 깨고 들어오는 건 아닐까 싶기도 했다. 그러느니 귀찮아도 잠깐 내려가서 전화 한 통 빌려 주는 수고를 하는 것이 낫겠다는 생각이 들었다.

대니는 이불을 확 젖히고 침대에서 일어났다.

"으, 추워."

새벽이라 맨살에 닿는 공기가 여간 쌀쌀한 것이 아니었다. 대니는 오소소 소름이 돋은 긴 다리에 간밤에 아무렇게나 벗어 던져 놓은 청바지를 대충 껴입고 셔츠를 손에 든 채 계단을 내려갔다. 연신 귀찮아, 젠장, 중얼중얼 투덜거리면서.

대니는 마린 클럽을 오픈하면서 바로 이곳으로 독립을 했다. 스무 살 넘은 다 큰 사내놈이 부모님 집에 신세지며 같이 사는 것도 불편하고, 무엇보다 부모님 허락 운운하며 자꾸 자신을 밀어내려는 소희에게도 번듯이 독립한 모습을 보여 주는 것이 낫겠다는 판단 때문이었다.

대니는 소희와 결혼하면 이곳에서 살 생각이었다. 아무도 없는 우리들만의 밤바다를 좋아하는 그녀를 위해서. 그래서 클럽하우스를 지을 때부터 2층은 별도 주거 공간으로 만들었다. 1층을 통하지 않고 해변으로 바로 내려갈 수 있는 계단도 만들고 큰 침실에 아이들 방까지 미리 두 개나 만들어 놓았다. 이젠 하등 쓸모없이 넓기만 한 쓸쓸한 공간이 되어 버렸지만.

투덜거리며 1층으로 내려온 대니는 문으로 향하며 근육으로 다져진 구릿빛 상체에 셔츠를 걸치고 헝클어진 앞머리를 쓸어 올렸다. 단추는 귀찮아서 그냥 내버려 두었다. 벌어진 셔츠 사이로 근육으로 다져진 탄탄한 가슴과 움푹 파인 복근이 꿈틀거렸다. 잠금장치를 풀기 전에 까칠한 목소리로 투박하게 물었다.

"누구쇼?"

연신 문을 두드릴 땐 언제고, 이른 새벽의 불청객은 정작 누구냐고 물으니 아무 대답이 없었다.

"뭐야."

대니는 중얼거리며 정문 옆의 커다란 통 유리창의 커튼을 젖히고 밖을 내다보았다. 불청객은 문 앞에 바짝 붙어 있는지, 잘 보이지 않았다. 바람에 날리는 짙은 색의 긴 카디건 자락만 언뜻 보일 뿐이었다. 움츠리고 있는 가녀린 어깨도 살짝 보였다.

"뭐야, 여자였어?"

밤 은
아침을
꿈꾼다

깜짝 놀란 대니는 고개를 갸웃거리며 재빨리 혹시 다른 사람이 또 있나, 둥근 공터의 초입 저편까지 두리번거리며 살펴봤다. 하지만 주차장으로 사용하는 공터 어디에도 다른 사람의 모습은 보이지 않았다.

"여자 혼자 이 새벽에 여기까지 무슨 일이지?"

혹여 밤새 안 좋은 일이라도 당한 사람은 아닐까 싶어 대니는 얼른 잠금장치를 풀고 문을 벌컥 열었다.

"무슨 일입니……."

순간 대니는 두 눈을 크게 뜬 채 그대로 얼어 버렸다. 핏기 하나 없이 하얗게 질린 소영이 오들오들 떨며 문 앞에 서 있었다. 그녀가 그를 똑바로 바라보며 갈라진 목소리로 말했다.

"물어볼 것이 있어서 왔어요."

"소, 소영 씨……."

"다니엘한테 꼭 확인해 봐야 할 것이 있어서……. 솔직하게 사실대로 말해 줘요."

대체 무슨 일이기에 이 새벽에 그녀 혼자 달려온 것일까. 정훈은? 대니는 한동안 넋이 나간 듯 미동조차 할 수 없었다.

"여기요. 마시면 추위가 좀 가실 거예요."

대니는 그녀 앞에 급하게 끓인 따뜻한 차를 놓아주며 맞은편 의자에 앉았다. 그러나 소영은 김이 모락모락 피어나는 찻

잔만 뚫어지게 응시할 뿐, 눈조차 깜박이지 않았다. 지갑을 든 두 손으로 단단히 여민 카디건만 움켜잡은 채 오들오들 떨고 있을 뿐이었다.

굳이 확인해 보지 않아도 그녀가 카디건 안에 얇은 네글리제 하나밖에 입지 않고 있다는 것을 알 수 있었다. 벌어진 카디건 자락 사이로 은은한 광택이 흐르는 미색 자락만 살짝 보일 뿐, 그 아래 바짝 붙이고 앉아 있는 가는 다리는 맨살이었다. 심지어 그녀는 급하게 카디건 하나만 걸치고 뛰쳐나왔는지, 슬리퍼도 아닌 실내화를 신고 있었다.

불안한 시선으로 그녀를 찬찬히 살핀 대니가 먼저 초조하게 물었다. 소영이 저대로 집을 뛰쳐나올 만큼 그녀한테 대체 어떤 일이 생긴 건지 걱정이 되어 미칠 것 같았다.

"소영 씨, 대체 무슨 일이에요?"

그녀는 여전히 입을 꼭 다문 채 아무 말도 하지 않았다.

"형은요? 형은 지금 어디 있어요? 형은 소영 씨가 여기 온 거 알아요? 아, 혹시 형한테 무슨 일이……."

"언니……."

불현듯 흘러나온 그녀의 떨리는 음성에 대니는 일순 숨을 멈추고 입을 다물었다. 소영은 차마 다음 말을 잇지 못하겠다는 듯 하얗게 일어난 입술을 달싹거리다가 아랫입술을 질끈 깨물었다. 몇 번이나 떨리는 숨을 몰아 쉰 뒤 다시 입술을 달싹거렸다.

"언니한테…… 아기가 있었나요? 진짜 언니 배 속에 아기가 자라고 있었던 거예요?"

대니의 눈이 부릅떠졌다. 그의 손끝이 바르르 떨렸다. 소희가 임신 중이었다는 건 몇 사람 외엔 아무도 모르는 일이었다. 소희가 숨을 거두기 전까진 아이의 아빠인 자신은 물론 그녀의 부친 또한 몰랐던 일이었다.

소희는 알고 있었을까? 글쎄. 소희도 아마 모르고 있지 않았나 싶다. 제 배 속에 우리의 사랑의 증표인 새 생명이 자라고 있다는 것을 알았다면, 그에게 말하지 않았을 리가 없었다. 그 사실을 알고도 계속 담배를 피웠을 리가 없었다. 소희는 결코 그 정도로 생각이 없고 매정한 여자가 아니었다. 소희는 그가 자신이 담배를 피운다는 사실을 모르는 줄 알고 있었지만, 대니는 처음부터 알고 있었다. 소희가 몰라주기를 바랐기 때문에 모르는 척했을 뿐.

임신 5개월째였다고 했다. 5개월 동안이나 배 속에 아이를 품고 당사자가 그 사실을 몰랐을 거라고 생각하기는 쉽지 않지만, 실상 그런 경우가 더러 있다고 했다. 생리가 없고 배가 부푸는 것을 스트레스로 인한 생리불순과 살이 찐 거라고만 여기고 만삭이 될 때까지도 깨닫지 못하는 여자들이 더러 있다고. 특히 결혼 안 한 미혼 여성이 초산일 때 그런 경우가 간혹 발생한다고 했다.

그러니 소희도 그런 경우였을 거라고 대니는 믿는다. 그렇지 않다면 너무 괴로우니까. 소희가 그 사실을 알고도 자신에게 숨겼을 거라고는 생각하고 싶지 않으니까. 자신의 배 속에 아기가 자라고 있다는 사실조차 모르고 숨을 거뒀을 그녀가 안타깝고 가엾기는 하지만, 차라리 그편이 더 나았을 거라는 생각도 한다. 그녀 자신을 위해서라도.

그런데 소영이 그 사실을 어떻게 알았을까. 소희의 부친은 살아남은 소영이 그 사실을 알면 더 큰 상처와 죄책감에 사로잡힐까 봐 소희의 임신 사실을 숨기고자 했고, 그는 소희와 소영 모두를 위해 그 의견에 동의했다.

그래서 그 사실을 아무에게도 말하지 않은 채 소희의 비석 뒤편에만 작게 새겨 놓았더랬다. 그래도 우리 아기였으니까. 세상의 빛 한 번 보지 못하고 억울하게 죽은 우리 아기의 존재를 기억하고, 어떻게든 애도해야만 했으니까.

그런데 어떻게? 아, 혹시?

대니는 떨리는 손으로 초조하게 마른세수를 했다.

"어떻게 알았어요? 혹시…… 비석에 새겨 놓은 문구를 발견한 건가요?"

"사실이었군요. 진짜 언니가……."

소영은 이를 악물고 터져 나오려는 오열을 꾹꾹 참았다. 어제 비석의 비밀스러운 문구를 보았을 때의 충격이 새삼 밀려오면서 가슴이 찢어질 듯이 아팠다. 너무 염치없고 죄스러워 그 앞에서는 차마 울 수도 없었다. 그 앞에서 무슨 염치로, 무슨 자격으로 눈물을 보인단 말인가. 사랑하는 여자와 소중한 아이를 잃은 그 앞에서 무슨 염치로…….

아빠는 알고 있었을까? 당연히 알고 있었겠지. 그런데 왜 나한테는 말씀하지 않으셨을까. 내가 충격을 받을까 봐? 정훈은? 정훈도 알고 있었으면서 말을 안 한 걸까? 아니, 그는 몰랐을 것이다. 아빠가 비밀로 하기로 마음먹었다면 그에게도 말하지 않았을 테니까.

그래서 그에게 묻지 못했다. 혹시 알고 있었느냐고, 혹시 언니에 대해 내가 모르는 무언가를 알고 있지 않냐고 물어볼 수 없었다. 그 사실을 확인해 줄 수 있는 사람은 대니뿐이라고 생각했다. 그 문구를 새겨 놓은 사람은 대니였을 테니까.

하여 어제 그를 만나려고 했다. 그런데 그녀는 대니의 전화번호 하나 받아 놓지 못했다. 할 수 없이 정훈에게 부탁했다. 언니에 대해서 물어보고 싶은 것이 있으니 대니한테 만날 수 있는지, 언제 시간이 나는지 연락을 좀 대신 해 달라고. 한데 그와 통화를 한 정훈이 대니가 너무 바빠서 시간을 낼 수 없다고 했다며 하루 이틀 기다려 보자고 했다.

서울로 돌아가기로 한 날이 삼 일밖에 남지 않았는데 하루 이틀이라니! 언니의 일이라고 했는데도 대니가 시간을 낼 수 없다고 했다는 정훈의 말을 왠지 믿을 수가 없었다. 그녀가 대니와 만나지 못하도록 정훈이 가로막는 것만 같았다.

그래서 새벽녘에 일어난 정훈이 한참이 지나도 돌아올 생각을 하지 않자, 충동적으로 일어나 이리로 달려온 터였다. 대니를 직접 만나 사실을 확인하기 위해서.

그런데 비석에 새겨져 있던 문구가 사실이었단다.

자신 때문이었다. 자신이 언니를 지켜 주지 못해서, 내가 언니를 안고 조금만 더 빨리, 먼저 몸을 돌렸더라면 언니와 아기는 무사했을지도 모르는데. 나 때문이야. 내가 둔하고 못나서 언니와 아기가 죽은 거야. 그래 놓고선 나 혼자만 살아남아 행복해지려고 했다. 언니 대신이라며, 내가 행복해지는 것이 죽음으로 날 지켜 준 언니에 대한 보답이라며 그럴싸한 변명을 둘러대고 나 혼자만 사랑하는 사람과 행복해지려고 기를 썼다.

뻔뻔한 년. 이기적인 년 . 나쁜 년!

그런 날 보면서 이 남자는 또 얼마나 혼자 가슴 아파했을까. 얼마나 울었을까. 그래서 날 피했던 건가? 내 얼굴을 볼수록 언니와 아기 생각에 너무 고통스러워서? 내가 원망스러워서? 아, 이 죄를 다 어떻게 갚아야 하나. 어떻게 용서를 구해야 하나.

"미안해요. 미안해요. 정말 미안해요."

"소영 씨."

"난 정말 몰랐어요. 언니가 임신 중이었는지. 나 때문에 언니뿐 아니라 아기까지……. 나 때문이에요. 내가 먼저 언니를 안고 돌아섰어야 했는데, 그랬다면 언니가 살았을지도 모르는데. 그랬다면 아기도 살았을 텐데. 그런데 내가, 내가 못 그랬어요. 내가……. 죄송합니다. 죄송합니다. 잘못했어요. 잘못했어요."

소영은 두 손으로 얼굴을 감싸고 쉼 없이 죄송합니다, 잘못했다는 말을 반복했다.

처참하게 일그러진 얼굴로 소영을 바라보고 있던 대니가 더 이상 참지 못하고 자리에서 벌떡 일어났다. 더 이상은 혼자 살아남았다는 자책감과 죄책감에 사로잡혀 고통스러워하는 그녀를 가만 두고 볼 수가 없었다. 경련하듯 사시나무처럼 떠는 가녀린 몸을 와락 끌어안았다.

"울지 마요. 제발 그런 말 하지 말아요. 소영 씨 잘못 아니에요. 그게 왜 소영 씨 잘못이에요. 소영 씨가 뭐가 미안해요. 아니야. 아니라고 했잖아. 아니라는 거 소영 씨도 알잖아. 그러니까 제발 바보 같은 생각 하지 마요. 왜 자신의 잘못이 아닌 일로 스스로를 괴롭히며 괴로워해. 그러지 마. 제발 그러지 마!"

소영이 그의 가슴을 밀어내며 도리질 쳤다.

"아니야. 나 때문이야. 나 때문에……."

소영이 그를 밀어내며 도리질 칠수록 대니는 그녀를 더욱 강하게 끌어안고 놔주지 않았다.

"바보야, 아니라고 했잖아. 네가 살아 있어서 얼마나 고마운지 몰라. 너라도 살아 있어 줘서, 이렇게 건강한 모습으로 나타나 줘서 내가 얼마나 기쁜지 알아? 얼마나 고마운지 아느냐고! 소희도 마찬가지일 거다. 이제야 소희도 안심하고 편히 눈을 감을 수 있을 거라고."

고통으로 일그러진 대니의 눈에서도 뜨거운 눈물이 흘러내렸다.

"그러니까 제발 어리석은 생각 따위 하지 마. 더 이상 네 탓이니 뭐니, 그딴 소리 하지 말라고! 소희가 널 살리고 죽었다고 했나? 그래, 그럼 그렇다고 쳐! 그럼 더 강하게 살아야 될 거 아니야. 소희가 너 이러라고, 자신 때문에 괴로워하며 자책하며 살라고 널 살린 것 같아? 제 목숨과 아기의 목숨까지 바쳐서 널 살린 이유가 고작 그거일 것 같으냐고!"

"흑흑, 언니……."

"아니, 그건 절대 아닐 거다. 소희는 자신 대신, 아이와 자신의 몫까지 네가 행복하게 잘 살아 주기를 바랄 거다. 네가 이렇게 살아 있음을 죄스러워하는 건 소희의 뜻을 배신하는 거야. 소희의 죽음을 헛되게 만드는 짓이라고."

"하지만, 하지만……."

오열하며 흐느끼는 소영을 으스러트릴 듯 강하게 부둥켜안고 대니는 울음 섞인 한숨을 무겁게 토해 냈다.

"알아. 네 마음이 어떤지 나도 잘 알아. 하지만 소영아, 네가 계속 이러면 소희가 울어. 비석 뒤에 괜히 그런 걸 새겨 놔서 널 더 힘들게 했다고 아마 시금쯤 날 엄청 원망하고 있을 거다. 그러니까…… 후우. 그래. 오늘만 울어. 오늘만 마음껏 울고 잊어. 그리고 그냥 그리워만 해. 네가 살던 곳으로, 네가 속해 있던 곳으로 돌아가서 행복해질 생각만 해. 누구보다 열심히 행복해 주라. 그게 유일하게 나나 소희가 너한테 바라는 거야."

"대니……."

소영이 처음으로 그를 애칭인 대니라고 불렀다. 조금도 어색하거나 낯설지 않았다. 아니, 실은 그를 본 첫날부터 그렇게 부르고 싶었다. 다니엘이라는 딱딱한 이름 대신 대니라는 친근한 호칭으로.

대니 역시 소영이 자신을 애칭으로 부르는 것이 자연스럽게 느껴졌다. 그의 바르르 떨리는 입가에 서글프도록 애잔한 미소가 지어졌다. 소영은 더 이상 그를 몸부림치며 밀어내지도, 괴로움에 울부짖으며 오열하지도 않았다. 그녀의 울음이 점차 잦아들어 갔다. 사시나무처럼 떨리는 떨림도 점차 잦아들어 갔다. 소영은 순하게 안긴 채, 그의 가슴에 얼굴을 묻었다.

얇은 셔츠 사이로 남자의 체취가 훅 끼쳐 왔다. 정훈과는 또 다른 강렬한 남성적인 체취였다. 바다와 바람 냄새를 머금은 보다 편하고 자유로운 향기. 그가 우는 어린아이를 달래듯 뒷머리를 가만가만 부드럽게 쓸어내렸다. 그 부드러운 손길에 괴로웠던 마음이 따스하게 위로받으며 편해지는 것 같았다.

그녀의 입에서 절로 안도의 숨이 쉬어졌다. 대니는 자신의 품에서 그녀의 뻣뻣하게 굳었던 몸이 점차 부드럽게 풀어지는 것을 느꼈다. 대니의 입에서도 낮은 안도의 숨이 흘러나왔다. 서글프도록 아스라한 미소도 조금 더 깊어졌다.

대니는 자신도 모르게 그녀의 머리에 입을 맞췄다. 이제 괜찮다고, 더 이상 아파하지 말라고, 고맙다고 보내는 순수한 의미의 행동이었다. 힘들어하는 친구나 가족, 어느 누구에게도 괜찮다며 보낼 수 있는 위로의 입맞춤, 그 이상도 이하도 아니었다.

그런데 왜 이럴까. 순간 먹먹함에 울고 있던 가슴 한쪽이 뜨거워지며 두근거리기 시작했다. 안고 있는 그녀의 몸에서 무언가 자신을 자석처럼 끌어당기고 있는 것 같았다. 강한 유대감과 합일되는 뜨거운 기류를 느꼈다.

절로 그녀를 안은 팔에 힘이 들어갔다. 그녀의 머리에 얼굴을 파묻고 숨을 깊이 들이마셨다. 훅 밀려오는 그녀의 향기에 절로 눈이 감기고 가슴이 급박하게 뛰어 댔다. 대니는 그녀의 머리에 계속 입을 맞추고 또 맞추며 저도 모를 흥분에 사로잡혀 낮은 신음을 흘렸다.

"으음……."

"하아. 하아."

그녀의 노곤하게 풀어진 몸도 자신과 마찬가지로 뜨거워지는 것이 느껴졌다. 좀 전과는 다른 의미로 바르작거리기 시작한 그녀의 입에서 가쁜 숨이 터져 나와 그의 가슴을 뜨겁게 적셨다. 누가 먼저라고 할 것 없이 두 사람은 서로를 뜨거운 눈빛으로 아득하게 바라보았다.

서로의 뜨거운 눈동자에 불가항력적으로 빨려 들어가면서 두 사람은 동시에 흠칫거리며 생각했다.

'이 사람은 소희가 아니다. 소희의 동생인 차소영이다. 그런데 왜, 대체 왜 이러는 거야!'

'안 돼. 이러면 안 돼! 이러려고 여기까지 달려온 게 아니야. 이 남자는 언니의 약혼자야. 언니가 사랑한 사람이야. 내가 사랑하는 사람은 이 남자가 아니야. 내가 사랑하는 사람은 문정훈이라고.'

소영은 소스라쳐 그를 밀어냈다. 그러나 그의 가슴에 손을 대고 밀어냈을 뿐 더 이상은 움직일 수 없었다. 머릿속의 이명이 울부짖으며 애원했다.

밤 은
아침을
꿈꾼다

안 돼! 제발 한 번만, 한 번만!

'미쳤어! 뭐가 한 번만이라는 건가. 저리 가. 이러지 마. 제발 날 좀 가만 내버려 둬!'

소영은 필사적으로 머릿속의 이명에 도리질 치며 대니를 뿌리치고 일어나려고 했다. 그런데 대니가 그녀를 잡고 놓아주지 않았다. 스스로도 경악에 차 어찌할 바 몰라 하면서도 자신을 밀어내는 그녀의 손목을 움켜잡고 놓아주지 않았다.

그때였다. 문이 벌컥 열리며 정훈이 들어온 것은.

소스라치게 놀란 두 사람의 고개가 벌컥 열린 문 쪽으로 휙 돌아갔다. 경악한 세 사람의 눈빛이 허공에서 비명을 내지르며 부딪쳤다. 정훈의 얼굴이 야차처럼 무섭게 일그러졌다. 시퍼런 불꽃이 일렁이는 눈동자가 두 사람을 훑고 창백하게 질려 있는 대니의 얼굴에 꽂히듯 박혔다.

"다니엘 강, 그 손 놔라. 소영을 놔주고 뒤로 물러나."

충격과 혼란으로 망연해진 대니의 눈동자가 파르르 떨렸다. 너무 낮고 고요해서 되레 더욱 소름 끼치도록 두려운 정훈의 차가운 음성이 악다문 잇새로 다시 한 번 흘러나왔다.

"당장 그 손 떼고 뒤로 물러나라는 말 안 들리나."

채찍처럼 날아온 그의 냉혹한 음성에 그제야 대니가 정신을 차린 듯 흠칫 놀라 그녀의 손목을 놓고 뒤로 한 걸음 물러났다. 극심한 자기혐오와 함께 혼란이 밀려왔다. 내가 대체 무슨 짓을 저지른 건가. 정훈이 충분히 오해할 만한 상황이었다. 아니! 때마침 정훈이 나타나지 않았다면 자신이 무슨 짓을 저질

렀을지 알 수 없었다. 그런 자신이 두려우면서도 혼란스러웠다. 급기야 자신이 정말 미쳐 가고 있는지도 모르겠다는 생각이 들었다.

그러나 지금 중요한 건 그게 아니었다. 미쳐 가는 자신에 대한 혐오와 혼란에 빠져 있을 때가 아니었다. 차갑게 응축된 정훈의 분노가 두려운 만큼 소영이 걱정되었다.

그녀의 잘못이 아니었다. 그녀는 단지 소희가 사망 당시 임신 중이었다는 사실을 알고 그것을 확인하러 왔을 뿐이었다. 그 충격과 괴로움을 견디다 못해 그에게 자신의 잘못도 아닌 일로 용서를 구하러 왔을 뿐이었다. 정훈의 분노가 소영에게까지 뻗어 가는 것만은 막아야 한다는 생각이 들었다. 대니는 정훈으로부터 소영을 보호하듯 그녀를 제 몸으로 감추고 한 걸음 앞으로 나섰다.

"혀, 형이 충분히 오해할 만한 상황이라는 것은 압니다. 하지만 아니에요. 그게 아니라⋯⋯."

"닥쳐. 숨통을 끊어 놓기 전에."

소름 끼치도록 차갑게 벼려진 정훈의 시선이 대니의 등 뒤에 아직 굳은 듯 앉아 있는 소영에게로 천천히 이동했다. 소영의 얼굴 역시 충격과 혼란으로 핏기 하나 없이 창백하게 질려 있었다. 그녀의 온몸이 사시나무처럼 무섭게 떨리고 있었다.

"차소영."

감정 따위는 조금도 비치지 않는 서릿발 같은 음성에 허공을 헤매던 소영의 시선이 정훈에게 날아가 못 박혔다. 두 사람의 시선이 대니를 사이에 두고 허공에서 쩡! 하는 파열음을 내며 맹렬하게 맞부딪쳤다.

"이리 와."

소영은 그에게 가고 싶었다. 해명이든 변명이든 그에게 이 상황을 어떻게든 설명해야 한다는 것도 알고 있었다. 그러나 입이 떨어지지 않았다. 보이지 않는 무언가에 틀어잡힌 듯 몸이 움직여 주지 않았다.

"널 강제로 끌고 올 수도 있어. 하지만 그러지 않을 거다. 네가 왜 도망치듯 이리로 달려왔는지도 묻지 않을 거다. 그럴 만한 사정이 있었을 테니까. 이해할 수 없지만 이해해 보도록 노력하지."

소영이 간신히 얼어붙은 입술을 달싹거렸다.

"오빠……."

"그러니까 네 스스로 와. 네 의지로, 네 발로."

날 피해 이리로 달려온 것처럼 그렇게 다시 돌아와라.

그 순간 정훈이 폭발 직전의 분노를 참기 위해서 얼마만큼의 인내로 스스로를 그러잡고 있는지는 오직 신만이 아실 일이었다.

영겁과도 같은 몇 분이 무시로 흘러갔다.

덜그덕, 끼이익.

잠시 후, 의자가 마룻바닥을 긁으며 뒤로 밀려나는 소리가 났다. 소영이 탁자를 그러잡고 억지로 몸을 일으켰다. 보이지 않는 사슬에 묶인 듯 움직여지지 않는 몸을 가까스로 움직여

한 발자국을 뗐다. 한 발자국 움직일 때마다 발밑에서 무언가 그악스럽게 그녀를 끌어당기는 것 같았다.

머리가 빠개지는 것 같은 통증이 엄습했다. 성큼 다가선 이명이 비명을 질러 댔다.

가지 마, 가지 마! 제발 한 번만!

소영은 이를 으득 깨물고 머릿속을 압박하는 이명에 대항했다. 귀를 틀어막고 세차게 고개를 가로저었다.

'싫어, 저리 가! 나는 저 사람한테 갈 거야. 저 사람이 지금 울고 있잖아. 나 때문에 저 사람이 지금……'

그럼 대니는? 대니가 울고 있는 건 안 보여? 대니가 너 때문에 괴로워하고 있는 건 안 보여? 대니는 지옥 속에 살고 있어. 매일, 매 순간 고통 속에 잃어버린 사랑을 그리워하며 홀로 외롭게 울부짖고 있다고. 그런데도 안 된다는 거야? 한 번만, 단한 번만 그를 안아 달라는데도? 왜 그만 고통 속에 살아야 하는데? 왜 그만, 왜 나만 매번 이렇게 버림받고 괴로워야 하는데! 억울해, 억울해!

'미안해. 정말 미안해. 하지만 난 언니가 아니잖아. 아무리 그래도 내가 언니 대신, 아니 언니가 될 수는 없는 거잖아. 그럼 저 사람은 어떡하라고. 우리 때문에, 나 때문에 저 사람마저 지옥의 나락으로 떨어트릴 수는 없어.'

소영은 속살이 터져 피가 터져 나오도록 이를 으득 깨물고 정훈만을 매달리듯 바라보았다.

'난 저 사람을 사랑해. 저 사람은 나 없으면 안 돼. 나 역시 저 사람이 없으면 안 돼. 미안. 난 저 사람한테 갈 거야. 저 사람한테 가야만 해. 제발 날 놔줘. 저 사람 옆에 있게만 해 줘. 대신…… 행복해지진 않을게. 평생 속죄하며 나도 고통 속에 살게. 그러니까, 그러니까 제발!'

소영은 자신의 발을 끌어당기는 불가항력적인 힘에 매달려 울부짖었다. 제발 자신을 놓아 달라고, 제발 그에게 가게 해 달라고.

'미안해, 언니. 미안해, 아가야. 미안해, 대니. 그리고……'

소영이 간신히 팔을 뻗어 떨리는 손으로 차갑게 굳어 있는 정훈의 팔뚝을 그러잡았다. 파르르 떨리며 실낱처럼 가늘어진 눈매 사이로 시퍼런 분노와 혼란으로 이글거리는 그의 눈동자를 올려다보았다.

"미안해요……."

순간, 팽팽하게 당겨져 있던 줄이 툭 끊어진 듯 소영은 정신을 잃었다. 아득해지는 의식 사이로 경악해 자신의 이름을 부르짖는 정훈의 외침이 안개처럼 들려오다가 까맣게 사라졌다.


다음 날, 정훈과 소영은 예정보다 하루 빨리 괌을 떠났다. 혼절했던 소영이 의식을 차린 후 반나절 만에 이루어진 일이었다. 두 사람은 1개월 전 괌에 도착했던 그날 밤처럼 조용히 단 둘이 괌을 떠났다.

대니는 용서를 구하고 싶었지만 두 사람 앞에 나타날 수 없었다. 소영을 보는 것이 두려웠다. 스스로를 믿을 수 없었다.

그날 밤 대니는 소희의 무덤 앞에 널브러져 있었다. 그리운 소희 대신 차가운 비석을 끌어안고 울부짖었다.

"내가 미쳐 가나 보다. 아니, 완전히 미쳤나 보다. 미안하다, 소희야. 미안하다, 아가야. 미안해요, 미안합니다."

차마 미안하다는 말도 나오지 않아 숨죽여 울부짖는 그의 옆에는 빈 술병들이 나뒹굴고 있었다.

◎

소영은 1년 만에 연희동의 작은 전셋집으로 돌아왔다. 소영의 귀국에 맞춰 미리 청소를 부탁해 놓은 정훈 덕분에 20평 안팎의 빌라는 1년간 비어 있었던 곳이 맞나 싶을 만큼 먼지 한 톨 없이 깨끗하게 관리되어 있었다. 달라진 점이 있다면, 혼자였던 그녀의 공간에 정훈의 짐에 당연하다는 듯 함께 풀어졌다는 것이었다.

다음 날, 소영은 정훈의 손에 이끌려 동우가 얘기했던 혜성 종합병원으로 가서 심리 검사뿐 아니라 다른 온갖 검사들을 다시 받아야 했다. 왜 꼭 그래야 하느냐고, 굳이 그럴 필요까지 있느냐고 항의하고 싶었지만, 소영은 차마 그와 같은 말을 입 밖으로 내뱉을 수 없었다.

정훈은 그 날 일이 아예 존재조차 하지 않았던 것처럼 그녀한테 어떠한 말도 묻지 않았다. 아무것도 묻지 않고 아무 말도 하지 않았다. 그의 침묵을 견디지 못한 소영이 먼저 그날 일에 대해서 변명하듯, 해명하듯 이야기했지만, 그때조차도 그는 조용히 듣고만 있었을 뿐이었다.

그녀 스스로도 정리가 되지 않는 혼란을 중언부언, 횡설수설하며 가까스로 마쳤을 때, 그가 한 말은 단 한 마디뿐이었다.

―알았다.

그리고 그는 아무 일도 없었던 듯 다정하고 뜨거운 연인으로 돌아갔다. 하지만 그는 분명히 예전과 달라져 있었다. 고요히 그녀를 바라보는 눈빛은 더욱 깊고 복잡해졌다. 요즈음의 소영은 그가 무슨 생각을 하는지 단 한 글자도 도저히 읽어 낼 수가 없었다.

그가 조금씩 두려워지고 있었다.

아니, 아무 일도 없었던 듯 고요히 흘러가는 이 시간이 두려운 건지도 몰랐다. 정훈을 사랑하고 원하면서도 그와 함께 있는 순간을 점점 불편해하며 숨 막혀 하는 자신이, 그래선 안 된다고 생각하면서도 저도 모르게 불쑥 대니를 떠올리며 소스라치게 놀라는 자신이, 그리고 그런 자신의 혼란을 훤히 꿰뚫어 보는 듯한 눈빛으로 고요히 지켜보는 정훈.

소영은 그 모든 것들이 혼란스럽고 두려웠다.

나는 지금 어디로 가고 있는 것일까. 우리는 어떻게 되는 것일까. 우리는 지금 이대로도 좋은가. 그는 지금 무슨 생각을 하고 있는 것일까.

나는, 그는, 우리는…… 행복한가.
　아니, 과연 행복해질 수 있을까.

◎

"오빠, 언니 이제 정말 괜찮은 거야?"
　방으로 들어온 정미가 문가에 기대어 물었다. 옷가지 몇 개와 책장의 책들을 가방에 챙겨 넣고 있던 정훈이 힐끗 뒤를 돌아보았다.
　지금 정훈은 부모님을 뵙기 위해서 소영과 함께 본가에 온참이었다. 저녁식사 후 필요한 짐을 좀 더 챙겨 가기 위해서 그만 혼자 2층 자신의 방으로 올라온 터였다. 소영은 1층 거실에 부모님과 함께 있었다.
"괜찮아. 봐서 알 것 아니야. 왜 뭐가 궁금한데."
"아니, 뭐가 딱히 궁금하다기보다는 좀 이상해서."
　그제야 정훈이 몸을 돌려 정미를 똑바로 바라보았다.
"뭐가."
　정미가 설명하기 곤란하다는 듯 미간을 찌푸렸다.
"그냥 이것저것. 으음, 그냥 언니가 좀 달라진 것 같아서 말이야. 눈빛이나 분위기 이런 것들이 저번에 봤을 때하고 많이 다른 것 같아. 원래 차분하고 정제된 사람이라는 것은 알겠는데, 뭐라고 할까. 이전보다 많이 어둡고 무거워졌다고나 할까? 아, 몰라. 어쨌든 많이 달라졌어."

정훈의 짙은 눈썹이 슬쩍 치켜 올라갔다가 내려왔다.

"당연하지. 큰 사고를 겪고 그 사고로 22년 만에 찾은 쌍둥이 언니까지 잃은 사람이다. 본인도 그 사고로 하마터면 죽을 뻔했던 사람이기도 해. 구사일생으로 큰 수술을 하고 회복된 지도 얼마 안 됐고."

"그야 나도 알지. 그래도 좀……."

이상한 건 이상한 거였다. 특히 자신이나 부모님을 바라보는 소영의 눈빛은 모르는 사람을 보는 것처럼 공허하고 냉랭하기까지 했다. 어떤 감정이나 감흥도 못 느끼는 눈빛이라고나 할까? 물론 소영에게 동시다발적으로 일어난 끔찍한 불운을 감안한다면 분위기가 무겁고 어둡게 달라진 것은 충분히 이해할 만한 일이기는 했다. 누구라도 그럴 테니까.

하지만 엄마 아빠, 자신을 바라보는 눈빛이나 태도까지 백팔십도 달라진 건 솔직히 이해하기 힘들었다. 마치 소영은 소영이되 다른 사람인 것 같은 느낌이 들 정도였다. 오빠와의 사이도 그렇게 좋아 보이지 않았고 말이다.

"오빠는 괜찮아?"

"하고 싶은 말이 뭐야. 할 말이 있으면 빙빙 돌리지 말고 똑바로 하라고 그랬지."

"오빠하고 언니 사이 말이야. 괜찮으냐고. 내가 잘못 본 건지는 모르겠지만, 내 보기엔 두 사람 사이도 예전 같지 않아 보이던데, 왜? 언니하고 무슨 문제라도 있어?"

정훈이 더 이상 정미와 노닥거릴 시간이 없다는 듯 몸을 돌렸다. 책꽂이의 책들을 살피며 말했다.

"없어. 쓸데없는 말 하려면 나가. 시간 없다."

"그럼 오면서 언니하고 다퉜어? 언니는 오빠 대하는 것도 좀 불편해하는 기색 같던데."

일순 책을 한 권 꺼내던 정훈의 동작이 우뚝 멈췄다. 그러나 이내 그는 무심한 동작으로 책을 꺼내 차르르 펼쳐 보았다.

"네가 이상하다고 보니까 그렇게 보였겠지. 네 말대로 소영이 많이 우울해하고 심난해하는 건 맞아. 소중한 사람의 죽음을 남한테 들은 얘기로만 접한 것과 직접 가서 그 무덤을 자신의 두 눈으로 확인한 것과는 받아들이는 슬픔과 충격이 확연히 다를 수밖에 없으니까. 꿈에서 돌아온 지 아직 일주일도 채 되지 않았다. 당연한 거야. 달라졌다고 이상하게만 생각하지 말고 그럴수록 네가 더 친근하게 다가가 주고 신경 좀 써 줘. 부탁한다."

정미는 오빠 말을 들으니 그럴 수도 있겠다는 생각이 들었다. 하긴 그녀가 어찌 소영의 마음을 헤아릴 수 있겠는가. 자신한테 존재하는지도 몰랐던 쌍둥이 언니가 있었다는 사실만으로도 엄청난 충격이었을 텐데, 하루아침에 그런 끔찍한 변고까지 겪었으니. 자신 같았어도 신을 원망하며 지독한 회한이 젖어 삶의 의지를 상실했을 것 같기는 했다.

정미가 보기에 소영만큼 굴곡 많고 힘든 인생도 없는 것 같았다. 뭔 놈의 운명이 유독 그녀한테만 그리 가혹한지. 소영도 불쌍하고 그런 여자를 사랑한다는 이유만으로 함께 힘든 시간을 보내고 있는 오빠는 더 딱하고 가여웠다.

근 1년 만에 본 오빠 역시 완전히 다른 사람이 되어 있었다. 존재 자체만으로도 주변 모든 사람들의 시선을 앗아 갈 만큼 근사하고 눈부시게 반짝거렸던 사람이 빛바랜 어둠처럼 음울하게 변해 버렸다. 살이 얼마나 내렸는지, 날카로운 턱 선은 더욱 날카로워졌고, 얼마 없던 군살까지 완전히 사라져 버려 온몸이 뼈와 근육밖에 남지 않은 것 같았다.

정훈이 비단 그녀의 하나밖에 없는 오빠라서가 아니라 정미는 제 오빠만큼 근사하고 멋지고 모든 면에서 완벽한 남자를 본 적이 없었다. 독보적인 하드웨어뿐만이 아니라 그 안에 장착되어 있는 소프트웨어가 더욱 완전무결하게 완벽한 남자. 정미가 이날 이때까지 뜨거운 사랑 한 번 못 해 보고 시시껄렁한 연애만 하다가 그조차 심드렁해져서는 일에 파묻힌 이유도 정훈 때문이었다.

오빠 때문에 쓸데없이 눈만 높아져서, 오빠만 한 남자를 아직 못 만나서. 친구들이 우스갯소리로 한두 마디씩 하지 않더라도 그녀 자신도 본인이 심각한 브라더 콤플렉스라는 사실은 인정하는 바였다.

하나 어쩌겠나. 어렸을 때부터 남자의 기준이 오빠로 정해져 굳어 버린 것을. 때문에 자신은 아마 평생 독신으로 일과 결혼해서 살아야 하는 팔자가 아닌가, 목하 심히 고민한 적도 있었더랬다.

그토록 정미를 고민에 빠트렸을 만큼 완벽한 존재로 눈부시도록 반짝이며 섹시하기까지 했던 오빠가 고작 1년 만에 빛바랜 모습으로 나타난 것이었다.

사랑하는 여자의 곁을 지키겠다고 자신의 일과 인생을 한순간 망설임도 없이 내던지고 달려간 사람이 행복해하기는커녕 고작 저런 몰골로 돌아왔다는 사실이 정미는 안타깝다 못해 화가 나기까지 했다.

소영을 계속 뾰족한 시선으로 보게 되는 것도 어쩌면 그 때문인지도 모르겠다. 아무리 슬프고 괴로워도 오빠를 위해서 좀 웃어 주면 안 되나. 저 하나만을 바라보는 오빠를 위해서 저도 오빠 하나만 바라보고 행복해지려고 노력하면 안 되나.

정미는 소영의 변화를 이해하면서도 화가 났고, 오빠의 마음을 이해하면서도, 그것조차도 오빠의 바람이자 행복이라는 것을 알면서도 그 맹목적일 만큼 헌신적인 사랑에 울화가 치밀어 올랐다. 정미는 더 이상 바싹 말라 날카로워진 오빠의 뒷모습을 바라보지 못하고 쌩하니 뒤돌아 방을 나가 버렸다.

쾅!

방문이 사납게 닫혔다.

지그시 두 눈을 감은 정훈의 입에서 무거운 한숨이 흘러나왔다. 정미의 속상해하는 마음이 손에 잡힐 듯 느껴졌다. 그것은 비단 정미만의 마음은 아닐 터였다. 부모님의 마음도 정미와 조금도 다르지 않을 터였다.

"아무래도 당분간은 집에 오질 말아야겠군."

소영의 혼란이 잠잠해지기 전까지는 차라리 그편이 서로를 위해 나을 성싶었다. 아프도록 무겁게 침잠한 눈빛이 다른 책들과는 전혀 어울리지 않는 동화책들에 가 닿았다. 그것들을 가만히 어루만져 보았다. 정훈은 그것들을 한 권도 빠짐없이 가방에 챙겨 넣었다.

이것저것을 챙겨 넣다 보니 커다란 캐리어 하나에 큰 가방이 하나 더 보태졌다. 한동안 못 올 것을 감안해 챙겨 넣다 보니 예상했던 것보다 짐이 배 이상 늘어 버렸다. 정훈은 씁쓸히 미소 지으며 책상을 돌아가 육중한 의자에 앉았다.

짐이 예상보다 많아진 만큼 시간 또한 상당히 지체되었지만, 해야 할 일이 있었다. 정훈은 노트북을 켜고 USB를 꽂았다. 필요한 파일들을 USB에 옮겨 담고 그중의 파일 하나를 열었다. 르 로제의 동문 리스트였다. 그것과 USB에 미리 저장해 놓은 파일 하나를 열어 동일어를 찾아 교차 검색을 했다.

띠릭, 띠릭, 띠릭.

교차 검색에 걸린 명단이 주르륵 떴다. 명단을 재빨리 살핀 정훈의 예리한 눈빛이 어느 한 곳에서 멈췄다.

"찾았다."

정훈은 휴대전화를 꺼내 저장되어 있는 전화번호부에서 원하는 이름을 찾아냈다. 저녁 9시 17분. 로마는 지금 한창 활동 중인 정오 시간일 테니 실례될 일은 없었다. 신호음이 몇 번 울린 후 상대방이 반갑게 전화를 받았다.

─여어, 정훈. 오랜만이다. 웬일이냐, 네가 전화를 다 하고.

상대방의 유창한 불어에 맞춰 정훈도 유창한 불어로 말했다.

"오랜만이군, 페데리코. 잘 있었어?"

─그럼. 나야 잘 지냈지. 너는? 모국으로 돌아가서 가업인 호텔 일을 하고 있다는 얘기는 들었는데, 어때, 잘 되냐? 작년에는 엘렌도 너희 호텔에서 묵었다며.

"어, 엘렌이 후원하는 발레단이 한국에서 공연을 하게 돼서 공식 방한 했었다."

─에이, 그건 순 표면적인 명목이었을 뿐이고 실은 너한테 미련 남아서 너 만나러 간 거라고 하던데, 뭐. 그런데 네가 다른 여자 있다고 엘렌을 뻥 차 버렸다고 동문들 사이에 이미 소문 쫙 퍼졌다. 큭큭. 자식, 하여튼 난 놈이야. 천하의 엘렌 공주를 두 번이나 뻥 차 버리다니. 대체 어떤 여자냐? 얼마나 대단한 여자기에 엘렌을 마다한 거야. 언제 한번 데리고 유럽으로 여행 좀 와. 나도 구경 좀 하게.

십 대 때 엘렌한테 대시했다가 차인 전적이 있어선지, 페데리코는 콧대 높은 엘렌이 정훈한테 차였다는 사실이 여간 기분 좋은 모양이었다.

─아 참, 그런데 너, 이상한 소문도 들리더라? 갑자기 일 다 때려치우고 잠적을 했다던가 뭐라던가. 뭐야, 어떻게 된 거야? 다 헛소문이지?

소문 한 번 참 빠르기도 하다. 그 얘기가 벌써 이탈리아에 있는 녀석의 귀에까지 들어갔다니. 정훈의 입술이 비스듬히 기울어졌다.

"맞아. 잠시 쉬고 있다. 일이 좀 있어서."

─진짜? 우와, 웬일이냐. 너 같은 놈이 쉴 때도 다 있고. 뭔 일인지 몰라도 엄청 대단한 일인가 보네. 뭐냐. 기발한 건수냐? 드디어 호텔 말고

네 사업에 착수한 거야? 그래, 넌 그 작은 나라의 달랑 호텔 하나밖에 없는 곳에서 썩기엔 너무 아까운 인재라니까. 잘 생각했다. 그럼 나한테도 귀띔 좀 해 줘. 네가 그 정도로 몰입하는 일이면 보나 마나 엄청난 사업일 텐데, 나도 한 자리 마련해 주라. 회사 차원에서든 개인적으로든 미리 한 발 담가 놓게. 말만 해. 얼마 투자할까?

이탈리아의 둘째가라면 서러운 글로벌 기업인 마르체티 가문의 후계자인 페데리코는 정훈의 전화 한 통화에 몸이 바짝 달아 투자 제안부터 해댔다. 하지만 정훈이 바라는 건 마르체티 가문의 천문학적인 재력이 아니었다.

"말만이라도 고맙다. 하지만 투자는 필요 없다. 사업 때문에 일을 쉬고 있는 게 아니니까. 내 개인적인 사정 때문에 쉬고 있는 거다."

―진짜?

페데리코가 미심쩍다는 말투로 물었다.

"페데리코, 부탁이 하나 있다. 내 개인적인 부탁이야. 네가 꼭 들어줘야 될 부탁이기도 하고."

굳은 목소리만으로도 정훈의 심각함이 읽혀졌는지, 페데리코도 단박에 정색을 하고 심각하게 되물었다.

―뭔데 그렇게 심각해? 우리 사이에 부탁하고 말고 할 게 뭐 있어. 말해 봐. 내가 도울 수 있는 일이라면 뭐든 다 도울게.

"이탈리아 카사니 뇌 연구를 지원하는 기업 중 너희 마르체티 기업도 있던데, 맞나?"

수화기 너머에서 깜짝 놀라 숨을 삼키는 소리가 들려왔다.

―어, 그걸 네가 어떻게 알았냐? 우리가 카사니 뇌 연구소를 지원한다

는 건 기밀사항인데.

"신뢰할 만한 뇌 연구소를 조사하던 중에 어떻게 알게 됐다."

ㅡ그걸 조사하던 중에 우연히 알게 됐다고? 웃기고 있네. 우리가 얼마나 철저하게 보안을 유지하고 있는데, 젠장. 대체 어디서 보안이 뚫린 거야. 진짜 너란 놈은…… 후우. 좋아. 그건 그렇고, 그런데 그게 뭐?

까칠해진 것만큼이나 페데리코의 음성이 은밀하게 낮아졌다. 정훈이 준비해 놓은 말을 신중하게 꺼냈다.

"다른 의도는 없다. 내가 보내는 검사 결과를 보고 그쪽에서 양측의 데이터가 이식에 적합한지, 그 적합성 유무만 확인해 주면 된다. 다른 건 관심 없어."

ㅡ이식이라면, 뇌 이식을 말하는 거냐? 젠장, 너 대체 어디까지 알고 있는 거야.

"진정해, 페데리코. 말했잖아. 나는 너희가 지원하는 카사니 연구소에서 어떤 연구가 행해지는지에 대해서는 조금도 관심이 없다고. 내가 원하는 건 내가 가지고 있는 양측의 데이터의 적합성 유무일 뿐이다. 그리고 나 또한 지금 너하고 나누고 있는 이 대화나 내가 의뢰하는 검사 자체와 결과에 대해서 철저히 기밀에 붙여지기를 원한다. 너라면 가능하리라 생각하는데, 아닌가?"

ㅡ그야 가능하기는 하지만, 후우. 진짜 미치겠네. 갑자기 2년 만에 전화를 걸어와선 밑도 끝도 없이 대체 무슨 영문인지 모르겠네. 뭐야, 대체 무슨 일인데 그래?

정훈은 책상을 손끝으로 톡톡 두드렸다. 그의 시리도록 차가운 시선은 벌써 10여 분이나 흐른 시계에 고정되어 있었다.

밤 은
아침을
꿈꾼다

"미안하지만 이유는 말해 줄 수 없다. 모르는 편이 너한테도 좋아. 검사 시 발생하는 비용은 내가 부담하겠다. 넌 예스인지 노인지 그것만 말해. 친구로서 부탁한다, 페데리코."

잠시간의 정적이 흘렀다. 10분 남짓한 시간이 흐른 후, 수화기에서 낮은 욕설과 함께 짜증스러운 한숨 소리가 흘러나왔다.

−알았다. 더 이상 묻지 않으마. 보안이 되는 메일 어드레스 불러 줄 테니까 그리로 보내.

정훈은 페데리코가 불러 주는 메일 어드레스를 받아 적고 통화를 끝냈다. 그리고 20분 후, 정훈은 한참 전에 싸 둔 캐리어와 가방을 들고 방을 나왔다.

# 사랑하기 때문에

　소영이 괌에서 실신했다는 연락을 받은 동우는 그들과의 첨예한 논쟁 끝에 보름간의 말미를 얻어 모든 일정을 홀딩시켜놓고 서울로 날아왔다. 소영의 급작스러운 실신이 거부반응인지 아닌지를 확인해 봐야만 했다. 약해진 심리 상태로 인한 단순 실신이었다면 다행이지만 그렇지 않을 가능성도 완전히 배제할 수는 없었다.

　물론 소영의 실신이 거부반응의 전조라고 할지라도 그들이 그의 뇌 이식 수술 결정을 번복할 리는 없었다. 소영의 경우로 이식에 적합한 싱싱한 뇌만 구할 수 있다면, 1년 이상 생존할 수 있다는 것이 입증된 이상 그들에게는 그것만으로도 결코 놓칠 수 없는 마지막 희망일 테니까.

　1개월하고도 20여 일 만에 다시 만난 딸의 모습에 동우는 적잖은 충격을 받았다. 소영의 모습은 이전과 또 달라져 있었다. 스스로 사고하고 감정을 느끼는 것을 거부하는 것처럼 차갑게 메말라 있었다.

도대체 왜?

서울로 돌아갈 수 있게 되었다고 그토록 좋아하던 아이였는데, 왜 이토록 버석하게 말라 버린 것일까. 소영의 눈동자는 마치 죽어 가는 물고기처럼 꺼멓게 죽어 가고 있었다. 내면의 자신과 치열하게 싸우며 스스로를 부정하고 있는 것 같았다. 그 어떤 것도 느끼고 생각하고 싶어 하지 않는 것 같았다.

그러면서도 바싹 마른 손으로 정훈의 손을 그악스러울 정도로 그러잡고 있었다. 정훈의 손길에 움찔움찔 떨며 그를 두려운 눈빛으로 바라보면서도 그가 생의 마지막 끈인 양 필사적으로 움켜잡고 있었다.

동우가 불러도 들은 척도 하지 않았다. 정훈 외에는 아무것도 보이지 않고, 아무 소리도 들리지 않는 것 같았다. 그러면서도 정훈을 두려워하는 눈빛으로 바라본다. 오로지 그만을.

그럼에도 물리적인 검사 결과는 모두 정상이었다. 심리 검사 결과만 극심한 스트레스로 인한 불안, 우울 증세를 보이고 있다는 소견이 나왔을 뿐이었다. 하긴 1년 만에 갑자기 거부반응이 나타날 리 없었다. 생의학적으로나 심리학적으로 모두 안정화에 접어들었다는 결과가 있었기에 소영을 서울로 보낸 것이 아니었던가.

최면 치료 결과에 의하면 그녀의 잠재의식 속에 불안 요소가 찌꺼기처럼 남아 있기는 했다. 하나 그것은 수술로 인한 불안 요소가 아니었다. 오랜 세월 딸을 엄하게 몰아세우기만 했을 뿐, 따뜻하게 안아 주지 못했던 아비로 인해 쌓여 있던 아픈 기억이었을 뿐. 그래서 자신의 곁에 있는 것보다 사랑하는 사람과 함께 그와 처음 사랑을 싹 틔웠던 행복하고 좋은 기억들이 있는 곳에서 보다 편하게 생활하는 것이 좋으리라는 판단 아래 소영을 한국으로 보낸 것이었다.

그런데 소영이 왜 저 지경이 된 거지? 1개월하고도 20여 일 사이에 대체 저 아이한테 무슨 일이 벌어진 거지? 이러려고 소영을 한국으로 보낸 것이 아니었다. 이러려고 하나밖에 안 남은 가엾은 내 자식을 정훈과 함께 서울로 보낸 것이 아니었다!

정훈은 무언가 알고 있는 눈치였다. 하긴 매일 24시간 붙어 있는 두 사람이니, 정훈이 모른다면 누가 알겠는가. 정훈 역시 강팍하게 마른 몰골과 눈빛이 여간 날카로워진 것이 아니었다.

우선 정훈과 긴 얘기를 해 봐야 될 성싶었다.

정훈과 단둘이서.

동우는 정훈에게서 떨어지려고 하지 않는 소영을 간신히 달래 놓고 정훈만을 데리고 집을 나왔다. 소영의 앞에서는 그녀에 대한 긴밀한 대화를 나눌 수 없었다. 정훈도 바라던 바였는지, 서류 봉투 하나를 들고 그를 따라 나왔다.

건물 밖으로 나와 주변을 두리번거리는데, 정훈이 말했다.

"멀리는 못 갑니다. 박사님과 저 외의 다른 사람들이 있는 곳에서는 할 이야기도 아니고요. 불편하시더라도 차에서 말씀하시죠."

　정훈은 벌써 주차해 놓은 자신의 차로 걸어가고 있었다. 정훈의 말에 십분 동의하기에 동우도 순순히 그를 따라 차에 올랐다. 한겨울에 밖에 오랫동안 서 있던 차라 내부도 바깥처럼 입을 열면 하얀 입김이 나올 만큼 공기가 차가웠다. 두 남자는 얼음장처럼 차가운 시트에 긴 몸을 파묻고 한동안 아무 말도 하지 않았다.

　동우가 먼저 입을 열었다.

"말해 보게. 대체 소영이 상태가 왜……."

　그의 말이 끝나기도 전에 정훈의 무심하도록 차가운 음성이 흘러나왔다.

"그 전에 제가 먼저 묻겠습니다."

　냉랭하기까지 한 그의 낮은 음성에 동우의 미간이 희미하게 찌푸려졌다.

"뭔가. 말해 보게."

"일전에도 한번 여쭌 적이 있었습니다. 동일한 질문을 하겠습니다. 소영의 뇌에 이식된 타인의 뇌가 소영이에게 영향을 끼칠 가능성은 전혀 없는 겁니까?"

"또 그 소리인가! 그런 가능성은 전혀 없다고 하지 않았나."

"확신하십니까?"

　고요하지만 서릿발처럼 차가운 음성에 동우의 눈가가 꿈틀거렸다.

"자네 대체 무슨 말을 하려는 게야."

"확신하십니까?"

창밖의 어둠만 응시한 채 정훈이 재차 물었다.

"이봐, 지금 자네……."

"확신하시느냐고 물었습니다. 일단 그 질문에 대한 답변부터 듣겠습니다. 어려운 질문은 아닐 텐데요. 세계 최고의 뇌신경외과 권위자 아니십니까. 유일무이하게 뇌 이식 수술에 성공한 박사시기도 하고요. 지금 전 소영이의 아버님이 아닌, 차소영의 뇌 이식 수술을 집도한 박사님한테 묻는 겁니다."

동우의 주름진 눈가가 노기에 차 부르르 떨렸다.

"이 세상의 어떤 연구나 수술도, 하물며 단순한 맹장 수술조차 100퍼센트라는 건 없네. 그런 건 존재하지 않아."

"그럼 박사님조차 제가 한 질문에 아니라는 확답은 못하신다는 거군요."

"유치한 말장난은 그만두게. 지금이 그따위 말장난이나 하고 있을 때인가!"

노기에 찬 음성이 버럭 터져 나왔다. 동우가 매서운 눈빛으로 정면을 응시하고 있는 정훈의 옆모습을 노려보았다.

"소영이가 왜, 언제부터 저 지경이 됐는지나 말해 봐. 대체 무슨 일이 있었던 건가. 대체 무슨 충격을 받았기에 애가 저 지경이 된 게야."

정훈은 동우의 매서운 질타에도 불구하고 고요한 눈빛으로 어둠만을 응시할 뿐이었다.

"한 소녀가 있었습니다. 본인이 기억하는 아주 어린 꼬마 때부터 소녀는 혼자였습니다. 아버지가 있었지만 소녀의 아버지는 다른 아버지들과는 달랐습니다. 기억도 나지 않는 죽은 엄마를 그리워하는 소녀를 따뜻하게 안고 달래 주기는커녕 그런 소녀에게 강해져라, 자신처럼 비범해져라 강요하고 엄하게 다그치기만 하는 아버지였습니다. 소녀는 아버지를 무서워했습니다. 소녀에게 아버지는 한없이 어렵고 두려운 존재였습니다. 그러면서도 사랑했죠. 하나밖에 없는 아버지였으니까. 한 분밖에 없는 부모였으니까."

"자네 대체 무슨 얘기를……."

"소녀는 아버지한테 인정받고 사랑받기 위해서 필사적으로 노력했습니다. 아버지가 원하는 딸이 되기 위해서, 오직 그 목표 하나만을 향해 달려갔죠. 세상 사람들이 모두 위대한 사람이라고, 천재라고 떠받드는 아버지가 틀릴 리는 없다고 생각했을 겁니다. 그런 아버지가 하는 말씀이니까, 그런 분의 뜻이니까 무조건 옳다, 따라야 한다, 아버지처럼 되어야 한다는 강박 속에 살았습니다. 본인이 무엇을 원하는지도 모른 채 싫다, 좋다, 힘들다, 외롭다는 말 한 마디 못하고, 아니 그런 생각조차 못한 채 아버지의 뜻대로만 살았습니다. 오직 그 아버지한테 칭찬 한 마디 듣고 싶어서, 인정받고 싶어서, 사랑받고 싶어서……. 오직 그 한 가지 열망만으로 소녀는 외롭고 힘든 시간을 혼자 묵묵히 견뎌 냈습니다."

정훈은 연신 아버지의 눈치만 살피며 말 한 마디 제대로 못하던 다섯 살 때의 소영을 떠올리며 두 눈을 지그시 감았다.

"소녀는 그렇게 어른이 되었습니다. 아버지가 원하던 대로 바르고 똑똑하고 아름다운 여자가 되었죠. 남들이 부러워할 만한 배경과 타이틀도 가지게 되었습니다. 경제적으로도 부유하고 풍족했습니다. 남들이 모두 부러워할 만한 조건을 가진 여자였죠. 하지만 여자는 여전히 외롭고 사랑을 갈망하는 어린 소녀일 뿐이었습니다."

정훈의 눈이 스르르 떠졌다. 냉철한 이성으로 노기를 참고 자신을 노려보는 동우의 매서운 시선이 느껴졌다. 그래, 네놈이 어디까지 가나 두고 보자는 오기인지도 모르겠다는 생각이 들었다.

"그런 여자에게 첫 번째 시련이 닥쳤습니다. 죽은 줄 알았던 엄마가 버젓이 살아 있다는 것을 알게 된 거죠. 거기다 존재하는 지도 몰랐던 쌍둥이 언니까지 있다는 충격적인 사실을 접하게 됩니다. 여자한테 엄마라는 사람이 어떤 사람인지는 중요하지 않았습니다. 막연히 그리워만 했던 엄마가 살아 있다는 사실만이 중요했고, 자신이 더 이상 혼자가 아니라는 사실에 가슴 떨리며 기뻐했습니다. 갑자기 나타난 엄마는 그녀가 그토록 바라던 말을 끊임없이 해 줬습니다. 미안하다, 그립다, 보고 싶다. 그리고 사랑한다."

지난 며칠간 소영의 화장대 서랍에 차곡차곡 보관되어 있던 편지들을 읽고 알게 된 새로운 사실들이었다.

"엄마와 쌍둥이 언니가 자신을 필요로 한다는 사실에 기뻐하며 여자는 자신이 가진 것들을 아낌없이 보내 주었습니다. 아버지한테 인정받고 사랑받기 위해서 제 인생까지 꼭두각시처럼 헌납했던 여자였습니다. 그런 여자한테 돈 따위는 아무 의미가 없는 종이 쪼가리에 불과했을 겁니다. 이성적으로는 아니라는 것을 알면서도 엄마라는 사람이 돈을 요구할 때마다 기꺼이 돈을 보냈죠. 아버지의 말씀에 순종했듯이 엄마의 요구에도 기꺼이 순종합니다. 그러나 차마 엄마와 쌍둥이 언니를 만나러 갈 엄두까지는 내지 못했습니다. 아버지의 분노가 두려웠거든요. 여자는 여전히 아버지의 영향권 아래 숨죽여 홀로 눈물짓는 어린 소녀였습니다. 여자는 아버지를 거역할 수 없었습니다. 그래서 아버지 몰래 엄마와 계속 연락을 주고받기만 했죠. 그것만으로도 여자한테는 큰 용기가 필요한 일이었을 겁니다."

정훈은 그런 소영이 어떤 일을 계기로 갑자기 그토록 두려워했던 아버지의 뜻을 거역하고 탈출을 감행할 용기를 가지게 되었는지, 그 이유까지는 알지 못했다.

다만, 그녀가 일본에서의 삶을 버리고 서울로 도망쳐 왔을 즈음에 생모가 보냈던 편지 내용을 미뤄 짐작할 뿐이었다. 차동우, 최소희, 안규식 그들 외에 그녀의 삶과 행복을 파탄 낸 공범인 아버지의 외도녀가 엄마 대신 자신을 키워 준 나츠미 상이었다는 사실 때문이 아니었을까. 그 분노와 충격은 결코 참을 수 없었을 것이다. 그리고 그 분노는 고스란히 아버지한테 향했을 터였다.

일평생 두렵고 무서웠던 존재였지만 그래도 누구보다 믿고 의지하며 존경하고 사랑했던 아버지였던 만큼 그 충격과 배신감도 크지 않았을까 싶다. 그런 여자한테 어린 자신을 맡겼던 아버지의 파렴치함과 냉혹함에 치가 떨렸을 것이다.

"여자는 이제 그만 아버지의 그늘, 아니 족쇄라고 표현하는 것을 더 맞을 듯싶군요. 아버지의 족쇄에서 벗어나기 위해서 발버둥 쳤습니다. 동시에 맹목적으로 그리워만 하던 엄마라는 사람에 대해서도 다시 생각하게 되었을 겁니다. 여자는 자신을 감추고 숨어 버렸습니다. 무너진 상태에서 자신이 누구인지, 자신이 진정 원하는 것은 무엇인지 깨닫고 다른 누구를 위한 삶이 아닌 자신만의 삶을 되찾기 위해서 제 살을 깎아 내는 듯한 고통 속에 스스로 기꺼이 뛰어들었죠."

하지만 25년간 다른 사람을 위해 살았던 자신의 삶을 되찾는 길이란 결코 쉽지 않았을 것이다. 핏줄을 부정하고 스스로마저 부정하기엔 그녀는 너무도 여리고 약했다. 소영은 너무 오랫동안 동우의 엄한 규율 속에 길들여져 있었다. 너무 오랫동안 외로웠으며, 너무 오랫동안 사랑받기를 갈구하며 굶주려 있었다.

"그렇게 스스로를 고독과 절망 속에 가둬 놓은 여자가 한 남자를 만났습니다. 아주 어린 시절, 딱 한 번 여자를 어린아이답게 자신의 감정을 솔직하게 드러내 놓고 웃고 뛰어놀게 해 주었던 소년이었죠. 20년 만에 어른이 되어 만난 여자와 남자는 본인들이 그 긴 세월 동안 소중하게 간직해 온 오르골과 동화책처럼 서로를 알아보고 사랑에 빠졌습니다. 서로가 아니면 안 되는 사랑이었죠. 여자가 그토록 염원하던 사랑이었습니다."

2년여 전의 추억을 헤매는 정훈의 눈빛이 아득하게 일렁거렸다. 그러나 아련한 미소를 머금고 느슨하게 풀어지던 그의 입매는 금세 다시 딱딱하게 굳었다.

"그런데 여자한테 또다시 시련이 닥쳐왔습니다. 25년 만에 처음으로 여자의 공허한 가슴을 채워 준 사랑을 안고 자신의 인생을 찾아가려는 여자한테 닥친 두 번째 시련이었죠. 불행 중 다행으로 그 시련은 아픔인 동시에 기쁨이기도 했을 겁니다. 마침내 생모와 쌍둥이 언니를 만나러 갈 용기를 낸 여자한테 들이닥친 생모의 비참한 죽음은 돌이킬 수 없는 아픔이었으나, 쌍둥이 언니와의 해후는 행복이자 기쁨이었을 테니까요."

정훈이 천천히 시선을 돌려 동우를 쳐다보았다.

"혹시 그거, 알고 계셨습니까? 그 여자는 말입니다, 쌍둥이 언니와 다시 만난 그 순간부터 서로의 감정과 생각을 교감했답니다. 서로의 존재도 모른 채 멀리 떨어져 살았을 때조차 두 사람은 하나의 운명체인 양 깊게 이어져 있었다고 하더군요. 여자가 네 살 무렵에 수족구병을 앓았을 때, 쌍둥이 언니는 원인 모를 열병에 시달렸고, 쌍둥이 언니가 첫 경험을 했을 땐 여자 역시 이유를 알 수 없는 통증을 느끼며 생전 처음 경험하는 낯선 기분이 휩싸였답니다. 그 외에도 두 사람은 성장하면서 그와 같은 신비한 경험을 서로 숱하게 많이 했다는 사실을 알게 되었죠. 그리고 서로를 마주 보며 서로의 생각과 감정을 교감하게 된 그 순간, 두 사람은 그동안 자신들이 경험했던 그

신비한 일들이 단순한 우연이나 착각이 아니었다는 것을 알게 되었다고 합니다. 그런 것을 일명 쌍둥이의 텔레파시라고 하나요?"

차갑게 벼려져 있던 동우의 눈빛이 번득이며 눈썹이 사납게 일그러졌다. 정훈은 동우가 입을 열기 전에 다시 말을 이었다.

"믿기 힘드시겠죠. 과학적인 논거에만 기반을 두어 합리적이고 냉철한 이성으로만 모든 현상을 분석하고 판단하는 분이니까요. 물론 저 역시 그랬습니다. 하지만 지금은 아닙니다. 지금은 그 가설을 믿습니다. 그리고 또 하나의 가설 역시."

정훈이 동우 앞에 들고 온 서류봉투를 툭 던졌다. 서류봉투를 힐끔 내려다본 동우가 칼날처럼 매서운 눈빛으로 정훈을 노려보았다.

"이건 또 뭔가."

"방금 말씀 드린 두 번째 가설을 뒷받침할 만한 증거자료입니다."

서류봉투를 휙 채간 동우가 내용물을 꺼내 보기 직전에 무감하도록 서늘한 정훈의 목소리가 다시 조용한 차 안을 울렸다.

"이름 앤 맥퀸, 성별 여, 나이 18세, 사우스캐롤라이나 오코니 군 출생, 사인은 혈액 암. 소영의 사고 당시 박사님의 연구소로 반입된 연구용 뇌의 기증자."

부릅떠진 동우의 시선이 화살처럼 정훈의 얼굴로 날아갔다.

"자네가 그걸 어떻게 알고 있지?"

"중요한 건 제가 그 사실을 어떻게 알아냈느냐가 아니라, 박사님이 그토록 주장하시는 과학적이고 생의학적인 논증과 이론에 의한 팩트 아니겠습니까. 제 기억이 맞는다면, 박사님은 뇌 이식수술에 가장 기본적이고 필수적인 요소가 호스트의 유전자와 신경세포들 중에서 최소 13개에서 최대 26가지의 적합성을 띠는 도너의 싱싱한 뇌라고 하셨습니다. 제 기억이 맞습니까?"

부릅떠진 동우의 눈가가 꿈틀거렸다.

"그리고 제 짐작이 맞는다면, 박사님이 말씀하셨던 소영의 도너가 바로 그 앤 맥퀸이라고 사료됩니다만."

"자네 대체 무슨 짓을 꾸미고 있는 건가."

"박사님이 그토록 좋아하시는 사실을 확인하는 것뿐입니다. 사고 당일부터 3일 전까지 연구소에 반입된 뇌는 단 두 건뿐이었습니다. 하나는 앤 맥퀸, 다른 하나는 58세의 남성이었죠. 그것도 알츠하이머 환자였던 남성. 그렇다면 박사님이 일전에 언급하셨던 여성, 싱싱한 뇌의 도너는 앤 맥퀸밖에 없습니다. 불법으로 다른 뇌를 공급받지 않으셨다면 말입니다. 제 말이 맞습니까?"

"그렇다면?"

"맞는지 아닌지만 말씀해 주십시오. 앤 맥퀸이 맞습니까?"

"내가 왜 자네 질문에 대답해야 하지?"

두 사람의 칼날처럼 날카로운 눈빛이 한 치의 물러섬도 없이 맹렬하게 부딪혔다. 안 그래도 차가운 공기가 두 사람이 뿜어내는 냉기에 숨 막힐 듯 팽팽하게 조여들며 얼어붙었다. 잠시 후, 동우의 얇은 입매가 신경질적으로 비틀렸다.

"건방진 놈. 그래, 앤 맥퀸이 맞다. 그래서 뭘 어쩌자는 건가."

"그렇게 말씀하실 줄 알았습니다. 그런데 말입니다. 그렇다면, 박사님이 수십 년간의 연구로 밝혀냈다는, 그 자신하시는 가장 기본적이고 필수적인 조건에 앤 맥퀸의 조건이 부합되지 않는다는 것은 어떻게 설명하실 겁니까?"

"뭐?"

정훈이 눈빛으로 서류봉투를 가리켰다.

"그 봉투 안에는 소영과 앤 맥퀸의 적합성 검사 결과가 들어 있습니다. 박사님의 뇌 연구소만큼이나 신뢰할 만한 곳에서 총 3차에 걸쳐 시행된 검사 결과입니다. 세 번의 검사 결과 모두 앤 맥퀸의 뇌는 소영의 뇌와 부적합하다는 결론이 나왔습니다. 적합성을 띠는 항목이 고작 네 가지밖에 없더군요. 그런데도 앤 맥퀸이 도너라고요? 가장 기본적인 조건도 맞지 않는 뇌를 소영의 뇌에 이식했다고 주장하시는 겁니까?"

부릅떠진 동우의 눈동자가 좌우로 크게 흔들렸다. 지진이라도 난 듯 차갑게 굳은 얼굴 근육들이 미세하게 경련을 일으켰다.

"따라서 제가 내린 결론은 이렇습니다. 앤 맥퀸은 도너가 아니다. 그렇다면 과연 누구일까. 대체 그 도너가 누구기에 박사님이 거짓말을 하면서까지 감추려고 했을까. 그 순간 생각이 났죠. 사고 당시 소영과 함께 연구소로 운반된 시신이 한 구 있었다는 사실이 말입니다. 그 시신은 심장에 두 발의 총알을 맞고 그 자리에서 즉사했습니다. 그 때문에 그 시신의 뇌만은 어떤 외상도 입지 않고 멀쩡했으며 싱싱했습니다. 동일한 성별에 같은 나이, 동일한 핏줄. 마침 그 자리에는 뇌신경외과의로 저명하신 박사님이 계셨죠. 세계 최초로 원숭이 뇌 이식에 성공했던 박사님이 말입니다. 그 박사에게는 쌍둥이인 두 딸이 있습니다. 그런데 그중 한 딸은 즉사해서 주검으로 앞에 놓여 있고 나머지 한 딸은 머리에 총상을 입고 죽어 가고 있었습니다. 모두 죽어 가는 그 딸을 지켜볼 수밖에 없는 극박한 상황에서 박사만은 그 딸을 살릴 수 있는 가능성이 있었습니다. 모든 조건에 적합한 싱싱한 뇌만 있다면 말이죠."

동우의 하얗게 질린 얼굴은 마주하고 싶지 않은 두려움 앞에 점차 처참하게 일그러져 갔다. 그러나 정훈은 한 치의 망설임이나 주저함 없이 마저 이야기를 이어 나갔다.

"아마 그 박사한테는 다른 선택의 길이란 없었을 겁니다. 겨자씨 만한 가능성이라도 있다면, 그 가능성에 기대어 마지막 남은 딸만이라도 살리고 싶었을 테니까요. 아마 그 순간에는 자신의 뇌라도 꺼내어 딸에게 이식해 주고 싶었을 겁니다. 하나 그럴 수 없었죠. 자신의 뇌는 죽어 가는 딸과 적합하지 않았으니까. 그래서 지푸라기라도 잡는 심정으로 죽은 딸과 적합성 검사를 시행했을 겁니다. 그런데 가혹한 신의 농간인지, 기적인지. 죽은 딸의 뇌가 죽어 가는 딸의 뇌와 적합하다는 결과가 나왔습니다. 망설이거나 고민할 겨를 따위는 없었겠죠. 박사는 두 딸을 모두 수술대에 올렸습니다. 죽은 딸의 머리를 열고 그 뇌를 죽어 가는 딸의 뇌에 이식했습니다. 그리고 그

밤 은
아침을
꿈꾼다

사실을 철저한 비밀에 붙였죠. 살아난 딸을 위해서. 그 딸이 받을 충격이 두려워서. 사실은 그 딸을 자신의 목숨만큼 너무도 사랑하기 때문에. 그리고 박사님은 그렇게라도 해서 죽은 딸도 살리고 싶었을 겁니다. 자신이 버렸던 딸을 그렇게라도 살려 곁에 두고 싶었는지도 모르겠습니다."

정훈의 긴 이야기가 끝났을 때, 동우의 얼굴은 처참하게 무너져 있었다. 질끈 감긴 눈은 한동안 떠지지 못했다. 피눈물을 삼키듯 그의 목울대가 크게 꿀렁거리며 오르내렸다. 꽤 긴 시간이 흐른 후, 동우의 비통함에 가라앉은 음성이 갈라지며 조용한 차 안을 울렸다.

"소영이는…… 소영이도 그 사실을 알고 있던 건가. 그래서 저 아이가 저렇게 된 건가?"

"아니요. 소영이는 아직 모릅니다. 제 힘이 닿는 한 영원히 모르게 할 겁니다."

"그렇다면 소영이가 왜……."

정훈의 음성도 처참하게 가라앉아 있었다.

"박사님은 인정하고 싶지 않으시겠지만, 지금 소영이는 이식된 소희 씨 뇌의 영향을 받고 있습니다. 소영이 자신의 자아와 소희 씨의 의식 사이에서 혼란스러워하고 고통스러워하며 치열하고 싸우고 있습니다."

고통 속에 질끈 감겨 있던 동우의 눈이 번쩍 떠졌다.

"그런 일은 불가능해!"

"박사님 입으로 세상에는 과학적으로 증명할 수 없는 불가사의한 일들이 벌어지기도 한다고 말씀하시지 않았습니까. 지금 그 불가사의한 일이 소영의 안에서 벌어지고 있는 겁니다."

"마, 말도 안 돼. 어떻게 그런 일이!"

"저도 처음에는 믿을 수 없었습니다. 그러나 지금은 믿고 싶지 않아도 믿을 수밖에 없게 되었습니다. 수술 후 달라진 소영의 변화를 생각해 보십시오. 육류를 선호하게 된 식성, 책을 멀리하고 바다를 그리워하며 담배를 피우기 시작했습니다. 육체적 감각에 민감하게 반응하며 집착하는 성향도 뚜렷했고 소희 씨가 생전에 숨겨 두었던 물건이 있는 장소들도 무의식적으로 알 수 있다고 했습니다. 클래식을 좋아하던 소영이 어느 순간부터 즐겨 듣기 시작했던 음악이 무엇인지 아십니까? 〈over the rainbow〉. 소영이 소희 씨를 처음 만났을 때, 언니가 듣고 있던 음악이었다고 하더군요."

부릅떠진 동우의 눈동자가 믿을 수 없다는 듯 부르르 떨렸다.

"소영이는 언니가 죽은 후에도 언니와 교감하고 있는 것 같다고 했습니다. 언니가 아직 제 안에 살아 숨 쉬는 것 같다고, 매 순간 언니가 느껴진다고도 했습니다. 소희 씨가 살았던, 그리고 소희 씨가 묻혀 있는 곳에 도착한 뒤로 그런 소영의 성향은 좀 더 짙어지고 강해졌습니다. 심지어 소희 씨가 사랑했던 남자에게 동일한 감정을 느끼기도 했습니다."

정훈의 주먹이 절로 와드득 움켜쥐어졌다.

"그때부터였습니다. 제가 박사님의 말씀을 의심하며 조사를 시작한 것이. 소영이가 알고 있는 사실은 사망 당시 소희 씨가

밤 은
아침을
꿈꾼다

임신 중이었다는 사실뿐입니다. 그것만으로도 소영이한테는 감당할 수 없는 큰 충격이었습니다. 아시겠지만, 소영이는 소희 씨의 죽음에 자신의 책임 역시 있다고 생각합니다. 혼자만 살아났다는 사실에 심한 자책과 죄책감을 느끼고 있습니다. 그런데 거기에 아기의 죽음까지 더해졌으니, 그 충격과 비통함은 이루 말할 수 없었을 겁니다."

때문에 그 날 새벽, 이를 악물고 대니를 찾아간 그녀를 이해하고자 애썼다. 그날 새벽 정훈은 소영의 눈에서 소영이 아닌 다른 여자를 보았다. 그가 아닌 대니를 원하고, 그의 곁에 남고 싶어 하는 다른 여자의 간절한 눈빛, 절규를 소름 끼치도록 듣고 느꼈다.

그러나 소영은 악착같이 그를 바라보며 그에게 와 주었다. 그의 팔뚝을 움켜잡고 올려다보는 소영의 눈동자에서 정훈은 대니 곁에 있게 해 달라고 절규하는 다른 여자에 맞서 자신을 잡아 달라, 놓지 말라고 울부짖으며 절규하는 소영을 보았더랬다. 미안하다고, 용서해 달라고 울부짖으면서도 그를 혼자 버려둘 수 없다고 애원하는 소영의 절규를 들었더랬다.

그 후로 소영은 모든 사고와 감정을 단절한 채 스스로를 고사시키고 있었다. 두렵고 혼란에 가득 찬 낯선 눈빛으로 그만을 맹목적으로 바라보면서도 그의 곁을 지키려고 한다. 그녀는 지금 그를 놓지 않기 위해서, 그를 버리지 않기 위해서 제안의 또 다른 자신과 맹렬하게 싸우고 있는지도 모르겠다.

그럴수록 소영의 눈동자는 점점 텅 비어 가고 죽어 가는 고목처럼 말라비틀어져 고사되어 가고 있었다. 그런 소영을 지켜보는 것이 괴롭다. 고통스럽다. 소영의 몸을 미친 듯이 흔들며 그만하라고, 제발 정신 좀 차리라고 소리치고 싶다.

하지만 그럴 수가 없다.

그녀를 영영 잃게 될까 봐 두렵다.

그녀를…… 놓아주게 될까 봐 두렵다.

정훈은 고통과 혼란 속에 빠져 허우적거리는 동우를 내버려둔 채 차에서 내렸다.

동우는 끝까지 그럴 리가 없다고, 그건 불가능한 일이라고 넋두리처럼 중얼거렸다. 동아줄처럼 자신이 아는 과학적 논거와 온갖 연구 및 소영의 검사 결과들을 들이대면서. 심지어 동우는 만에 하나 그의 말이 사실이라고 할지라도 치료할 방법이 있을 거라고 했다. 당장 미국으로 데려가서 온갖 심리 치료 방법부터 약물치료까지 병행해 보자고 했다. 그래도 안 되면 소영의 뇌를 다시 열어 감정과 의식을 조절하는 무슨 신경 세포를 절단하는 수술을 해 볼 수도 있다고까지 했다.

그런 동우에게 정훈은 모두 '불가'라는 뜻을 명백하게 전달했다. 동우의 말을 달리 하면, 소영을 정신병동에 입원시켜 놓고 마루타처럼 온갖 치료를 시도해 보겠다는 뜻이기도 했다. 그래도 안 되면 그녀를 감정조차 느끼지 못하는 식물인간 상태로 만들어 버리자고? 그것이야말로 그녀 안의 소희를 죽이기 위해서 소영마저 죽이겠다는 것과 무엇이 다른가.

절대 허락할 수 없는 일이었다. 어떠한 일이 있어도 소영을 숨만 붙어 있는, 산송장과도 같은 상태로 만들 수는 없었다.
그와 같은 일은 목숨을 걸고서라도 막을 터였다.

어떻게든 그녀를 지킬 것이다. 어떻게 해서든 그녀를 본래
의 그녀로 되돌려 놓을 것이다.

하나 끝끝내 그것이 불가능하다면, 그땐…….

"그만!"

정훈은 계단을 오르던 걸음을 우뚝 멈추고 으스러트릴 듯
주먹을 움켜잡았다. 이를 악물고 불현듯 뇌리에 떠오른 마지
막의 마지막, 그 최후의 결정을 내동댕이치듯 저 멀리 던져버
렸다.

"아직은 아니야. 아직은 절대 포기 못 해."

정훈은 치밀어 오르는 신물을 가까스로 씹어 삼키며 굳어
버린 다리를 간신히 다시 움직였다.

고통 속에 스스로를 고사시켜 가면서도 그를 부여잡고 기다
리고 있는 소영에게 가기 위해서.

◎

"소영아, 조금만 더 먹자, 응?"

정훈이 새벽같이 일어나 정성껏 끓인 소고기야채 죽을 한
수저 크게 떠 입으로 호호 불어 소영의 입으로 가져갔다. 소영
은 입을 꾹 다문 채 고개를 가로저었다. 웬일로 잘 먹는다 싶
더니, 불현듯 수저를 놓아 버린 소영이었다. 잘게 다진 고기만

골라 먹던 스스로를 깨달은 직후에 벌어진 일이었다.

정훈은 간청하듯 다시 한 번 그녀를 살살 달랬다.

"괜찮아, 소영아. 마지막으로 이거 한 입만, 응?"

그러나 한번 다물어진 그녀의 입은 다시 벌어질 줄 몰랐다. 그의 니트 자락만 기겁하듯 움켜쥐고 그의 얼굴만 뚫어지게 바라볼 뿐이었다. 마치 스스로에게 '내가 사랑하는 사람은 이 사람이야. 잊지 마. 절대 잊으면 안 돼.'라고 주입하고 세뇌시키는 것처럼.

몇 번의 시도 끝에 결국 정훈은 식탁을 치울 수밖에 없었다. 정훈이 식탁과 주방을 오갈 때마다 소영이 그의 옷자락을 움켜쥐고 길 잃을까 겁먹은 어린아이처럼 졸졸 따라다녔다. 정훈은 그런 소영을 품에 안고 소파로 이동했다.

수술 후 정상 체중으로 올랐던 살들은 이제 눈을 씻고 찾아봐도 없을 만큼 사라져 버렸다. 혼수상태에서 호스로 영양분을 공급받았을 때처럼 소영의 몸은 다시 비쩍 말라 버리고 말았다. 어린아이처럼 가벼워진 그녀의 무게에 꽉 다문 정훈의 턱관절이 꿈틀거렸다.

소영을 소파에 조심스럽게 내려놓고 그 옆에 앉았다. 어미 새를 바라보는 새끼 새처럼 자신만을 올려다보는 그녀의 퍼석하게 마른 얼굴을 부드럽게 어루만지며 속삭였다.

"아침 먹었으니까 이제 씻을까?"

그녀가 순하게 고개를 끄덕거렸다.

"그래, 그러자. 그럼 여기 잠깐만 있어. 얼른 욕조에 물만 틀어 놓고 올게."

그가 몸을 일으키려고 하자 소영이 기겁한 듯 다시 그의 옷
자락을 꽉 움켜잡았다. 두려운 눈빛으로 그를 올려다보며 고
개를 세차게 가로저었다. 이젠 그 잠시도 그와 떨어지면 자신
을 잃게 될까 봐 두려운 모양이었다. 아프게 젖어든 그의 눈시
울이 뜨끈해졌다. 정훈이 목 끝까지 밀려온 뜨거운 덩어리를
꾹 삼키고 다정한 미소를 지어 보였다.

"그럼 같이 갈까?"

소영은 고개를 끄덕이는 대신 먼저 몸을 일으켰다. 정훈은
소영을 다시 가뿐하게 안아 올렸다.

욕조에 따뜻한 물을 틀어 놓고 정훈은 몸을 돌렸다. 그녀를
꼭 안고 마른 등을 살살 쓰다듬었다. 욕조에 물이 어느 정도
차오르자 뜨거운 훈김이 욕실에 가득 찼다. 그제야 정훈은 그
녀를 품에서 놓아주고 헐렁한 니트를 벗겨 주었다. 한사코 그
를 놓지 않으려고 해서 한 팔을 벗겨 내고 그녀가 손을 바꿔
다른 손으로 그를 잡을 때까지 기다렸다가 나머지 팔에서 니
트를 벗겨 냈다.

그녀의 앙상하게 마른 상체가 드러났다. 움푹 파인 쇄골. 그
리고 작아도 소담스러웠던 가슴 둔덕은 이제는 말라비틀어진
듯 미미한 형체로 납작하게 달라붙어 있을 뿐이었다. 가만 서
있어도 갈비뼈가 훤히 다 보일 정도였다. 정훈은 다시 한 번
뜨겁게 치밀어 오르는 것을 꾹 삼키고 소영의 마른 몸에서 나
머지 옷가지들을 하나둘 벗겨 냈다.

적당한지 온도를 잰 후에 그녀를 안고 욕조 안으로 들어갔다. 전신을 포근히 감싸 주는 따스한 물 덕분에 딱딱하게 굳은 그녀의 몸이 조금씩 부드럽게 이완되는 것이 느껴졌다. 니트 자락을 잡고 있는 그녀의 손을 살며시 잡아떼었다. 그제야 그녀의 손이 스르르 뒤로 물러났다.

　니트 대신 자신의 손을 꼭 움켜쥐게 하고는 그 상태로 정훈은 서둘러 입고 있던 옷들을 벗기 시작했다. 자신의 손을 놔주지 않는 소영 때문에 불편했지만, 이젠 이 정도는 한 손으로도 손쉽게 벗을 수 있게 된 정훈이었다. 매일 하루에 두 번, 아침 저녁으로 반복되는 일상이었으니까.

　물에 젖어 무거워진 옷들을 욕조 밖으로 던져 놓고 정훈은 소영을 뒤에서 꼬옥 끌어안았다. 그녀의 어깨에 연신 따뜻한 물을 끼얹어 주고 머리를 감겼다. 얼굴도 깨끗하게 씻기고 온몸도 조심스럽게 씻겼다. 칫솔에 치약을 짜서 건네주자 그녀가 그를 빤히 올려다보며 양치질을 했다. 그녀와 함께 그도 양치질을 했다.

　욕조의 마개를 뽑고 그녀와 함께 일어났다. 샤워기에 온수를 틀고 소영에게 양해를 구했다.

"소영아, 잠깐만. 나 빨리 씻을게."

　소영이 고개를 끄덕거렸다. 그러나 잡은 그의 왼손은 놓아주지 않았다. 정훈은 오른손만으로 재빨리 머리를 감고 세수를 하고 샤워를 했다. 그 모든 것을 하는 데 채 4분도 걸리지 않았다.

　욕조 밖으로 나와 마른 타월로 그녀의 젖은 몸을 닦아 주는

데 소영이 다른 손으로 그의 턱을 가만히 어루만졌다. 면도하지 않은 모습이 불만스러운 듯 미간을 찌푸렸다. 아차, 깜박했다. 소영은 까칠한 턱을 좋아하지 않는데.

그래도 벌거벗은 그녀를 그대로 둘 수 없어 정훈은 싱긋 웃으며 그녀의 젖은 몸을 마저 닦았다.

"알았어. 면도할게. 너 먼저 닦고."

정훈은 그녀한테 타월 바스 가운을 입히고 나서야 그녀를 놓아주고 세면대로 돌아섰다. 당연히 그녀도 함께였다. 그의 왼손을 잡고 바짝 붙어선 그녀를 옆에 세우고 한 손만으로 능숙하게 면도를 하기 시작했다. 훈김이 올라 뿌연 거울에 손바닥으로 슥슥 밀어낸 부분만 나란히 선 두 사람의 얼굴이 비쳤다.

거울 속의 제 모습조차 보기 싫어하는 그녀는 오늘도 변함없이 고개를 푹 숙인 채 그의 가슴 쪽만 고집스레 바라보고 있었다. 거울 속의 두 사람은 누가 더 안쓰럽다고 할 것 없이 삐쩍 말라 있었다. 퀭한 두 눈에 움푹 파인 볼, 퍼석한 피부까지 쌍둥이처럼 똑같았다. 서로를 아프게 응시하는 검게 짓무른 눈빛까지도.

조금도…… 행복해 보이지 않았다. 서로가 서로를 움켜잡고 생기를 잃은 채 죽어 가고 있는 것 같았다.

'소영아……. 아직인 거니? 얼마나 더 기다려야 되는 거니. 너를 어떻게 하면 좋을까. 널 포기하지 못하고 잡고 있는 내가 과연 잘하는 걸까.'

"아."

순간, 그의 입에서 짧은 신음이 흘러나왔다. 오른쪽 뺨 아랫부분에서 발간 피가 스며 나오고 있었다. 쓸데없는 상념을 하느라 멍청하게 면도날에 베인 모양이었다. 그의 짧은 신음 소리에 움찔한 소영이 소스라쳐 고개를 번쩍 들어 거울 속의 그를 쳐다보았다. 빨간 피가 배어 나오는 그의 뺨을 본 소영의 안색이 대번에 하얗게 질렸다. 정훈은 얼른 핏자국을 물로 씻어 내며 그녀를 달랬다.

　"괜찮아. 별 거 아니야."

　그러나 소영의 하얗게 질린 안색은 돌아올 생각을 하지 않았다. 소영의 부릅떠진 눈동자는 거울 속의 그에게 못 박힌 듯 고정되어 있었다.

　"살짝 베인 것뿐이야. 정말 별거 아니라니까."

　정훈은 부러 환하게 웃어 보이기까지 했다. 키를 잔뜩 줄여 그녀의 눈앞에 베인 상처 부분을 가까이 갖다 대고 '이것 봐. 진짜 별거 아니지?' 하며 씨익 웃었다. 그제야 소영이 마른침을 꿀꺽 삼키며 커다래진 눈을 깜박거렸다. 떨리는 손을 들어 상처 부분을 만질까 말까 망설였다. 정훈은 다시 한 번 손등으로 아무렇지 않게 베인 부분을 슥 닦아 낸 후 소영의 앞머리를 쓰다듬었다.

　"거봐. 별거 아니라니까."

　소영의 시선이 움찔 거울로 향했다. 두려운 듯 자신의 얼굴을 훔쳐 본 소영의 얼굴이 와그작 일그러졌다. 사나흘에 한 번 듣기조차 힘든 소영의 탁하게 갈라진 음성이 희미하게 흘러나

왔다.

"머리, 잘라 줘."

소영은 자신의 마른 목덜미를 덮을 만큼 자란 머리카락을 끔찍하다는 듯이 노려보았다.

❋

사각. 사각.

거실 한복판에 신문지를 깔아 놓고 의자에 소영을 앉힌 정훈은 다시없을 만큼 신중한 표정으로 소영의 머리카락을 자르고 있었다. 머리를 자르겠다고 하면서도 미용실에는 한사코 가지 않겠다고 고집을 피우는 그녀 때문에 생전 처음 가위를 든 정훈이었다.

이번만큼은 소영도 그의 손을 놓지 않겠다고 칭얼거리지 않았다. 정훈 대신 그의 휴대전화를 만지작거리며 불안감을 초조하게 눌러 참고 있었다.

"후우. 다 됐다. 그런데 잘 자른 건지는 모르겠다. 거울 보여 줄까?"

진땀까지 흘리며 그럭저럭 그녀의 머리를 고르게 자르는데 성공한 정훈이 물었다. 소영은 고개를 가로저었다. 대신 그의 앞에 휴대전화를 삐죽 내밀었다. 응? 하고 바라보는 그에게 소영이 입술을 달싹거렸다.

"여기 가 봐요, 우리."

그녀가 내민 그의 휴대전화에는 2년 전에 이화마을에서 찍었던 소영의 사진이 떠 있었다.

◉

　　2년 만에 다시 찾은 이화마을은 예전과 달라진 것이 별로 없었다. 달라진 것은 그와 그녀뿐인 듯싶었다.

　　오르막을 오른 지 얼마 되지도 않아 소영은 숨이 찬 듯 가쁜 숨을 몰아쉬었다. 한동안 잘 먹지도 않고 집 밖으로는 한 발자국도 나가지 않으려고 했던 그녀한테 갑작스러운 외출은 무리였는지도 모르겠다. 거기다 차에서 내려 한참이나 거슬러 올라가야 하는 오르막은 여러모로 힘이 부칠 터였다.

　　정훈은 사람들의 시선 따위 아랑곳하지 않고 소영을 등에 업었다. 소영이 싫다고, 내려 달라고 고개를 가로저었지만 이번만큼은 그녀의 말을 들어주지 않았다.

　　"너 힘들어. 그냥 이러고 가자. 이화마을 보고 싶다며. 보여 줄게. 우리가 함께 거닐었던 그 길을. 가자."

　　다정하게 속삭이자 그제야 소영이 바르작거림을 멈추고 순하게 그의 등에 기대어 목을 끌어안았다. 뭐지? 하고 사람들이 힐끔거리며 쳐다보았지만, 정훈은 일절 상관치 않았다. 오롯이 등에 맞닿아 있는 소영만을 느끼며 그녀와 함께 예전에 거닐었던 길을 거닐었다. 천사의 날개가 그려져 있는 벽화도 보고, 수묵화처럼 끝없이 길에 이어져 있는 울긋불긋한 벽면

밤　은
아침을
꿈꾼다

의 꽃길도 거닐었다. 밤하늘을 걸어가는 것 같은 신사와 강아지 조형물도 보고, 언젠가 그녀가 감칠맛 난다라는 뜻의 〈개미지다〉라는 말도 있구나, 하며 재미있어 하던 벽화 앞도 천천히 지나쳤다.

그녀와 야경을 감상하며 와인을 마셨던 레스토랑은 새 단장을 했는지, 인테리어가 싹 다 바뀌어 옛 모습을 찾아볼 수가 없어 안타까웠다.

"인테리어가 바뀌었네. 그래도 한번 들어가 볼래? 여기가 우리 예전에 야경 보면서 와인 마셨던 데잖아. 기억나니?"

소영은 대답이 없었다. 그녀가 무슨 생각을 하는지 얼굴을 볼 수 없어서 알 수 없었다. 그저 그녀가 레스토랑을 빤히 쳐다보고 있다는 것밖에는 알 수 없었다. 잠시 후, 그녀가 작게 고개를 가로저었다.

"그래, 그럼 다음에 가자."

정훈은 다시 걸음을 옮겼다. 어느새 두 사람은 성벽을 지나 낙산 공원에 도착해 있었다. 두 사람이 처음으로 서로의 마음을 확인하고 첫 키스를 나눴던 장소. 소영이 작게 내려달라고 말했다. 정훈은 순순히 그녀를 내려주었다.

그때, 그 장소, 그 자리에 두 사람은 다시 나란히 성벽 아래의 소박한 야경을 내려다보며 섰다. 그도, 그녀도 오랫동안 말이 없었다. 먹먹하고 아련한 시선으로 검은 밤하늘 아래 반딧불처럼 반짝이는 불빛만 고요히 바라볼 뿐이었다.

불과 2년 전 일이건만, 마치 20년, 아니 200년은 훌쩍 지난 빛바랜 과거처럼 느껴졌다. 정훈이 시선을 돌려 소영을 내려다보았다. 순간, 아스라하게 젖어 있던 정훈의 얼굴이 서리 맞은 마른 풀잎처럼 쩡하니 얼어붙었다.

어둠을 응시하는 그녀의 눈동자는 텅 비어 있었다.

아무것도 기억하지 못하고, 아무것도 느끼지 못하는 나무 인형처럼 버석하게 말라 있었다.

◈

동우는 한 달이 지나고, 두 달이 지나도 미국으로 돌아가지 않았다. 연구소와 그들에게서 걸려오는 전화를 무시한 채 매일 소영을 찾아갔다. 정훈의 말만 믿을 수는 없었다. 자신의 눈으로 직접 보고 확인해 봐야만 했다.

정훈은 그에게 아버지가 아닌, 인간 차동우, 타카하시 카즈마 박사로는 더 이상 소영에게 해 줄 수 있는 것이 없다고 했다. 자신의 잘못을 만회할 요량으로 소영을 미국으로 데려가서 정신병동에 평생 가둬 놓고 치료하겠다면서 연구나 할 속셈이라면, 그녀를 감정도 의지도 상실한 식물인간으로 만들어 놓은 생각이라면 더 이상 소영을 찾아오지 말라고 했다.

그러나 동우는 그럴 수 없었다. 소영은 하나밖에 남지 않은 그의 딸이었다. 사랑한다는 말 한 마디 못해 줬지만, 그렇다고 소영을 사랑하지 않은 것 아니었다. 소영을 사랑했다. 자신의 방식이 그릇된 방법이었다는 것은 인정한다. 자신이 얼마나 비정하고 못난 아비였는지도 인정한다. 시간을 되돌릴 수만 있다면 악마와 거래를 해서라도 시간을 되돌리고 싶은 심정이었다.

소영 앞에, 소희의 무덤 앞에 무릎을 꿇고 빌라면 얼마든지 빌 수 있었다. 그의 죽음으로 소영으로 정상으로 되돌릴 수만 있다면 얼마든지 죽을 수도 있었다. 차라리 죽고 싶기도 했다. 그러면 최소한 소희를 만나 무릎 꿇고 용서라도 빌 수 있을 테니까.

그러나 아직은 죽을 수도 없었다. 죽음은 한순간일 터였다. 죽는 것 따위는 두렵지 않았다. 두려운 것은 자신의 과오로 소영이 저대로 병들어 스스로를 죽여 가는 것. 소영을 원 상태로 돌려놓기 전에는 죽고 싶어도 죽을 수가 없었다.

동우는 뇌 수술과 관련된 동서고금의 모든 논문들과 그동안 자신이 이룩한 연구 실적들, 심지어 그토록 비웃고 경멸했던 종교, 윤리학자들이 주창하던 뇌 이식에 반대하는 논거 자료와 대체 의학 수준에도 못 미치는 심리, 심령 치료 자료까지 이 잡듯이 뒤지며 미친 듯이 파헤쳤다. 그럼에도 동우는 자신이 진리라고 신념처럼 믿던 합리적 사고와 의학적 지식들을 완전히 무시하고 배제시킬 수는 없었다.

정훈은 정훈만의 방식으로 소영을 지키겠다고 했다. 마찬가지로 동우 역시 동우의 방식으로 소영을 치료하고 지킬 생각이었다. 최악의 경우 제 손으로 소희를 두 번 죽이는 한이 있더라도.

다행히 소영은 그의 방문을 막지 않았다. 다만, 그가 무슨 얘기를 하든 차가운 눈빛으로 그를 낯선 타인인 양 무감하게 바라볼 뿐이었다. 그나마도 그가 아예 존재하지 않는 사람인 양 무시하고 있을 때보다는 감지덕지 고마운 일이었다. 대부분 소영은 그를 아예 없는 사람인 양 취급하고는 했다.

그러던 동우는 석 달이 지난 어느 날, 그들에게 납치되듯이 끌려 미국으로 돌아가게 되었다. 동우는 소영에게 떠난다는 말도, 조금만 더 기다려 달라고 꼭 너를 고칠 방법을 찾아 곧 돌아오겠노라는 말도 미처 전할 수가 없었다. 늦은 밤, 짐짝처럼 그들의 전용기에 태워져 한국을 떠나는 동우의 얼굴에는 지독한 통한과 후회의 눈물이 흐르고 있었다.

정훈은 늦은 밤 일어나 소리 없이 침대를 빠져 나왔다. 오래, 깊이 잠들지 못하는 그에게는 이제 익숙해진 일이었다. 뒤돌아 웅크리고 잠들어 있는 가녀린 몸에 이불을 꼼꼼히 덮어 주었다. 그를 등진 채 잠드는 소영 역시 이제는 익숙해진 모습이었다. 깨어 있을 땐 한시도 그를 잡고 놓아주지 않지만, 깊이 잠든 그녀는 그를 외면하고 몸을 돌린다.

거실로 걸음을 옮기는 그의 시야에 어둠 속에 아스라이 빛나는 오르골이 눈에 띄었다. 아득한 눈빛으로 그것을 한참이나 응시하던 정훈은 조용히 오르골을 들고 방을 나왔다.

이제는 그처럼 아무 의미 없이 그녀의 필사적인 의지만으로 그녀의 곁에 남아 있는 물건이었다. 이 오르골이 켜진 지가 언제였는지, 이제는 가물가물해져 기억도 제대로 나지 않는다. 이 오르골에서 흘러나오는 녹턴의 〈사랑의 꿈〉 선율에 나른한 미소를 머금으며 잠에서 깨어나는 그녀를 본 지도 오래되었다. 이제 소영은 이 오르골의 선율에도 아무런 반응을 보이지 않는다.

거실로 나온 정훈은 발코니로 향했다. 이중 유리문을 단단히 여닫고 화분 뒤에 숨겨 놓은 그녀의 담배를 꺼내 불을 붙였다. 짙게 깔린 어둠 속으로 희뿌연 담배 연기를 내뿜었다. 그의 두려움에 짓눌린 마음처럼 희뿌연 연기가 멀리 날아가지 못하고 무겁게 깔리며 흩어져 사라졌다.

정훈은 손에 들고 있는 오르골을 한참을 내려다보다가 살며시 뚜껑을 열었다. 건전지가 닳았는지, 아니면 태엽이 끝났는지 오르골은 뚜껑을 열었음에도 선율을 들려주지 않았다. 빙글빙글 돌던 발레리나도 그에게 등을 돌린 채 꼼짝도 하지 않았다.

피식.

그의 입술이 뒤틀리며 바싹 메마른 비소가 흘러나왔다.

"너도 끝났다는 것을 아는 건가."

지난 1개월 동안 소영은 마지막 발악을 하듯 그와 함께했던 장소들을 모두 돌아다녔더랬다. 힘이 들어 기진맥진, 쓰러질 듯 휘청거리면서도 그 모든 곳들을 가 보고 싶다고 고집을 부렸다. 이화마을에서부터 20년 만에 다시 만났던 홍대의 클럽,

그 앞의 커피전문점, 집 앞의 호프집, 설렁탕집, 북한산 그리고 매일 밤 함께 산책하던 골목들까지 한 곳도 빠짐없이 기를 쓰고 악착같이 찾아갔다.

그러나 그 고생을 하고 힘들게 찾아간 보람도 없이 그녀의 마지막 표정은 늘 한가지였다. 공허하게 텅 빈 눈동자로 아무 것도 느끼지 못하는 무감한 자신에 대한 허탈함, 실망 그리고 두려움이었다.

그러다 그녀는 어느 날 갑자기 그 고행과도 다름없던 순례를 그만두었다. 그 후로 소영은 다시 자포자기하듯 자신 속의 세계로 스스로를 가둬 버렸다.

길고 길었던 치열한 전쟁 끝에 소영은 서서히 지쳐 가고 있었다. 소희에게 한 발, 두 발 뒤로 물러나며 점차 무너지고 있는 그녀가 느껴진다. 이제는 더 이상 그를 놓지 않겠다, 지켜 달라 절규하며 매달리는 절박한 눈빛으로도 바라보지 않는다.

그저 그래야 하니까. 그렇게라도 하지 않으면 안 될 것 같은 의무감으로 그를 잡고 바라볼 뿐이었다. 그럴수록 소영은 점점 파리하게 말라 가고 있었다.

며칠 전에는 숨 막히는 침묵을 몰아내기 위해서 TV를 틀어 놨다. 아무 채널이나 틀어 놓은 채 그도 그녀도 보지 않았다. 그런데 하필 그 채널에서 괌의 여행 정보를 알려 주는 프로그램이 방영되었다. 그 순간 정훈은 똑똑히 보았다. 말라비틀어진 고목처럼 꺼멓게 죽어 있던 소영의 눈동자가 생기를 얻고 번뜩이는 것을.

흥분에 차 반짝거리는 눈동자, 홍조로 발갛게 달아오르는 얼굴. 그런 그녀의 모습은 서울에 돌아온 후 처음 보았다. 그의 가슴속에서는 비명이 터져 나왔다. 순간적으로 이성을 잃고 손에 잡히는 모든 것을 부숴 버리고 싶은 난폭한 충동에 휩싸이기도 했다.

　그러나 정훈은 채널을 돌릴 수도, TV를 꺼 버릴 수조차 없었다. 아득한 그리움으로 가득 차 흥분하여 발그레해진 그녀의 얼굴이 너무 소중하고 예뻐서, 눈물 나도록 너무 그리웠던 얼굴이어서 차마 그럴 수 없었다. 고통과 분노로 울고 짐승처럼 울부짖으며 그런 소영을 넋 놓고 바라보았다.

　그의 시선을 느낀 소영이 소스라치게 놀라 다시 꺼멓게 죽어버리기 전까지. 파랗게 질려 오들오들 떨기까지 하는 그녀를 보며 되레 그러지 말라고, 제발 저걸 더 보라고 애원이라도 하고 싶은 심정이었다.

　이제는 그녀가 소영인지 소희인지 모르겠다.

　어쩌면 두 사람의 싸움은 처음부터 결론이 정해져 있던 싸움이었는지도 모르겠다. 다윗과 골리앗의 싸움처럼 상대가 되지 않는 싸움. 소영은 자신의 감정과 생각을 감추고 참고 무조건 인내하며 다른 이의 뜻에 따라 순종하는 삶을 살아온 사람이었다. 반면 소희는 양부의 지극한 사랑 아래 자신의 욕망을 마음껏 펼치며 살았던 사람이었다. 그러한 바탕이 있었기에 연거푸 닥친 고난 속에서도 그녀는 꿋꿋이 자신의 길을 찾아 살 수 있었던 건지도 모른다.

학문과 지식은 두 사람의 싸움에서 아무짝에도 쓸모없었다. 소영이 우물 안 개구리였다면 소희는 제 마음대로 휘돌아다니는 바람이었고, 소영이 온실 속 화초였다면 소희는 끈질긴 생명력의 잡초였었다.

　소영이 태양이요 밝음이었다면, 소희는 달이자 어둠이었다.

　빛과 어둠의 싸움에서 빛이 패배하고 있는지도 몰랐다.

　밤은 끊임없이 아침을 꿈꾸며 제 영역을 넓히고 있었다.

　종래 밤이 아침을 집어삼키면 아침 또한 밤이 되어 버릴지도 몰랐다. 그리고 길어진 밤은 쉬이 끝나지 않을 터였다.

　그 긴 어둠 속에서 소영이 자신을 포기한 것처럼, 그와의 추억을 잊기 시작한 것처럼 그를 완전히 잊어버릴까 두렵고 무섭다. 오랜 시간 그와 함께 있으면서도 화면으로 보이는 꿈의 모습만으로도 반짝거리며 생기를 되찾은 그녀가 서럽고 가엾다.

　한때는, 아니 아주 오랫동안 그는 자신이 가부인 줄 알았다. 어리고 약한, 한입거리도 안 되는 먹잇감 메이를 운명적으로 만나 친구로 아끼고 보살피며 지켜 주는 늑대 가부. 하지만 가부는 자신이 아닌 소영이었다. 그는 소영 앞에서는 아무 힘도 없는 어린 양이 되어 버리고 만다. 악착같이 그녀를 부여잡지만 끝까지 움켜쥘 힘도 없는 미약한 존재.

　그를 진정한 사랑에 눈뜨게 해 주고 살게 해 준 것은 소영이었다. 그런 소영이 자신을 잊어 가고 있었다. 낭떠러지에 떨어져 죽을 뻔했던 가부가 기적적으로 살아나 메이를 기억하지 못하는 것처럼 죽음의 사선에서 돌아온 소영은 점차 그를 잊어 가고 있었다.

아침을 먹어 버린 밤은 더 이상 밤이 아닐 것이다. 밤에게 먹혀 버린 아침 역시 더 이상 아침이 아닐 터였다. 밤도, 아침도 아닌 모호한 경계 속에서 소영은 스스로 죽어 가고 있었다.

온전한 소영을 되찾을 수 없다면…….

아니, 온전한 소영이 아니어도 상관없다.

그저 그녀가 그의 곁에서 온전히 살아 있어 주기만 한다면, 그럴 가능성만 단 0.01퍼센트만 있어도 결코 이 같은 마지막 결정을 내리지 않으리라.

하지만 이젠 받아들여야만 하리라. 그녀를 내 옆에 붙들어 놓는 것은 내 욕심이다. 내 곁에 더 있다가는 그녀가 죽는다. 소희의 그리움이 그녀를 고사시키고 있다.

그는 고통과 절망에 짓무른 눈빛으로 담배를 내려다보았다.

"아무래도 당신이 이긴 것 같습니다."

더 늦기 전에 소영을 보내 줘야만 하리라…….

더 늦기 전에, 소영을 영영 잃어버리기 전에.

상생相生

"괌으로 돌아가."

정훈의 담담한 목소리에 멍하니 손에 쥐여 있는 비행기 표를 내려다보고 있던 소영은 흠칫 놀라 그를 올려다보았다. 순간 자신이 잘못 들은 줄 알았다. 그러나 그는 눈이 시리도록 아픈 미소를 지으며 다시 한 번 분명하게 말했다.

"괌으로 돌아가라고."

오빠…….

"이제 그만 놔줄게."

놔준다고? 그게 무슨 소리야. 소영은 기겁해서 그를 바라보며 세차게 도리질 쳤다. 그의 뾰족해진 목울대가 크게 오르내렸다. 심연처럼 깊게 가라앉은 검은 눈동자가 그녀의 얼굴을 담고 한차례 해일에 휩쓸리듯 크게 요동쳤다.

"우리 소영이 행복하게 해 주고 싶었는데…… 미안하다. 내가 이 정도밖에 안 되는 놈이라서."

소영은 그러지 말라고, 아니라고 소리치고 싶었다.

'오빠, 그러지 마. 날 포기하지 마. 내가 도망쳐도 내 손 놓지 않겠다고 약속했잖아. 그런데 왜 그래! 나 지금 너무 힘들어. 힘들어서 죽을 것 같다고. 나야말로 너무 힘들어서 다 포기하고 그만두고 싶단 말이야! 하지만 나, 포기 안 해. 오빠가 있으니까, 오빠 때문에라도 절대! 그러니까 제발!'

그러나 거대한 바위가 목을 콱 막고 있는 듯 아무 소리도 나오지 않았다. 정훈의 아픈 눈빛이 소영의 얼굴을 어루만졌다.

"사람들은 말하지. 사랑은 같은 곳을 바라보며 같이 가는 거라고. 하지만 아니. 내 생각은 달라. 어떻게 두 사람이 같은 곳을 바라볼 수가 있어. 비슷한 곳을 바라볼 수는 있겠지만 같은 곳을 바라볼 수는 없어. 각자의 생각과 지나온 삶이 다르니까. 그 말은 그저 사람은 다 다르다는 것을 인정하고 그럼에도 사랑하니까, 사랑 때문에, 함께 있고 싶어서 상대방한테 자신을 맞추고 조금씩 참고 양보하며 살라는 말일 거야. 그래, 그 말도 틀린 말은 아니지. 하지만 나는 말이다, 소영아."

정훈은 두려움에 흔들리는 소영의 눈동자를 깊숙이 응시했다.

"나는 서로 다르다는 것을 인정하고 각자가 보는 그곳을 이해하고 존중하며 있는 그대로의 그 사람을 사랑하는 것이 진정한 사랑이라고 생각해. 같은 곳을 바라봐라, 나만 바라봐라, 나한테 맞추려고 애쓰고 강요하는 건 사랑이 아니지. 각자 서 있는 그곳에서 다른 곳을 바라보면서도 함께 갈 수 있는 거, 그게 내가 생각하는 사랑이야."

정훈의 눈동자가 더욱 아프게 잦아들었다.

"그런데 우리 소영이는 항상 타인한테 맞추는 사랑만 해 왔지. 처음에는 아버지, 그다음에는 어머니, 그리고 나까지."

그리고 지금은 언니에게…….

"그러지 마, 소영아. 넌 너야. 사랑 때문에, 사랑하기 때문에 너를 다른 누군가한테 맞추려고 하지 마. 네 스스로를 죽이면서까지 맞추고 양보하고 참을 필요 없어. 그 다른 누군가가 어떤 누구이든지 간에 그러면 안 돼. 인정받고 싶어서, 그리워서, 미안해서, 의무감에 널 죽이면서까지 사랑하는 거, 그건 사랑 아니야. 내가 바라는 건 그런 사랑이 아니야, 소영아."

그가 무슨 말을 하는 건지 안다. 천만 번 옳다는 것도 안다. 하지만 소영은 그의 말을 더 이상 듣고 싶지 않았다. 부정하고 싶었다. 그만하라고 소리치고 싶었다.

'그럼에도 내가 좋다고 했잖아. 상관없다고 했잖아. 그러니까 날 보내지 말아요. 날 놓지 마요. 오빠 곁에 있을 거야. 껍데기만이라도 오빠 곁에 있을 거라고. 그러기로 약속했잖아. 내가 어떻게 오빠를 떠나. 내가 어떻게 오빠를 버려. 내가 없으면 오빠는 어떡하라고……. 그럴 수는 없는 거잖아. 그럴 수는…….'

"언젠가 네가 말했지. 앞으로는 네가 원하는 대로, 하고 싶은 대로 하고 살 거라고. 그래, 제발 네가 그렇게 살아 줬으면 좋겠다. 네가 원하는 대로, 원하는 곳에서, 원하는 사람과 함께…… 마음껏 웃을 수 있었으면 좋겠어."

지금 네가 누구인지는 중요하지 않다. 나한테 너는 언제나 차소영이고, 그런 네가 지금 원하는 것이 무엇인지, 그것만이 중요할 뿐.

그래서 지금 너를 보내 주려고 한다. 네가 원하는 곳으로, 네가 원하는 사람 곁으로……. 그래야 네가 살 수 있을 테니까. 그래야 나 역시 살아갈 수 있을 테니까. 어딘가에서 네가 건강하게, 행복하게 살고 있다는 것만으로도 나는…… 살 수 있을 거다. 아니, 살아 낼 거다.

"그러니까 네 마음이 움직이는 대로, 원하는 대로 그렇게 살아. 절대 뒤돌아보지 마. 다른 어떤 누군가에게도 널 맞추려고 하지 마. 참지 마. 널 내어 주지 마. 넌 네 거야. 네가 차소영이라는 것만 절대 잊지 마."

정훈은 그녀 안에 미약하게 웅크리고 있는 소영에게 간절하게 부탁했다. 네가 차소영이라는 것만 부디 잊지 말아 달라고. 지금은 네가 힘들고 지쳐 안소희에게 네 몸을 내어 줄지라도 네가 누구인지만은 절대 잊지 말라고.

그래야 먼 훗날에라도 네가 너를 되찾고 나한테 돌아올 수 있을 테니까.

그래서 그녀를 보내 주는 거다. 그 한가닥 희망이라도 있어야 내가 살 수 있으니까. 그러자면 일단은 그녀를 살리고 봐야 하니까. 나와 안소희 사이에서 고통스러워하는 그녀를 더는 두고 볼 수 없으니까. 그래서 잠시 너를 보내 주는 거다.

아주 잠시…….

그래서 안녕이라는 말은 하지 않을 거다. 잘 가라는 말도 하지 않을 거다. 우리는 아주 잠시 떨어지는 것뿐이니까. 그 아주 잠시가 남은 일생의 전부가 될지라도 나는 너를 아주 잠시 떠나보내는 것뿐이니까.

소영아, 이거 하나만 약속해 주라.

부디, 꼭…… 행복해 줘.

사랑한다. 사랑한다. ……사랑한다.

※

소영은 새벽에 간병인의 부축을 받으며 괌 공항에 도착했다. 지난 3일간의 일들이 주마등처럼 그녀의 뇌리를 스쳐 갔다.

심장이 끊어질 듯 지독하게 아픈 눈빛으로 그녀를 바라보면서도 담담한 음성으로 그녀의 손에 비행기 표를 쥐어 주며 놓아주겠노라고, 보내 주겠다며 괌으로 가라던 정훈은 그다음 날부터 묵묵히 그녀의 짐을 싸기 시작했다.

무슨 짓이냐고, 그만두라고 그의 팔을 잡아챘으나, 그는 그녀를 돌아보며 시리도록 아픈 미소만 빙긋이 지어 보일 뿐이었다. 그러고는 그녀를 안아 침대나 소파에 앉히고는 뒤돌아서 또다시 정성껏 짐을 쌌다.

가지 않겠다고, 제발 자신을 보내지 말라고 발악하며 소리치고 싶었다. 그러나 마음속으로만 울부짖을 뿐 정작 입 밖으로는 한 음절도 새어 나오지 않았다.

의식의 한 구석에 환희에 차 전율하는 또 다른 자신이 있었다. 기대와 흥분에 차 가슴 설레며 작게 환호성을 내지르는 자신이. 극명하게 다른 상반된 두 개의 자아가 두 개의 감정을 품고 그녀 안에서 요동치고 있었다. 소영은 울고 웃으며 묵묵히 자신을 떠나보낼 준비를 하는 정훈의 뒷모습을 바라보기만 했다.

떠나는 날 당일, 정훈의 모습은 보이지 않았다. 그가 언제 사라졌는지 깨닫지도 못한 채 현관 앞에 놓여 있는 짐들만 멍하니 바라보고 있는데 현관 벨이 울렸다. 그제야 그가 집에 없다는 것을 알아차렸다. 그인 줄 알고 황급히 문을 열었다.

마지막으로 안간힘을 내어 가지 않겠노라고 말하려고 했다. 그의 곁에 있겠다고, 제발 자신을 보내지 말아 달라고 매달리려고 했다.

'나도 내가 왜 이러는지 모르겠어. 하지만 오빠, 내가 더 노력할게. 앞으로는 오빠 걱정하지 않게 밥도 잘 먹고, 오빠 마음 아프지 않도록 오빠만 더, 더 바라볼게. 오빠만 생각할게. 병원에도 가자. 정신병원이든 뭐든 상관없어. 뭐든 다 할 테니까 제발……. 미안해. 내가 잘못했어. 제발 날 놓지 마. 포기하지 마. 날 좀 잡아 줘. 무슨 일이 있어도 날 놓지 않겠다고 약속했잖아. 사랑한다고 했잖아. 날 사랑하잖아. 나도, 나도 오빠 사랑해. 나도 오빠 없으면 안 된다고. 그러니까 제발!'

그러나 문밖에 서 있는 사람은 정훈이 아닌 낯선 중년 여성

밤 은
아침을
꿈꾼다

과 낯선 남자였다. 정훈이 보낸 간병인이라고 했다. 소영을 꽘까지 무사히 데려가기 위해서 정훈이 고용한 사람들. 그 순간 소영은 깨달았다. 정훈의 결심이 확고하다는 것을. 그의 결심과 이 엉망이 되어 버린 상황을 되돌기에는 너무 때가 늦어 버렸다는 것을. 남자가 먼저 짐을 바리바리 싸 들고 집을 나갔다. 그리고 그 뒤로 소영은 간병인의 부축을 받으며 순순히 집을 나왔다.

정훈의 모습은 끝까지 볼 수 없었다.

그러나 소영은 공항 어디선가 떠나는 자신을 지켜보고 있는 그의 시선을 느낄 수 있었다. 그 시선이 너무 아프고 고통스러워 차마 뒤돌아볼 수 없었다. 그를 더 이상 아프게 할 수 없었다. 마지막 순간까지도 그를 떠날 수 없다고 울부짖으면서도 흥분으로 가득 차 반짝거리는 자신의 눈을 그에게 보일 수 없었다. 그러느니 차라리 이대로 떠나는 것이 나으리라.

하여 소영은 끝까지 뒤를 돌아보지 않았다.

정훈은 대체 언제부터 자신을 떠나보낼 준비를 했던 걸까. 간병인에, 차에, 그녀가 꽘에서 지낼 아담한 집까지 하나부터 열까지 완벽하게 준비가 되어 있는 그 모든 것에 소영은 꽘에 도착한 순간부터 와르르 무너지고 말았다.

무너진 그녀는 도착한 첫날부터 며칠간 내리 죽은 듯이 잠만 잤다. 현실을 부정하듯 두 눈을 꼭 감은 채 깊은 수면 속에 스스로를 가두고 숨어 버렸다. 꽘 공항에 발을 디딘 순간부터 제멋대로 들썩거리기 시작한 무도한 의식을 잠재우기 위해선 그 방법밖에 없었다.

간혹 누군가 그녀를 흔들어 깨웠다.

"소영 씨, 소영 씨. 잠깐만 일어나 봐요, 응? 계속 그렇게 잠만 자면 어떻게 해요. 잘 때 자더라도 뭘 좀 먹고 자야지. 한술이라도 좋으니까 일어나서 조금만 먹고 더 자요, 응?"

흔들지 마. 깨우지 마. 더 잘 거야. 날 좀 가만 내버려 둬. 깨고 싶지 않아. 차라리 이대로 그냥 죽어 버렸으면 좋겠어.

이제 내 곁에는 정말 아무도 남지 않았어. 할아버지 할머니도 돌아가시고 아빠는 처음부터 내 곁에 없었어. 그런데 간신히 찾은 엄마도 죽어 버렸어. 언니…… 가엾고 불쌍한 내 언니도, 아기마저도 모두 나 때문에 죽었어. 그런데 이젠 그마저 내 곁에 없어. 그마저 잃어버렸어.

나 때문에, 나 때문에…….

살고 싶지 않아. 나 같은 건 그만 죽어 버렸으면 좋겠어. 언니가 원망스러워. 왜 나를 살렸어? 왜 나를 살리고 죽어 버려서 날 이 지경으로 만들어, 왜 그를 고통 속으로 떠밀어 버렸느냐고!

아아, 그가 울고 있었다. 어둠 속 어딘가에서 그가 고통스러운 그리움을 끌어안고 홀로 숨죽여 흐느끼고 있었다. 울지 마요. 나 때문에 더 이상 울지 마. 나 같은 것 때문에 더 이상 아파하지 마요.

이렇게 될 줄 알았다면 애초에 그를 사랑하지 말 걸 그랬다. 그를 이토록 아프게 만들 줄 알았다면 다가오지 말라고, 사랑하지 말라고 밀어낼 걸 그랬다. 차라리 내가 먼저 그를 보내 줄 걸, 붙잡지 말 걸. 차라리 그때 언니와 함께 죽어 버렸으면 좋았을 텐데! 누구야. 대체 누가 나를 살렸어!

아파, 너무 아파서 숨이 쉬어지지가 않아. 차라리 죽어 버렸으면 좋겠어.

안 돼! 소영아, 제발 그러지 마!

누구? 아…… 언니구나.

그래, 나야. 소영아, 이제 다 끝났어. 내가 더 이상 아프지 않게 해 줄게. 내 손 잡아. 나랑 같이 살자. 우리 둘이 같이, 응?

싫어.

왜!

그 사람이 없잖아. 그 사람이 나 때문에 울고 있잖아. 그 사람은 나 없으면 안 되는데, 나도 그 사람 없으면 안 되는데. 그런데 그 사람을 잡을 수가 없었어. 내가 너무 나약해서, 그런 내가 그 사람을 더 힘들게 할 거라는 것을 아니까.

그 사람을 그렇게 사랑하니?

어, 사랑해.

그럼 대니는! 대니는 어쩌라고! 우리도 니들만큼 사랑했어.

알아. 그래서 더 미안해. 정말 미안해, 언니. 하지만 나, 언니한테 그만 미안할래. 언니한테 미안해하면 사는 것도, 언니 대신 행복해지려고 노력하는 것도 이젠 다 그만하고 싶어. 그만 할래. 지쳤어. 이제 그만 나도 편히 쉬고 싶어.

안 돼, 소영아!

미안, 정말 미안해.

울부짖는 언니를 일별하고 돌아서는 어둠 속에서 누군가가
또 그녀의 앞을 가로막았다. 굳이 보거나 듣지 않아도 그가 누
구인지 알 수 있었다. 떨리는 두 눈에서 절로 뜨거운 눈물이
흘러나왔다.

오빠……

간절하게 그를 불렀다. 그러나 그는 야속하게도 그녀의 이
름을 불러 주지 않았다. 그저 가슴이 무너질 듯 아픈 눈빛으로
그녀를 바라보며 고개만 가로저을 뿐이었다. 입을 꾹 다문 채
돌아가라는 듯 그녀의 어깨만 조심스럽게 밀어 댔다. 손을 뻗
었지만 그를 잡을 수도 없었다. 그는 알 수 없는 힘으로 그녀
를 어딘가로 이끌 뿐이었다.

그에게 이끌려 어딘가에 다다랐을 때, 그 혼자 어둠 속에 우
두커니 서 있었다. 그에게 달려가려 했지만 다가갈 수 없었다.
그녀를 어둠에서 밀어낸 그는 혼자 어둠 속에 버려진 채 소리
없이 울고 있었다. 그러면서도 그는 그녀를 보며 환하게 웃어
보였다. 그 환한 미소가 그의 처연한 얼굴을 적시는 눈물보다
더욱 시리고 아팠다. 애가 끊어질 듯 고통스러웠다.

"오빠…… 오빠…… 오빠!"

소영이 눈을 번쩍 뜨고 길고 긴 수면에서 깨어났을 때, 사위
는 칠흑처럼 어두운 밤이었다. 눈을 떴지만 의식은 아직 돌아
오지 않았는지 그녀는 한동안 망연한 상태로 멍하니 누워 있
었다. 그렇게 1분을 있었는지, 1시간을 있었는지, 아니 하루가

지난 건지 어떤 건지도 알 수 없었다.

한참 만에야 두 눈을 천천히 깜박이며 주변을 살폈을 때, 창밖은 아슴푸레하게 밝아 오고 있었다. 소영은 천천히 몸을 일으켰다. 무언가 거추장스러운 것이 느껴졌다. 스륵 내려다본 그녀의 시야에 오른쪽 팔과 연결되어 있는 얇고 긴 투명한 호스가 들어왔다. 소영은 망설임 없이 링거 바늘을 빼냈다.

목이 말랐다. 링거가 아닌 바삭 마른 목을 적셔 줄 물이 절실했다. 탁자에 물병 같은 기다란 것이 보였다. 소영은 그것을 들고 통째로 벌컥벌컥 들이켰다. 사막처럼 바삭 말라 버린 기도와 내장으로 물이 들어가자 조금 살 것 같았다.

그제야 탁자 너머에 누군가 간이침대를 펴 놓고 쪽잠에 들어 있다는 것을 발견했다.

'누구지? 아, 간병인 아주머니.'

소영은 간병인 아주머니가 깨지 않도록 발소리를 죽이며 방을 나갔다. 손에 든 물병을 입에 대고 연신 벌컥벌컥 마시면서. 아쉽게도 물병은 금세 바닥을 드러냈다. 소영은 낯선 거실을 가로질러 주방을 찾아 걸음을 옮겼다. 커다란 통 유리창을 통해 스며드는 아슴푸레한 새벽빛에 의지해 주방을 찾은 소영은 냉장고에서 새로운 생수병 하나를 집어 들었다.

이가 시리도록 차가운 물을 다시 벌컥벌컥 들이켜며 소영은 현관으로 걸어갔다. 문을 열고 밖으로 나갔다. 푸른 안개를 머금은 차가운 공기가 더없이 시원하게 느껴졌다. 소영은 두 눈을 지그시 감고 온몸으로 들이치는 차가운 공기를 들이마셨다.

간병인 아주머니 말에 의하면, 소영은 일주일이나 죽은 듯이 잠들어 있었다고 했다. 아무리 깨워도 일어나지 않고 간혹 불현듯 신음을 흘리며 열병에 시달리기도 했단다. 그러다 다시 돌아보면 언제 그랬냐는 듯이 쌔근쌔근 깊이 잠들어 있고는 했단다.

간병인 아주머니는 그런 그녀가 혹시 잘못되기라도 할까 봐, 엄청 겁을 먹었다고 했다. 주변에 도움을 청해서 간신히 불러 온 의사는 다행히 큰 이상은 없다고 했단다. 며칠간 깨어나지 않는 것은 우려스러운 일이기는 하나 혼절하거나 의식불명 상태가 아닌 것만은 분명하다고. 링거로 영양제를 투입하며 2~3일 더 지켜보다가 그래도 깨어나지 않으면 병원으로 이송해 검사를 해 보자고 했단다.

그런데 그 전에 그녀가 깨어나 주어 얼마나 다행인지 모르겠다며 간병인 아주머니는 가슴을 쓸어내렸다. 소영은 더없이 고요했다. 간병인 아주머니의 보살핌 속에 조금씩 건강을 되찾아갔다. 그러나 집밖으로는 한 발자국도 나가지 않았다. 나가 봤자 가끔씩 뒷마당을 조용히 거니는 것뿐이었다.

소영의 손에는 항상 낡은 오르골과 동화책이 들려 있었다. 그러나 그녀는 그것들을 보거나 열지는 않았다. 그저 제 몸처럼 꼭 옆에 두고 놓지 않을 뿐이었다. 간병인은 그런 소영을 바라보며 늘 속으로 혀를 끌끌 찼다.

'쯧쯧. 큰 병에 걸린 것도 아니라는데 젊은 아가씨가 대체 얼마나 큰일을 겪었기에 저 지경이 됐을까. 딱하기도 하지.'

밤 은
아침을
꿈꾼다

그나마 다행인 것은 일주일간의 긴 잠에서 깨어난 뒤로 해골처럼 뼈밖에 안 남았던 몸에 조금씩 살이 붙기 시작했다는 점이었다. 서울에서 처음 봤을 땐 사나흘도 넘기지 못할 사람처럼 삐쩍 말라서는 얼굴에 핏기 하나 없더니, 따뜻한 곳에서 요양을 하고 있는 덕분인지, 사람다운 혈색도 조금씩 돌아오고 있었다. 이젠 살겠구나, 싶었다.

그렇게 2개월쯤 지났을 무렵, 소영이 처음으로 해사한 미소를 지으며 그녀한테 두툼한 봉투를 내밀고 말했다.

"그동안 감사했습니다. 아주머니 덕분에 편하게 잘 지낼 수 있었습니다. 감사하고 또 수고 많으셨어요."

깜짝 놀란 간병인이 말했다.

"왜요, 나 이제 한국으로 돌아가라고요?"

"네. 군 복무 중인 아드님도 계시다면서요. 몇 개월 후면 전역한다고 하지 않으셨어요? 이제 그만 돌아가셔야죠."

"아니, 뭐, 그야 그렇지만. 그래도 어떻게 소영 씨를 혼자 두고 가요. 게다가 나 계약기간 만료도 아직 안 됐어요. 4개월 계약하고 오빠분한테 급료도 미리 다 받았다니까. 그런데 이건 또 뭐야. 어이구, 돈이네? 뭐가 이렇게 많아? 혹시 이거 나 주는 거예요?"

"네."

간병인은 손사래를 치며 봉투를 그녀 쪽으로 밀었다.

"어휴, 됐어요. 오빠분한테 돈 다 받았다니까 그러네."

소영은 간병인 손에 봉투를 다시 꼬옥 쥐여 주었다.

"그건 그거고 이건 제가 감사해서 드리는 거예요. 얼마 안 돼요. 제가 지금 가지고 있는 현금이 얼마 없어서. 돌아가실 때 여비로 쓰시라고요. 제 마음이라고 생각해 주세요."

"아이고, 이를 어쩌나. 이러면 안 되는데. 이러면 내가 너무 미안하잖아요. 내가 한 게 뭐가 있다고. 그래도 소영 씨 마음이라니까 받긴 받을게요. 고마워요, 잘 쓸게요."

소영이 다시 빙긋이 미소 지었다.

"그런데 정말 나, 가도 괜찮겠어요? 혼자서 괜찮겠어요?"

"그럼요. 보시다시피 아주머니 덕분에 저, 많이 건강해졌잖아요. 이젠 저 혼자서도 충분히 밥해 먹고 살 수 있어요. 걱정하지 마세요."

"그건 그렇지만, 그래도 계약기간은 채우고 가야 하는데. 흐음. 알았어요. 소영 씨가 괜찮다고 하는데 내가 뭘 어째. 그럼 나는 그만 돌아갈게요. 그리고 이건 너무 주제넘은 얘기인데요, 그래도 내가 소영 씨보다 세상을 조금 더 산 사람으로 요거 한 마디만 할게요. 소영 씨, 무슨 일이 있었는지는 모르겠지만, 지난 일 다 깨끗이 잊고 힘내서 잘 살아요. 귀찮다고 끼니 거르지 말고 밥도 좀 잘 챙겨 먹고요. 개똥밭에 굴러도 이승이 좋다는 말도 있잖아요. 내가 이 생활하면서 이 사람, 저 사람 수많은 사람들을 상대해 봤는데, 백이면 백 다 그럽디다. 단 하루라도 더 살 수 있다면, 전 재산을 내주고라도 더 살고 싶다고. 돈 많은 사람이나 적은 사람이나 다 똑같아. 돈 많은 사람이라도 두 번 살 수 있는 건 아니니까. 한 번 왔다가 한 번

가는 인생은 누구나 다 똑같은 거잖아요. 누가 한 번뿐인 제 인생, 억만금을 준다고 해도 파나? 어림없지. 그러니까 한번 주어진 인생, 힘들어도 이 악물고 열심히 잘 살아야 돼요. 누군가한테는 그 시간이 억만금을 줘도 얻지 못하는 귀하디귀한 시간이거든."

간병인이 소영의 마른 손을 꼭 잡고 토닥였다.

"그런데 소영 씨한테는 소영 씨를 그렇게 아끼고 사랑해 주는 오빠도 있고, 이렇게 젊고 예쁜데 뭐가 문제야. 지금부터라도 얼마든지 다시 시작할 수 있구먼. 내가 소영 씨라면 진짜 보란 듯이 하고 싶은 거 다 하면서 끝내 주게 잘 살 텐데. 후후."

겸연쩍은 듯 웃는 푸근한 아주머니를 보며 소영은 고개를 끄덕거렸다.

이틀 후 간병인 아주머니는 서울로 돌아갔다. 이제 정말 소영은 텅 빈 집에 오롯이 혼자 남았다.

다음 날 소영은 2개월 만에 처음으로 집밖으로 나갔다. 이전과 다르게 그녀는 모자와 선글라스로 자신을 감추지 않았다.

차에 오른 소영은 우마탁으로 달려갔다.

소희와 대면하기 위해서.

소희의 무덤에는 여전히 싱싱한 꽃다발이 놓여 있었다. 소영은 아스라한 눈빛으로 꽃잎을 어루만졌다. 옅은 미소가 지어진 입술 사이로 희미한 음성이 흘러나왔다.

"언니, 나 왔어. 잘 있었어?"

소영은 소희의 비석뿐만 아니라 규식과 희수의 비석도 정성껏 씻고 닦아 냈다. 뜨겁게 내리쬐는 햇살에 온몸이 금세 땀으로 흠뻑 젖었다. 소영은 손등으로 젖은 이마를 닦아 내며 소희의 비석에 비스듬히 기대어 앉았다. 지친 그녀에게 언제나 편히 기대어 쉴 수 있게 내어 주던 포근하고 너른 어깨가 유난히 그리워지는 순간이었다.

이제는 옆에 없는 그 포근하고 너른 어깨 대신 햇볕에 따스하게 달궈진 비석에 고개를 기울이고 기댄 소영은 두 눈을 지그시 감고 가만가만 입술을 달싹거렸다.

"언니, 있잖아⋯⋯."

뜨거웠던 태양이 기울고 으슥한 밤이 찾아올 때까지 그녀의 도란거리는 음성은 계속되었다.

다음 날 소영은 또다시 소희를 찾아갔다. 그리고 어제 했던 과정을 반복한 후 소희와 나란히 앉아 또다시 오래도록 이야기를 나누었다.

그다음 날도, 또 그다음 날도⋯⋯.

그리고 2개월이 더 지났을 즈음, 마침내 소영이 긴 이야기에 마침표를 찍으며 말했다.

"⋯⋯미안해. 그리고 사랑해, 언니."

◉

"대니, 대니!"

스킨스쿠버를 마친 마지막 손님들이 빠져나가는 바닷가를

멀찍이 떨어진 모래사장에 앉아 무심히 바라보던 대니는 누군가 자신을 황급히 부르는 소리에 스윽 뒤를 돌아보았다. 직원 중 한 명인 데이빗이 어디 불이라도 났는지 황망한 표정으로 허겁지겁 달려오고 있었다.

"대니, 큰일 났어!"

"무슨 일인데 그래. 어디 불이라도 났어?"

불이라도 났느냐고 물으면서도 세상사에 달관한 사람처럼 태연하기만 한 대니가 답답하기 그지없는 데이빗은 그의 팔을 마구 잡아당기며 소리쳤다.

"불같은 소리 하고 있네. 정신 좀 차려, 이 망할 사장님아! 아우, 진짜 사장만 아니면 그냥 확! 후우, 알았다. 다 좋은데 일단 일어나 봐. 밖에 지금 누가 와 있는 줄 알아?"

대니의 미간이 짜증스러운 듯 확 구겨졌다.

"누가 왔는데 그래. 오바마라도 왔냐? 귀찮아. 니들이 알아서 해."

"미친. 그랬으면 내가 널 이렇게 기겁해서 부르러 왔겠냐! 그 여자가 왔다니까, 그 여자가!"

"그 여자, 누구?"

"왜 있잖아. 소희하고 똑같이 생긴, 쌍둥이라는 그 여자!"

순간 만사 귀찮다는 듯 일그러져 있던 대니의 두 눈이 부릅 떠졌다.

"……뭐? 누구?"

대니는 순간적으로 자신의 귀를 의심했다. 데이빗이 답답하다는 듯 재차 버럭 소리 질렀다.

"네가 그토록 못 잊는 소희의 쌍둥이 동생! 그 여자가 지금 여기 와 있다니까. 너 만나러 왔대."

대니의 죽은 피앙세, 소희한테 친부와 쌍둥이 동생이 있었다는 얘기는 이미 꼼 바닥에 파다하게 퍼져 있는 소문이었다. 일전에도 애인과 한 번 왔다 갔다는데 그때는 그녀를 봤다는 사람들이 별로 없었다.

그런데 두어 달 전에 아예 여기에 눌러 앉아 살 생각인지 어쩐 건지, 집까지 사서 혼자 다시 찾아왔다는 그녀를 봤다는 사람들은 부지기수로 많았다.

그러나 애석하게도 데이빗은 아직 한 번도 그녀를 본 적이 없었다. 저번과 달리 대니도 그녀를 통 만나는 눈치가 아니었고 말이다.

아니, 단순히 만나지 않는 정도가 아니라 아예 서로 생판 남처럼 연락도 하지 않고 모르쇠로 일관하고 있는 것 같았다. 대니답지 않았다. 아직도 몇 년 전에 죽은 여자를 못 잊어 매일 그녀의 무덤을 찾고, 일전에 그 동생이 왔을 때는 두 팔 걷어붙이고 렌트 하우스까지 직접 알아보러 다녔던 그가 아니었던가. 소희의 동생은 자신한테 가족이나 다름없다면서 말이다.

그러던 녀석이 그 가족이나 다름없던 소희의 동생이 벌써 2개월이 넘게 꼼에 혼자 머물고 있다는데, 찾아가 보기는커녕 연락 한 번 하지 않고 모른 척 외면하고 있다는 것은 다른 사람이라면 몰라도 대니라면 이상해도 엄청 이상한 일이었다.

게다가 어디 그뿐인가. 그 동생이라는 여자가 돌아간 직후

밤 은
아침을
꿈꾼다

부터 한동안 예전에 소희가 죽었을 때처럼 그녀를 따라 당장 죽을 놈처럼 넋 놓고 바다만 바라보던 놈이 요 근래 괜찮아졌다 싶더니, 2개월 전부터 또다시 온종일 바다만 바라보고 앉아 있었다.

그런 대니 때문에 그의 부모님은 물론 직원들, 그를 알고 아끼는 사람들 모두 걱정이 이만저만 아니었다. 죽은 사람한테는 안 된 말이지만, 이젠 그만 대니가 그녀를 잊어주기를 바랐다. 산 사람은 어떻게든 살아야 될 것 아닌가.

그 때문에 대니가 소희의 쌍둥이 동생과 연락도 하지 않고, 모른 척하고 있다는 것이 다행이다 싶으면서도, 그답지 않은 행동과 다시 넋이 나가 버린 모습에 이상하다, 불안하다 마음을 졸이고 있던 참이었다.

그런데 그 소문으로만 무성하던 소희의 쌍둥이 동생이 제 발로 대니를 찾아온 것이었다.

그녀가 클럽 문을 열고 들어오는데 데이빗은 물론 소희의 얼굴을 기억하고 있는 모든 직원들이 너무 놀라서 한동안 말을 할 수 없었더랬다.

우와, 아무리 쌍둥이라지만 어쩜 닮아도 그렇게 똑같이 생길 수가 있을까. 어렸을 때부터 쌍둥이로 커 가는 모습을 봤다면 모를까, 거기다 이미 죽어서 무덤에 묻혀 있는 사람과 똑같이 생긴 사람이 눈앞에 나타나니까 뭔가 기분까지 오싹한 게, 정말 귀신이라도 본 듯 머리끝이 쭈뼛 서는 기분이었다.

그래서 간신히 정신을 차리고 잠시 기다리라고 한 뒤, 헐레 벌떡 대니를 부르러 달려온 길이었다. 어쨌든 대니한테는 알려 줘야 할 것 같아서.

"어떻게 할래. 만날 거냐? 아님 너 없다고 그래?"

삽시간에 대니의 안색이 하얗게 질렸다. 손도 부들부들 떨렸다. 그가 떨리는 음성으로 물었다.

"어디에…… 있어?"

"클럽하우스에."

그녀가 드디어 찾아왔다!

혼란에 찬 그의 머릿속이 뒤죽박죽 뒤엉켰다가 하얗게 탈색되기를 반복했다. 그녀한테 달려가고 싶기도 했고 만나고 싶지 않기도 했다. 등골을 훑어 내리는 짜릿한 전율과 함께 두려움이 동시에 밀려왔다. 대니는 한참 만에야 굳은 음성을 잇새로 뱉어냈다.

"손님들은?"

뜬금없는 질문에 데이빗의 얼굴이 벙쪄졌다.

"손님들? 글쎄, 지금쯤 다 갔을걸? 왜?"

"그럼 그녀는 기다리라고 하고 너희들도 그만 가."

"뭐?"

"뒷정리는 내일 와서 하고 그만 다들 퇴근하라고."

데이빗은 왜, 너 혼자 뭘 어쩌려고? 하고 묻고 싶은 것을 꾹 참았다. 에이 씨, 몰라. 그럴 만한 이유가 있겠지. 어쩌면 남들 앞에 죽은 사랑과 똑같이 생긴 여자를 보고 그리움에 눈물 흘리는 모습을 보이고 싶지 않은 건지도 모르겠다는 생각이 들었다.

"알았다. 그럼 10분쯤 있다가 와. 그녀한테도 그렇게 말해 놓을게."

데이빗은 안쓰러운 눈빛으로 차갑게 굳어 버린 대니를 바라보며 그의 어깨를 툭툭 두드리고 뒤돌아섰다.

잠시 후 대니가 클럽하우스로 들어섰을 때, 사방은 쥐 죽은 듯이 고요하고 그녀 혼자 너른 클럽하우스 중앙에 서 있었다. 인기척에 그녀가 뒤돌아섰다. 두 사람의 눈빛이 허공에서 마주쳤다. 그리움과 혼란, 두려움이 공존하는 두 사람의 눈빛은 다른 듯 닮아 있었다.

대니가 떨리는 숨을 마른침과 함께 삼키고 입을 열기 전에 소영이 먼저 나직한 미소를 머금고 말했다.

"잘…… 있었어요?"

"소영……."

"일전에 언니가 좋아했다던 저녁 바다를 보여 준다고 했었죠? 그 바다, 보고 싶어서 왔어요. 내가 너무 늦게 온 건가요?"

빛바랜 셔츠 사이로 그의 구릿빛 가슴이 크게 오르내렸다. 바르르 떨리는 손이 빠듯하게 움켜쥐어졌다.

◉

검붉게 물들어 가는 바다 너머로 뜨거웠던 태양이 서서히 가라앉고 있었다. 철썩. 철썩. 끊임없이 밀려오는 잔잔한 파도가 하얀 포말을 일으키며 새하얀 백사장에 부딪혀 부서졌다.

짙게 물들어 가는 백사장이 두 사람 앞으로 조금씩 밀려 들어왔다.

두 사람은 그 앞에 나란히 앉아 있었다. 소희와 함께했던 그때처럼 세상과 동떨어진 듯 그들 외에는 아무도 없는 백사장에 커다란 담요를 깔아 놓고 두 사람은 나란히 앉아 석양에 물들어 가는 고즈넉한 바다를 하염없이 바라보았다.

석양과 바다에 취한 듯 두 사람 모두 아무 말이 없었다. 어쩌면 두 사람이 취한 것은 석양과 바다가 아닌 서로인지도 몰랐다. 두 사람은 자석처럼 서로를 끌어당기는 강한 힘을 느꼈다. 그 날 그 새벽처럼……

그러나 소영은 이제 더 이상 혼란스럽지 않았다. 대니를 간절하게 원하지만 그 간절함이 자신의 간절함이 아니라는 것을 안다. 그 역시 그녀를 간절하게 원하지만, 그가 원하는 것은 그녀가 아니었다.

소영은 이 감정을 억지로 부정하며 도망치려고 애쓰지 않으리라 결심했다. 그저 숨 쉬듯 자연스럽게 받아들이고 인정하기로 했다.

하나 이 감정에 휩쓸려 간절함을 취하는 일은 결코 없으리라. 이 감정과 이 간절함은 그녀의 것이 아닌 언니의 것이니까. 내 안에 숨 쉬는 언니를 인정하고 받아들인 것처럼 이 간절함 역시 인정하고 받아들이는 것뿐이었다.

소영은 바람에 부드럽게 나부끼는 대니의 빛바랜 머리카락과 석양에 물든 그의 옆얼굴을 바라보며 마음속으로 속삭였다.

'언니, 이제 만족해? 하지만 여기까지만이야. 알지? 내가 언니를 위해서 해 줄 수 있는 건 여기까지만이라는 거. 이 사람은 언니가 사랑하는 사람이지 내가 사랑하는 사람이 아니잖아. 내가 사랑하는 사람을 두고 이 남자를 언니 대신 안을 수는 없어. 그건 언니가 아닌 내가 이 사람을 안는 거니까. 내 몸은 내 거거든. 그건 안 되는 거야. 그건 언니와 이 사람을 위해서도 절대 안 돼. 그러니까 더 이상은 바라지 마. 바라만 봐. 언니가 됐다 할 때까지, 언니가 원하는 만큼 얼마든지 보게는 해 줄게.'

소영의 시선을 느낀 대니가 움찔하며 그녀를 스윽 돌아보았다. 소영은 대니의 뜨거워진 시선을 피하지 않았다.

그의 눈동자가 그리움에 뿌옇게 흐려지며 목울대가 크게 오르내렸다. 단단한 가슴도 가쁘게 오르내렸다. 미칠 것 같은 혼란에 종지부를 찍듯 으득 깨문 그의 턱관절이 일순 빠드득거리며 꿈틀거렸다.

대니의 얼굴이 그녀를 향해 천천히 다가왔다. 바다와 바람을 품은 그의 향기가 한층 더 진하게 밀려왔다.

그의 뜨거운 숨결이 콧잔등을 달구며 한 치 앞으로 다가왔을 때 소영이 나지막하지만 흔들림 없는 목소리로 말했다.

"하지 마요."

그녀의 입술에 닿기 직전에 다가온 그의 입술이 움찔 멈췄다. 소영은 혼란과 그리운 욕망으로 뒤범벅되어 있는 그의 눈동자를 조용히 응시했다.

"내 눈을 똑바로 봐요. 누가 보이나요? 언니가 보이나요?"

흠칫 커진 그의 눈동자가 그리운 사랑을 찾아 세차게 떨렸다.

"언니가 보이죠? 언니가 느껴지죠? 그럴 거예요. 내 안에 언니가 살아 있으니까. 내 안의 언니가 당신을 간절하게 원하며 부르고 있으니까. 당신도 언니를 원하고 그리워하고 있으니까."

소영이 쓸쓸하게 미소 지었다.

"믿기 힘든 일이지만 언니의 영혼은 내 안에 살아 있어요. 어떻게 그런 일이 가능한지는 나도 몰라요. 그냥 그렇게 되어버렸어. 우리는 영혼으로 깊이 연결되어 있나 봐요. 언니가 살아 있을 때부터 그랬어요. 언니와 함께한 시간은 겨우 1개월 남짓밖에 안 되지만, 우리는 매 순간 서로의 생각과 감정을 공유하고 교감했었거든요. 그래서 그런가 봐요."

바르르 떨리는 대니의 눈에 뜨거운 눈물이 차올랐다.

"그랬구나. 그럴 줄 알았어. 소희가 당신 안에 있을 줄 알았어. 난 내가 미친 줄 알았는데 아니었어. 진짜 소희였어."

"당신이라면 믿을 줄 알았어요. 언니와 당신 역시 깊게 이어져 있으니까."

"믿어. 누가 뭐라고 해도 나는 믿어. 당신을 보고 있으면 소희가 느껴지거든. 소희가 나를 간절히 부르는 목소리가 들려. 소희야, 소희야……."

자신을 왈칵 안으려는 대니의 어깨를 소영은 지그시 밀어냈다. 그를 안타깝게, 또한 간절히 원하고 그리워하는 눈빛으로 바라보며 속삭였다.

"하지만 대니, 난 언니가 아니에요. 나는…… 차소영이에요.

밤 은
아침을
꿈꾼다

대니가 사랑했던 여자의 동생. 내 눈을 더 깊이 들여다봐요. 내 눈에서 언니밖에 보이지 않나요? 당신이 모르는 다른 여자는 보이지 않나요?"

확장됐던 대니의 동공이 가늘어지며 무섭게 흔들렸다.

"보이죠? 보이는 거죠? 그 여자가 바로 나예요. 당신이 사랑했던 여자의 동생, 차소영. 내 안에는 언니도 있지만 나도 있어요. 그리고 육체는 언니가 아닌 나, 오롯이 나 차소영이에요. 그런 나를 안을 건가요? 당신이 사랑했던 여자의 동생의 육체를?"

대니의 호흡이 거칠어지면서 가빠졌다.

"만약 그럼에도 불구하고 당신이 나를 안겠다고 한다면, 아마도 나는 끝내 당신을 거부하지 못할 거예요. 내 안의 언니가 당신을 너무도 간절하게 바라고 있으니까. 당신을 못 잊고 애타게 부르고 있으니까. 하지만 그다음에는요? 아마 언니는 당신을 부른 것을 후회하며 울 거예요. 당신이 안은 이 몸이, 당신을 품은 이 몸이 자신의 몸이 아니라는 것을 깨달을 테니까. 그리고 당신과 나는 어떻게 될까요? 우리는 무사할까요?"

소영은 가만히 고개를 가로저었다.

"아니. 우리도 무너져 버릴 거예요. 당신은 언니를 다시 안았다고 생각할 테지만 실상은 나를 안은 거니까. 당신이 그토록 사랑했던 여자의 동생을. 대니, 그런 자신을 용서할 수 있어요? 감당할 수 있겠어요? 아니, 당신은 절대 스스로를 용서하지 못할 거야. 형편없이 망가지고 무너져 버릴 거야."

"하, 하지만…… 나는, 나는……."

"그런 당신을 보며 언니도 절규하며 울겠죠. 내 안의 나도 나를 용서하지 못할 테고요. 그럼 우린 모두 죽어요. 적어도 난…… 그럴 거예요. 난 절대 나 자신을 용서하지 못할 거예요. 내 사랑을 배신하고 언니의 남자한테 안겨 버리게 만든 언니를 원망하며, 이 몸을 저주하며 이 저주스러운 몸뚱이를 버리고 말 거예요. 그럼 내 안의 언니도 같이 죽겠죠. 도와줘요. 난 언니를 내 손으로 또다시 죽이고 싶지 않아요. 살리고 싶어요. 날 찾아와 준 언니한테 감사하며 언니와 함께 살고 싶어요."

대니의 처참하게 일그러진 얼굴로 뜨거운 눈물이 하염없이 흘러내렸다. 그가 이를 악물고 도리질 치며 소영의 어깨를 으스러트릴 듯 와락 움켜잡았다.

"안 돼. 소희를 건드리지 마. 소희한테 손가락 하나라도 대 봐. 내가 너 용서 안 해. 소희가 네 안에 있다고 했나? 내가 널 안으면 무너져 버릴 거라고? 그래! 그렇겠지. 하지만…… 괜찮아. 상관없어. 망가져도 좋아. 죽어도 좋아. 소희만…… 소희를 한 번만 더 느낄 수 있다면 죽어도 상관없어. 소희 없이 살아 있는 것이 더 지옥이니까. 네 안에 소희가 살아 있다는 것을 알면서도 안을 수 없다는 것이 더 지옥일 테니까!"

처참하게 울부짖은 그의 눈이 한순간 희번덕거렸다.

"내가 널 안으면 어떻게 되는 거지? 넌 사라지고 소희만 남게 되는 거 아닌가? 그럴 수도 있는 거잖아, 안 그래? 그럼 넌 소희를 죽이고 싶어도 죽일 수 없겠지. 그렇게만 된다면, 네 몸만 빌려 소희가 내 곁에 다시 돌아오는 거야. 뜨거운 피가 흐르는 몸으로 나한테 다시 돌아오는 거라고. 아아, 그렇게만 될 수 있다면…… 소희야, 소희야!"

대니가 소영의 눈을 후벼파듯 노려보며 소희를 찾았다. 그녀 안의 소희 또한 그를 애타게 부르며 소리쳤다.

대니, 대니, 대니!

소영은 언니의 애절한 부름 속에 자신을 가만히 내버려 두었다. 서로를 애타게 찾는 두 사람을 바라보면서 슬프게 속삭였다.

"내 사랑은요…… 그 사람은요, 날 놓아줬어요. 내가 날 놓지 말라고, 포기하지 말아달라고, 그 사람 곁에 있게만 해 달라고 울부짖으며 매달렸는데도 날 놓아줬어요. 이곳으로, 당신한테 나를 보내 주었죠. 왜 그랬는지 알아요? 그 사람의 사랑이 언니와 당신의 사랑만 못해서?"

소영은 가만히 고개를 가로저었다.

"아니, 그 사람은 나를 살리기 위해서 보내 줬어요. 내가 나 자신과 그 사람 그리고 언니 사이에서 고통스러워하며 죽어가고 있다는 것을 알고 있었거든요. 그 사람을 사랑하기 위해선 언니를 부정해야만 했어요. 내 안의 언니를 죽여야만 했죠. 그러면서 나 자신도 같이 죽어 가고 있었어요. 그는 그런 나를 살리기 위해서, 어떤 모습으로라도 내가 살기만을 바라서 나를 이곳으로 보내 줬어요. 내가 없으면 안 되는 사람인데, 나역시 그가 없으면 안 되는데…… 그럼에도 나를 보내 줬어요."

울며 미소 짓는 그녀의 얼굴이 태양 대신 떠오른 달빛에 처연하게 반짝였다.

"나를 보내 주면서 그가 그랬어요. 절대 뒤돌아보지 말라고, 내 마음이 움직이는 대로, 원하는 대로 그렇게 살라고. 다른 어떤 누군가에게도 날 맞추려고 하지 말고. 참지 말라고. 날 내어 주려고도 하지 말라고. 그러면서도 그는 말했죠. 난 내 거라고. 내가 차소영이라는 것만은 절대 잊지 말라고. 자신은 괜찮으니 행복해질 생각만 하라고. 그가 바라는 건 오직 그것뿐이라고."

지그시 눈을 감은 그녀의 눈가로 눈물이 또르륵 굴러떨어졌다. 천천히 눈을 뜬 소영이 처참하게 일그러져 있는 대니의 얼굴을 안타깝게 바라보았다.

"그 사랑이 나를 살렸어요. 스스로를 죽여 가던 나를 살리고 언니를 살게 해 주었죠. 당신의 사랑도, 언니의 사랑도 아마 그와 같은 사랑이었을 거예요. 난 흉내도 낼 수 없는 그런 사랑이죠."

하지만 이젠 그녀도 달라졌다. 그리고 깨달았다. 언니 역시 같은 마음으로 이 사람을 놓아주고 멀리 떠나려 했다는 것을. 이 사람을 너무도 사랑해서, 이 사람이 행복해지기만을 바라서. 그런데 아이러니하게도 그 사랑이 그를 붙잡고 떠나지 못하게 하고 있었다. 그 사랑이 그를 불행하게 만들고 있었다. 모두를 절망의 나락으로 떨어트려 신음하게 만들고 있었다.

하나 그 또한 언니가 바라던 사랑이 아니었음을 안다. 언니가 그녀 안에 깃든 이유가 이런 결과를 바라서가 아니었으리

밤 은
아침을
꿈꾼다

라고 믿는다. 다만 너무 그리워서, 아파서, 억울해서 그를 애타게 부르고 있을 뿐.

하여 소영은 언니 대신 그를 보내 주려고 한다. 이 사람이 행복해졌으면 좋겠다. 정훈 역시, 언니가 바랐던 것 역시 이 사람의 행복뿐이었으니까.

그렇지, 언니?

"대니, 당신도 이제 그만 언니를 놓아줘요. 그만 아파하고 그만 괴로워해요. 당신이 그랬죠? 언니가 바라는 건 내가 행복해지는 것일 거라고. 언니에 대한 죄책감과 자책으로 괴로워하며 사는 건 언니의 죽음을 헛되게 하는 거라고요. 그럴게요. 그렇게 살게요. 꼭 행복해질게요. 그러니 당신도 이제 그만 언니를 놓아주고 행복해져 주세요. 언니가 당신을 사랑하고 간절히 염원하는 만큼 당신한테 바라는 것 또한 바로 당신의 행복이니까."

언니가 이 사람을 떠나려고 했다는 건 끝까지 말해 주지 않을 생각이다. 그럼 이 사람이 더욱 아파할 테니까.

"언니는 내가 소중하게 잘 품고 있을 게요. 약속해요. 나, 이제부터 언니가 진심으로 환하게 웃으며 살 수 있도록 더 열심히 웃고, 더 열심히 살고, 행복해지도록 더 열심히 살 거예요. 내가 웃어야 언니도 웃고, 내가 행복해져야 언니도 행복해지는 거니까. 언니는 늘 나와 함께 있을 거예요. 더 이상 언니를 부정하지 않을 거예요. 하지만 그렇다고 언니를 위해서만 살지는 않을 거예요. 나 자신을 위해, 내가 행복해지기 위해서 살 거예요. 언니 대신, 아기 대신, 두 사람의 몫까지 내가 더 행복해지겠다는 생각도 하지 않을 거예요. 내 목숨이 다할 때까지 언니를 사랑하고 언니와 함께 늘 공존하며 숨 쉬고 살겠지만, 그래도 난 나니까. 내 인생은 누구의 대신이 아닌 나 자신의 것이니까."

소영은 부들부들 떨리는 대니의 손을 다정하게 꼬옥 잡았다. "그러니까 이제 그만 언니를 놔주세요. 언니를 보내 주세요. 새로운 사람을 만나 새로운 사랑도 하고, 그 사랑과 함께 가정도 꾸리고 아이도 낳고 그렇게 한 살 두 살 나이 들어 머리가 하얗게 셀 때까지 아주 오래오래 행복하게 살아 줘요. 힘들겠지만 꼭 그렇게 해 줘요. 아니, 꼭 그렇게 해 줘야 돼요. 그래야 언니도 내 안에서 안심하고 오래오래 살 수 있을 테니까."

소희가 흐느끼며 대니를 바라보았다. 떨리는 입술을 꼭 깨물고 울며 웃으며 속삭였다.


그래, 사실은 그게 바로 내가 가장 원했던 거야. 너한테 그 말을 꼭 해 주고 싶었어. 그런데 널 보니까 너무 그리워서, 너무 욕심이 나서, 널 다시 느끼고 싶어서 잠시 잊고 있었어.

미안, 미안해. 아프게 해서 정말 미안해.

사랑해, 대니. 부디 날 위해서 행복해 줘. 부탁이야. 그렇게 해 줄 거지?


소희가 손을 들어 사랑하는 이의 얼굴을 어루만졌다. 더 이상 자신 때문에 울지 말라고 그의 눈물을 닦아 냈다.

"소희야, 소희야……."

싫다고, 그럴 수 없다고, 내가 어떻게 널 잊을 수 있느냐고, 어떻게 널 두고 다른 사람을 사랑할 수 있느냐고, 행복해질 수 있느냐고 세차게 고개를 가로 저으며 울부짖는 대니를 가슴 가득 꼭 끌어안아 주었다.

알아. 그래서 더 미안해. 마지막까지 너 혼자 힘들게 해서, 마지막까지 너한테 이런 부탁밖에 할 수 없어서. 그러니까 왜 나 같은 애를 사랑했니. 왜 나같이 이기적이고 막돼 먹은 애를 사랑한 거야, 이 바보야.

"그러니까 그런 부탁 하지 마. 다른 건 다 들어줘도 그런 부탁만은 들어줄 수 없다는 거 알잖아. 안 돼. 싫다. 그것만은 절대……. 이렇게 네가 내 옆에 있는데, 이렇게 네가 생생하게 느껴지는데 어떻게……. 가지 마. 가지 마, 소희야."

대니가 절대 놓아줄 수 없다는 듯 소희를 으스러트릴 듯 강하게 끌어안았다. 어린아이처럼 그녀의 어깨에 얼굴을 파묻고 어깨를 들썩거렸다. 소희는 그런 대니의 등을 가만히 다독이며 쓸어내렸다.

미안. 그래도 내 부탁…… 들어줄 거지?

"싫어, 싫다고 했잖아."

대니, 제발, 응?

"어떻게 넌 끝까지……."

대니…….

안 된다고 완강하게 거부하던 대니가 마침내 무너지듯 고개를 힘겹게 끄덕거렸다. 안도의 숨을 내쉰 소희가 나직이 미소 지으며 사시나무처럼 떨리는 그의 너른 어깨와 머리를 꼭 끌어안았다.

고마워, 미안해. 그리고 사랑해.

소희가 시선을 돌려 자신을 조용히 바라보고 있는 소영을 바라보았다. 편안해진 모습으로 소영을 향해 미소 지었다.

고마워.

멀찍이 떨어져 눈물을 흘리며 두 사람을 숨죽여 지켜보고 있는 소영도 나직이 미소 지었다. 소희가 두 눈을 지그시 감으며 한숨처럼 속삭였다.

이제…… 됐어.

검은 하늘 저편에선 어느덧 기울었던 태양이 떠오르고 있었다. 아침이 밝아 오고 있었다.

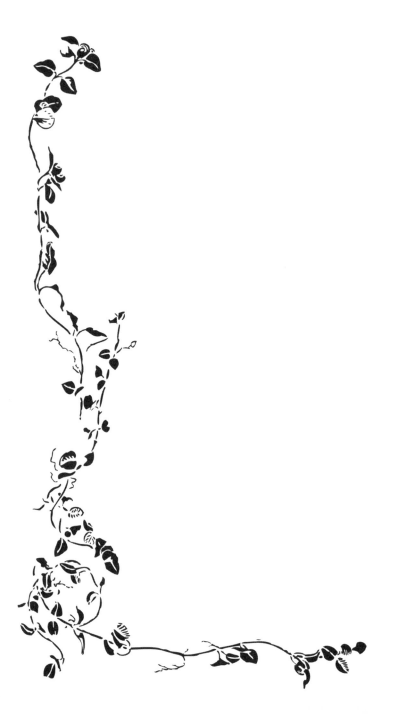

# 결국, 사랑

이틀 앞으로 다가온 크리스마스이브 탓에 프라임 호텔은 연일 사람들로 북적거렸다. 객실과 리셉션 홀은 한 달 전부터 이미 예약이 꽉 찼고, 야심차게 선보인 다양한 행사와 이벤트들도 상당히 반응이 좋아서 호텔 어디든 한껏 상기된 표정의 손님들을 볼 수 있었다.

하나 정작 호텔리어들은 그런 손님들 사이를 분주하게 돌아다니며 실수 없이 제 몫을 해내느라 이틀 앞으로 다가온 크리스마스는커녕 연말연시 분위기를 느낄 여유가 없었다.

정훈도 마찬가지였다.

정훈은 2개월 전에 호텔로 복귀했다. 소영을 떠나보내고 두 달이 지난 시점이었다. 그녀와 함께 보냈던 간병인이 예정보다 빨리 돌아와 소영의 무사함을 알려 준 뒤, 보름이 지났을 무렵이기도 했다.

그녀가 살아났다고 했다.

죽음과도 같았던 긴 도피 끝에 마침내⋯⋯.

그녀의 무사함을 확인하고 나서야 정훈은 소영의 연희동 빌라 밖으로 나올 수 있었다.

소영을 떠나보내고 텅 빈 집으로 돌아온 그 날부터 정훈은 두문불출, 소영이 남기고 간 체취를 끌어안은 채 집 안에만 웅크리고 있었다.

소영의 입술이 닿았던 컵으로 물을 마시고, 소영이 앉았던 소파에 앉아 소영이 선물해 줬던 동화책을 보고 또 보았다. 그녀의 칫솔로 이를 닦고 그녀를 씻겨 주었던 욕조에 손발이 퉁퉁 불어 터질 때까지 우두커니 앉아 있다가 나오고는 했다.

그리고 그녀와 함께 보내지 않았던, 아니 보낼 수 없었던 오르골을 틀어 놓고 그녀와 함께 잠들었던 침대에 누워 잠들었다. 주인을 잃고 남아 버린 그녀의 겨울옷을 그녀 대신 끌어안은 채. 희미해져 가는 그녀의 체취가 사라질까 두려워 창문 한 번 열지 못했다.

정훈은 그렇게 두 달간 떠나보낸 소영을 떠나보내지 못한 채 끌어안고 있었다.

간병인은 약속했던 계약 기간을 채우지 못했다며 선불로 받은 2개월 치 급료를 보내 주겠다고 했다. 정훈은 그럴 필요 없다고 사양했다. 자신 대신 소영의 곁을 지키며 그녀를 살아나게 해 준 고마움에 비하면 보잘 것 없는 돈이었다.

그리고 정훈은 그제야 그녀를 떠나보낼 준비를 했다. 2개월 간 악착같이 끌어안고 있던 그녀의 체취를 하나둘 정리하며 보름이라는 시간을 보냈다.

침대 시트를 빨고 켜켜이 쌓여 있던 먼지를 털어내고 창문을 활짝 열어 환기를 시켰다.

마지막 날, 발코니에 나가 그녀가 남기고 간 마지막 담배를 피웠다. 하얀 연기를 푸른 하늘로 피워 올리며 정훈은 시린 미소를 머금었다.

바다 건너 자그마한 섬에서 이 하늘을 같이 보고 있을 소영을 생각하면서.

다행이다, 다행이다. 작게 읊조렸다.

그날따라 유독 매콤한 담배 연기 탓에 눈가가 아주 오랫동안 따가웠다.

다음 날 정훈은 아무 일도 없었다는 듯 일상으로 복귀했다. 대영의 고집으로 그의 자리는 아직 공석으로 비어 있었다. 정훈은 지난 2년간 비어 있던 시간을 만회하려는 듯 누구보다 바쁘게 일했다. 많이 웃고 많이 떠들고 많이 움직였다.

그러나 그를 아는 사람들은 돌아서서 그 몰래 눈물지었다

그가 크게 웃을수록 그 웃음이 너무 아프고 공허해서.

자정 넘어 호텔을 나선 그는 오늘도 변함없이 연희동으로 향했다. 소영과 함께 살기 위해서 일상으로 돌아갔으나 그곳만은 떠날 수 없었다.

소영이 자신의 삶을 찾기 위해 혼자 찾아왔던 이곳.

그 외로웠던 공간은 이내 두 사람만의 공간이 되어 주었고, 이곳에서 처음 그녀를 안았다.

이곳은 그녀의 외로움과 사랑과 아픔, 고통 그리고 두 사람만의 그리움과 추억이 공존하는 유일한 공간이었다.

때문에 정훈은 이곳을 떠날 수 없다.

오늘도 정훈은 이곳을 찾아 홀로 스며든다.

딸각.

현관을 열고 어두운 집으로 들어온 정훈이 환하게 미소 짓는다. 자신이 낼 수 있는 한 가장 환한 음성으로 속삭인다.

"소영아, 오빠 왔다."

오늘 하루도 잘 지냈니? 나도 잘 지냈어.

행복하니?

지금 너, 행복한 거 맞지?

&#127775;

새해가 밝은 지도 어느덧 4개월이 지났다.

혹독하리만치 유난히 추웠던 겨울도 시간의 흐름에 따라 저만치 물러나고 따스한 봄바람이 스미듯이 찾아들었다. 얼어붙었던 강물이 녹고 움츠리고 있던 새싹이 싹을 틔웠다. 남쪽 제주도에선 벌써부터 만개한 유채꽃이 흐드러지게 피어 봄바람에 들뜬 사람들을 유혹하고 있었다.

프라임 호텔도 봄단장을 하느라 연일 정신없이 바빴다. 눈코 뜰 새 없이 바빴던 연말연시를 보내고 잠시간 쉴 틈도 없이 새 학기를 맞이한 학생들을 위한 이벤트를 선보여야 했고, 성공리에 무사히 끝났다 싶으니 이번에는 봄맞이 기획이 기다리고 있었다. 그리고 곧 있으면 휴가철을 맞이한 여름 특선에, 추석 연휴를 겨냥한 이벤트, 그러고는 또 곧바로 크리스마스와 연말연시 대목에 돌입해야 할 터였다. 1년 365일, 단 하루도 맘 편히 쉴 수 없는 호텔리어들의 반복되는 일상이었다.

거기다 한 술 더 떠 B/O(Back Office), 특히 기획, 재무팀과 경영 책임자인 정훈은 지난달부터 본격적으로 추진하고 있는 제주도 지점 오픈 건으로 그야말로 눈코 뜰 새 없는 바쁜 나날을 보내고 있었다.

대영과 정훈은 올 초에 경영난에 빠진 한민그룹이 서귀포시 중문 관광단지 내에 있는 한민호텔을 시장에 내놓자마자 바로 뛰어들어 치열한 경쟁 끝에 사들이는 데에 성공했다. 제주도에 프라임 호텔 지점을 내고 싶어 하던 대영의 오랜 염원이 이루어지던 순간이었다.

인수한 호텔은 3개월 전부터 대대적인 리모델링에 들어갔다. 낡은 건물과 내부를 완벽하게 보수하고 제주도를 찾는 해외 관광객들의 대부분을 차지하는 중국인 관광객들을 위해 객실과 호텔 전체의 인테리어를 대대적으로 개조, 변경하는 리모델링이었다.

당초 계획은 유채꽃 축제 기간에 맞춰 오픈하는 것이었는데, 옥상의 루프탑 풀 확충 설계가 변경되면서 불가피하게 오픈

시기가 1개월가량 뒤로 늦춰졌다. 5월 중순 오픈은 어쩔 수 없는 결정이었다. 그러나 더 이상 늦춰지는 것은 곤란했다. 휴가철 성수기 전에는 반드시 오픈을 해야 하니 말이다.

하여 정훈이 제주도로 내려가 오픈 전까지 모든 상황을 직접 관리, 감독하는 것으로 결정이 내려졌다. 정훈은 1개월간의 체류 일정으로 짐을 꾸려 연희동 집을 나섰다. 현관을 나서기 전, 뒤를 돌아보며 정훈이 다정하게 말했다.

"다녀올게."

소영이 현관 앞에 서서 자신은 걱정 말고 잘 다녀오라고 손을 흔드는 것 같았다. 그의 마음이 불러낸 환영이라도 씩씩하게 웃는 그녀 모습에 마음이 놓이는 것 같았다. 한 달 동안이나 이곳을 비워 놓는다는 것은 영 마음에 들지 않았지만, 어쩔 수 없는 일이라 정훈은 떨어지지 않으려는 발걸음을 억지로 옮겼다.

"괜찮아. 이것들이 같이 있잖아."

정훈은 캐리어 외에 또 다른 손에 들린 묵직한 가방을 내려다보며 쓸쓸히 미소 지었다. 그 안에는 소영과 그의 오르골과 동화책이 들어 있었다.

그래, 이것들만 있으면 된다. 이것들만 있으면 어딜 가든 외롭지 않을 터였다. 이것들만 있으면 소영과 함께 있는 것과 진배없으니까.

소영은 늘 그와 함께 있었다.

제주도 공항에 도착한 정훈은 자신을 마중 나온 직원들과 가볍게 눈인사를 나누며 게이트를 빠져 나왔다.

"오셨습니까, 이사님. 오시느라 수고 많으셨습니다. 피곤하시죠?"

수고는 무슨. 장시간도 아니고 1시간 남짓 비행기를 타고 온 것뿐인데 수고한 것도 없고 피곤할 것도 없었다. 그래도 황급히 다가와 반색하며 맞이하는 김 실장과 이 비서한테 면박은 줄 수 없어 정훈은 그저 빙긋이 웃어 보였다. 김 실장이 얼른 그의 손에서 캐리어를 뺏어 뒤에 서 있는 이 비서한테 전달하고 뒷머리를 긁적거렸다.

"면구스럽습니다. 제가 좀 더 확실하게 확인하고 차질 없도록 진행시켜야 했는데, 이사님까지 직접 이렇게 내려오시게 만들어서 정말 죄송합니다."

그가 든 커다란 백에까지 손을 뻗치는 김 실장의 손을 슬쩍 거부하며 정훈이 말했다.

"괜찮습니다. 설계 변경된 것이 어디 김 실장님 탓이겠습니까. 서울에서 미리 검토하고 빨리 결정을 내렸어야 했는데, 시간을 지체한 것이 잘못이죠. 이건 됐습니다. 제가 들죠."

"아, 그러시겠습니까? 그럼, 자 이쪽으로. 우리 호텔로 바로 가 보시겠습니까, 아니면 숙소로 먼저 모실까요? 숙소는 말씀하신 대로 바로 앞에 있는 고려호텔로 잡아 놨습니다. 아, 그

전에 시장하실 텐데 점심식사를 먼저 하시는 게 나으려나? 그러고 보니 시간이 벌써 2시가 다 되어 가네요. 가시는 길에 갈치조림 잘하는 곳이 있는데, 그쪽으로 먼저 모실까요?"

"호텔로 먼저 가 보……."

순간, 정훈의 걸음이 우뚝 멈췄다. 귀신이라도 본 듯 삽시간에 하얗게 질린 얼굴을 옆으로 휙 돌렸다. 막 탑승 게이트를 통과한 여자의 뒷모습이 소영과 너무도 흡사했기 때문이었다. 그러나 정훈이 기겁하여 탑승구로 고개를 돌렸을 때는 이미 여자의 모습은 사라지고 보이지 않았다. 탑승구로 들어가는 사람들의 뒷모습을 빠르게 훑어 내리는 정훈의 눈동자는 설마, 설마! 하며 무섭게 흔들리고 있었다.

돌연 걸음을 우뚝 멈추고 하얗게 질린 정훈의 모습에 깜짝 놀라 '무슨 일이지?' 하며 정훈을 따라 탑승구 쪽을 두리번거린 김 실장과 이 비서는 이내 '뭐야, 왜 이래?' 하는 눈빛을 주고받으며 조심스레 정훈을 불렀다.

"이사님, 이사님?"

문득 옆에서 들려온 부름에 정훈은 번뜩 정신을 차렸다.

'아니야. 아닐 거야. 그럼 당연히 아니지. 소영일 리가 없잖아. 소영이가 여기 있을 리가 없잖아.'

틀림없이 또다시 그리움이 불러낸 환영일 터였다. 정훈은 두 눈을 질끈 감고 무섭게 뛰어 대는 심장을 진정시켰다. 그의 목울대가 거푸 빠르게 오르내렸다.

"이사님, 혹시 어디 아는 분이라도……."

"아닙니다. 잘못 봤나 봅니다. 가시죠."

정훈은 자신을 의아하게 올려다보는 김 실장에게 힘겹게 웃어 보이고 성큼 걸음을 옮겼다.

◉

설계가 변경된 부분의 공사는 예정보다 5일이나 빨리 완료되었다. 다소 지지부진했던 부분도 정훈의 등장으로 빠르게 문제가 해결되며 깨끗하게 마무리가 되었다. 확실히 차기 오너인 경영진이 직접 지휘, 관리 감독하며 그 자리에서 빠르게 결정을 내리고 독려하자 다소 흐트러졌던 직원들이 바싹 긴장해서 일사분란하게 움직여 준 덕분이었다.

물론 정훈의 냉철하고 빠른 판단력과 출중한 리더십이 없었다면 불가능한 일이었을 터였다. 일에서만큼은 한 치의 실수와 해이도 용납하지 않는 완벽주의자인 그인 만큼 정훈은 한 달 가까이 이곳에 머무는 동안 모든 부분을 직접 재검토하고 확인하며 만전을 기했다. 35,000제곱미터에 달하는 엄청난 부지에 세워진 호텔의 256개의 객실과 10개의 레스토랑과 바, 실내외 수영장과 피트니스 센터, 사우나, 스파, 루프탑 수영장 등 모든 부대시설들의 완료사항을 일일이 직접 다 확인했으며, B/O(Back Office)와 F/O(Front office)에 근무할 전 직원의 면면과 스펙을 파악해 재조정을 하거나 추가 고용을 했다.

그 때문에 정훈은 한 달 가까이 제주도에 있으면서도 오픈 준비 중인 호텔과 숙소 외에는 잠시라도 가 볼 짬이 없었다. 그는 제주도에 도착했을 당시 얼핏 보았던 소영의 환영을 잊기 위해서라도 스스로에게 잠시라도 쉴 틈을 주지 않았다. 그 환영 때문에 미친 듯한 그리움이 더욱 깊어져 버렸다. 정훈은 자신에게 잠시라도 여유를 주면 더 이상 참지 못하고 곰으로 달려가 버릴 것만 같았다. 그는 그런 자신을 억누르기 위해 일에 필사적으로 매달렸다.

그 바람에 공교롭게도 3일이나 빨리 모든 일이 끝나 버렸다. 지체되었던 리모델링은 물론 세 차례나 시행해 본 오픈식 준비까지 모든 준비가 완벽하게 끝났다.

나머지는 총 지배인에게 맡기고 그냥 올라가 버릴까 싶기도 했지만, 내일이면 다시 대영과 임원진들을 데리고 다시 내려와야 했기 때문에 그럴 수도 없었다. 그런 그에게 대영은 1박 2일의 강제 휴가를 지시했다. 수고한 아들에게 다시 바빠지기 전에 단 하루만이라도 편히 휴식을 취하라는 배려 차원이었다.

정훈에게는 전혀 달갑지 않은 배려였지만.

정훈은 숙소에서 온종일 잠만 잘 생각이었다. 그런데 불현듯 바다가 보고 싶어졌다. 그러고 보니 제주도에 내려와서 바다 한 번을 마음 놓고 본 적이 없었다. 소희가 되어 가던 소영이 그토록 그리워하던 바다였는데 말이다.

"넌 지금쯤 그 바다를 보고 있겠지?"

내가 아닌 다른 남자와 함께…….

저릿한 통증과 함께 왼쪽 가슴이 욱신거리며 아파 왔다. 공허한 시선으로 창밖의 어딘가를 헤매던 정훈은 더 이상 참지 못하고 숙소를 나왔다.

바다라도 봐야 숨이 쉬어질 것 같았다. 소영이 보고 있을 그 바다를…….

바다를 찾아 아무 곳으로나 차를 몰았다. 인적 드문 한산한 바닷가를 찾아 정처 없이 이곳저곳을 헤맸다. 그렇게 헤매고 헤매다 도착한 곳은 애월읍 고내리라는 작은 마을이었다. 애월읍 고내리. 귀에 익은 지명이었다.

어디서 들었더라.

아니, 들은 것이 아니라 어디서 본 적이 있는 지명이었다. 고개를 갸웃거린 정훈은 이내 그 일을 기억해 내고 피식, 웃었다.

"아, 맞다. 안소희 양부의 양친이 살고 있는 곳이라고 했지."

소영이 신주단지처럼 보관하고 있던 낡은 박스 안에서 그것들을 보았었다. 아주 오래된 낡은 편지들과 일기장들. 낡은 편지들은 동우가 정훈보다도 어렸을 때 규식에게 보냈던 편지들이었고, 일기는 규식과 소희의 것들이었다.

소영을 떠나보내기 전, 그녀가 잠들었을 때 틈틈이 그것들을 읽었다. 화장대 서랍에 고이 쌓여 있던 최희수의 편지와 함께. 언젠가 소영은 소희가 소중한 물건을 숨겨 두었던 장소를 저절로 알 수 있었다고 했다. 그 박스 또한 그중 하나였을 터였다. 소영이 머릿속의 소희와 교감하며 찾아낸 안소희의 유품.

안규식과 소희의 일기장에는 이곳 고내리 지명이 여러 번 등장했다. 안규식의 양친이 살고 있는 곳이라고 했던가. 소희는 대니를 떠나 혼자 이곳으로 오려고 했다. 자신과 엄마를 인정해 주지 않았던 그분들을 양부 대신 가까이에서 지켜보며 엄마와 자신의 잘못을 속죄하며 살고 싶다고 했다.

"그래, 여기가 바로 그런 곳이었지."

소영이었다면 언니 대신 이 바다를 보고 싶어 했을 것 같았다. 어느새 해는 뉘엿뉘엿 저물어 가고 있었다.

정훈은 아무 곳에나 차를 세우고 밖으로 나왔다. 붉은 태양에 물들어 가는 바다를 조금 더 가까이에서 보고 싶었다. 따스한 훈풍이 짭조름한 바다 내음을 머금고 불어왔다.

정훈은 우두커니 서서 하염없이 바다를 바라보았다.

"소영아, 너도 지금 이 바다를 보고 있니? 잘 있지? 행복한 거 맞지? 난 지금 애월읍 고내리라는 작은 마을에 와 있어. 많이 들어본 지명이지? 맞아. 소희 씨가 오려고 했던 곳. 그곳에 내가 대신 와 있어. 너와 소희 씨 대신. 걱정 마. 소희 씨한테도 걱정 말라고 전해 줘. 내가 그분들 찾아볼게. 잘 계신지, 어디 불편한 곳은 없으신지, 내가 찾아보고 살펴드릴게. 그러니까 너는 아무 걱정 말고…… 행복해라."

파도와 함께 밀려오는 그리움에 정훈은 담배를 입에 물었다.

파식.

소희의 습관이 그에게도 전이된 모양이었다. 부쩍 담배 피우는 양이 늘었다.

정훈은 담배에 불을 붙이고 폐부 깊숙이 들이마셨다. 이젠 그조차도 이 담배 냄새가 소영의 것이었는지, 소희의 것이었는지 헷갈린다.

그러나 그의 기억 속에 존재하는 것은 분명 소영.

정훈은 이 매캐한 담배 연기마저 내뱉는 것이 아까워 숨을 참고 폐부 깊숙이 들이마셨다. 흩어져 날아가지 않도록. 이것만이라도 그 안에 꼭꼭 담아 놓고 싶어서.

담배 한 대를 다 태운 정훈은 천천히 돌아섰다.

빠앙.

갓길에 세워 둔 그의 차를 향해 달려오던 차가 괜스레 심술맞게 경적을 울리며 빠르게 스쳐 지나갔다. 지나갈 차도가 충분한데 왜 저러는지 모르겠다. 미간을 찌푸리고 쌩하니, 달려가는 차량의 뒤꽁무니를 바라보았다.

순간 정훈의 눈이 경악한 듯 부릅떠졌다. 망연하게 굳어 버린 얼굴 근육들이 지진이라도 난 듯 경련을 일으켰다.

달려가는 차량의 전조등 불빛이 터벅터벅 걸어오는 한 여자의 가녀린 인영을 비추고 있었다. 등 뒤로 무언가를 끌며 좌측의 바다를 바라보고 힘없이 걸어오는 그 인영은, 그 얼굴은……

아아, 또 환영인가?

그래, 그럴 거야. 소영일 리가 없잖아. 정신 차려라, 문정훈!

하지만, 하지만…… 저토록 생생한데 저것이 환영이라고? 사라지기는커녕 점점 가까이 다가오는 저것이?

그의 경악한 시선을 느꼈을까. 하염없이 바다만 바라보며 힘없이 걸어오던 환영이 고개를 돌려 그를 바라보았다.

환영이 우뚝 걸음을 멈췄다. 스산하게 가라앉아 있던 새하

얀 얼굴이 눈앞의 그를 믿을 수 없다는 듯 황망해졌다. 부릅떠
진 커다란 눈으로 그를 바라보며 비명이라도 터트릴 듯 벌어
지는 입을 손으로 틀어막았다. 가녀린 몸이 지진이라도 난 듯
휘청거릴 만큼 세차게 떨리고 있다는 것을 멀리서도 한눈에
알 수 있었다. 그 떨림이 그 자신의 떨림 때문인지, 그녀의 짧
은 커트 머리를 흩날리는 바람 때문인지는 알 수 없었다.

그러나 그녀가 자신의 그리움이 불러낸 환영이 아니라는 것
만은 이제 확실하게 알겠다.

"소…… 소영아……."

"오……빠."

그리운 음성이 바람결에 불어왔다. 환영이 휘청거리며 그를
향해 더듬거리며 다가왔다. 아니, 소영이 그를 향해 한 걸음,
한 걸음 나가오고 있었다. 정훈은 자신도 모르게 움찔 한 걸음
뒤로 물러났다. 그 순간 소영이 그를 향해 달려왔다.

새하얀 얼굴만큼이나 새하얀 눈물을 흘리며, 그리움과 열망
에 가득 찬 눈빛으로 오로지 그만을 바라보며 그를 향해 달려
와 주었다. 그녀가 뻣뻣하게 굳어 버린 그의 품으로 와락 뛰어
들었다.

소영의 것인지, 소희의 것인지 알 수 없는 알싸한 냄새가 아
닌, 소영의 향기가 그의 폐부 속으로 득달같이 달려 들어왔다.
솜털처럼 부드럽고 말캉한 피부가 그의 피부를 스치고 등을
끌어안았다. 환영이 아닌, 환영일 수가 없는 생생하게 살아 숨
쉬는 소영이 그의 품에 들어와 있었다.

밤 은
아침을
꿈꾼다

하나 정훈은 뻣뻣하게 굳어 움직일 수 없었다. 사고가 정지하고 심장이 멎어 버렸다. 성대를 긁어 그리운 이의 이름을 부르고 싶은데 부를 수가 없었다. 그리운 살내음을 맡으며 이 애처롭게 떨고 있는 사랑을 부둥켜안고 싶은데 안을 수가 없었다.

그녀가 사라져 버릴까 봐. 이마저도 한순간 사라져 버리고 말 환영일까 봐.

◎

두 사람은 바닷가 앞에 나란히 앉아 있었다. 정훈은 소영이 옆에 있다는 것을 아직도 믿을 수 없어 떨리는 시선으로 그녀를 바라만 볼 뿐 한 마디도 할 수 없었다. 자분자분 속삭이는 소영의 이야기가 끝났을 때에야 겨우 목소리를 쥐어짜낼 수 있었다.

"……그럼 그때 공항에서 본 게 정말 너였다고?"

"나, 봤어요?"

깜짝 놀라는 소영에게 정훈은 한 달 전 제주공항에 도착하자마자 탑승구를 빠져나가는 그녀를 본 것 같았다는 말을 두서없이 했다. 소영이 아득한 시선으로 그를 올려다보며 떨리는 날숨을 흘렸다.

"그랬구나. 그럼 그때 만났으면 한 달이나 더 허비하지 않을 수도 있었던 거네. 난 그런 줄도 모르고……."

한 달이나 텅 빈 연희동 집에서 그를 기다렸다니, 억울하다는 생각까지 드는 소영이었다.

　소영은 정훈이 연희동 빌라를 처분하지 않았으리라는 것을 알고 있었다. 그라면 그럴 거라고. 그래도 혹시 그곳에 낯선 사람들이 살고 있으면 어쩌나, 두려운 마음을 품고 그곳으로 향했다.

　그런데 그곳은 그녀의 짐작대로 예전 모습 그대로 그녀를 기다리고 있었다. 현관 비밀번호도 예전 그대로였다. 현관을 열고 안으로 들어갔을 때 가슴이 얼마나 뛰었는지 모른다.

　그가 없으면 어쩌나. 아니 있다면 또 어떤 얼굴로 그를 보아야 하나. 첫 마디를 어떻게, 무어라 꺼내야 할까. 지난 반년간 매일 그 순간 꿈꾸며 연습까지 했건만 막상 그를 다시 볼 생각을 하니 머릿속이 하얘져 아무 생각도 나지 않았다.

　가장 먼저 그녀를 반긴 것은 정훈의, 그만의 향기였다. 그의 향기를 다시 맡은 것만으로도 심장이 요동치며 눈물이 왈칵 나려고 했다.

　하지만 그는 집에 없었다. 하긴 아직 오후 시간이니 그가 집에 있을 리가 없었다. 그녀를 위해서라도 일상으로 돌아가 꿋꿋하게 잘 살아 줄 그이니 말이다.

　덕분에 집 안 곳곳에 놓여 있는 그의 자취를 어루만지며 마음 놓고 울 수 있었다. 그 앞에서는 절대 울지 않으리라, 환하게 웃어 보이리라 결심했던 마음이 와르르 무너져 버렸다.

　그렇게 한참을 흐느껴 울던 소영은 눈물을 스윽 닦고 주방으로 향했다. 그가 돌아오기 전에 식사를 준비해 놓을 생각이었다. 따뜻한 밥과 찌개를 끓여 놓고 귀가하는 그를 맞을 생각이었다. 3년 전처럼, 그때로 돌아간 듯 그를 위해 식사를 준비하고 환하게 웃으며 그를 맞을 생각이었다.

그리고 날숨 한 번 쉬지도 못하고 있을 그에게 이렇게 말해 줘야지.

—왔어요? 왜 이제 와. 찌개 다 식었겠다. 내가 오빠가 좋아하는 순두부찌개 맛있게 끓여 놨는데. 배고프죠. 빨리 올라와요. 밥 먹자.

그리고 얼어붙은 그를 온몸으로 따뜻하게 안아 줘야지. 그를 꼭 끌어안고 이렇게 속삭여야지.

—나, 왔어.

고맙다, 미안하다는 말은 하지 않을 것이다. 세상의 그 어떤 말로도 그 마음을 전하기에는 한없이 부족하고 모자라니까. 그를 또다시 아프게 하는 말일 테니까. 대신 사랑한다는 말만은 아무리 부족하고 모자라도 수백 번, 아니 수천 번 수만 번이라도 하고 또 할 생각이었다.

사랑한다는 말 외에 이 마음을 표현할 말은, 그 단어를 대체할 말은 세상 어디에도 없으니까.

그런데 그는 밤이 찾아오고 새벽이 밝아 오는데도 돌아오지 않았다.

　소영은 낙심하지도 불안해하지 않았다. 조급해하지도 않았다. 대영과 유정, 정미에게 전화를 하면 그의 소재를 금방 알수 있었을 테지만 그조차 하지 않았다. 그들에게 연락할 염치가 없기도 했지만 그보다는 그가 돌아올 때까지 조용히 기다려야 한다고 생각했다.

　그가 자신을 기다려 줬던 것처럼.

　그리고 그는 반드시 돌아올 테니까.

　그렇게 소영은 매일 새 밥과 새 찌개를 끓이고 그를 기다렸다. 그가 이곳을 떠나 돌아오지 않거나 그에게 안 좋은 일이 생겼을지도 모른다는 생각 같은 건 아예 나지 않았다. 그저 그에게 오랫동안 집을 비워 놓을 수밖에 없는 피치 못할 사정이 생겼을 거라는 생각만 들었다. 만약 그에게 안 좋은 일이 생겼다면 그녀의 마음이 그토록 평온할 수는 없을 테니까.

　어떻게 그럴 수 있느냐고 묻는다면, 답해 줄 말은 없다. 그것은 그냥 숨 쉬듯 자연스럽게 알게 되는 거니까.

　그러나 한 달 가까이 시간이 지나자 소영은 더 이상 하염없이 그를 기다릴 수만은 없었다.

　제주도 집을 오랫동안 비워놓는 건 아무래도 상관없었다. 하지만 이제나저제나 그녀가 언제 돌아와 줄지를 기다리는 할머니를 생각하면 더 이상 지체할 수가 없었다. 아직은 그를 만날 때가 아닌가 싶기도 했다. 소영은 곧 다시 돌아오리라 약속하며 제주도로 내려왔다.

그런데 그토록 기다렸던 정훈이 골목 어귀에 서 있었다. 그가 어떻게 이곳에 있는지는 중요하지 않았다. 궁금하지도 않았다. 그저 그를 다시 만났다는 사실만이 전율로 다가왔다.

울지 않겠다는 결심도 무색하게 소영은 그의 품에 달려들어 그리웠던 이의 가슴에 얼굴을 파묻고 울어 버렸다. 준비했던 모든 말들은 그를 본 순간 삽시간에 사라져 버리고 말았다.

그저 그를 느끼며, 그의 체취를 맡으며 뜨거운 눈물을 흘렸을 뿐이었다. 세상 모든 신에게 감사하다는 생각밖에 나지 않았다.

그는 여전히 이 상황을 어떻게 받아들여야 할지 모르겠다는 표정으로, 그녀가 눈앞에 있다는 사실을 도저히 믿을 수 없다는 눈빛으로 그녀를 망연히 바라보고만 있을 뿐이었다.

묻고, 확인하고 싶은 말은 천만 가지인데, 무엇을 어디서부터 어떻게 말해야 할지 모르겠는 모양이었다. 두려운 듯하기도 했다. 그의 눈동자 깊숙이 진득하게 고여 있는 그리움과 고통이 소영의 가슴을 아프게 했다.

소영이 그리움과 두려움으로 짓눌려 있는 그의 떨리는 눈동자를 깊숙이 응시하며 똑바로 바라보았다.

"나, 왔어요."

그제야 소영은 오래도록 준비해 왔던 말을 꺼냈다.

"어, 어떻게……."

"당신이 보고 싶어서, 당신이 너무 그리워서, 당신 곁에 있고 싶어서……. 그런데 망가진 모습으로는 당신을 찾아갈 수 없었어요. 당신이 나를 왜 보내 줬는데, 어떤 마음으로 나를 떠나보냈는데 그럴 수는 없는 거잖아."

그래서 필사적으로 노력했었다. 건강해지기 위해서, 그녀 자신으로 바로 서기 위해서. 그리고 그녀 안의 언니를 인정하면서도 더 이상 언니에게 휩쓸리지 않기 위해서, 정훈과 함께하기 위해서.

언니가 대니를 놓아주기는 했지만 그것으로 끝난 것은 아니었다. 언니의 절망과 아픔을 품은 재로 정훈에게 돌아갈 수는 없었다. 예전처럼 언니에게 의식을 지배당한 채 언니의 욕망으로, 언니와 함께 정훈에게 안길 수는 없었다. 언니와 함께 그를 느끼고 그를 안는다는 생각만 해도 끔찍했다.

그와 함께 있는 순간만은 오롯이 그녀 혼자여야만 했다. 언니에게 대니 대신 그를 헌납할 수는 없었다. 그는 그녀만의 사랑이어야 했다. 정훈을 언니와 나눠 가질 수는 없었다.

소영은 소희와 무수히 많은 이야기를 나눴다. 소희와 교감하며 그녀의 이야기에 귀를 기울였다.

먼저 언니의 바람을 이뤄 주기 위해 제주도로도 왔다. 언니 양부의 양친을 찾아서. 안타깝게도 두 분 중 한 분은 돌아가시고 할머니 혼자만 살아 계셨다. 여든이 훌쩍 넘으신 할머니는 홀로 쓸쓸히 살고 계셨다. 먼저 떠난 남편과 연락이 끊어져 버린 아들을 그리워하면서. 지병으로 허약해진 할머니는 노환으로 시력도 거의 잃으셨다.

소영은 언니의 오래전 바람대로 할머니 바로 옆집을 구입해 그리로 이사를 왔다. 그리고 매일 할머니를 찾아뵙고 말벗도 해 드리며 보살펴드린다. 행인지 불행인지, 눈이 침침한 할머니는 그녀의 얼굴을 거의 알아보지 못하셨다. 할머니는 그저 소영을 마음 착한 이웃집 처자라고만 알고 계신다. 소영은 할머니가 돌아가실 때까지 이곳에서 할머니를 보살펴 드릴 생각이다. 할머니는 노상 굳은살 박인 주름진 손으로 소영의 손등을 쓸어내리며 이렇게 말씀하셨다.

"어디서 이런 천사 같은 처자가 다 왔을까. 내가 이 덕을 어떻게 다 갚고 죽을까 모르겠네. 고마워. 참말 고맙고만. 살아 있으면 그 아이도 처자만큼 자랐을 텐데. 실은 우리 아들한테도 처자 같은 딸이 하나 있거든. 내가 저번에 얘기했지? 여시 같은 년한테 홀려서 부모, 친구 죄 버리고 저기, 꽘에 가서 살고 있는 아들놈이 한 놈 있다고. 그놈도 이제 환갑이 넘었을 텐데, 잘 살고 있는지 모르겠어. 망할 놈의 시키. 제 아비가 아무리 꼴도 보기 싫다고 내쫓았어도 그렇지. 갑자기 연락을 딱 끊어 버리고 소식 한 자 없다니, 망할 놈. 그놈은 아마 제 아비가 이 세상 뜬 지도 모를 거야. 에휴. 어쨌든 그놈한테도 처자 같은 딸내미가 하나 있는데, 제 씨도 아닌 아이를 어찌나 예뻐하고 애지중지하던지. 나도 예전에 몇 번 가서 봤는데, 아주 눈꼴시어서 못 봐줄 정도였다니까. 제 어미 닮아서 예쁘긴 참말 예쁘더만. 고대로 컸으면 걔도 처자만큼 참말 예쁠 텐데. 내가 죄가 많아. 고 어린 게 무슨 죄가 있다고 그땐 마음이 옹졸해서 한 번 안아 주지를 못했어. 그런데 이제 죽을 때가 다

되어서 그런가. 망할 아들놈보다 그 아이가 더 눈에 밟혀. 한 번 안아봐 줄걸, 머리라도 한 번 쓰다듬어줄걸, 후회도 되고 말이야. 그런데 정말 주책이지? 자꾸 아가씨가 그 아이처럼 느껴지니 말이야. 에휴, 이래서 늙으면 죽어야 한다니까. 근데 뭔 놈의 목숨 줄은 이렇게 질긴지. 쯧쯧. 하여튼 고마워. 요즘 내가 아가씨 덕분이 산다니까.”

소영은 언니와 함께 할머니의 손을 꼭 잡고 사죄하며 울었다. 하지만 언니를 위해 해 줄 수 있는 건 거기까지만이었다. 소영은 이제 소희와 함께하면서도 언니를 다룰 수 있는 방법을 안다. 그러한 확신이 생겼기에 비로소 정훈을 찾아갈 수 있었다.

그리고 이제 이렇게 그를 다시 만났다.

이제 두 번 다시는 잡은 그의 손을 놓지 않을 것이다.

두 번 다시는 그를 울게 하지 않을 것이다.

홀로 그를 내버려 두지 않을 것이다.

소영은 떨리는 손으로 정훈의 뺨을 감싸 안았다.

오롯이 차소영의 눈빛으로 그를 바라보며 차소영으로서 속삭였다.

“사랑해요. 오직 문정훈 당신만을.”

무너지듯 벌어지는 그의 입술을 머금었다. 오열하듯 떨리는 그의 숨결 사이로 그녀의 따스한 숨결을 불어넣었다.

꽃향기를 실은 따스한 바람이 불어왔다. 어디선가 익숙한 선율이 들려오는 듯싶었다.

밤 은
아침을
꿈꾼다

녹턴의 〈사랑의 꿈〉.

하나가 된 두 사람의 머리 위로 둥근 만월이 떠올랐다.

밤은 더 이상 어둡지 않았다.

에필로그

"엄마, 일어나. 엄마!"

고사리 같은 손으로 어깨를 흔들며 소리치는 깜찍한 목소리에 소영은 부스스 눈을 떴다. 커다란 눈을 깜박이며 '와아, 엄마 일어났다!' 소리치며 환하게 웃는 천사 같은 얼굴에 절로 입가에 미소가 지어졌다. 소영은 네 살 된 딸의 자그마한 몸을 꼭 끌어안고 이마에 쪽! 하고 입을 맞췄다.

"우리 딸, 잘 잤어?"

"엉! 엄만 잠꾸러기야. 아빠랑 난 벌써 아까아까 일어났는데. 일어나. 빨리 바다 보러 가자, 응?"

"다솜아, 엄마 깨웠어?"

활짝 열린 문 사이로 정훈의 다정한 목소리가 들려왔다. 아빠 목소리만이라도 뭐가 그리 좋은지, 칭얼거리던 다솜이 금세 눈빛을 초롱초롱하게 빛내며 우렁차게 대답했다.

"엉!"

"그럼 빨리 엄마 데리고 나와. 밥 먹자."

어! 하고 또다시 우렁차게 대답한 다솜이 소영의 손을 잡고 빨리 일어나라며 잡아당겼다.

"빨리 일어나. 아빠가 벌써 밥도 다 해 놨단 말이야. 다솜이 배고파, 빨리."

배고프긴, 빨리 아빠한테 가고 싶어서 그러는 거면서. 아빠가 엄마 데리고 나오라니까 이런다는 것을 누가 모를 줄 알고? 소영은 벌써 시선은 아빠한테 향해 있는 어린 딸을 보면서 입술을 비죽거렸다.

하여튼 누가 딸 바보 아빠의 딸이 아니랄까 봐, 아빠라면 사족을 못 쓰는 다솜이었다. 옹알이할 때부터 '엄마'보다 '아빠'라는 말을 먼저 한 아이였다.

'세상에서 엄마가 젤 좋아!'라고 했다가 '그럼 아빠는?'이라고 물어보면 두 번 생각할 것도 없이 당연하다는 듯 '아빠는 더 좋지!'라고 당당하게 말하는 아이. 그럴 때마다 소영은 기가 막혀 헛웃음을 치고, 정훈은 '그렇지! 역시 내 딸이야. 아이고, 우리 예쁜 딸!'이라고 소리치며 다솜과 함께 서로 얼싸안고 아주 난리도 아니었다.

오늘 아침에도 분명 그가 먼저 일어나서 딸한테 부리나케 달려갔을 터였다. 밤새 우리 딸이 잘 있었나, 잘 잤나, 보고 싶어서 자는 딸의 얼굴에 뺨을 부비고 뽀뽀를 해댔을 것이다. 그러면 다솜이는 칭얼거리다가도 아빠인 것을 금세 알아채고는 '아빠!' 하며 벌떡 일어났겠지. 괌에 새벽에 도착해서 잠도 얼마 못 잤을 텐데 말이다.

세 사람은 정훈의 휴가에 맞춰서 괌으로 휴가를 왔다. 소영에게는 5년 만에 와 보는 정든 곳이었다. 5년 전에 괌을 떠날 땐 곧 다시 올 수 있을 줄 알았다. 그녀 혼자가 아닌 정훈과 함께. 그런데 그 해에 정훈과 결혼하자마자 다솜이가 생기는 바람에 올 수가 없었다. 다솜이를 낳으면, 다솜이가 목만 가눌 수 있게 되면, 다솜이가 걸을 수만 있게 되면, 하고 차일피일 미루다 보니 어느새 5년이나 지나 버리고 말았다.

작년에도 한번 오려고 했지만, 안타깝게도 출발 이틀 전에 할머니가 돌아가시는 바람에 올 수가 없었다. 아침 일찍 다솜이와 함께 아침 인사를 드리러 갔을 때, 주무시듯 숨을 거두신 할머니를 발견하고 얼마나 울었는지 모른다. 아흔세 살의 일기로 고통 없이 주무시다 편히 돌아가신 것을 생각하면 다행이다 싶으면서도 가슴이 무너지듯 슬픈 것은 어쩔 수 없었다.

할머니의 장례는 차분한 분위기에서 모든 이들이 다 함께 치렀다. 할머니의 아들이자 언니의 양부였던 안규식 대신 동우와 대영이 상주를 나서 조문을 받았다. 동우는 재작년에 연구소를 그만두고 은퇴하여 한국으로 돌아왔다. 동우도 지금은 제주도에 살고 있다.

소영과 그다지 멀지 않은 곳에 아담한 집을 짓고 노후를 보내고 있다. 그녀의 곁에 있겠다고 하시면서도 절대 같이 살지는 않으려고 한다. 그는 늘 그녀를 안쓰러운 눈빛으로 바라보며 남몰래 눈물을 흘린다.

이젠 괜찮은데, 이젠 다 좋은데도 동우의 마음은 또 그렇지 않은 모양이다. 그는 지금도 그녀를 보며 그녀 안의 소희를 찾고, 소희를 바라보다 또 소영을 찾으며 혼란스러워 한다. 끝없이 스스로를 자책하며 말수가 없어진 그가 소영은 안쓰럽다.

그녀는 이제 정말 괜찮은데. 언니도 이젠 많이 편안해졌는데.

둘은 동우를 용서하기로 했는데…….

소영과 정훈은 제주도에 살고 있다. 정훈은 서울로 돌아가지 않고 소영이 살던 집을 넓히고 개조해서 그곳에서 신혼생활을 시작했었다. 그는 지금 프라임 호텔 제주만을 맡아서 일을 하고 있다. 서울의 프라임 호텔은 정미가 맡고 있다. 직책으로만 따지면, 정미가 그보다 위다. 정훈은 제주점 사장일 뿐이지만, 정미는 프라임 호텔 전체를 책임지는 사장이니까. 정훈은 동생한테 오너 자리를 양보한 것에 대해서 티끌만 한 후회도 없단다. 하긴 마음 같아서는 당장이라도 제주점 사장 자리까지 내놓고 바다가 한눈에 내려다보이는 집 앞에 자그마한 카페나 하나 차려 놓고 가족과 온종일 붙어 있고 싶다는 사람이니, 더 말하면 뭘할까 싶다.

소영이야말로 더 이상 바랄 것이 없을 만큼 하루하루가 감사하고 행복하다. 못다 이룬 꿈에 대한 미련도, 후회도…… 미움도, 미안함도 없다. 정훈과 함께 잠들고 눈뜰 수 있는 하루하루가, 매 순간이 소중하고 감사하고 행복하다. 거기다 그와 그녀를 반씩 똑 닮은 다솜이까지 있는데 더 이상 바랄 것이 무에가 있겠는가.

나중에 다솜이가 좀 더 자라서 학교에 입학을 하게 되면 그때나 무언가를 해볼까, 생각 중이다. 그렇다고 오랜 시간 집을 비워야 되는 일을 할 생각은 없다. 아이 곁에 언제나 있어 주는 엄마가 되고 싶다. 엄마의 부재로 아이가 느끼는 외로움이나 불안감 따위는 우리 다솜에게만은 절대 느끼게 해 주고 싶지 않다. 언제나 아이 곁에 있을 것이다. 언제나 그의 곁에 있을 것이다.

집 앞의 자그마한 카페라. 그 정도면 괜찮지 않을까 싶다. 물론 그것도 먼 훗날의 이야기겠지만.

소영과 정훈 그리고 다솜이는 정훈이 차린 간단한 아침을 먹고 일찌감치 집을 나섰다. 두 사람은 곰에 처음 왔을 때 지냈던 그 렌트 하우스를 빌렸다. 뒷마당에 수영장이 있는데도 다솜이는 수영장에는 별반 관심을 보이지 않았다. 제주도에서도 매일 보는 게 바다인데 바다가 그리 좋은지, 다솜이는 차에 타자마자 연신 '바다 보러 가는 거야? 야, 바다다, 바다!' 하며 엉덩이를 들썩거렸다.

소영이 다솜이한테 안전벨트를 매 주면서 다정하게 말했다.

"바다에는 좀 이따가 갈 거고, 지금은 이모한테 갈 거야."

"이모? 아, 소희 이모!"

"응. 소희 이모가 여기 있다고 말해 줬지?"

"어. 이모랑 할아버지, 할머니도 다 같이 있다고."

다솜이 동그란 눈을 깜박거리며 고개를 갸웃거렸다.

"그런데 엄마, 다솜이는 왜 그렇게 할아버지, 할머니가 많아? 책 할아버지에 접때 하늘나라 간 할머니도 있고, 서울 할머니, 할아버지도 있고. 그런데 여기에도 또 할아버지 할머니가 있잖아."

"많으면 좋지. 다 우리 다솜이 할아버지, 할머니고 우리 다솜이를 엄청 사랑해 주시는 분들이신데. 왜 싫어?"

다솜이가 잠시 생각해 보는 듯이 커다란 눈을 깜박거렸다. 그러다 이내 활짝 웃으며 고개를 가로저었다.

"아니, 좋아. 할아버지 할머니는 다 다솜이 예뻐하잖아."

"그럼."

"그래서 나도 다 좋아. 근데 여기 할아버지 할머니도 하늘나라에 있다며. 그럼 난 어떻게 인사해? 볼 수도 없잖아."

소영이 다정히 웃으며 사랑스러운 딸의 핑크빛 뺨을 쓰다듬었다.

"다솜이는 볼 수 없어도 그분들 눈에는 다 보여. 하늘나라에서 다 내려다보시니까. 아이고, 우리 다솜이 왔구나, 하고 엄청 좋아하실걸?"

"이모도?"

소영의 눈동자가 한층 더 깊어졌다.

"응, 이모도."


다솜아, 이모는 너 항상 보고 있어. 우리 다솜이가 처음으로 몸 뒤집고 아장거리며 걷는 것도 다 지켜본걸. 이모는 우리 다솜이, 많이, 아주 많이 사랑해. 우리 다솜이 아프지 않도록, 다치지 않고 무럭무럭 커서 아주 예쁜 아가씨가 될 때까지 지켜 줄 거야. 널 위해서 이모가 할 수 있는 일이라면 뭐든 다 할 거야. 엄마랑 약속했어. 그지, 소영아?

응, 고마워, 언니.

소희가 해사하게 미소 지으며 조용히 눈을 감고 돌아섰다. 정훈의 '자, 그럼 출발합니다!'라는 음성이 들려왔기 때문이었다. 소희는 정훈과 함께 있을 때면 항상 스스로 눈을 감고 깊이 잠들어 준다. 약속 하나는 철저하게 지켜 주는 고마운 언니였다.
아니, 눈치가 빠르다고 해야 하나? 큭.
소영은 운전석에 있는 정훈을 바라보며 환하게 미소 지었다. 다솜과 함께 주먹 쥔 오른손을 번쩍 들고 소리쳤다.
"네, 출발!"

세 사람은 투명한 에메랄드빛 바다에 풍덩 빠져 열대어들과 신나게 놀았다. 다솜이는 색색의 자그마한 열대어들을 보고 예쁘다며 연신 환호성을 질렀다. 만져 보겠다고 고사리 같은 손을 연방 꼼지락거렸다. 그러다 손에 들고 있는 먹이를 향해 열대어들이 너무 많이 모여들자 기겁해서는 무섭다고 아빠한테 딱 달라붙어서는 떨어질 줄 몰랐다. 그래 놓고선 또 든든한 아빠 품에 안겨 신기한 듯 넋 놓고 열대어들을 바라보며 까르르, 웃음을 터트리고는 했다.

　스노클링을 마친 세 사람은 코코넛 크랩을 먹으러 레스토랑으로 향했다. 그곳에서 그들은 대니와 마주쳤다. 그는 이미 누군가와 식사 중이었다. 무심코 돌린 시선에 인형처럼 생긴 깜찍한 여자아이를 안고 홀로 들어오는 정훈을 발견한 대니는 저도 모르게 나이프를 떨어트리고 그와 아이를 멍하니 쳐다보았다. 그리고 그 뒤로 걸어오는 소영을 보았다.

　5년이라는 시간이 흘렀다는 것이 무색할 정도로 소영은 여전히 아름다웠다. 짧은 커트 머리에 자주색 와이드 플로피 햇을 쓴 자그마한 얼굴은 여전히 청초하면서도 고혹적이었고, 얇은 어깨끈이 달린 자잘한 플라워 무늬의 하늘하늘한 원피스를 입은 몸은 여전히 감미로운 곡선을 그리며 가녀렸다.

　투명하도록 새하얗던 피부색만 달콤한 캐러멜 빛으로 달라져 있을 뿐이었다. 소영이 아닌 예전의 소희처럼.

　순간적으로 대니는 소희의 영혼뿐만이 아니라, 뜨거운 피가 흐르고 있는 소희를 보고 있는 것 같은 착각에 빠졌다.

　흠칫 놀라는 정훈과 먼저 시선이 부딪히고 그다음으로 소영과 눈이 마주쳤다. 이런 곳에서 예기치 않게 그와 마주칠 줄 몰랐는지, 소영도 흠칫 놀라는 눈치였다. 그러나 그녀는 이내 부드럽게 미소 지으며 살짝 묵례를 해 왔다.

그녀의 시선이 그를 지나쳐 맞은편에 앉아 있는 여자에게 가 닿았다. 대니의 시선을 따라 여자도 고개를 돌려 그녀와 정훈을 의아한 눈빛으로 바라보고 있었다. 소영의 시선이 여자의 얼굴에 잠시간 머물렀다. 그리고 그녀의 시선이 천천히 밑으로 이동했다. 이제 겨우 부르기 시작하는 배라서 언뜻 보아선 티가 안 나지만, 아담하게 부푼 배에 가 닿은 소영의 눈꼬리가 부드럽게 휘어지며 내려갔다.

다행이다. 정말 다행이야. 당신, 내 부탁 들어줬구나. 고마워, 대니. ……부디 행복하길.

소영은 스르륵 눈을 뜨고 눈물지으며 말갛게 미소 짓는 언니를 조용히 바라보았다. 함께 미소 지으며 언니의 어깨를 토닥거렸다. 이 정도는 언니에게 할애해 줘야 할 듯 싶었다. 언니가 고맙다며 힘없이 돌아섰다.

정훈도 여자의 배를 보았다. 일순 긴장했던 그의 얼굴에 안도하는 기색이 흘렀다. 안도하는 마음과 다행이다 위로하는 마음, 미안함과 고마움이 뒤섞인 복잡한 시선으로 대니를 바라보며 정훈은 가만히 고개를 까딱였다.

만감이 교차하는 세 사람의 시선이 허공에서 부드럽게 뒤엉키며 한동안 떨어질 줄 몰랐다.

그런 어른들의 복잡한 심경일랑 알지 못하는 다솜이 갑자기 멈춰서 꼼짝도 하지 않는 아빠를 의아하게 내려다보며 칭얼거렸다.

"아빠, 아빠 뭐해. 다솜이 배고파."

그제야 세 사람만이 공유하고 있던 아프고도 잔잔한 기류가 스르륵 사라졌다. 정훈이 칭얼거리는 어린 딸을 바라보며 빙긋 미소 지었다.

"미안. 우리 다솜이 배고프다고 그랬지? 자, 우리 뭐 먹을까?"

빈 테이블로 걸음을 옮기는 그를 따라 소영도 천천히 걸음을 옮겼다. 다솜이 아빠의 목을 꼭 끌어안고 말했다. 연신 아빠의 오뚝한 코를 손끝으로 토닥거리며 장난을 쳐댔다.

"맛있는 거. 게 먹는다고 그랬잖아. 나 게 좋아. 맛있어."

"그래, 그럼 게 먹자. 소영아, 넌 뭐 먹을래?"

"아무거나. 맛있어 보이는 걸로 잔뜩 시켜서 나눠 먹어요. 다솜아, 이제 엄마한테 와. 아빠 식사하셔야지."

소영이 일어나 테이블 너머로 다솜을 받으려고 하자, 다솜이 싫다며 정훈의 목을 꼭 끌어안고 더 바짝 달라붙었다.

"싫어. 아빠랑 같이 먹을래."

엄마한테는 미안하지만 아빠랑 같이 있을 때는 아빠한테 이렇게 안겨 있는 게 훨씬 더 좋다. 아빠의 품이 훨씬 더 크고 푸근하니까. 그리고 특히 밥 먹을 땐 아빠랑 있는 게 오만 배는 더 좋다. 엄마도 엄청 다정하기는 하지만 밥 먹을 땐 얌전히 앉아서 다솜이 혼자 먹어야 한다며 먹여 주지 않으니까. 그런데 아빠는 뭐든 다 해 준다. 아, 하고 입만 벌리고 있으면 아빠가 뭐든 맛있는 것만 골라 입에 쏙쏙 넣어 준다. 그럴 때마다 엄마는 아빠 때문에 내 버릇이 나빠진다고 아빠한테 막 뭐라고 그런다.

치이, 엄마 나빠.

뭐, 그래도 괜찮다. 그래도 아빠는 날 꼭 안고 괜찮다며 뭐든 다 해 주니까. 난 이다음에 커서 어른이 되면 꼭 아빠랑 결혼할 거다. 난 아빠가 세상에서 젤 좋다. 물론 엄마도 세상에서 젤 좋다. 그런데 아빠가 쬐끔 더 좋다. 히히.

다솜은 아빠의 뺨을 손끝으로 콕콕 찌르며 아빠의 얼굴에 제 얼굴을 마구 비볐다. 아빠가 하하하, 크게 웃었다. 다솜도 키득거리며 연신 방긋방긋 웃었다. 엄마가 그런 아빠와 나를 보고 못 말리겠다는 듯이 고개를 가로저었다. 그러면서 엄마도 환하게 웃었다. 그래서 나도 덩달아 또 따라 웃었다.

나는 세상에서 엄마 아빠가 젤 좋다!

5년 만에 다시 만난 소영과 정훈 그리고 그들의 아이를 뒤로하고 레스토랑을 나오는데, 제시가 물었다.

"아까 그 사람들, 아는 사람들 맞지?"

대니는 빙긋이 미소 지으며 고개를 끄덕거렸다.

알지. 알아도 아주 잘 아는 사람들.

"누구야?"

"왜, 뭐가 궁금한데?"

"아니, 뭐 그냥 대니가 그 사람들 처음 봤을 때 너무 놀라는 것 같아서. 그런데 막상 말 한 마디 안 하고 나오니까 이상하잖아. 둘 중에 누굴 아는 건데? 남자? 여자?"

"그 사람들 모두 다."

아련한 그리움과 쓸쓸함이 묻어나는 그의 음성에 제시가 슬쩍 미간을 찌푸렸다. 수상해. 아무래도 저들하고 뭔가 특별한 게 있는 것 같단 말이야. 아, 혹시? 제시는 슬쩍 그의 어깨를 툭 쳤다.

"혹시 저 사람들하고 삼각관계, 뭐 이딴 거였어?"

대니는 그저 피식, 웃을 뿐이었다.

"아니야? 에이, 사실대로 말해 봐. 다 옛날 일인데 뭐 어때. 어디 가서 소문 안 낼게. 삼각관계였는데, 아까 그 남자한테 뺏긴 거 맞지? 그래서 대니가 아직 그 실연의 아픔을 잊지 못해 싱글을 못 면하고 있는 거고 말이야."

작년에 꽘 대학으로 부임한 남편을 따라 꽘으로 이주를 해 온 제시는 남편과 함께 우연찮게 대니와 친구가 되었더랬다. 깐깐한 남편조차 괜찮은 놈이라고 인정하는 대니였다.

그런 대니한테 아주 오랫동안 사랑하던 여자가 있었다는 얘기는 여기저기서 얼핏 들었다. 그런데 그 여자가 갑자기 사고로 죽는 바람에 대니가 한동안 엄청 힘들어했다고. 한데 이제 보니, 실연의 아픔은 그것뿐이 아니었던 듯싶었다.

쯧쯧. 대니처럼 근사한 남자가 왜 아직 혼자인가 엄청 궁금했었는데, 이제야 그 의문이 조금 풀리는 것 같았다. 아까 보니까 여자가 예쁘긴 엄청 예쁘더라. 단순히 예쁘기만 한 게 아니라, 청초하면서도 지적이고 고혹적인 것이 오묘한 매력이 있는 여자였었다. 그런 여자라면 잊기 쉽지 않을 거라는 생각이 들기도 했다.

그런데 우와. 여자도 여자지만 그 옆에 서 있던 남자가 더 대박이었다. 대니도 엄청 섹시하고 멋진데 그 남자에 비하면 뭐라고 그럴까? 2퍼센트가 부족하다고나 할까?

대니한테 부드럽고 우수 어린 매력이 있다면 남자한테는 좀 더 깊고 진한 남성적 카리스마가 넘쳐흘렀다. 거기다 그 키하며 근육질의 섹시한 몸에, 생긴 것도 어쩜 그렇게 남자답게 잘생겼는지. 게다가 아이하고 부인 바라보는 눈빛은 또 어쩜 그렇게 달콤해? 자신이 아직 결혼 안 한 미혼이라면 부인과 애가 있든 말든 미친 척하고 달려들지 않았을까 싶다.

그런 남자와 적수였으니, 아무리 대니라도 힘들었겠구나, 싶은 것이 왠지 더 대니가 안쓰럽게 여겨지는 제시였다.

그나저나 난데없이 나타난 부부 때문에 대니한테 오늘 꼭 해야 될 말이 있었는데 그걸 못했다. 남편과 아이와 나타난 옛사랑을 보고 충격받은 대니한테 차마 자신의 동생과 한번 만나보는 게 어떻겠느냐는 말을 선뜻 꺼낼 수가 없었다.

대니를 처음 본 순간부터 홀딱 반해서는 혼자 벙어리 냉가슴 앓고 있는 동생을 위해서는 어떤 식으로든 말을 꺼내긴 해야 되는데 말이다.

2개월 전 자신을 보러 괌으로 놀러 왔다가 대니를 보자마자 첫눈에 반해선 떠날 생각을 하지 못하고 아예 눌러앉아 버린 딱한 내 동생을 위해서.

아까 그 여자만큼은 안 돼도 내 동생도 외모라면 어디 가서 빠지지 않는다. 나이도 이제 겨우 스물세 살밖에 안 됐으니 훨씬 어릴 테고 말이다.

에이, 안 되겠다. 어쩌면 지금이 더 절호의 기회일지도 모르지 않는가. 저 싫다고 떠난 여자가 남편과 함께 아이까지 낳고 잘 살고 있다는 걸 제 눈으로 직접 확인했으니 말이다. 흠흠, 제시는 목을 가다듬었다.

"그런데 말이야, 대니. 나 대니한테 꼭 할 말이 있는데 말이야."

"응? 아참, 아까 나한테 할 말이 있다고 했었지. 미안. 깜박했다. 말해. 중요한 얘기면 다시 어디 들어갈까?"

"아니, 뭐 그럴 필요까지는 없고. 그냥 말할게. 저기, 있잖아. 내 동생, 크리스틴 어떻게 생각해?"

대니는 일순 의아한 표정으로 제시를 바라보았다.

"어떻게 생각하느냐니, 무슨 뜻이야?"

"그러니까 여자로 어떻게 생각하느냐고."

대니의 미간이 얼핏 찌푸려졌다.

"갑자기 그게 무슨 소리야."

"뜬금없는 얘기라는 건 나도 잘 아는데, 에휴. 나도 가운데서 이러는 거 정말 질색인데, 내가 오죽하면 이러겠냐고. 크리스틴이 너 엄청 좋아한단 말이야. 일명 첫눈에 반하셨단다. 그런데 넌 자기가 아무리 눈치를 주고 관심을 보여도 그냥 동생처럼 자상하게만 대해 주지, 꿈쩍도 하지 않는다고 애가 아주 죽으려고 하잖아. 내 동생이라서 아니라 걔 진짜 괜찮은 애거든? 걔가 남자한테 그렇게 목매는 것도 네가 진짜 처음이야. 너, 사귀는 여자 없잖아. 그러니까 내 동생, 영 아니다 싶은 거 아니면 한번 만나 보기나 하라고. 그래도 영 여자로 안 느껴지면 어쩔 수 없는 거고. 그렇다고 우리가 너한테 뭐라고 하겠니? 남녀 사이가 억지로 붙인다고 해서 되는 일이 아니라는 건 우리도 다 아는데. 그냥 몇 번 만 좀 만나 봐 봐, 응?"

크리스틴이 날 보고 첫눈에 반했었다고? 그럼 지난 두 달 동안 툭하면 클럽을 찾아온 게 스킨 스쿠버를 배우려던 게 아니라 나 때문이었다는 건가? 그런데 나는 왜 한 번도 그런 눈치를 알아채지 못했을까.

하긴 소희를 떠나보내며 마음속까지 텅 비어 버렸으니, 눈에 번연히 보여도 볼 수가 없었던 건지도 모르겠다. 해서 소희와 행복해지겠다고, 새로운 사랑도 하고 결혼도 하겠노라 약속을 해 놓고도 그 약속을 지킬 수가 없었다.

억지로 하는 사랑은 사랑이 아니니까. 그런 사랑으로는 결코 행복해질 수 없으니까. 소희가 바란 그의 행복은 결코 그런 거짓 행복이 아닐 테니까.

그런데 소희가, 아니 소영이 5년 만에 다시 모습을 드러냈다. 그리고 아이러니하게도 바로 이 순간에 제시가 크리스틴을 만나 보라고 한다. 그동안 그녀가 혼자 그를 흠모하고 있었노라고.

대니는 쓸쓸히 미소 지으며 망연히 하늘을 바라보았다.

잠시 후, 그가 제시를 돌아보며 말했다.

"그래, 그러자. 크리스틴…… 만나 볼게."

알았어, 소희야. 약속 지킬게. 그러니까 너도 약속 꼭 지켜.

행복해라.

행복해야 돼, 소희야.

우리 모두 꼭, 행복하자.

따스한 바람이 안도의 숨을 내쉬듯 그의 머리카락을 살포시 어루만지며 스쳐 갔다.

This love story is over. but Love is forever.

## 작가 후기

안녕하세요, 김도경입니다.

가내 모두 두루두루 평안하신지 모르겠네요. 너무 노땅 티 나는 인사말인가요? 큭.

≪밤은 아침을 꿈꾼다≫는 3년 전에 연재를 하다가 중단했던 작품입니다. 3년 동안 끌어안고 끙끙 앓았던 작품이었죠. 다시 시작하면서 '뇌 이식'이라는 골자만 남겨 놓고 처음부터 다 뒤엎고 다시 써야만 했던 글이기도 했습니다.

뇌 이식.

생소하고 조금은 섬뜩하기도 한 말입니다.

제가 뇌 이식이라는 말을 접한 건 10년도 훨씬 지난 어느 날이었습니다. 제가 너무 좋아하는 한 작가의 책을 읽고서였죠.

제가 애정하는 작가 중에 일본의 대표적인 추리작가인 히가시노 게이노라는 분이 계신데요, 제가 개인적으로 그분의 대표작이라고 생각하는 작품 중의 하나인 ≪변신≫이라는 책이 바로 그 책이었습니다.

추리소설인 만큼 한 청년이 자신을 살해한 살인자의 뇌를 이식받으면서 그 살인자의 의식에 완전히 자아를 뺏겨 인성이 변하고, 급기야 살인까지 저지른다는 내용이랍니다.

저는 그 책을 읽고 꽤 큰 충격을 받았었습니다.

뇌 이식이라는 것이 정말 가능할까? 가능하다면, 다른 사람의 뇌를 이식받은 사람은 누가 되는 걸까. 그 사람의 기억과 뇌의 기억은 어떻게 되는 것이고, 감정과 추억은 어찌 되는 것일까. 그가 사랑하던 사람은? 그 사람은 자신이 사랑하던 사람과 뇌가 사랑하던 사람 사이에서 어떤 혼란을 겪고 어떤 사랑을 하게 될까.

그 책을 덮자마자 뇌 이식이라는 것이 정말 현실에서 가능한가를 확인하기 위해서 열심히 자료를 찾아보았던 기억이 있습니다. 그리고 또 다시 충격을 받았었죠.

쥐, 원숭이, 개 심지어 사형수를 대상으로 이미 아주 오래전인 1800년대부터 다양한 방법으로 꾸준히 뇌를 이식하는 연구와 실험이 진행되어 왔다는 사실을 알게 되었거든요. 초기에는 뇌 세포만 떼어 내어 이식하는 것이 아니라 머리를 통째로 다른 개체에 이식하는 방법으로 진행됐지만요.

그중 가장 성공적인 수술은 1970년대 미국에서 로버트 화이트라는 박사와 그의 팀이 원숭이를 대상으로 했던 뇌 이식 수술이라고 합니다. 당시 수술을 받은 원숭이는 결국 면역거부 반응으로 죽긴 했지만 새로운 신체로부터 혈액을 공급받아 눈으로 보고, 냄새를 맡고, 먹이를 먹으며 8~9일을 버텼답니다.

또한, 최근 근무력증을 앓고 있는 러시아의 발레리 스피리도노프라는 남자는 앉아서 죽을 날을 기다리고 싶지 않다, 과학에 일정한 기여를 하고 싶다며, 머리 이하의 전신을 이식받겠다고도 했다는군요. 그 사람의 집도의는 얼마 전에, '2년 안에 뇌를 포함한 모든 신체 이식 수술이 가능할 것이라며 남은 문제는 의학 윤리적인 것뿐이다.'라고 주장했던 이탈리아의 신경외과의 '세르지오 카나베로'라고 합니다.

그 외에도 현재, 수많은 나라의 뇌 연구소에서 알츠하이머, 루게릭 병 등의 불치병을 치료하기 위한 수단으로 뇌 이식 분야를 활발하게 연구 중이라는 사실도 알게 되었답니다. 종교, 윤리적인 문제에 부딪혀 공표만 못하고 있을 뿐, 어느 곳에서는 이미 극비리에 인체를 대상으로 한 뇌 이식 수술이 시행됐다는 이야기도 있었습니다.

그때부터 제 상상력이 제멋대로 커지기 시작했죠. ≪변신≫의 오마쥬로 시작해 현재 지금 이 순간에도 평범한 우리로서는 감히 상상도 할 수 없을 만큼 빠르게 진보하고 발전되어 가는 '뇌 이식' 분야를 소재로 한 글을 써 보고 싶다는 열망과 함께 말입니다.

그렇게 탄생한 글이 ≪밤은 아침을 꿈꾼다≫였습니다.

  하지만 처음 이 글을 시작했던 3년 전에는 비현실적이다 여겨질 만큼 생소한 '뇌 이식'이라는 분야를 로맨스와 어떻게 접목해야 좋을지 몰라 연재하다가 중간에 접어야만 했었습니다. 자료조사 부족도 문제였지만, '에이, 그런 게 어디 있어. 말도 안 돼. 현실성이 떨어진다. 공상과학 소설 같다.'라는 독자분들의 비난을 받을 용기가 부족했기 때문이었습니다.

  하지만 '현재의 첨단 의학만으로도 충분히 실현 가능해졌다는 뇌 이식을 둘러싼 끊임없는 찬반 주장들'로 비롯된 '나는 누구인가' '나의 존재가 뇌로 환원될 수 있는가' '영혼은 존재하는가. 존재한다면 영혼은 어디에 존재하고 어디에서 왔을까' 등등의 보다 근원적이고 매력적인 질문에서 결코 벗어날 수 없었습니다.

  때문에 다시 이 글을 시작했습니다.

  제 우려와 예상대로 연재 당시 뇌 이식이 전면에 등장하는 순간, '비현실적이다' '개연성이 떨어진다' 'SF 추리 소설 같다'라는 독자님들의 비난을 받아야 했습니다. 얼마 전에 미국에서 발생한 사우스캐롤라이나의 총기난사 사건을 등장시킨 측면도 없지 않아 있었습니다.

  그래도 현재의 '뇌 이식 분야의 발전 상황'을 알고 계신 분들이 계셔서, 그분들의 격려에 얼마나 감사했는지 모릅니다. 그분들이 안 계셨다면, 역시 '로맨스의 소재로는 역부족이구나' '내 필력이 부족하구나'라는 생각으로 의기소침해져서 또 다시 연재를 중단하고 글을 접었을지도 모르겠습니다. 제가 용기를 잃지 않고 끝까지 이 글을 마칠 수 있도록 격려와 용기를 주신 그분들께 이 지면을 통해 다시 한 번 진심으로 감사드린다는 말씀을 드립니다.

저는 이 글을 통해 의학과 과학이 상상 불가능할 정도로 발전한다고 해도 인간 그 자체를 뛰어넘을 수 없다는 것을 말하고 싶었습니다. 사람에게 자신의 소중한 것을 지키고자 하는 강한 의지와 사랑만 있다면요. 자아와 타인, 인간 그 자체에 대한 사랑, 애정, 존중이 우리를, 이 세상을 지탱하게 만드는 원동력이 아닐까, 생각합니다.

사람만큼, 사랑만큼 위대한 것은 없는 것 같습니다.

≪밤은 아침을 꿈꾼다≫를 읽어 주신 모든 독자님들께 진심으로 감사드립니다.

제가 몸담고 있는 '깨으른 여자들'의 작가님들과 운영진, 회원님들도 감사드리고 '깨으른 여자들'과 '로망띠끄'에 연재 때 글이 올라갈 때마다 함께 안타까워하고 분노하며 응원해 주신 분들께도 감사드리고, 따끔한 질책을 보내 주신 분들께도 무한한 감사의 말씀을 올립니다. 새드 엔딩이 될 뻔했던 이 글을 새드만은 절대 안 된다고 단호하게 말씀해주셔서 소영이를 살려 주신 로크미디어의 전 편집장님이셨던 박지해 팀장님과 마지막까지 이 글이 무사히 출간될 수 있도록 도와주신 정시연 팀장님, 주수지 님 그리고 로크미디어의 사장님께도 진심으로 감사드립니다.

여보, 사랑해요. 당신이 있어서 전 정말 행복합니다.

2015년 12월
어느덧 겨울 아이에서 겨울 아줌마가 되어 버린
김도경 배상

밤 은
아침을
꿈꾼다